مجموعه آثار صادق هدایت
جلد دوّم
طنز هدایت

تحت نظر
بنیاد صادق هدایت و بنیاد کتابهای سوختهٔ ایران

The Iranian Burnt Books Foundation بنیاد کتابهای سوختهٔ ایران

طرح روی جلد از لیلا میری

مجموعه‌آثار صادق هدیت ـ Sadegh Hedayat – Complete Works – L'Œuvre complèt

جلد دوّم ـ Volume II

طنز هدایت

ISBN 978-91-86131-33-3

تحت نظر

بنیاد صادق هدایت و بنیاد کتابهای سوختهٔ ایران

ویرایش اوّل ـ چاپ اوّل

اسفند ۱۳۸۷ –March 2008

نشر بنیاد کتابهای سوختهٔ ایران

گروه انتشارات آزاد ایران

www.entesharate-iran.com

© کلیه‌ی حقوق برای بنیاد صادق هدایت (جهانگیر هدایت) و گروه انتشارات آزاد ایران (دکتر سام واثقی) محفوظ‌است. تهیه‌ی هر گونه اثر از متن این مجموعه و یا بخشی از آن چه در ایران و چه در خارج از ایران طبق قانون کپی‌رایت ایران و کپی‌رایت بین‌المللی منوط به اجازه‌ی کتبی بنیاد صادق هدایت و گروه انتشارات آزاد ایران است.

فهرست

پیشگفتار جلد دوم VII

وغ‌وغ ساهاب ۱

حاجی‌آقا ۱۵۱

علویه‌خانم ۲۷۳

ولنگاری ۳۱۵

V

پیشگفتار جلد دوم

صادق هدایت و طنز

صادق هدایت در نویسندگی خود کارهای گوناگونی را آزموده که ازجمله طنزنویسی است. این کار هدایت از مهم‌ترین کارهای اوست. گرچه ما در اکثر داستان‌های او با نوعی طنز برخورد می‌کنیم ولی آثاری که سراپا طنز و انتقاداند درمیان کتاب‌هایش جای درخشانی را دارند. آثار طنز او را می‌توان در وغ وغ ساهاب، علویه خانم، ولنگاری و حاجی آقا جست. گرچه دیگر آثارش چون توپ مرواری و کاروان اسلام و افسانه آفرینش و داستان‌های کوتاهی چون دون ژوان کرج و محلل و فرهنگ فرهنگستان هم طنز خاص گزنده خود را دارند ولی جنبه طنزآمیزی آن‌ها به اندازه آثاری چون حاجی آقا و وغ وغ ساهاب نیست. طنز و شوخی هدایت را نباید ساده انگاشت و سرسری گرفت. او مطالب بسیار جدی را که شاید بیان کردن بدون پرده آن‌ها مشکل‌ساز بود درپشت ظاهری از طنز و شوخی پنهان می‌کرد.

نوشته طنز خواننده را سرگرم می‌کند و می‌خنداند ولی اغلب در ژرفای خود غم و اندوه دارد. نباید طنز را با کمدی اشتباه انگاشت، شاید یکی از اولین طنزهای تمثیلی که ما در ادبیات خود داشته ایم «موش و گربه» عبید زاکانی است. در دوره صادق هدایت طنز و انتقاد و سیاست در بافت یکدیگر فرو رفته اند. بعد از مشروطیت و آزادی که برای مردم فراهم آمد طنز نزج گرفت و تا اوایل دوره پهلوی ادامه پیدا کرد.

عارف ، فرخی ، عشقی و دیگران شعرائی بودند که درزمینه هزل و حتی حتاکی سیاسی پرشور بودند. اصولاً در ایران تمام حکومت‌ها ازطنز خوششان نمی‌آید چون طنز همیشه ریشه انتقادی دارد که در بسیاری از موارد متوجه حکومت است. ازاین گذشته طنز، با سلیقه ایرانی خیلی دلنشین‌تر است و اثر دوچندان دارد . صادق هدایت هم در ایامی طنز می‌نوشت که حکومت نمی‌پسندید. شاید بتوان او را استاد طنز درادبیات قرن اخیر ایران تلقی کرد. طنز هدایت بیشتر متأثر از عدم رضایت و خشم او نسبت به آن چه هست که درایران می‌گذشت. دخالت‌های خارجی ها درایران - مشکلات درجامعه - مسائل سیاسی - ظلم به مردم و فساد مالی و امثال آن ها.

صادق هدایت دردهای مملکت را طنزگونه می نوشت که خودش را خالی کند و درد دلش را فریاد می‌کرد. طنز صادق هدایت چهره‌های بسیار دارد . در «زنده به گور» دردناک است. در روان داستان‌های او چون «بن بست» ، «لاله»، «چنگال»، «مردی که نفسش را کشت»، «آبجی خانم»، «سه قطره خون»، «سگ ولگرد» هم درخود اندکی طنز دارند. ولی در داستان‌هایی چون «محلل»، «مرده‌خورها»، «حاجی‌مراد»، «طلب آمرزش» طنز غم زده‌ای ملاحظه می شود.

شیوه طنزنویسی هدایت مجموعه‌ای است که ازخنده ، تلخ ، شیرین و تمسخر که درهم آمیخته‌اند . طنزنویسی هدایت بسیار زیبا و ظریف است ولی در بعضی موارد از ناسزاگوئی هم دریغ نمی کند.

انواع طنز هدایت را می توان خلاصه کرد. نوع نقد یا تمسخر ادبی - موضوع داستان - گونه تمثیلی. البته طنز سیاسی یا طنز اجتماعی هم جای خود را دارند. همه انواع طنزهای او را در «توپ مرواری» می‌توان ملاحظه کرد.

یکی از شاهکارهای طنز هدایت «وغ وغ ساهاب» است که با همکاری مسعود فرزاد منتشر شد. بسیاری مسائل و مشکلات اجتماعی، ادبی، سیاسی، اقتصادی و غیره در خلال «غزیه‌ها» به‌شوخی و تمسخر گرفته شده‌اند و از نابسامانی‌های موجود در کشور انتقاد شده است. درخلال «غزیه‌ها» ادباء فخرفروش و ادبیات متحجر شدیداً زیرشلاق انتقاد افتاده‌اند و تمام اوزان و مقولات بدیعی شعر و از این قبیل دچار چنان استهزائی شده‌اند که حد و حصر ندارد. هرآنچه در اجتماع آن روز توی دهان‌ها افتاده بوده و اجتماع را بی‌جهت فراگرفته بوده هدایت به استهزاء گرفته که حتی «فروید» هم از آن نتوانسته بگریزد. البته «فرهنگ فرهنگستان» هم در کنار «وغ وغ ساهاب» قرار می‌گیرد.

«شیوه‌های نوین درشعر فارسی» هم شوخی تلخی است که درباره شعرا است. «داستان ناز» انتقاد کوبنده‌ای است از داستان‌های مبتذل آن ایام. در«حاجی‌آقا» هدایت فرصت‌طلب همه‌کاره هیچ‌کاره، کم سواد پرمدعای حقه‌باز وقیحی را ترسیم می‌کند که نمونه‌ای از تاجر بازاری سیاست‌بازی است که نخود هر آشی هست و شخصیت واقعی او دقیقاً عکس آن چهره‌ای است که به آن تظاهر می‌کند و به خورد مردم می‌دهد.

صادق هدایت در داستان کوتاه «میهن پرست» که داستانی رئالیستی سیاسی است به وزیر معارف اشاره می کند که نام وزیر را گذاشته حکیم‌باشی ولی منظورش علی اصغرحکمت است. درهمین داستان حکیم‌باشی‌پور را ابتدا یهودی، بعد مسیحی و بالاخره مسلمان معرفی می کند. طنز هدایت به قدری ساده و روان و طبیعی است که خواننده با خیال راحت می خواند و لذت می برد. گرچه درعلویه خانم ما به تعداد زیادی فحش و

ناسزا برخورد داریم اما پشت هرناسزا هدایت حرف دیگری زده که باید آن را جست.

در«توپ مرواری» ما با مجموعه ای از طنز گفتاری هدایت روبرو هستیم. این داستان مجموعه درهمی است از تاریخ و جغرافیا و قصه و طنز و متل و بقیه قضایا. هدایت دراین اثر می‌تازد به سودجوئی‌های مادی ، ظلم و ستم و دروغ و ظاهرسازی.

دیگر از طنزهایی که کمتر مورد توجه واقع شده نامه‌های هدایت به دکترحسن شهید نورائی است. این او است ، خود صادق هدایت که برای دوستش درد دل می کند وشکایت می‌کند و متلک می‌گوید و مسخره می‌کند . دراین نامه‌ها رعایت هیچ ملاحظه‌ای نشده است. در دیگر آثار طنز هدایت بالاخره او اجباراً برای تداوم یا زیبایی یا روانی نوشته اصولی را رعایت کرده اما دراین نامه‌ها هرچه دل تنگش می‌خواسته گفته است و طنزی که درآن‌ها آمده دردی است که در دل هدایت خانه کرده است. البته نامه‌های خصوصی او به دیگر دوستان نزدیکش را هم نباید دست کم گرفت و حتی ما طنز او را درکارت پستال‌هایی که برای خویشانش فرستاده می خوانیم.

در مجموعه حاضر ما آثار طنز صادق هدایت را گرد آورده ایم. متن این آثار از کتب و نوشته‌هایی گرفته شده که اغلب در ایام حیات صادق هدایت منتشر شده و مورد تأیید او بوده است . البته دراین کتاب آثار طنز اصلی و مهم صادق هدایت آمده‌اند و داستان‌ها و نوشته‌های پراکنده طنزگونه او در مجموعه مربوط قرار می گیرند.

درحال حاضر با توجه به هنرستیزی که ازجانب متصدیان هنری و فرهنگی ملاحظه می‌شود چاپ و انتشار هیچ‌یک از آثار طنز صادق هدایت در ایران

مقدور نیست . اصولاً چاپ و انتشار آثار صادق هدایت در مملکت خودش ممنوع است و حال برای خوانندگان و علاقمندان به او فرصتی استثنائی فراهم آمده که مجموعه‌های کامل آثار این نویسنده بزرگ ایران را در اختیار داشته باشند.

گفتنی است درفراهم آوردن این مجموعه لازم می دانم از گروه انتشارات آزاد ایران و به ویژه آقای دکترسام واثقی - بنیاد کتاب‌های سوخته ایران صمیمانه تشکر کنم. ضمناً خانم سمیه سیاوشی در ویرایش و خدمات کامپیوتری این کتاب سهم مهمی داشته‌اند که شایسته تشکر است. از طراح روی جلد لیلا میری و مژگان پارسا مقام طراح لوگوی بنیاد صادق هدایت هم کمال امتنان را دارم.

یا حق ، تو بزن گردن ناحق ، واقعاً بزن!

جهانگیرهدایت

XIV

وغ وغ ساهاب

باقلام: یأجوج مأجوج و قومپانی: لیمیتد

وغ وغ ساهاب

صادق هدایت

با

م. فرزاد

قضیه لیست (به پارسی سره)

غزیه	سفهه
تغدیم نومچه	۷
غزیه کینگ کونگ	۸
غزیه غسه خار کن	۱۳
غزیه توپان ئشغ خونالود	۱۷
غزیه انتغام آرطیست	۲۱
غزیه خیابون اللختی	۲۳
غزیه تب شئر	۲٤
غزیه مرسیه شائر	۲۶
غزیه چگونه یزغل متمول شد	۲۸
غزیه دو غلو	۳۳
غزیه جایزه نوبل	۳۶
غزیه جایزه نومچه	٤۲
غزیه آقای ماتم پور	٤۳
غزیه گنج	٤۷
غزیه فرویدیسم	۵۱
غزیه موی دماغ	۵۶
غزیه شخس لادین و آغبت اوی	۵۹
غزیه چل دخترون (مشهور به ملک الغزایا)	۶۲
غزیه تغ ریز نومچه	۷۱
غزیه برنده لاتار	۷٤
غزیه داسطان باسطانی یا رومانی طاریخی	۷۶

۵

۸۰	غزیه خاب راهت
۸۵	غزیه دو کطور ورونوف
۹۰	غزیه آغابالا و اولاده کمپانی لمیطد
۱۰۱	غزیه میزان طروپ
۱۰۵	غزیه وای بحال نومچه
۱۰۷	غزیه ئشغ پاک
۱۱۰	غزیه میزان الاشغ
۱۱۳	غزیه اسم و پامیل
۱۱۴	غزیه اختلات نومچه
۱۲۸	غزیه ویطامین
۱۳۳	غزیه ساغپا
۱۳۹	غزیه ئوز کردن پیشونی
۱٤۲	غزیه رومان المی
۱٤۶	غزیه کن فیکون

تقدیم نومچه

ای خوانندگان معظم و گرامی!
ما این کتاب مستطاب را
با کمال احترام، دو دستی،
تقدیم می‌کنیم به:
خودمون!
یأجوج و مأجوج

قضیه کینگ کونگ

دیشب اندر خیابون لاله زار
جمعیت زیادی دیدم چند هزار؛
خانم لنگ درازی شیک و قشنگ
رد شد از پهلوی من مثل فشنگ.
دیدم یک جوانکی قد کوتوله،
دنبال آن خانم می‌دود همچون توله،
بخانم هی قربان صدقه می‌رود.
هر کجا این می‌رود او هم می‌رود.
رفت خانم تو سینمای ایران،
جوانک هم بدنبالش دوان،
بلیط خرید و رفتش بالاخونه،
پسره هم دنبالش مثل دیونه،
توی لژ پهلوی زنیکه نشست،
زنیکه هم روش را سفت و سخت بست،
چراغا خاموش شد اندر سینما،
روی پرده پیدا شد بس چیزها:
«دسته‌ای از مردم اروپا،
«رفتند بسوی جنگل‌های آفریقا،
«تا از عجایب آثار قدیم،
«هر چه می‌بینند بردارند فیلم.
«همراه خودشان داشتند یکدختر،
«که از ماه شب چهارده بود خوشگلتر،

«الخلاصه چون بجزیره خرابه‌ای رسیدند،
«هر قدمی که بر می‌داشتند از وحشت می‌لرزیدند.
«پس از رنج‌ها و زحمات بسیار،
«بدست وحشی‌های آدمخور شدند گرفتار.
«آن‌ها دختر را که دیدند،
«خوشحال شدند و خیلی رقصیدند،
«مردها را غافل کردند و دختره را دزدیدند،
«دویدند دویدند تا بشهر خودشون رسیدند،
«دختره را هفت قلم بزک کردند.
«از شهر بیرون با داریه و دنبک بردند.
«بیک تیر کلفتی او را در جنگل بستند،
«غفلتن از دور پیدا شد هیکلی مثل غول،
«آمد و دختره را گرفت توی پنجول.
«پشم اندر پشم اندر تنش بسیار بود.
«بنظرم وزنش چهل خروار بود،
«سر پا وایسادی مثل آدم‌ها،
«راه می‌رفتش روی دوپاها.
«آن نکره میمون بود و اسمش بود کینگ کونگ،
«تنش پشمالو، کمرش بدون لنگ.
«دختره هی جیغ و فریاد می‌زدش،
«چونکه از شکل او می‌آمد بدش.
«اما میمونه اونو دوستش داشتش:
«از اینجا می‌برد و اونجا می‌گذاشتش:
«رخت او می‌کند و هی بو می‌کشید،

«برا خاطرش با جانورها می‌جنگید.
«آدما از دور که او را می‌دیدند،
«توی سولاخ سمبه‌ها می‌چپیدند.
«اوهم هر وقتی که آدمیزادی می‌دید،
«نعره‌ها از ته دلش هی می‌کشید؛
«اگر دستش می‌رسید می‌گرفتش.
«بیخ خرشا زور می‌داد و می‌کشتش.
«خلاصه اروپائی‌های ناقلا،
«برای میمون فراهم کردند بلا.
«گاز بخوردش دادند و گیجش کردند و به اروپا بردند
«بدست آرتیست‌های شهیر یک سیرک‌ش سپردند.
«توی سیرک چندین هزار از مرد و زن،
«ازدهام کردند که او را به بینن
«پرده چون پس رفت کینگ کونگ پیدا شد.
«نیش مردم تماشاچی وا شد؛
«میمونه غیظش گرفت و زور زد،
«زنجیر دست و پایش را پاره کرد.
«زیر دست و پایش مردم له می‌شدند،
«تا لگد می‌گذاشت مردم می‌مردند.
«شهر شلوغ شد مردم فراریدند،
«هر کجا کینگ کونگ را از دور می‌دیدند.
«رفت او تا پیدا کند معشوقه‌اش،
«بو می‌کشید که پیدا کند خونه‌اش.
«ماشین‌ها را مثل فانوس تا می‌کرد.

«خودش‌را تو هر سوراخی جا می‌کرد.
«پیش او طبقه‌های عمارت،
«مثل پلکان بودش سهل و راحت،
«پاش را می‌گذاشت و می‌رفتش بالا.
«بدون اینکه بگوید: یاآلا.
«توی اطاق‌های زن‌ها سر می‌کشید،
«هر کجا سر می‌کرد محشر می‌کرد؛
«زن‌ها جیغ کشیده بیهوش می‌شدند.
«یا با شوهرشان هم آغوش می‌شدند.
«عاقبت معشوقش را پیدا نمود،
«دست دراز کرد از تو پنجره او را ربود.
«با عجله رفت روی آسمان خراش،
«معشوقه‌اش را گذاشت زمین یواش.
«آرپلان‌ها روی هوا می‌پریدند،
«ناگهان کینگ کونگ را از دور دیدند،
«بس‌که بطرف او تیر انداختند.
«تمام جونش را خونین و مالین کردند.
«عاقبت سرش گیج خورد روی گراتسیه ل.
«چشمش سیاهی رفت از آن بالا شد ول روی گل،
«بینوا میمون شهید عشق شد،
«از بالای عمارت افتاد و مرد.»
چراغها روشن شد اندر سینما،
مردم روانه شدند سوی خانه‌ها،
کوتولهه رو کرد بخانم گفت: دیدی؟

معنی عشق حقیقی فهمیدی؟
بنده هم عشقم مثل این میمونه:
دلم از فراق روی تو خونه.
اگر بخواهی من را آزار کنی،
مثل این میمونه گرفتار کنی،
همانطور که اون از آسمان خراش،
افتادش روی زمین و شداش و لاش:
منهم خودم را ازین بالاخونه،
میندازم پائین مثال کپه هندونه،
تا که تمام جونم داغون بشه.
سر تا پایم قرمز و پر خون بشه.
خانمه که این را شنید، دلش سوختش،
خودش‌را به کوتوله فروختش.

قصه خار کن

جونم واستون بگوید آقام که شما باشید، در ایام قدیم یک خارکنی بود که بیرون شهر بود. چه می‌شود کرد؟ این خارکن خار می‌کند؛ اینهم کارش بود. دیگر چه می‌شود کرد؟ یکی از روزها این خارکن هی خار کند و خار کند، تا نزدیک غروب کولباره خارش را کول گرفت و رفت در دکان نانوائی که خارهایش را بفروشد، جونم واستون بگوید آقام که شما باشید، خارها را به نونواهه فروخت یکدونه نون سنگک گرفت و رفتش بطرف خونه‌شون.

حالا خارکن را اینجا داشته باشیم برویم سر خونه خارکن. فکر بکنید مثلن خونه خارکن چه افتضاحی باید باشد! این خارکن یک اطاق دودزده کاه گلی داشت با یک زن شلخته که اسمش سکینه سلطان بود و یک پسر دو ساله که اسمش را حسن علی جعفر گذاشته بود. چه می‌شود کرد آخر خارکن هم دل داشت و چون آروزی پسر داشت اسم سه تا پسر را روی بچه یکی یک دانه‌اش گذاشته بود. این حسن علی جعفر از دارائی دنیای دون یک شکم گنده داشت مثل طبل که دو تا پای لاغر زردنبو پشتش آویزان بود و زندگی او فقط دو حالت داشت:

۱- گریه می‌کرد از ننه‌اش نون می‌خواست.

۲- مشغول خوردن بود.

مادرش هم که از دست او کلافه می‌شد، یک تیکه نون بدستش می‌داد و دوتا بامبچه تو سرش می‌زد او را ور می‌داشت می‌گذاشت بیرون دراطاقشان و در را از پشت می‌بست. طفل معصوم بی‌گناه هم آن تکه نان را در خاک و خل می‌مالید به مفش آلوده می‌کرد، ونگ می‌زد و آن‌را به نیش می‌کشید. چه می‌شود کرد؟ آن وقت سکینه سلطان دامن چادرنمازش را به پشتش گره می‌زد و مشغول ظفت و رفت خانه‌اش می‌شد.

حالا این‌ها را بگذاریم بحال خودشان به‌بینیم چه بسر خارکن آمد.جونم واستون بگوید آقام که شما باشید خارکن همینطور نان را زیر بغلش گرفته بود و بطرف خونه‌شون می‌رفت، وقتیکه جلو در خونه‌شون رسید هوا تاریک شده بود. پس معلوم می‌شود که خونه‌شون خیلی دور بوده؛ هیچی. همینکه جلو در خونه‌شون رسید سه تا تلنگر بدر خونه‌شون زد. سکینه سلطان آمد در را برویش باز کرد. خارکن بیچاره خسته و مانده داسش را انداخت کنار اطاق و نان را گذاشت روی کرسی، چون فراموش کردیم بگوئیم که زمستان خیلی سختی هم بود و خارکن تیک تیک می‌لرزید. شعر:

زمستانی بس سرد و سخت بود،
یکدانه برگ بر درخت نبود.

عربیه

الشتاء بادرتی و المحن، فی قلب فقیر خارکن.

حسن علی جعفر سر شب شامش را خورده بود و یکطرف کرسی خوابیده بود و خواب نان و پنیر می‌دید. جونم واستون بگوید، خارکن کفش‌های خیسش را کند و رفت زیر کرسی، بعد رویش را کرد به سکینه سلطان گفت: «ضعیفه امشب چی داریم؟» سکینه سلطان هم رفت از روی رف یک کاسه آش رشته که از ظهر نیگه داشته بود - چون ناهارشان آش رشته بود - آورد روی کرسی گذاشت یک قاشق ورداشت و خارکن هم یک قاشق، و مشغول تغذیه‌اش شدند. همینکه کاسه به ته کشید، خارکن دور آن‌را انگشت انداخت و هرت کشید، سکینه سلطان چراغ را فوت کرد رفت پهلوی خارکن زیر کرسی عارق زدند و بخواب ناز در آغوش یکدیگر خوابیدند. لطیفه:

چه خوش بود که دو عاشق بوقت خواب اندر،
خورند آش رشته و بخوابند بغل یکدیگر!

خیل روشنائی بر لشکر ظلمت چیره شد و از لای درز در نور آفتاب جهان‌تاب به اطاق خارکن تراویدن گرفت. سکینه سلطان چشم هایش را مالاند بلند شد، حسن علی جعفر هم که در همین وقت بیدار شد شروع کرد به اظهار الم از گرسنگی، و گریه و بی‌طاقتی کردن، و مثل انار آن میان ترکید. مادرش یک تکه نان خشک از روی رف برداشت آب زد و بدست او داد و خودش مشغول آتش کردن سماور حلبی گردید. چائی دم شد و حسن علی جعفر چهار تکه نان را با چائی صرف کرد. ولی خارکن بهمان حالت خوابیده بود، لام تا کام از جایش تکان نمی‌خورد. اول سکینه سلطان ظرف‌ها را بهم زد و مخصوصاً بلند بلند به حسن علی جعفر فحش داد تا شاید خارکن بیدار بشود، ولی فایده نکرد. تا اینکه بالاخره رفت شانه خارکن را گرفت تکان داد، یکمرتبه خارکن از جایش پرید و گفت:

«چه خبر است چه شده؟»

سکینه سلطان: «می‌خواهی که چه شده باشد؟ پاشو، پاشو مردکـه خرس گنده قباحت دارد، لنگ ظهر است قند و چائی نداریم، برو خاربکن، زود باش پاشو.»

خارکن بلند شد در را باز کرد ولی چه دید! روی صحرا تپه تپه برف نشسته بود، رو کرد بزنش گفت:

«ای فلان فلان شده آخر مگر کوری نمی‌بینی؟ چطور می‌خواهی کـه من بروم خار بکنم؟»

همینطور که به مرادشان رسیدند شما هم بمرادتان برسید.

بالا رفتیم ماست بود   پائین آمدیم ماست بود،
                          قصه‌ی ما راست بود
بالا رفتیم دوغ بود   پائین آمدیم دروغ بود
                          قصه‌ی ما دروغ بود!
قصه ما بسر رسید   غلاغه بخونش نرسید!

قضیه تیارت «طوفان عشق خون آلود»

دیشب رفتم بتماشای تیارت: «طوفان عشق خونالود،»
که اعلان شده بود شروع می‌شود خیلی زود،
ولی بر عکس خیلی دیر شروع کردند؛
مردم را از انتظار ذله کردند.
پیس بقلم نویسنده شهیر بی‌نظیری بود،
که شکسپیر و مولیر و گوته را از رو برده بود؛
هم درام، هم تراژدی، هم کمدی، هم اخلاقی.
هم اجتماعی، هم تاریخی، هم تفریحی، هم ادبی.
هم اپرا کمیک و هم دراماتیک،
رویهمرفته تیارتی بود آنتیک.

*

پرده چون پس رفت، یک ضعیفه شد پدید،
که یکنفر جوان گردن کلفتی باو عشق می‌ورزید.
جوان قلب خود را گرفته بود در چنگول،
با بیانات احساساتی ضعیفه را کرده بود مشغول:
جوان: آوخ آوخ چه دل سنگی داری،
چه دهان غنچه تنگی داری.
دل من از فراق تو بریان است،
چشمم از دوری جمال تو همیشه گریان است.
دیشب از غصه و غم کم خفته‌ام،
ابیات زیادی بهم بافته و گفته‌ام.
شعرهائیکه در مدح تو ساختم،

شرح می‌دهد که چگونه بتو دل باختم.
نه شب خواب دارم، نه روز خوراک.
نه کفشم را واکس می‌زنم، نه اتو می‌زنم به فراک.
آوخ طوفان عشقم غریدن گرفت،
هیهات خون قلبم جهیدن گرفت.
آهنگ آسمانی صدایت چنگ می‌زند بدلم،
هر کجا می‌روم درد عشق تو نمی‌کند ولم.
تو را که می‌بینم قلبم می‌زند تپ و توپ،
نه دلم هوای سینما می‌کند و نه رفتن به کلوپ،
چون صدایت را می‌شنوم روحم زنده می‌شود،
همینکه از تو دور می‌شوم دلم از جا کنده می‌شود،
مه جبین خانم: برگو بمن مقصود تو چیست؟
از این سخنان جسورانه آخر سود تو چیست؟
پرده عصمت مرا تو ناسور کردی.
شرم و حیا را از چشم من تو دور کردی.
من پرنده بی‌گناه و لطیفی بودم،
من دوشیزه پاک و ظریفی بودم؛
آمدی با کثافت خودت مرا آلوده کردی؛
غم و غصه را روی قلبم توده کردی.
اما من بدرد عشق تو جنایتکار مبتلام،-
چون عشقم بجنایت آلوده شده دیگر زندگی نمی‌خام.
اینک بر لب پرتگاه ابدیت وایساده‌ام -
هیچ چیز تغییر نخواهد داد در اراده‌ام،
خود را پرت خواهم کرد در اعماق مغاک هولناک،

می‌میرم و تو...
سوفلور: «نیست اینجا جای مردنای مه جبین، رلت را فراموش کرده‌ای حواست را جمع کن.»
مه جبین: نیست اینجا جای مردنای مه جبین!
رلت یادت رفت - حواست کجا است؟
سوفلور: «حرف‌های مرا تکرار نکن،
گوشت را بیار جلو بشنو چی میگم.»
مه جبین: حرف‌های مرا تکرار نکن تو -
گوش تو... جلو آمد: چی گفت؟
این جا مردم دست زده خنده سر دادند - مه جبین دست پاچه شد و دولا شد از سوفلور بپرسد چه باید کرد. زلفش به بند عینک سوفلور گیر کرد. و چون سرش را بلند کرد که حرف‌های خود را بزند عینک سوفلور را هم همراه گیس خود برد. سوفلور عصبانی شده یکهو جست زد هوا و دست انداخت که عینک خود را بدست بیاورد غافل از آنکه مه جبین خانم کلاه گیس عاریه دارد. کلاه گیس کنده شد. سر کچل مه جبین خانم، زینت افزای منظره تیارت گردید، مردم سوت زدند و پا کوبیدند. در این موقع جوان عاشق پیش آمد و با ملایمت کلاه گیس را روی سر معشوق گذاشت و دنباله پیس را از یک خرده پائین‌تر گرفت و چنین گفت:
جوان: من بسان بلبل شوریده‌ام
مدت مدیدی است از گل روی تو دوریده‌ام
وا اسفا سخت ماتم زده شده‌ام مگر نمی‌بینی!!!؟
چرا با احساسات لطیفه من ابراز موافقت نمی‌کنی و می‌خواهی از من دوری بگزینی؟
- حقا که تو بسیار بیوفائی ای عزیز

من هر شب مجبور خواهم شد از فراق تو اشک بریزم بریز،
اما نی، نی من خود را زنده نخواهم نهاد -
از رای خود بر گرد و با وصال فوری خود دل شکسته بنما شاد.
مه جبین خانم: ممکن نیست - من حتمن خود را خواهم کشت،
تا دیگر از وجدان خود نشنوم سخنان درشت.
جوان: پس من بفوریت خود را قتل عام می‌کنم -
در راه عشق تو فداکاری می‌کنم
تا عبرت بگیرند سایر دوشیزه‌ها با عشاق خود اینقدر ننماید جفا.
جوان بقصد انتحار قمچیل کشید - مه جبین خانم طاقت نیاورد.
از وحشت عشق جیغی زد و سکته ملیح کرد و مرد.
جوان گفت: هان ای عشق و وفاداری
تو نام پوچی هستی‌ای زند گی، دیگر فایده نداری.
سپس قمچیل دروغی را سه بار دور سر خود گردانید - سپس
در زیر بغل (یعنی قلب) خود کرد فورو،
سپس سه مرتبه دور خود چون مرغ سر کنده چرخ زد،
سپس آمد دم نعش معشوقه و خورد زمین روی او،
پرده پائین افتاد مردم دست زدند -
پی در پی هورا کشیدند.
چون که بهتر از این پیس -
در عمرش ندیده بود هیچکس؟

قضیه انتقام آرتیست

یک آقا پشه‌ای بود با عاطفه و حساس،
اما نیشش درد می‌آورد بدتر از نیش ساس.
بعضی وقتا او خوش رقصیش می‌گرفت،
می خواست به سر دوستانش بندازه زفت.
یک شب من در رختخواب دراز شده بودم،
داشتم یک کتاب معلومات می‌خوندم؛
آقا پشه مرا از دورها دید،
گویا هوش وجدیتم را پسندید،
اومد برام آوازه‌خونی کنه،
بخنده و برقصه و شیطونی کنه،
مجانن جلو من نمایش بده،
تا بفهمم از من خوشش اومده.
بدبختانه من ذلیل شده نفهمیدم،
آواز و رقص سولوش را نپسندیدم.
دو سه دفعه دست بردم بکشمش؛
بشکنم استخونش، پاره کنم شیکمش،
این حرکت عنیف چون تکرار شد
آقا پشه از اونجا رفت و دور شد.
من با خودم گفتم خوب راحت شدم،
توی چراغ فوت کردم و خوابیدم.
اما نگو آقا پشه، آرتیست شهیر،
از اینکه من به نمایشش کرده‌ام تحقیر؛

اوقاتش سخت تلخ شده بود و می‌خواست
انتقامی از من بکشه که سزاست.
رفت گوشه‌ی حوض حیاط همسایه،
که یک کلنی مهم میکرب مالاریایه،
صد کورور از آن‌ها را دزدید و صبر کرد،
تا من بدبخت خوب خوابم ببرد.
اونوقت اومد بریز بمن نیش زد،
یک کلنی جدید در خونم تأسیس کرد.
من در نتیجه نفهمی و عدم تقدیر
از هنر آرتیست‌های شهیر بی‌نظیر،
پنجاه سال ناخوشی کشیدم و هر چه کردم
آخر معالجه فایده نکرد و مردم.
ای کسانی که سنگ قبر مرا اینک می‌خونید
از آرتیست‌های شهیر قدردونی کنید.

قضیه خیابان لختی

فقد رئیت، خیابان لختتی،
عده کثیره من ذکور و اناثتی.
والریح یوزوز فی الاشجار،
والاشجار تلو تلو خوردتی فی الریح؛
والماء تجری فی میان الانهار.
ثم الاناث چادر هم اسود کانه کلاغتی،
وهناک شیخ بیدهی عصاء کالچماغتی:
و یک خرکچی علی پالان الاغتی
و یشوقه بالدویدن تندکی و تیزکی،
و فی مشته سیخ کوچک موسوم به «سیخککی».
و جماعت الجوانان علی رئوسهم کلاهتی،
یتهلهلون فی الدنبال النسائتی؛
والنساء عورت عفیفه فی الچادرتی.
و بچشم خود دیدم مردی کوتاهتی،
چنین یقول به زن درازتی:
«الا یا ایها الخرمن نازتی،
جیگر کی من ستمک قد کبابتی.»
و الله اعلم بالصوابتی.

قضیه طبع شعر

بود یک شاعر خیلی خیلی مهمی در قزوین،
که سخنش بود شیرین‌تر از ساخارین.
طبع شعر او فوق‌العاده روان بودای پسر،
روان‌تر از آبشار نیاگارای پدر.
از قضا یک شبی این کتاب مستطاب،
که اسم مبارکش هست وغ وغ ساهاب.
افتاد بدست اون شاعر شهیر بی‌نظیر،
او خوشش نیومد خواست به آن کند تحقیر؛
گفت: اگرچه پیش از این من نساخته‌ام قضیه.
فقط گفته‌ام غزل و رباعی و دو بیتی و ترجیع بند و مثنوی و مسمط و قصیده[1]؛
لیکن همین امشب چندین قضیه عالی می‌سازم،
تا این قضیه سازهای چرند را خجالت دهم.
شعر من از این اشعار مزخرف البته بهتر شود،
یأجوج و مأجوج و کمپانی لیمیتد خاک بر سر شود،
این‌ها جون دلشون، به خیالشون خیلی هنر کرده‌اند،
مثل اینکه دیگران چنین نتوانند کنند.
مخلص کلام - آقا شاعر زبر دست استاد،
با آن طبع شعر خطرناک روان و قاد،
یک باغستان با صفائی را انتخاب کرد

---

[1] بر ارباب بصیرت و درایت و غیره مخفی نماناد که شاعر شهیر ثلاثی و خماسی و منقطعه هم فراوان ساخته بود ولی ما هرچه روز زدیم نتوانستیم این سه کلمه را در این قضیه بگنجانیم زیرا ترسیدیم خدا نکرده مصرع دوم درازتر از مصرع اول بشود.

یک بطری شراب شاهانی هم همراه برد.
نیشست تنهائی بر لب جوغ آب،
از قضا آن شب بسیار هم قشنگ بود مهتاب.
خوردن چون قدری شراب، شد شنگول و سر مست،
قلمدون را وا کرد، طومار را گرفت در دست.
غوطه زد در بحر ذخار افکار ابکار،
تا سازد به این سبک یک مقدار اشعار آبدار.

*

ماه غوروب کرده، شراب‌ها ته کشیده،
جوغ خشک شده، هنوز شعری نیومده!

قضیه مرثیه شاعر

یک شاعر عالی‌قدر بود در کمپانی
که از و صادر می‌شد اشعار بی‌معنی.
آمد یک قضیه اخلاقی و اجتماعی
تو شعر در بیاورد، اما سکته کرد ناگاهی.
اول او کردش سکته ملیح،
بعد سکته وقیح و پس قبیح؛
بالاخره جان به جان‌آفرین سپرد،
از این دنیای دون رختش را ورداشت و برد:
لبیک حق را اینچنین اجابت کرد،
دنیائی را از شر اشعار خودش راحت کرد؛
رفت و با ملایک محشور گردید،
افسوس که از رفقایش دور گردید.
اگر او بود دست ما را از پشت می‌بست،
راه ترقی را بروی ماها می‌بست.
از این جهت بهتر شد که او مرد،
گورش را گم کرد و زود تشریفاتش را برد.
اما حالا از او قدردانی می‌کنیم،
برایش مرثیه خوانی می‌کنیم؛
تا زنده‌ها بدانند که ما قدردانیم.
قدر اسیران خاک را ما خوب نمی‌دانست.
اگر زنده بود فحشش می‌دادیم؛
تو مجامع خودمان راهش نمی‌دادیم.

اما چون تصمیم داریم ترقی بکنیم:
اینست که از مردنش اظهار تأسف می‌کنیم.

قضیه چگونه یزغل متمول شد

ملایزغل که از کثیفترین ریخت‌های دنیا است،
ثروتی بهم زده که اون سرش ناپیداست.
پولش از ملیون و بلیون در این دنیای خراب شـده، گذشـته و بـه ده‌هـزار کاترلیون رسیده.
اما هیشکی نمیدونه سر موفقیت او چیه،
زیرا یزغل نه تاجره، نه ملاکه، نه هوچیه،
یک خاکروبه‌کشی است با قد کوتوله و ریش کوسه کوسـه، سـرش هـم از بیموئی عینن مثل منقار خوروسه.
همه خیال می‌کردند که توی خاکروبه‌ها؛
او یک روزی گوهر شب‌چراغی چیزی کرده پیدا؛
وگرنه خاکروبه که کاترلیون نمیشه،
کاترلیون سرش را بخوره، سیراب و نون نمیشه.
مخلص کلوم، شبی که بر بستر مرگ خودش افتاد،
آورده‌اند که پسر عزیز خودش را پیش خواند.
و اول او را قسم داد که تا زنده است حرف‌هائی را که اینک برای او خواهـد گفت بکسی نگوید و فقط به نوبـت خـود در بسـتر مـرگ بـر اولاد ارشـد خودش آن‌را آشکار کند و همین سفارش‌ها را هـم بـاولاد ارشـد بنمایـد - یزغل نژاد چنان که خواهش پدر بود قسم خورد. آنگاه یزغل سـر موفقیـت عجیب خود را بدین ترتیب برای او بیان کرد. اما خواننده اگـر بپرسـد ایـن اطلاعات از کجا بدست نویسنده افتاد؟ نویسنده جواب خواهد داد این خود قضیه دیگری است.

اینک وصیت نومچه سری شفاهی کاترلیونر شهیر:
یزغل: من نه ارثی داشتم، نه هنری، نه مایه‌ای، نه تیله‌ای،
فقط داشتم سر کچلی، ریش کوسه‌ای، قد کوتوله‌ای.
هر کسی می‌رسید سر کوفتی می‌زد بمن،
از دیدن ریخت من روی زمین می‌انداخت آب دهن.
ای پسر جوان از ریش کوسه و سر کچ و قد ریغونه،
عالم و آدم بد می‌گند، اما قدر این‌ها را کسی نمی‌دونه!
من اولش که خر بودم آرزوی زلف و ریش داشتم.
از حسرتم از پهلوی دکون سلمونی‌ها نمی‌گذشتم.
خیلی دلم می‌خاست قدم باشد بلند و رشید،
به یوقوری گلیات باشم و به جلتی داوید.
اما آخرش چون دیدم روزگار دلش نخاسته،
که هیکل من باشه به هیچ جوری آراسته،
رنج‌های بسیار کشیدم دراین دنیای دون،
تاچاره کارخود را کردم با فکر فراوون
هان‌ای فرزند قربونت برم، خوب گوش بده
تا کاترلیونهات چندین بلیون برابر بشه.
سرّ ثروت من که تا حالا از همه آن را مخفی داشته‌ام،
یک دستور ساده بیشتر نیست که الآن بهت میگم؛
نباید غصه بخوری که چرا فلان چیز را بهت نداده روزگار،
اول بفهم چی بهت داده، اون وقت از همون پول دربیار.
مثلن من هیچ نداشتم جز قد کوتوله و ریش کوسه وسرطاس،
پول‌هام را هم ازبرکت همین‌ها درآورده‌ام - هزقیال نبی گواس.
یزغل نژاد: ای پدر اینقدر روده درازی نکن، تا نمردی

جون بکن، زودتر بگو پول‌ها را چطور درآوردی؟
یزغل: ای پسر اینقدر بی تابی نکن، تا من راهش را بتو نشون ندم،
ممکن نیست بزارم عزرائیل به طرف من برداره یک قدم.
باری با خود گفتم آقا کچل، کوسه‌ی، کوتوله،
همچی خیال کن که نه کچلی – نه کوسه – نه کوتوله.
ببین خرج سلمونی و ریش تراشی که نداری،
سرلباس هم که خیلی خرج کمتر داری.
اگر سرت پرمو، ریشت پرپشت، قدت بلند بود،
خرجت حالا که اینقدره اون وقت چند بود؟
این یک صرفه‌جوئی است که خدای اسرائیل براتو کرده
باید متشکر باشی از خدای اسرائیل برای این صرفه.
پس پول‌هائی را که ازاین راه‌ها خرج نمی‌کنی،
بگذار کنار ببین آخرش چی می‌بینی.
خودم قرارگذاشتم هفته‌ای یکدفعه برم سلمونی،
روزی دو دفعه هم بکنم ریش تراشونی.
هرفصل سال هم یکدست لباس نو بخرم،
(نه برای قد خودم، بلکه برای اون قد بلندترم!)
اما راس راسی که نکنم هیشکودوم ازاین کارها را،
فقط پولش را حساب کنم ذخیره کنم برای روز مبادا.
باین ترتیب حساب می‌کردم چقدر خرج می‌داشتم،
اون وقت از درومدم دو برابرش را کنار می‌زاشتم.
پول‌ها را ربح اندر ربح به بانک می‌سپردم،
نه خرجش می‌کردم ونه دیگه اسمش را می‌بردم.
امروزه که هشتادو هشت سال از عمرم می‌گذره،

اون صرفه جوئی‌ها این تلمباری است که شده،
با وجود این اگرچه پول‌هام رسیده به کاترلیون،
تازه ازاینکه بیشتر نشده دلم هست پرخون،
اول‌ها یک موضوع کوچکی راجع به لباسم،
پیش آمد که سرش تامدتی پریشون بود حواسم.
شکرموسا که اون هم بزودی شد درست،
وگرنه عقیده‌ام راجع به موسا فورن می‌شد سست،
حالا که بناست تو ازمن دراین دنیا بمونی،
برات اونرا هم میگم تا همه فوت و فندها را بدونی:
من اول تصمیم داشتم لخت زندگانی کنم،
تا بتونم پول لباسم را همه‌اش را کنار بگذارم.
اما دیدم مردم نمی‌گذارند به کاسبیم برسم.
مجبور هستم هرطوری هست یه لباسی بپوشم.
پس لازم می‌شد از ذخیره‌ای که بابت پول یک‌دست لباس برای هرفصل سال جمع‌آوری می‌کردم یک مقدارش را کم بگذارم و لباس برای پوشیدن خود بخرم. از این غصه چندین شب خوابم نبرد. آخرش فکری بنظرم رسید: برای خودم دبه درآوردم و به این حقه مشکل مزبور را هم رفع کردم بترتیب ذیل:
موقع صرفه‌جوئی، فصل را سال گرفتم،
اما موقع خریدن لباس معنی فصل را تغییر دادم:
گفتم: عمر انسان دارای سه فصل بیشتر نیست –
که آن فصل کودکی و جوانی و بزرگی است.
ازهمین قرار درعمرم سه دست لباس بیشتر نپوشیدم –
از فوروش لباس فصل قبل هم لباس فصل بعد را خریدم.

اما حالا که منتها تا چندساعت دیگر جان درتنم هست،

تو فورن پاشو مرا لخت کن تا یک فرصتی نرود از دست!

یزغل نژاد: ای پدر لختت کنم ممکنست حال تو شود بدتر - شاید هم برای جانت داشته باشد خطر،

یزغل: ای ناخلف معطل نشو امر مرا بکن اطاعت - تا دلیلش را بعد شرح دهم برایت.

یزغل نژاد ناچار پدرخود را کمک کرد،

ارخالق وزیر شلوار کهنه را ازتن او درآورد.

یزغل چون تمام لخت دربستر مرگ دراز کشید،

به لباس‌های خود نگاهی کرد و از سررضایت آه کشید.

پس به پسرخود یک نصیحت آخری داد.

یک نصیحت آخری داد و پس افتاد.

«گفت: بزرگ که شدی و لباست تنگ شد آن‌را بفروش - اما در عوض لباس دیگر نخر، همین لباس‌های مرا بپوش.»

قضیه دوغلو

بس عجایب‌هاست در دنیای دون؛
کس نمی‌داند که ظاهر می‌گردد چون.
یکی از چیزهای غریب درجهان،
قضیه دوغلو زائیدن زن‌هاست هان!
که نطفه آدمیزاد چه ترتیب می‌شود در رحم
تا دو نفر را می‌چسباند بهم.
هریکی از علماء دراین خصوص،
علتی فرض کرده‌اند. ولی افسوس،
هیچکدام علت حقیقی را نگفتند
چاره‌ای از برای سواکردن آن‌ها نجستند!
ماه رمضان چندین سال پیش،
که فراوان بود معرکه‌گیر و درویش؛
توی میدون‌ها معرکه برپا می‌شد؛
صحبت‌هائی از آخرت و دنیا می‌شد،
هرچه توی چنته داشتند بیرون می‌ریختند،
پول می‌خواستند مردم هم جلویشان می‌ریختند.
درویش قدبلندی باچهار وجب ریش؛
یک پایش را عقب گذاشته بود و یکی را پیش.
ازته دل نعره می‌کشید -
بمردم زل زل نگاه کرده چشم‌هایش را می‌درید.
می گفت: «ای مردم هرکس که عزبه،
«دردنیا و آخرت معذبه.

«شب‌ها که می‌خوابه زمین نفرینش میکنه،
«لعنت به بالا و پائینش میکنه:
«درآن دنیا هم آدم بی‌زن،
«یک طوق آتشینی می‌اندازندش بگردن،»
آنقدر ازاین حرف‌ها زد،
که رنگ مردهای عزب از ترس شد زرد.
بعضی‌ها تصمیم گرفتند زن بگیرند.
تا بلعنت زمین گرفتار نشده و نمیرند.
غلاده اطاعت زن را بگردن،
بیاندازند تا وقت مردن.
جعفرقلی که حمال گردن کلفتی بود.
دوید و رفت به خانه‌شان زود زود،
نه‌نه‌اش را صدا زد وگفت:
هرچی را که از درویشه شنفت.
مادرش لبخندی زده گفت: «میدونستم،
«آخرش اهل میشی می‌افتی روی پا و دستم:
«تا برایت زنی پیدا کنم،
«گره بخت بسته‌ات را خودم واکنم.
«فردا صبح چادر کرده می‌روم،
«دختری برایت می‌جورم و میارم.»
مختصر مادره رفت و بعد از جستجو،
دخترک‌تر و تمیزی پیدا کرد مثل هولو؛
آورد و عقد کرده به پسرش داد
شب آن‌ها را توی یک اطاق جا داد

آن شب دیگر زمین نفرین نکرده و دعا کرد.
جعفرقلی حمال هم قفل بسته را فورن وا کرد.
دلی از عزا درآورد و راحت،
خوابیدند تا لنگ ظهر و کردند استراحت.
بعد از نه ماه و نه روز و نه دقیقه
یک بچه دوغلو زائیدش ضعیفه:
اون‌ها دوتا آدم کامل بودند،
اما حیف که به همدیگر چسبیده بودند!
مادره که آن بچه‌ها را دید،
جیغ کشید و پس افتاد و لرزید مثل بید.
مادرشوهره رفت از آشپزخانه؛
یک گزلیک کله ورداشت و دوید مثل دیوانه،
دست‌هایش را بالا زده اپراسیون کرده اونها را ازهم برید:
یکی از آن‌ها زیر گزلیک آنقدر ور زد تا ورپرید.
اون یکی دیگر هم زیر گزلیک مرد،
آسوده شد و تشریفاتش را برد.
این بود نتیجه اپراسیون خاله زنیکه
هرسه نفر مات ماندند ازاین تیکه!

قضیه جایزه نوبل

بود پدری از علوم معقول و منقول بهره‌ور،
دختری هم داشت با استعداد و با هنر؛
اما قدر دختر بر پدر مجهول بود،
پدر به او هیچ اعتنا نمی‌نمود.
پدر شب‌ها می‌خورد دود چراغ
می‌نشست تک و تنها در کنج اطاق؛
هی قصیده و غزل صادر می‌نمود،
به استقبال قدما شعر می‌سرود.
شعرهای خود را در انجمن‌ها می‌خواند و می‌ربود جایزه
تبریک می‌شنید از مردم برای این جربزه.
اما چون دختر می‌دید اشعار پدر،
می‌زد دست حسرت و تلهف برسر،
که چرا شعر من نتوانم سرود،
تا شوم مشهور اندر عالم زود.
یک شب با این افکار رفت روی پشت بام،
ازغصه‌اش آن شب هیچ نخورده بود شام،
برماه و ستاره‌ها نظر بسیار نمود،
از شدت تأثر صادر مقداری اشعار نمود،
ناگهان چون اشعار خود را بدید،
ازته دل نعره یا حق کشید.
آمد فورن پائین از پشت بام،
رفت پهلوی پدرخود و کرد سلام

داد اشعار خود را بدست پدر،
پدر بر سرتاپای آن اشعار کرد نظر،
پس کاغذ را مچاله کرد با غضب،
گفت: «برو گمشو از پیش من ای نادان بی‌ادب!
«این‌ها که گفته‌ای شعر نیست قضیه است،
«عاری از وزن و قافیه و صنایع بدیعیه است.
«تو غلط می‌کنی بتوانی شعربگوئی همچون من،
«نتوانی شد شاعر شهیر اندر زمن.
«تو ندانی یک کلمه صرف و نحو عربی.
«کی به فارسی‌نویسی یک شاهکار ادبی؟
«تا نخوانی تو علوم عروض و بدیع،
«خواهی بود اندر شاعری طفل رضیع؟
«تو بو نبرده‌ای از رسوم بحر و قافیه،
«هیچ نمی‌فهمی درشعر خوب و بد چیه.
«حسن مطلع، حسن مقطع، لازم است
«هم موشح، هم مرصع، لازم است.
«قضیه غلط می‌کند با قصیده برابر شود،
«جفنگیات دخترکی همسر ادبیات پدر شود!»
دختره نومید شد و رفت دم قهوه‌خانه،
دید آن‌جا آب پهنی روانه،
بزبان حال باخود گفت: «لب آب روان
«شنیده‌ام شعر ازطبع هر ایرانی می‌شود روان بلکه دوان.»
پس کنار آب چندک زد آن دختر،
هی فشار آورد او برمغز سر،

ولی وامانده بود برای پیدا کردن مضمون،
بیخودی هی نیگا می‌کرد به زمین و آسمون.
ناگهان چشمش برپشت دیوار قهوه‌خانه فتاد،
نیشش شد واز و خاطرش شد شاد.
دید بر آن دیوار بایک خط جلی با ذغالی.
نوشته‌اند دستورات اخلاقی خیلی عالی:
که «ای جوان برعفت مردم منما دست دراز،
«همچنین تو ای دختر در کوچه میا با رخ باز،
«بر حیثیات دیگران بگذارید احترام،
«تا احترام گذارند بر حیثیت شما دیگران.»
طبع شعر دختر معطل نشد و کرد گل،
اشعاری می‌جوشید در مغزش غل و غل.
اما افسوس که او علوم ادبیه نمی‌دانست،
شعر صحیح به سبک قدما گفتن نمی‌توانست.
پس از زور زدن‌های بسیار الغرض،
ناچار شعر حسابی را با قضیه کرد عوض.
آن مضامین اخلاقی را به صورت قضیه درآورد،
پاکنویس کرد و پیش پدرخود برد.
پدرش چون دید آن قضیه را،
ازدست او پاره کرد یقه را.
(ما نمی‌دانیم که یخه درست است و یقه غلط است ولی هوس کردیم درسرتاسر این کتاب مستطاب یک دانه لغت غلط هم نوشته باشیم. چه می‌شود کرد؟)
گفت: «باز قضیه ساختی ای ناخلف،

«تو آدم نیستی حیوانی برو بخور علف!
«تو باید با کودکان کنی گردو بازی؛
«ترا چه به اینکه به رقابت من شعر بسازی؟»
پس او را زد و از خانه‌ی خود بیرون کرد؛
لب و لوچه آن بیچاره را آویزان کرد.
دختره با استعداد قدری دماغش سوخت،
ولی از قضیه اخلاقی ساختن لب را ندوخت.
آخرش زن بابای بی‌حیای او،
افتاد شب و روز در قفای او:
که: «برو اشعار خود را چاپ کن،
«جیگر پدرت را از حسودی آب کن.»
حرف زن بابای بدجنس را شنید شاعره‌ی جوان»
اشعار خود را بچاپ رسانید اندر نهان.
ازقضا در یک روز هم دیوان اشعار پدر،
شد منتشر، و هم قضیه نامه‌ی دختر!
هرکس خواند گفت: «جلف القلم آقای والد،
«ولی بر قضایا ایرادت سختی است وارد.
«این جور شعر در فارسی سابقه نداشته،
«هرکس این‌ها را ساخته بد سابقه‌ای گذاشته.
«او همه غزلسراها و قصیده سراها را کرده مسخره.
«باید او را گرفت پرت کرد پائین از پنجره.»
دختره از خجالت رفت و غایم شد
اشک ریخت و از قضیه ساختن پشیمان و نادم شد.
چند ماهی گذشت یک روز فراش پست،

کاغذ بلند بالایی آورد گفت: «این مال تست.»
توی کاغذ نوشته بودند که: «ما،
«رئیس و اعضای آکادمی ادبیات اروپا،
«مشتاق زیارت شمائیم،
«شما را به شهر خود دعوت می‌نمائیم،
«کتاب قضایای شما ترجمه شده،
«به تمام اطراف دنیا برده شده.
«در زبان انگلیسی و آلمانی و فرانسه،
«فوق‌العاده پیدا کرده سوکسه.
«هرکس خوانده گفته بی‌کم و کاست:
«کیفی کردم که اون سرش ناپیداست؛
«در سرتاسر ممالک خاج پرست،
«اشعار شما را می‌برند سردست.
«امسال در اعطای جایزه‌ی نوبل خیلی غوغا شد،
«ولی آخر جایزه از روی حق نصیب شما شد،
«حالا بفرمائید به شهر ما و باشید مشهور،
«بعلاوه بچپانیم در جیب شما چندین کرور.»
شاعره از ذوقش از جا جست، چونکه دید،
قدر معلوماتش در خارجه گشته پدید،
رفت و بار و بندیل خودش را بست،
تا بشود عازم ممالک خاج پرست.
گذاشت یک نیم ماله صابون آشتیانی،
بایک عالمه نان خشک توی یک جانی خانی،
نیز هفت دست پیرهن آهنی و چارقت آهنی و شلیته آهنی

با هفت جفت کفش آهنی و هفت تا عصای آهنی.
کرد فراهم وشد روان سوی فرنگ،
تا راحت شود از شر آن پدر و زن بابای جفنگ.
بدبختانه حالا هفت سال آزگار شده است،
که خبری از دختره شاعره نیومده است،
خدا نکرده یا او راه فرنگ را گم کرده،
یا اون کاغذ هم از حقه‌های زن باباهه بوده!

قضیه جایزه نومچه

در پیشگاه ادبا و فضلای جلیل‌القدر و ارباب علم و دانش پوشیده و مخفی نماناد، که این جانبان تصمیم قطعی گرفته‌ایم که هرکس کمر همت برمیان بندد و برای کتاب مستطاب وغ وغ ساهاب تقریظ بنویسد، و آن را مشهور کند و بفروش برساند، ما درچاپ دوم شرح حال مفصل و لیست کامل آثار او را با یک قطعه عکس رنگی تمام قد او (به اندازه‌ی طبیعی) در اول کتاب طبع و گراور نمائیم تا چاپ دوم علاوه بر مزایای بیحد و شمار چاپ اول، دارای صنایع شرح حالیه و عکس رنگیه هم باشد و اشخاص دیگر تشویق شوند به اینکه کاروبار زندگی خودشان را ول کنند و فقط سنگ مارا به سینه بزنند.

خداوند تعریف‌کنندگان ما را توفیق و پول عنایت فرماياد!

یأجوج و مأجوج قومپانی. Ltd

قضیه آقای ماتم پور

آقای ماتم پور، نویسنده حساس جوان،
نوشته هفتاد و دو افسانه و تیارت و رمان،
یکی از یکی مهمتر و مفصلتر،
اما فریاد ازاین مردم بیذوق خر،
زیرا قدر آقای ماتم پور را نمی‌دانند،
شاهکارهای بی‌نظیرش را نمی‌خرند و نمی‌خوانند.
دود چراغ‌هائی که خورده همه‌اش هدرشده،
هرالاغی قلم دست گرفته ازاو مشهورتر شده،
آقای ماتم پور درتهران مانده به کلی گمنام،
از این غصه داره جونش میشه تمام.
باری نزدیک بود او خودکشی کنه با مرگ موش،
گفت: «ای ژنی مجهول الهویه ازمن شنو علاجت،
«باید اول مسهل خوری تا پاک شود مزاجت.
«مزاج چون پاک شود فکر بشر روشن شود.
«شخصیت عقلانیش قادر به کارکردن شود.
«تأثرات متمرکز گردد در خاطره،
«حس ششم توام شود با حافظه؛
«انرژی وهمیه که منفی بود مثبت شود،
«غدد عصبی عهده دار روابط شود،
«غریزه مساعدت کند با هوش اکتسابی،
«سلول‌های نخاع خواهندپرداخت بکارهای حسابی،
«بااین تجهیزات علمی در روحیه عامه بکن اتود،

«ببین در حیطه توجه‌شان چی مرغوب است چی مردود.
«مخصوصن چند نفری را که پیش افتاده اند،
«دقت کن چه اسلوب‌هائی بکار برده‌اند؛
«تو هم همانطور کن بیشک همانطور میشی.
«وگرنه زور بیخود نزن که بور میشی.»
آقای ماتم‌پور این دستورات را که شنید،
چون از روی بسیقولوجیا بود پسندید.
شبانه رفت برطبق آن عمل کرد،
بزودی راه ترقی خودش را کشف کرد،
فرداش یک مقاله به امضای عوضی،
فرستاد برای یک روزنامه مهم مرکزی.
اول تعریف و تمجید از آقای مدیر کرد،
بعد قدری پیزرلاپالون سردبیر کرد.
سپس نوشت: «واقعن جای بسی افسوس است،
«که بعضی از مطبوعات جدید اینقدر لوس است،
«جوانان بی‌گناه را گمراه می‌کند،
«تیشه بر ریشه عفت و اخلاق می‌زند،
«اما نباید هم شد بکلی تسلیم نومیدی،
«البته پایان شب سیه می‌باشد سفیدی،
«درزوایای ادبیات معاصر،
«بعضی آثار می‌شود باعث انبساط خاطر،
«مثلن ترشحات گوناگون آقای ماتم پور
«حق آنست که بیش از این‌ها باشد مشهور،
«اگر او در اروپا یا آمریکا بود،

«احتراماتش خیلی بیش از اینجا بود،
«درقرن بیستم نویسنده مثل او انصافن کم است.
«مضامینش شیرین و اخلاقی نثرش روان و محکم است،
«ماباید قهرمانان ادبی امروزی‌مان را بشناسیم،
«حیف است نسبت بایشان اینقدر ناسپاس باشیم،
«نویسنده را اگر تشویقش نکنند یکهو دلسرد می‌شود،
«قلم را خورد و خاکشیر می‌کند بیعار و ولگرد می‌شود،
«لذا خواهشمندم بنام عواطف رقیقه،
«قارئین دانش‌پژوه معطل نشوند یک دقیقه،
«کتاب‌های این گمنام بزرگ را تهیه کنند،
«روح خود را از اعلاترین اغذیه تغذیه کنند.»
این مقاله در شماره بعد بطبع رسید،
هرکس خوند از نادانی خودش خجالت کشید؛
فورن رفت کتاب‌های آقای ماتم پور را خرید.
با دقت خواند. اما خودمانیم چیزی نفهمید.
گفت: «مطالبش حکمن خیلی عمیق و عالی است،
سه روز بعد با یک امضای عوضی دیگر.
مقاله‌ای درآمد در یک روزنامه مرکزی دیگر.
باز همه‌اش تعریف از آقای ماتم پور،
تأسف از اینکه چرا بیش از این نیست مشهور،
در نتیجه مقداری دیگر از کتاب‌ها رفت فوروش،
زمزمه هائی راه افتاد میان افراد باهوش،
یکی‌شان مقاله‌ای برضد ماتم پور نوشت،
گفت: «کتاب‌هاش بیمعنی است و چرند و زشت؛»

مردم ریختند به کتابخانه‌ها تا ببینند،
این چیست که آقا باهوش میگه هست چرند.
کتاب‌ها چون مورد توجه عموم شد.
نیم ساعته چاپ اولش تموم شد.
همون فرداش هم یک شاگرد مدرسه
نوشت: «دراطراف بزرگان نباید کرد وسوسه،
«مغرضین و حسودان اگر بغرض چیزی نوشتند
«خاهش داریم آقای ماتم پور دلسرد نشوند.»
چندماهی گذشت پن شیش سمسار و بنکدار،
هم نوشتند او هست نویسنده‌ای عالی‌مقدار؛
کتاب‌ها به چاپ نهم دهمش رسید،
ماتم پور مشهور شد به مراد دلش رسید،
شما هم همینطور کنید مجرب است مشهور می‌شید،
وگرنه هی جوش میخورید آخرش هم بور می‌شید.

قضیه گنج

مردی بینوا با یک زن وسه تا فرزند،
زندگی می‌کردند در یک خونه کثیفی با نکبت و گند.
شغلش پوست انار جمع کنی بود،
از پول آن نان خالی تهیه می‌نمود.
یک اتاق کاه گلی دودزده داشت،
نصفش فرش داشت و نصفش نداشت.
هم آن‌جا می‌پختند و هم آن‌جا می‌خوردند.
در توی یک اتاق زندگی می‌کردند.
یک شب زمستان خیلی سرد،
باد برف را پخش می‌کرد مثل گرد.
از لای درز در باد برف را داخل می‌کرد،
تا وسط اتاق را پر از برف و گل می‌کرد.
روی چاله کرسی آبگوشت پلق پلق می‌زد،
بچه‌ها دور کرسی خوابیده بودند.
بوی غذا با بوی کرسی مخلوط شده،
یک طرف اطاق تاپاله خشکیده کوت شده.
مرتیکه خوابش برد و یک خوابی دید؛
یک باغ قشنگی در نظرش شد پدید:
آب از هر طرف باغ روان بودی،
از میوه‌ها میچیدشی و می‌خوردشی،
گل‌ها را دسته کرده و با خودش می‌بردشی.
چهچه بلبل آدم را بیهوش می‌کردی،

پیرمرده داشت بدبختی‌هاش را فراموش می‌کردی،
که غفلتن صدای آروغ مادر بچه‌ها،
از آن خواب شیرین بیدار کرد او را.
چشم‌هایش را مالید و نگاه کرد،
نگاهی به درو دیوار سیاه کرد.
آهی کشید و گفت: «افسوس!
«هرچه دیدم در خواب بود افسوس!»
آنچه در خواب دیده بود به زنش گفت،
زنیکه بعد از اینکه همه را تا آخر شنفت،
گفت: «انشاء الله که خیره،
«باغ علامت گشت و سیره.
«انشاءالله پولدار میشی میریم زیارت،
«استخوانی سبک کرده میشیم راحت.»
دم دمهای سحر مرتیکه از رختخواب پاشد تک،
و دست به آفتابه رفت لب چاهک.
ناگهان زیر پایش گرپی صدا کرد،
یک گاوچاهی به چه گندگی دهن وا کرد.
مرتیکه سه مرتبه نعره زد و فورو رفت،
زنیکه از اطاق پرید و سراو رفت،
چراغ را آورد و چاه را دید،
فریاد کشید و طناب طلبید.
وقتیکه طناب را انداخت در چاه،
دید خیلی سنگین است گفت: «واه! واه!»
بچه‌ها را صدا کرد تا کمک کنند،

شاید پدرشان را بیرون بیارند.
طناب رفت پائین شوهره گفت: «ده یالا،
«یاعلی بگید زور بزنید بکشید بالا،»
اما وقتی که طناب بالای چاه رسید،
زنیکه جیغی کشید و عقب پرید؛
زیرا عوض شوهرش یک صندق گنده دید،
درش را که باز کرد نمی‌دونی اون تو چه دید!
توی صندوق خوابیده بود تپه تپه،
اشرفی آلات و جواهرجات قلمبه.
زنیکه باز طناب را پائین فرستاد،
مرتیکه صندوق دیگری بالا داد.
الخلاصه مرتیکه چهار صندوق جواهر و طلا،
بیرون فرستاد و خودش هم آمد بالا.
اون وقت بسکی ناقلا و زرنگ بود،
ازآن پول‌هائی که خدا براش رسانده بود؛
خیلی با احتیاط مخارج می‌کرد،
خودش را از جرگه فقرا یواش یواش خارج می‌کرد.
خانه و ملکی خرید و خودش را معتبر کرد،
باطراف و اکناف ممالک اسلامی چندین سفر کرد،
اول مخصوصن به کربلا و مشهد و مکه رفت،
کربلائی، مشهدی – حاجی شد، آرزو از دلش دررفت.
عاقبت از شهر خود علاقه کن شد و رفت به کربلا،
خانه و زندگی راه انداخت و مجاور شد همآن‌جا.
با زن خودش خیلی خیلی خوش بود،

زندگی شیرینی برای خود فراهم نمود.
زیرا هر روز به زیارت اماکن مقدسه مشرف می‌شد.
اینقدر زیارت نومه می‌خوند که دهنش پر از کف می‌شد،
هر شب هم می‌رفت پهلوی مادر بچه‌ها عشرت می‌کرد،
در تولید مثل کردن قیامت می‌کرد.
این کار هر شب و هر روز می‌شد تکرار،
تا عمر داشت خسته نشد از این کار!

قضیه فرویدیسم

می‌خواهیم یک مبحث فلسفی را بمیان کشیده و ما هم اظهار لحیه بکنیم تا بدانید که ما می‌توانیم در کلمات و عقاید بزرگان دنیا غور کرده و ته و توی مطلب و مقصودشان را درآوریم.
آقا زیگموند فروید عالم مشهور نمسه
که کتاب‌ها نوشته است به بزرگی خمسه.
عالم و محقق معروفی بود.
که آنچه او گفت قبل از او کسی نگفته بود.
روح آدم‌ها را که تجزیه کرد
یک جهنم شهوتی درآن پیدا کرد؛
زیرا با کمال جرئت ثابت می‌کند.
که اساس بشر روی شهوت زندگانی می‌کند.
از اولین مرحله زندگانی یعنی طفولیت،
شهوت است که بشر را مقید ساخته و می‌کند اذیت.
همان طفلی که پستان مادر را می‌مکد،
شهوت است که او را به اینکار وامی‌دارد،
دخترها روی اصل شهوت از پدر
بیشتر خوششان می‌آید تا از مادر،
برعکس پسر به مادر
بیشتر علاقه دارد تا به پدر.
تمایل به خواب و خوراک هم نوعی شهوت است،
حرف زدن زیاد و هرکاردیگری که از حد معمولی خارج شد ناشی از شهوت است.

همه موجودات دراین دنیای دون،
محکوم شهوتند از نباتات تا حیوون،
همه آن‌جا به جان یکدیگر افتاده‌اند،
اودیپ کمپلکس ولیبیدو ورفولمان راهنمای آن‌ها شده‌اند.
طبیعت به جانوران می‌گوید: «همدیگر را بخورید،
«ولی درعین حال خودتان را هم بپائید
تا نسل شما هرگز منقرض نشود.
جانور دیگر شما را متعرض نشود.»
پس محرک و نتیجه وجود هر موجودی دردنیا،
از دایره شهوت نیست بیرون ای فتا،
این حس را طبیعت در آن‌ها قوی کرد
تا تولید مثل خوب انجام یابد.
افکار خیلی عادی ما خارج از شهوت نیست،
هیچ یک از احساسات بشر خارج ازین مذلت نیست،
از همه میل‌ها و احساسات بشر،
میل شهوت است که دراوست بیشتر؛
زیرا که از طفولیت تظاهر این حس را بچه منع کرده‌اند و این حس متراکم شده، عقب زده و لذا برای انتقام.
مارا عذاب می‌دهد به انواع و اقسام.
خواب‌های ما همه کابوس شهوت است،
سستی‌ها، احساسات، پرستش ارباب انواع و جنایات بشر همه، شهوت بی‌مروت است.
اغلب شهوت با صورت‌های عجیب و غریب،
پیدا می‌شود در اشخاص نجیب یا نانجیب.

تا بشر زنده است حالش بدین‌منوال است.
جلوگیری از آن هم از عهده ما خارج، بلکه محال است.
باین دلیل بوده است که فلوزوف معروف اروپا،
این نکات را تشریح کرده است برای ما؛
تا که چشم و گوش مارا واکند
ضمنن خودش را مشهور در دنیا کند.
چون مقهور شهوت است جنس بشر،
پس بی وجود زن هم نمی‌توان عمرا ببرد بسر.

خواهش می‌کنم گوش بدهید، یک قصه‌ای برای شما نقل بکنیم که بعد از شنیدن آن تصدیق بکنید گفته‌های فیلوزوف معروف نمسه بی مأخذ نبوده و هرکلمه آن روی سال‌ها بحث و تجربه نوشته شده است. فقط عیبش این است که چندان مربوط به حرف‌های بالا نیست و نتیجه اخلاقی یا غیر اخلاقی هم ندارد.

از پیشینیان کرده‌اند چنین روایت،
و ماهم برای خواندن شما درمی آوریم بصورت حکایت:
جوانیکه تازه به سن بلوغ رسیده بود.
بمقتضای سنش شهوتش طغیان نموده بود،
تمایل جنسی او را بطرف زن
می‌کشانید و می‌برد بهر کوی و برزن.
احساساتش سخت بجوش آمده بود،
بیچاره جوانکه هم سخت به جنب و جوش افتاده بود.
درطلب معشوقه‌ی مناسبی می‌گشت
هر زنیرا که می‌دید مسافتی به دنبالش می‌رفت.
عاقبت معشوقه زیبایی پیدا کرد،

درد دلش را برای او واکرد.
انقلابی در روحش پیدا شده بود،
جوانک بیچاره شاعری شیدا شده بود،
غزل‌ها می‌سرود و معشوقه اشرا مدح می‌کرد.
هر کس عیب محبوبش را می‌گفت فورن او را قدح می‌کرد.
وقتیکه شهوت به صورت عشق ظاهر می‌شود،
انسان عامی دراثر معجزه عشق شاعر می‌شود.
لب جوی می‌نشست و در وصف معشوقه شعر می‌سرائید.
مضمون شعرهایش یادم نیست. لابد ازهمین شعرهای معمولی بوده
که خیلی‌ها برای معشوقه‌های حقیقی یا خیالیشان بهم بافته‌اند.
الخلاصه چون درروزهای اول دستش بمعشوقه نمی‌رسید خودشرا
به رخت دان او زد و تنکه‌اش را دزدید.
شب‌ها با آن تنکه راز و نیاز کرده و بو می‌کرد
اگر معشوقه هرکار بدی می‌کرد
بنظر او بهترین کارها جلوه می‌کرد.
خیال می‌نمود در تمام دنیا؛
بهتر از معشوقه خودش نمی‌شود پیدا.
مخلص کلوم، وصلت کردند و بهم رسیدند؛
چند ماهی با هم زندگی کرده، نشستند و پا شدند، خوردند و خوابیدند
کم کم پسره حس کرد و بخود آمد و چیزهائی فهمید،
که تمام آن خیالات عاشقانه از سرش پرید.
دید محبوبه‌اش در نظرش یک زن معمولی شده،
بد اخلاق و لجباز و جیغ و دادی و کولی شده،
بفکر افتاد که دنبال خانم‌های دیگر برود،

شاید معبود و معشوقه حقیقی خودشرا پیدا نکند.
زنیکه شستش باخبر شد
جیغ و ویغ راه انداخت و یکدفعه از کوره بدر شد،
گفت: حالا که او به من خیانت می‌کند.
من‌هم تلافی کرده و برای انتقام کشیدن از او میرم یک گردن کلفتی را پیدا می‌کنم و شب و روز با او عیش می‌کنم تا چشمش دربیاید.
مرد از طرفی رفت که گیرد یاری –
زن رفت که گیرد به برش گلعذار دلداری،
زنیکه گفت: «این عشق حقیقی نبود.»
مرتیکه گفت: «قلب من گول خورده بود.»
هردو آن‌ها رفتند که عشق حقیقی را پیدا کنند
ولی افسوس که هرچه گشتند چیزی پیدا نکردند و فقط کفش‌هایشان را پاره کردند!

قضیه موی دماغ

چند سال پیش اندر شهر اسفاهون،
دکتری تازه وارد شد از فرنگستون.
سی سال آزگار دود چراغ خورده بود،
تا متخصص امراض سینه شده بود.
یک روز صبح مریضی رفت پیشش،
که از لاغری واز واز بود نیشش،
گفت: همه دکترها جوابم کرده‌اند،
«تو بمیری زود می‌میری بم گفته‌اند.
«ای دکتر دستم به دامنت، ایدون،
«سینه دریای علمت را به قربون؛
«کاری بکن برای من اگر می‌تونی،
«که من علاقمندم به زندگونی.»
دکتر درازش کرد و زد روی سینه اش،
درق درق صدا می‌کرد دنده‌اش؛
نفس که می‌کشید دهنش می‌موند واز،
بیخ گلوش بدجوری می‌پیچید آواز.
دکتر گفت: «اول کاری که باید بکنی،
«اینست که دهنتا محکم ببندی؛
«بعد ازاین فقط از دماغ نفس بکشی.
«موی دماغ عزیزم خیلی خاصیت داره،
«خاک بخاد بره توی سینه اون نمی‌زاره،
«موی دماغ اگر سینه سپر نکنه،

«سینه آدم را چی حفظ می‌کنه؟
«برو قدر موی دماغتا بدون.
«با دهن نفس نکش زنده بمون.
«اما خاک کثیفه و پر از میکروباته،
«خاک نباشه عزرائیل استعفا میده،
«اسفاهونیه گفتش: اختیار دارید!
«آقا دکتر سربسر من می‌زارید.
«خاک پاک اسفاهون مشهور عالمه،
«موی دماغ مسقره‌ی مرد و زنه.
«از قدیم و ندیم این‌طور گفته‌اند،
«ایرانیان قدیم هم باهوش بوده‌اند،
«بعلاوه به رگ غیرت من برمی‌خوره،
«کسی به خاک اسفاهون فحش بده!
«درد من اگر علتش این خاکه،
«من فدای آن شوم چه باکه؟»
دکتر گفت: «عزیزم جهل نکن حرف بشنو،
«اینکه میگم نه برگرد داره نه برو.
«آدم اگر سنگ باشه آخر می‌میره،
«اما بی موی دماغ زودتر می‌میره.
«عزیزم فرنگی‌ها جون کردی کنده‌اند،
«تا تازه بعد از نود ونه سال فهمیده‌اند،
«که خاک کثیفه و مضرت داره،
«و خاصیت‌های موی دماغ بسیاره.»
گفت: یعنی خاک پاک اسفاهون کثیفه؟!

«این حرف‌ها دراومده از پر کودوم بند لیفه؟
«پس مردم از دین و آئینشون برگردند،
«یک کاره موی دماغ را بپرستند؟!
«شما لامذهب‌ها باید از دکتری دست بکشید،
«بیخود موی دماغ خلق خدا نشید.»
از قضا خود دکتره سل گرفت و مردش،
اما اسفاهونیه که هی خاک پاک می‌خوردش،
«مرضش خوب شد و گردنش شد کلفت،
همین!

قضیه شخص لادین و عاقبت اوی

ای پسر این‌ها را که شنیدی پند و اندرز بیگیر،
استغفار بوگو زبونتا گاز بیگیر.
یک جوانی بود لادین و بی معلومات،
خیلی بد عنق و بکلی لات و پات؛
نه آتم به گوشش خورده بود نه ایون،
نه استرانسفر می‌فهمید چیه، نه بیوریون.
همه مبانی اخلاقیش سست بود،
فقط کارهای بداخلاقیش درست بود.
بی‌اندازه هم تغس و کله شق بودش،
خلاصه افعل التفضیل احمق بودش.
هر روز تو اداره و هرشب تو کافه.
می‌گفت: «از این زندگی شده‌ام کلافه.»
نبود درفکر تشکیل عائله و خانوار،
تا نسلش بعد از او بماند یادگار.
چندصباحی در فرنگستون سگ زده بود،
عوض آبدوغ خیار خرچنگ و قورباغه خورده بود.
بادختر رخت‌شورهای فرنگی لاس زده بود،
لذا از فامیل محترم خودش سرخورده بود.
یک شب که دیروقت می‌رسید به خونه.
از زور مشروب بود مثل آدم‌های دیوونه.
یک شب دیگه انگاری لال مادرزاده.
هیچ حرف نمی‌زد با ابوی و اولاده.

اگرچه خودش بود فاضل و دانشمند،
می‌گفت: کتب فضلا همه هست چرند!
کتاب‌هاش را می‌خواست به جوهودا بفروشه،
پول آن‌را هی برقصه و بخوره و بنوشه.
پدرپیرش هرچی باو نصیحت می‌کرد
که: «پسره ازراه ضلالت برگرد.»
او فحش می‌داد و بابا را مسخره می‌کرد،
می‌گفت: «ما جوان‌ها عاقلیم شماها خرید،
اصلن شما پیرپتول‌ها بدرد نمی‌خورید.»
پیرها هم برای اینکه او را ادب کنند،
مجبور شدند او را غضب کنند،
دیگر داخل آدم‌ها راش نمی‌دادند،
محل سگ بهش نمی‌گذاشتند.
اما او چون بود افعل التفضیل احمق،
هی باز فحش داد و خورد شراب و عرق.
بهیچوجه جدیت نمی‌کرد درپشت میزکار،
ازوجودش ضربه بر پیکر اجتماعی خورد بسیار.
آخرش کارش به افتضاح کشید:
(صنعت سکته ملیح)[1]
ازبی‌پولی و بی سروسامونی،
شد مریض و بدبخت و لاجونی.

---

[1] درهر قضیه تا صد کرور سکته ملیح جایز است، اما ازاین شماره که گذشت دیگر جایز نیست و سکته عنیف می شود. ضمنن اگرچه مناسبتی ندارد متذکر میشوم که اشعار باین سبک درزبان فارسی بیسابقه و بی نظیر و از مبدعات و مبتکرات اختصاصی این ضعیف میباشد.

یک شب هم صدای توپ کرد و مردش،
آرزوی آدم شدن را به گور بردش!
مردن همان و عبرت سایرین شدن همان،
دل پیرها از فوتش غمگین شدن همان.
پیرها گفتند: «افسوس، اما چشمش کورشه،
بچه ناخلف بهتر که توی گورشه!»

قضیه چهل دخترون (مشهوربه ملک القضایا)* [1]

ضیغم علی هی پک میزنه به چپق هی میکشه آه،
هی انگشتشا گاز میگیره میگه: «لا الاهل الاه!»
او تا شاغال شده بود تو همچی راه آبی گیرنکرده بود،
براش مصیبتی به این بزرگی پیش نیومده بود.
ضیغم علی ناوه کشه؛ درست چهل سالشه،

---

* مقدمه برحاشیه - نظربااینکه این سبک شعر درزبان فارسی بی‌سابقه و بی‌نظیر بوده است، شاعر زحمت کشیده، صنایع و لطایفی هم که در علوم بدیعیه فارسی بی‌سابقه و بی‌نظیر می‌باشد، درآن بکار برده است. وچون خاصیت کلی این صنایع آنست‌که دربطن شاعر مخفی می‌باشد و تا خود شاعر حاشیه نرفته آنرا توضیح ندهد هیچ خواننده حلال‌زاده‌ای ملتفت وجود آن نخواهد شد، شاعر آنرا به صنایع بطنیه موسوم نموده است - و مقرر است که این حاشیه اعم از شفاهی و کتبی به «نه اینکه» شروع می شود - بدون دلیل.

[1] نه اینکه ملک در اصطلاح «گل سرسبد» و قضایا در لغت جمع قضیه است؟ پس این عنوان ثانوی را شاعر برای آن روی این قضیه گذاشته که خیال می‌کرد از این قضیه تا حال دردنیا بهتر گفته نشده است. شاعر درنظردارد در آتیه نزدیک از دیگران بپرسد که آیا ایشان هم در استحقاق این قضیه باین لقب موافق هستند یا خیر – و درصورت «خیر» تصمیم گرفته است دراولین فرصت امکان شروع به تهیه مقدمات عوض کردن این (صنعت تقسیم الحواشی) – (رجوع شود بحاشیه صفحه بعد.) عنوان بنماید. ولی دم را عشقه، حالا کوتا آتیه‌ی نزدیک. خوب اینجا ممکن است بعضی از خوانندگان عظام که معلومات دستوریه‌شان آب کشیده باشد از «مادرخر» به اشتباه بیفتند و خیال کنند که ضیغم علی خری داشته و این خرمادری؛ و پیر الاغ اخیرالذکر وسائل عروسی صاحب محترم فرزند خود را فراهم آورده است - ولی حقیقت نه چنین است؛ مقصود از مادرخر آنست که مادر خود ضیغم علی بوده - و دراینجا شاعر عجله کرده توضیح می‌دهد که مادر ضیغم علی خرچهارپا نبوده بلکه خر دوپا بوده که - احمق «مادرخر دومی، نه مادر خر اولی» تا «مسبب ازدواج ضیغم علی شده است» را که در حقیقت طول و تفصیل غیر لازم است خود شاعر نمی‌خواست درحاشیه بنویسد - متأسفانه موقع تحشیه‌ی این ملک القضایا یکی از فضلای چاق حاضر و ناظر بود و در مقابل اصرارهای ناهنجار او شاعر تاب مقاومت نیاورده مجبورن این قسمت بیهوده را براین حاشیه منقسمه اضافه کرد - وس سلام.)

بعدد سال‌های عمرش هم بچه به دنبالشه.
زنش باز از ده ماه پیش تا حالا آبستن بوده،
امشب نصف شبی بی خبر دردش گرفته،
زن‌های همساده تو اطاق زائو جمع شده‌اند.
هرکودوم به ماما یه دستوری می‌دهند.
ضیغم علی هم هی پک میزنه به چپق هی میکشه آه،
هی دستاشا میماله بهم میگه: «لا الاهل الاه!»
اما شما اگرچه خیلی باهوش هستید،
علت اوقات تلخی اورا نمیتونید بفهمید،
مگراینکه گوش‌های قشنگتون راسوهون بزنید تیز کنید،
وتا آخرهای این ملک القضایا بشنوید.
ضیغم علی بیست ساله بود که مادر خرش[۲] زنش داد،
راستش را بخواهید زنش نداد، دشمنش داد،
این دختر عموش بود که زشت بود و تنبل بود و سلیطه،
یک لقمه غذا توی گلوش فورو نمی‌رفت بی‌ضرب ترشی لیته.
ابروهای انبوه با پیشانی چروک خورده‌اش دست بهم داده بودند،
یک اخم طبیعی دائمی توی صورتش درست کرده بودند.
همیشه سرش یک خورده پائین افتاده بود ولای دهنش بود واز،
از میون دولبش هم نمایون بود یک دندون زرد گراز.
اما درعوض تا بخواهید غیرتی و هشری بود،
شیره به شیره می‌زائید، انگاری بچه تو آستینش بود.

---

[۲] نه اینکه در دستور زبان فارسی امروزه علامت مضاف و مضاف‌الیه با علامت صفت و موصوف یکی است؟

دراین بیست سال، هرسال مرتب آبستن شده،
هر بیست تا شکم هم برا شوهرش دوغلو زائیده.
بچه‌ها هم بقدرتی خدا همه دختر بودند،
یکی از یکی زردمبوتر و مردنی‌تر بودند،
سه دفعه قحتی، یک دفعه حسبه، هفت دفعه وبا،
افتاده بود توی این چهل دختر و یه ننه و یه بابا:
اما به قدرتی خدا[3] وندگار عالم قربونش برم،
یه مو از سر هیش کدومشون نشده بود کم!
هرچهل تا دختر الانه زنده و سردماغند،
از بس میخورن انگاری هر یکیشون دوتا نره الاغند.
میون دوست و آشنا با احترام فراوون،
زن ضیغم علی مشهور شده به ننه چهل دخترون.
زن همساده که هیژده تا بچه بیشتر نداره،
نزدیکه از حسودی چشم‌های خودش را دربیاره.
باقی همساده‌ها سرکوفتش می‌زنند میگند: «یارونروکه!»
نه نه چهل دخترون را نشونش میدند میگند: «تو چرا مادگیت میتوکه؟»
ازاین چهل دخترون هم اگرچه حالا،
بیست و چارتاشون ازنه ساله ببالا،
رسیده وقت عروسیشون،
هیشکی نیومده سراغشون؛
تا بکنه عقدشون، یا صیغه شون،

[3] نه اینکه کلمات «بقدرتی خدا» در دو سطر پیش هم گفته شده است؟ این خودش یکی از لطیف‌ترین صنایع بطنیه است که شاعر اسم آنرا صنعت بطنیه «تکرار عنیف» گذاشته . راجع به کلمه «انگاری» هم این صنعت درهمین نزدیکی‌ها بکار رفته. اگر محققید بگردید پیدا کنید خاصیت دارد.

یا تایه شون کنه با اون شیرنداریشون،

یا ببردشون خدمتکاری و کلفتی،

مخلص - همه کنج خونه موندگار شده‌اند با چه ذلتی!

اما بغیر از شیش تا شیرخوره‌ها.

که ازشون کسی توقع نداره حالاها.

باقی هرکودمی یه هنری دارند.

باری از دوش بابا نه نه شون ورمیدارند،

یکی رخت میشوره، یکی چیز میپزه، یکی سوزن میزنه،

یکی جارو میکشه، یکی پشگل جمع، یکی گدائی میکنه[٤]

نه‌نه‌شون کاری نداره جز اینکه تخمه بشکنه،

به همه‌شون فحش بده، برای خودش خانومی کنه

ضیغم علی هم از روزگار خودش راضیه،

هرچی میشه میگه: «بازم جای شکرش باقیه!»

دقه‌ای یه بار سربهوا و شکرخدا میکنه،

برای اینکه خدا سالی دوبچه بهش عطا میکنه[۵]

ضیغم علی هیچ نمیخوره غم خوراکشون،

ابدن هم نیست دربند پوشاکشون.

میگه: «اونیکه شکم را میسازه، نونشم میده،

---

[٤] نه اینکه اگر قسمت آخر این مصرع را اینطور بخوانید بهتر میشه، یکی بشکل جمع – ویرگول - یک گدایی - ویرگول - میکنه؟ پس همین طور بخوانید - ایدکم الله

[۵] نه اینکه صنایع منحصر به متن نیست و درحاشیه هم خیلی صنایع ممکن است بکار برد و قدما به این نکته پی نبرده بودند؟ - شاعر یک صنعت دیگر هم راجع به حاشیه پیدا کرده و آن اینست که صفحه هیچ حاشیه نداشته باشد و آنرا صنعت بطنیه «اکمال المتون» نامیده – افسوس که این صفحه حاشیه داره - اگر حاشیه نداشت می‌توانستیم بگوئیم که نمونه‌ای از صنعت بطنیه اکمال‌المتون می‌باشد. مخفی نماناد که صفحه بعد بی‌حاشیه و دارای این صنعت است.

«اونیکه کپل را خلق میکنه تمبون و بند تنبونشم میده،
«بچه را خدا میبخشه، اختیارش ورای آدمیزاده،
«هرکی بکار خونه خدا دس بزنه بی اعتقاده.»
کمتر شده بود ضیغم علی اخمش توهم رفته باشه،
یا ازاون طرف، ازچیزی خنده‌اش گرفته باشه،
با صورت آروم و سفت و بیفکر و خیال و کثیفش،
با گردن کلفت و شلوار گشاد و چپق پرلیفش
روزها را می‌گذراند در آفتاب به ناوه کشی،
بعدش صرف غذا،
شب‌ها را بعمل مقدس تولید مثل با مادربچه‌ها،
بعدش شکر خدا،
نه غصه‌ای، نه خنده‌ای، سال میاد و سال میره
فقط هرسال دخترهاش دوتا زیادتر میشه،
*
اما امشب بغیر از شب‌های دیگره،
غصه داره پدر ضیغم علی را درمیاره،
زیرا هرچی جون میکنه فکر بکنه فایده نداره،
نمیدونه اسم دوتا دختری را که زنش میزاد چی بزاره.
دوساعته فکر میکنه، یه اسم زنونه یادش نمیاد،
که اگر آنرا بلند بگه یکی از دخترهاش نگه «بله!» و پیشش نیاد
خینسا وام البنی و کلثوم وام الخیر و موچول،
بمون جون و گلین وام سلمه و بلقیس و بتول.
رقیه و خدیجه و سکینه و معصومه،
زبیده و حاجیه و ربابه و فاطمه،

شمسی و قدسی و مولود و تاجی و صنم،
اقدس و اشرف و عالم و همدم و محترم،
منور و مصور و مرصع و هاجر،
خاتون و بگوم و قمر و منظر،
زهرا و عزرا و توبا و آفاق و مولوک و زینب،
سقرا و کبرا و عظما و عزیز و کوکب،
زینت و حشمت و طلعت و نصرت،
حرمت و عفت و عصمت و عشرت[۶]
هرکودوم از این‌ها اسم یکی از دخترهاشه،
ظاهرن اسم دیگری هم دردنیا پیدا نمیشه،
از ترس اینکه دو دختر تازه‌اش بی اسم بمونند،
نصف العمر شده بود و بیخودی می‌زد زهرخند.
درسته که چند دقیقه پیش او پیدا کرده یک اسم،
ولی اون هم زشته هم معناش هست بر دوقسم:
یعنی اونرا هم به پسرا میشه گذاشتن هم به دخترا،
بهرحال ضیغم علی آن‌را ذخیره کرده برا روز مبادا.
حالا دردش اینه که اصلن اسمی برای اون یکی پیدا نکرده،
اگرچه به ذوجنبتین بودن اسم هم راضی شده.

---

[۶] نه اینکه ما خبر داریم که اهل تحقیق در میان خواننده‌ها کم است به همین دلیل توانستیم نترسیم و بجای چهل تا اسم، پنجاه تا اسم اون بالا بنویسیم!

البته خیال کرده‌ایم که کمتر کسی اینقدر بیکار است که اون اسم‌ها را دونه دونه بشمارد و از ما ایراد بگیرد که چطور ممکنست چهل تا دختر پنجاه تا اسم داشته بوده باشند؟ باری چنانکه درهمین حاشیه مکرر گفته‌ایم از آن‌جائیکه اکثریت با نامحققین است ما دل بدریا زده الابختکی و بدون هیچ غرضی شخصی یا امید منفعتی این کار را کردیم و امیدواریم که مچمان گیر نیفتد. توکلنا علی الله!

یگهوی صدای «الحمدلله فارغ شدش!»
از توی اتاق زائو بلند شدش.
ازونگ ونگ آدمیزاد جدید الولاده،
چنان هیاهو و قشقرق بی‌سابقه و بی‌نظیری راه افتاد،
که ضیغم علی پیش خودش یقین کرده،
که زنش عوض دو دختر سه دختر آورده،
زده توی سرخودش گفته: «یه دختر بی‌اسم کم بود،
«که روزگار آن‌را برا من دوتا نمود؟»
اینست که هی پک می‌زد به چپق هی می‌کشید آه،
هی آروغ می‌زد و می‌گفت: «لا اله هل الاه»؟
خلاصه نزدیک بود پس بیفته و بمیره،
ازین زجر و عذاب مرخصی دائمی بگیره،
که اون زن حسود که هیژده تا بچه
داشت باز هول می‌زد می‌خواست بیشتر شه،
با نیش از پیش ضیغم علی دوید،
گفت: «دوتا مژده گونی بده زنت زائید!»
ضیغم علی دیگه از جا دررفت و گفت:
من بچه بی اسم نمیخام، حتا مفت[۷]؟

---

[۷] نه اینکه قیمت گذاشتن و تجارت کردن در مورد ابناءِ بشر حتا کودکان بی‌گناه نوزاد برخلاف عدالت، عاطفه، انصاف، احساسات بشریت، نوع پرستی، رسوم باستانی و قوانین بین‌المللی کنونی است؟ نه اینکه بچه کوچولو سوزن سنجاق نیست که قیمت داشته باشد؟ نه اینکه بچه هرقدر هم عزیز دردونه باشه مفتکی گیر والدین معظمش میاد؟ به این همه دلیل شاعر هنوز نفهمیده است که چرا ضیغم علی گفت بچه را نمی‌خواهم «حتا مفت». مگر همه بچه‌ها مفت نیستند؟ (صنعت ایراد الشاعر)

«اسم یکیشون را بزارید آغابالا،
اون یکی دیگه دختر من نیسش والا،
زن حسوده گفتش: «آمش ضیغم علی،
«من دوتا مژدگونی ازت خواستم، ولی –
«نه برا دو دختر، زیرا این شیکم ای پدر
«زنت زائیده فقط یکی، اونهم پسر!
«از قدیم و ندیم هم گفته‌اند: یک پسر کاکل‌زری،
«میارزه به صدتا دختر گیس عنبری، دندون مرواری.»
اما آقای آمش ضیغم علی همچی وارفت که نگو،
مدتی منگ و مات زل زل نیگا می‌کرد به او،
بغض خطرناکی گرفته بودش اندر گلو!
آب دهنش را نمی‌توانست بدهد فرو.
آخرش هقی زد به گریه و گفت: «تو بدجنس خوشحالی،
«ازاینکه ایندفعه جای بچه دومی من هست خالی،
«تو دشمن منی نمیخای اولاد من برکت کنه،
«چل و یکی کمتر از چل ودوتاست هرچی باشه.»
زن همساده پتی زد بخنده گفت: «یارو
«بمرگ شوهرم این دروغه – اما بگو،
«اسم این دردونه آخری را چی میزاری حالا؟»
ضیغم علی فکری کرد، آروغی زد، گفت:«همون آقا بالا.»[۸]

---

[۸] باز مقدمه بر حاشیه. اینجا دوعلامت نمره حاشیه پهلوی هم واقع شده‌اند، واین خود صنعت بطنیه دیگری است که شاعر آنرا به صنعت بطنیه ذو حاشیتین موسوم نموده است. بعلاوه دراین حاشیه یک نوع مخصوص از صنایع بطنیه حاشیه‌ایه بکاررفته که حتا که دراین ملک القضایا هم سابقه و نظیر نداشته. توضیح آنکه معمولن بنداول از صنعت بطنیه تقسیم الحواشی درهمان صفحه متن نوشته

می‌شود، و بند دوم در صفحه بعد. اما در مورد حاضر، حاشیه قبل از متن شروع شده و از مورد اشاره متن کلی پیش افتاده است.

شاعر این نوع از صنعت بطنیه تقسیم الحواشی را یک صنعت جداگانه تشخیص داده و آنرا به صنعت بطنیه «استقبال الحاشیه علی المتن» موسوم نموده است. حالا برسیم برحاشیه ای که اون بالا بهش نمره هفت داده‌ایم (۷). نه اینکه ممکن است شما ایراد بگیرید که آقا بالای اولی باید با غین نوشته شود و دومی با قاف، نه اینکه می‌توانید در ذوجنبتین بودن «آقا» شک بیاورید و بگوئید اگر دوجور نوشته شود مثل این است که دو کلمه یا دو اسم مختلف باشد؟ جوابتان اینست که اول برشکاک نعلت. دوم ازاون، ضیغم علی سواد نداشت و در نیت او که اسم گذار حقیقی بود هردو این آقاها یکی بودند. سوم ازاون که اگر این ملک القضایا به خط جدید لاتین نوشته شود «اعتراض جهودی» شما اعدام خواهد شد. اما حاشیه نمره (۸). نه اینکه مناسب می‌بود این ملک القضایا یا قضیه چل دخترون بعدد دخترهای ضیغم علی در چهل بیت گفته شود؟ شاعر خیلی زود زد این کار را بکند نشد. بعد زود زد. تا بعدد اسمهای آن چل دختر که پنجاه و سه تا بود (درحاشیه نمره شش که اقرار کردیم پنجاه تاست دروغ گفته بودیم، حالاهم اطمینان نداریم این پنجاه و سه تا که میگوئیم راست راست باشد) این ملک القضایا را در پنجاه و سه بیت بگوید؟ آنهم نشد. بالنتیجه عده ابیات این ملک القضایا همین است که هست ولله اعلم بس سواب!

قضیه تق ریز نومچه

برخوانندگان محترم و قارئین معظم پوشیده و مخفی نماناد که ما نویسندگان زبردست آب زیرکاه این مجموعه کم آدمائی نیستیم. ما سالیان سال دود چراغ خورده، پیرهن دریده و استخوان خرد کرده‌ایم. ما حاشیه ملا عبدالله و صرف میر خوانده‌ایم. ما درمدرسه‌های جورواجور یریز تحصیلات کرده و کلی کف دستی و کف پائی نوش جان نموده‌ایم. همه این‌ها با استعداد خارق‌العاده مادرزادی ما توأم شده و مارا ژنیهای بی‌نظیری بارآورده است. مقصود این است که با این تفصیلات، ما مدتها بود درجاده ترقی و تعالی معنوی با قدم‌های شلنگ غول‌آسا مشغول پیشرفت بوده و از همگنان بمسافت اندازه ناپذیری جلو افتاده‌ایم.

ولی بدبختانه اخیرن ملاحظه شد که قاطبه جهانیان از مراتب معلومات ما بی‌خبر و از استفاده ازاین دریای بیکران فیوضات روحانی محروم و مهجور هستند، و بمحض توجه باین نکته تأسف‌انگیز، دل ما برای مردم بنا کردبه جیلیز و ویلیز سوختن. درهمین موقع نیز اتفاقن یک جمع کثیر و جم غفیر از اعاظم فضلا و اجله علما روی دست و پای ما افتاده با اصرار و ابرام و عجز و التماس و درخواست موفق شدند مارا راضی کنند که قبول زحمت فرموده مردم را قدری مستفیض نمائیم مانیز یگهو تصمیم گرفته از آن لحظه ببعد جز در راه خدمت بدیگران یک نفس از حلقوم خود بالا نیاوریم.

نتیجه آنکه این کتاب مستطاب وغ وغ ساهاب را که در حقیقت مشتی از خروار و یکی از هزاران هزار آثار برجسته ودنیاپسند ماست، قلم‌انداز بطبع رساندیم و راستی راستی پا نمی‌توان روی حق وانصاف گذاشت و خودمان هم با جرئت می‌گوئیم که خوب از عهده برآمده و داد سخنوری داده‌ایم و درربع مسکون اگر تمام آن علما و فضلائی که درچند سطر پیش روی دست

و پای ما افتادند، با آنهائی که بمناسبت غیبت، درآن هنگام ازایـن موهبـت عظما محروم ماندند، جمع شوند و دست یکـی کننـد امکـان عقلـی نـدارد بتوانند چنین کتابی بنویسند. چنانکه خود گفته‌ایم:

گرتو خوانی ایدون وغ وغ ساهاب،

دیگر احتیاجت نبود به هیچ کتاب.

این عصاره علوم معقول و منقول است،

هرکس بگوید «نیست» نفهم و فضول است،

مرآنرا نیامده است و نخواهد آمد نظیر،

غومپانی ضمانت می‌کند که شما ازخواندنش نشوید سیر.

پس یقین است که کافه انام کالانعام ازنعمـت‌هـای لطـف و ذوق و وسـعت اطلاعات و بکارت مضمونات ما به شگفت انـدر شـده از تـه دل شـکرگزار خواهند بود که نمردند و به زیارت کتاب مستطاب وغ وغ سـاهاب توفیـق یافتند.

ضمنن مقصود ما از طبع این کتاب نفیس ایـن بـوده اسـت کـه درایـن دو روزه‌ی دنیای دون ما هم به وسیله معلومات خودمان معروف خـاص و عـام شویم و سری تـوی سـرها دربیـاوریم ولولهنگمـان آب بگیـرد. زیـرا آخـر ناسلامتی ما نیز جوانیم و دل داریم واز همه این‌ها گذشته، جلو تلاطم امـواج معلومات و سررفتن قسمتی ازآن را که نمی‌توان گرفت، چه می‌شود کرد؟

خوشبختانه مابرعکس خیلی از نویسندگان درکتـاب خودمـان یـک کلمـه از جاهای دیگر دزدی نکرده‌ایم و اصلن احتیاج بچنین عملی نداشـته‌ایـم. زیـرا قریحه سرشار و معلومات بـی‌حـد و مقـدار مـا، مـا را از تقلیـد جنایـات و گنده‌کاری‌های دیگران و تنزل به مرتبه ایشان بی نیاز می‌دارد.

در خاتمه به کلیه جمعیت کره زمین توصیه می‌کنیم: هول بزنند و پـول نقـد بدهند، و هر چه زودتر، نفری یک نسخه از کتاب مسـتطاب وغ وغ سـاهاب

برای خود بدست بیاورند و آن‌را آنقدر بخوانند که از حفظ بشوند. وگرنه بدانند که ما به درجه خطرناکی حساسیم و فوری توی ذوق ما خواهد خورد و ما ذوق‌زده شده مجبور خواهیم شد به مراجعه به دکتر متخصص امراض ذق و این برای کلیه معاصرین و آیندگان مصیبتی بزرگ و جبران‌ناپذیر خواهد بود. زیرا ما بجای بیرون دادن یک پرتو گیتی نواز دیگر از خورشید درخشان وجود خودمان، مجبور خواهیم شد وقت خودمان را صرف معالجه ذق شکسته خود بنمائیم.

بهرحال خوشوقتیم ازاینکه برفرض هم این مصیبت پیش بیاید ما کار خود را کرده‌ایم و همین کتاب که برای جاویدان کردن نام نامی ما کافی است برسم یادگاری دراین دنیای دون تا ابد باقی خواهد ماند، چنانکه خود گفته‌ایم:

هیچ چیز بهتر ازاین نیست که بمیری بخواری وزاری، ولی اندر جهان از خودت یادگاری بگذاری.

قضیه برنده لاتار

من از بچگی در لاتار بدشانس بودم،
اما این بار زد وپری اول را من بردم!
فرداش یک جوان یالقوز یگهو به من کرد سلام
گفت: «بنده مخبر جریده فریده آسیام،
«موقع را مغتنم شمرده آمده‌ام تا دراین موقع،
«بپرسم احساسات شما برچه قسمه.
«چه آرزوهائی دردل خود می‌پرورید؟
«بااین پول هنگفت چه خیالاتی دارید؟
«آنرا به چه دردهای عالم المنفعه خواهید زد؟
«به کدام ایده‌آل‌های اجتماعی خدمت خواهید کرد؟
«تا شرح آن انتشار یابد در جریده آسیا،
«شما حاصل کنید وجه ملی در دنیا.»
گفتم «احساسات مزبور ازاین قرار است:
«اولن چشمم از دیدن ریخت تو بیزار است،
«می‌خواهم در زیر سرت تن نباشد،
«تا این قدر اسباب زحمت من نباشد.
«من فضول احساسات نخواسته بودم،
«همیشه احساسات بی فضول داشته بودم؛
«پولی است از هیچ کجا دزدی نشده،
«حق و حسابی گیر من اومده.
«به هر دردی دلم بخاد می‌زنمش،
«هرطوری هوس کردم خرج می‌کنم ش

«یک دینارش را نه خیرات میدم نه صدقه،
«تا چشم گدا گشنه‌ها درآد از حدقه.
«عجالتن قرض قوله هام را پاک می‌کنم ،
«یه خونه درشهر یکی در شمرون می‌خرم؛
«یک سالن رقص با یک کتابخونه،
«دایرمی‌کنم تو هردوتا خونه؛
«اثاثیه آخرین مد، با اتوموبیل،
«دستگاه عکاسی و تفنگ شیکاری،
«بولداک انگلیسی و اسب سواری
«داد دل از زن و اغذیه می‌گیرم،
«هرشب هم خواب‌های شیرین می‌بینم.
«چندتا رفیقام را که نسبتن آدمند،
«دعوت می‌کنم برام خوش صحبتی کنند؛
«دیگه احدی را پیش خودم راه نمیدم،
«سلام علیک خودم را با دیگران می‌برم.
«اون وقت اگه تو جلو من اومدی نیومدی،
«الآن هم زود را تا بکش برو خوش اومدی.»
گفت: «الحق مصرفی بهتر ازاین برای پول لاتار نیست،
«اما افسوس احساسات شما قابل انتشار نیست!»

قضیه داستان باستانی یا رومان تاریخی

ابرهای سیاه ژولیده سطح شفاف آسمان را پوشانیده بود، صدای غرش آسمان غرمبه در صحن صحرا طنین‌انداز شده بود. که ناگهان سواری بلند بالا از دور خودش را در پوستین بخارائی پیچیده چهارنعل می‌تازاند، همینکه دم کلبه حقیری فرا رسید دق الباب کرد. درباز شد و دختر جوانی با گیسوان سیاه، چشم‌های درشت جذاب و دماغ قلمی از پشت درگفت:

«ای سوار رعنا تو کیستی و از کجا میائی؟»

همینکه چشم سوار بردختر اصابت کرد محو جمال او گردید؛ دست روی قلبش گذاشت و گرپ روی زمین نقش بست، دختر بازوهای او را مالش داد، سوار بحال آمد و زیرلب با خودش گفت: «مان کاراپی تاپان، قونسول آرمانستان هاستام، که بداربار مالکان مالکا ایران و آنیران اسمردیس غاصب عازم میباشام.»

قلق و اضطراب دختر از وجناتش هویدا بود، زیرا که او هم به یک نظر عاشق کاراپی تاپان فرستاده ارمنستان شده بود. سپس گفت:

«ای جوان خیلی خوش آمدی: صفا آوردی کلبه حقیر مارا منور نمودی. همانا بدرستی که روز سپری شده و شب فرارسیده، امشب را در کلبه حقیر ما بسرآور، یک ملاغه آب دیزی را زیاد می‌کنیم.»

کاراپی تاپان از فرط شعف و انبساط درپوست خود نمی‌گنجید گفت: «بدین مژده‌گار جان بیافشانام راوا باشد،ای ماه شاب چاهارداه تو را نام چه باشاد؟»

«مرا ماه سلطان خانم نام نهاده‌اند، عزیزم.»

«ماه باید فاخرکناد که اسماش را روی تو گذاشت!»

«عزیزم، بیا گرد راه را از رخسارت برگیر.»

کاراپی تاپان افسار اسبش را بدربست، زیربغل ماه سلطان خانم را گرفته خرامان خرامان وارد کلبه حقیر شدند. ولی کلبه آن‌ها حقیر نبود و دختر از راه شکسته نفسی گفته بود که حقیر است. باغ بزرگی بود که به انواع ریاحین آراسته و بگل‌های خوشبو پیراسته بود؛ مرغان خوش الحان روی شاخسار درختان نغمات عشق‌انگیز می‌خواندند. کاراپی تاپان گلچین گلچین باماه سلطان خانم راه می‌رفتند، گل می‌گفتند و گل می‌شنفتند. ماه سلطان خانم این تصنیف را با خودش می‌خواند:

«طوطی بسر درخت چه شیدا می‌کرد،

اما از دل من، چه شیدا دل من! »

*

کاراپی تاپان یک سیکارهاوان که گوشه لب داشت آهسته می‌کشید و دودش را غورت می‌داد، تا اینکه دم اطاق مجللی رسیدند که مبل آن بشیوه لوئی هودهم بود. پیرمردی جلو رادیاتور الکتریکی روی صندلی نشسته بود که از پدیکورکردن ناخون‌های دست خود فارغ شده به مانیکور کردن ناخون‌های پای خود پرداخته بود، همینکه چشمش به کاراپی تاپان افتاد بلند شد و گفت:

«ای سوارشجاع خیلی خوش آمدی صفا آوردی، کلبه...» (باقی مطلب یادش رفت).

ماه سلطان خانم دنباله حرف او را گرفت: «کلبه حقیر مارا منور نمودی. همانا بدرستی‌که روز سپری شده وشب فرا رسیده، امشب را درکلبه حقیرما بسرآور یک ملاغه آب دیزی را زیاد می‌کنیم.»

پیرمرد: «من کلب زلف علی، مرزبان مرزبانان جزیره شیخ شعیب هستم. ای سوارشجاع شما کی هستی و ازکجا آمدی؟»

کاراپی تاپان: «مان کاراپی تاپان. قونسـول آرمانسـتان هاسـتام کـه بـدربار مالکان مالکا ایران و انیران اسمردیس غاصب عازم می‌باشام.»
کلب زلف علی: «به به! خوش آمدی که مرا خوش آمد از آمـدنت. هزارتـا جان گرامی فدای هرقدمت.»
کاراپی تاپان شرط تعظیم و تکریم بجای آورده، زمین ادب بوسه داد و بروی نشیمن قرار گرفت. کلب زلف علی گیلاسی ویسکی سدا بسـلامتی کـاراپی تاپان سرکشید و یک گیلاس کاکتیل هم بدست او داد که گرفته به سلامتی ماه سلطان خانم لاجرعه هرت کشید. سـپس ازهـر درسـخن بمیـان آمـد. ساعت دیواری که زنگ ۹ و۳ دقیقه را زد. آن‌ها ازجـای برخاسـته بسـالون ناهارخوری رفته هریک روی مسندی کنارمیز قرار گرفتند. ازانواع اغذیـه و اطمعه و اشربه تغذیه و تطمئه و تشربه کردند، چون خوب سیرشدند کلب زلف علی به کاراپی تاپان پیشنهاد کرد که یکدست بـریج بـازی کننـد، ولـی کاراپی تاپان که از عشق ماه سلطان خانم نه هوش داشت و نه حواس گفت که خسته‌ام و معذرت خواست. پیرمرد هم قرارگذاشت که فـردا صـبح بـا اتومبیل استودبیکر ۸ سیلندر به پلاژ بندر جاسـک و ازآن‌جـا بجزیـره شـیخ شعیب برای گردش بروند.

*

کاراپی تاپان دعوت او را اجابت کرد و اجازه رخصـت خواسـت کـه بـرود و استراحت بنماید. ماه سلطان خانم او را باطاق خواب مجللی دلالت نمود کـه همه مبل و اثاثیه آن کار «گالری باربس» بودبعد بوسه‌ای با انگشـتان مـواج بطرف او فرستاد و رفت. کاراپی تاپان جامه از تن برگرفت و در رختخـواب افتاد، ولی کجا خواب می‌توانست بچشمانش بیاید؟ همه‌اش مثل مـار غلـط می‌زد و بخودش مـی‌پیچیـد و سـیگار پشـت سـیگار مـی‌کشـید و خـواب

بدیده‌اش نمی‌آمد. ناگاه در همین وقت صدای پیانو از اطاق مجاور بلند شد که آهنگ «طوطی بسر درخت» را می‌زدند.

شست کاراپی تاپان خبردارشد که ماه سلطان نیز عاشق بیقرار اوست و هنوز خوابش نبرده زیرا که دل به دل راه دارد با خودش گفت: «شامورتی... مالوم میشاواد ماه سلطان خاطر ما را میخاهاد. آه یس گزی سیرومم. ماه سلطان جانام. شات لاوا!» اختیار ازکفش رها گردید. با پیراهن خواب از جای برخاست، کورکورانه به طرف پله رفت. ناگاه دست برقضا پایش به گلدان بگونیا گرفت جابجا زمین خورد، برجای سرد گردید و باقی عمرش را بشما داد.

اگر این قضیه رخ نمی‌داد، داستان تاریخی عشقبازی کاراپی تاپان با ماه سلطان خانم در زمان اسمردیس غاصب درجزیره شیخ شعیب خیلی مفصل و بامزه می‌شد، ولی متأسفانه قهرمان رمان ما صدای توپ کرد وما مجبوریم داستان او را بهمین جا خاتمه بدهیم، وس سلام.

قضیه خواب راحت

اندر مزایای مشرق زمین برمغرب زمین،
بزرگان مغرب زمین گفته بودند اینچنین:
که: «درمشرق زمین هرچند مثل مغرب زمین،
«بشر محروم است ازنعمتهای حاصله از ماشین،
«درعوض، از صدای ناهنجار ماشین هم راحت است،
«صدا عمر را کم می‌کند و اسباب زحمت است.
«خلاصه اینکه مشرق زمین هست مهد آسودگی و آرامش،
«مغرب زمین باشد پراز جنجال و شورش و موحش.»
اما این ضعیف که از بزرگان مشرق زمین است،
عقیده‌اش این است که حقیقت نه چنین است:
پیشترها در شهرهای ما سروصدائی نبود،
آدم اقلن خواب راحتی هرشب می‌نمود!
اما قرن بیستم ماشین را بمشرق زمین آورد.
ماشین که آمد آن ممه را لولو برد.
با اقتباس تمدن جدید، جنجال و هیاهو.
از مغرب زمین بطرف مشرق زمین آورد هجو،
م، و نتیجه این شد که اس ساعه درمشرق زمین هم گرفتار صداهای تمدن جدید هستیم و هم گرفتار صداهای بی‌تمدنی قدیم، چنانکه رای بــا بــرهمن گفت: چگونه بود آن حکایت؟ و برهمن جوابی بمضمون ذیل عرض کرد:
منزل مسکونی این ضعیف، که از بزرگان مشرق زمین است،
دریکی از دهکوره‌های کشور باستانی چین است.
مردمش بیشتر بی‌سوادند و بی‌تربیت،

عاری هستند از مزایای تمدن و معرفت.
بنده هم چندسال پیش به تشخیص دکتر به مرضی شدم مبتلا،
که علاجی ندارد جز خواب کافی و زندگی بی سروصدا.
این بود که از ترس مرگ، زندگی درپایتخت را باشتاب،
ترک گفتم و برای اقامت این ده کوره را کردم انتخاب.
ولی این آخریها یک جوان چینی جدی فرنگ رفته،
یک شب خواب دیده و صبح تصمیم گرفته،
که درهمین دهکوره تمدن غربی را،
با هر جون کندنی شده باید انداخت راه:
لذا یک مجله تأسیس کرده با یک مطبعه،
تا انتشار دهد افکار عام‌المنفعه در جامعه.
بدبختانه ماشین چاپخانه او،
بامنزل مسکونی این ضعیف می‌باشد روبرو.
هرروز ساعت شیش هنوز آفتاب نزده،
صدای ماشین کزائی بلند میشه:
«گامرام – دیم – بامبوم! گامرام – دیم – بامبوم!
آدم – شین – مردوم!» آدم – شین – مردوم!»
ماشینچی‌ها و هوروفچین‌ها که معمولن،
با هم قدری بلند بلند حرف می‌زنن،
که انگاری دشمن پرده سماخ همدیگرن.
از زور صدای ماشین مجبور میشن،
به حنجره خود زور بیارن
و صدا کوچیکه خودشونا ول بدن؛
تا بتونن حرف‌های همدیگه را بشنون!

الغرض، صدای ماشینچی و ماشین،
به اهل دهکوره میگه: «آفتاب نزده پاشین،
«تاما دوتا بیداریم خواب برای شما غدغنه،
«خواب بربریته، ولی بیداری تمدنه!»
بدبخت اهل دهکوره، جرئت نطق کشیدن ندارن،
پامیشن اگرچه به خوابیدن بیشتر علاقه دارن.
ظهرها سی و دو دقیقه برای ناهار تعطیل میشه،
ماشین‌چی‌ها و هوروفچین‌ها می‌ریزن تو همدیگه؛
حمله میارن، طرف اغذیه واشربه.
ماشین راهم می‌خوابونن. زیرا مقداری خواب،
لازم است برای جماد، اما نه برای انسان و دواب.
اما ازیکطرف صدای «تمدن» میشه بریده و خاموش،
ازطرف دیگر صدای «بربریت» میشه سوهان گوش.
زیرا کارگرها درضمن بلعیدن غذا
درمیارند از لب و دهنشان یک صداها،
که هرکس بشنوه میگه: «صدرحمت به آتش‌فشان کراکاتائو که در ۲۶ اوت ۱۸۸۳ در استرالیا – همچی ترکید که صدای آن سه بار دورکره‌ی زمین پیچید و همه جا بخوبی شنیده شد و نصف بیشتر قله کوه هم خورد و خاکشیر شده روی سر مردم ریخت و باعث قتل عام ۳۶٤۱۷ کورو کچل معصوم و بی‌گناه گردید.»
باری، سر سی ودو دقیقه یک زنگ خیلی گنده
گوش همه را کر میکنه چه خبره تعطیل تموم شده.
باز کارگرها قال و قولشون میفته راه،
ماشین بیدار میشه، خمیازه میکشه، میگه: «آه

«گامرام - دیم - بامبوم! گارمام - دیم - بامبوم!
«آدم - شین - مردوم! آدم - شین - مردوم!»
*
هرروز از اون ساعتی که گفتم تا نصف شب،
این صداها مارا میکنه معذب.
نصف‌شب کارگرها مرخص میشن،
ماشین بی‌پیر را برای شب می‌خابونن.
با نعره از سرایدار خداحافظی می‌کنن،
می‌زنن زیر آواز ناهنجار و بیرون میرن.
سرایدار ورمیداره یه قاب دسمال به چه بزرگی و نمناکی،
برای گردگیری می‌کوبه به درو پنجره شلاقی،
تا یک ساعت کارش اینه، بعد می‌بنده درهاره
میره پهلوی زن و بچه‌اش کپه مرگشا بگذاره.
تازه درد دل زن عزیزش میشه واز،
امان از صدای زیل و روده‌ی دراز!
این یک چیزی میگه، اون جواب میده چیزها،
هیچی هم نشده، برپا میشه میونشون دعوا،
جیغ زنیکه و صدا هرهری مرتیکه،
قاتی میشه با ونگ ونگ بچهه.
این کنسرت بی‌نظیر هرشب تشکیل می‌شود،
درست تابوق سگ هم ادامه پیدا می‌کند.
هربیچاره‌ای هم اون نزدیکی‌ها منزل داره،
شنیدن کنسرت براش مجانی و اجباریه.
دم دمه‌های سحر مزغونچی‌ها خسته میشن،

سرزیر لاحاف می‌کنن و خفه خون می‌گیرن.
جزصدای رسای خروپف این سه نفر،
می‌خوابد در دنیا همه صداهای دیگر.
این ضعیف هم که از بزرگان مشرق زمینم،
نزدیک میشه خواب پادشاه اولی را ببینم،
که گامب و گامب صدای درحیاط مطبعه،
بلند میشه – سرایدار فریاد می‌زنه «کیه؟»
ماشینچی‌ها و هوروفچین‌ها فریاد می‌زنن «مائیم واکون»
سرایدار پا میشه ازبغل زنش غرغر کنون،
بازهنوز آفتاب به تیغه کوه نرسیده.
ماشین از خواب میپره و هی نفس زنون میگه:
«گامرام – دیم – بامبوم! –
«آدم – شین – مردوم!
«گامرام – دیم – بامبوم!
«آدم – شین – مردوم!»

قضیه دکتر ورونف

یک دکتری دربلاد خاج پرست.
پیرشد و کنج خونه گرفت نشست.
اسم اون دکتره بودش ورونف،
دائمن کفر می‌گفت و باطراف می‌انداخت اخ و تف.
سلفدون را می‌گذاشت بالای سرش،
یکنفر را اجیر کرده بود که متصل بمالد کمرش.
حسرت دخترهای جوان را می‌خورد،
وقتی یک زن می‌دید روحش پرواز می‌کرد
که چرا دیگر ندارد او قدرت
تا بکند با زنان معاشرت.
لاجرم مطالعه کرد کتب‌ها؛
بیداری کشید بسیاری از شب‌ها؛
تا که مقصود خود را پیدا نمود،
در واقع کشف یک معما نمود:
که نفس دخترهای جوان،
می‌دهد عمر دوباره به پیران.
ولی فکری مانده بود که از چه راه،
مردم را هدایت کند دراین راه!

*

یک شبی تا صبح خوابش نبرد،
ساعات و دقایق را یک یک شمرد،
تا تئوری «گرف تستی کولر»

از آقای دکتر ورونف شد صادر.
رفت سوی باغ وحش پس صبح زود،
درحیوانات پستاندار دقت نمود
کاکائوت می‌خورد و می‌رفت راه
باطراف و جوانب می‌کرد نگاه؛
جستجو کردی مدرکی برای افکارش،
تا با آن مدرک آسان کند کارش،
ناگهان چشمش بمیمونی فتاد،
که خصیتینش آویزان بودی زیاد.
دیواری کوتاه‌تر از میمون ندید،
نعره شادی زدل فورن کشید،
فکرش روشن گشت و گفتا «یافتم!
خوب خیالاتی برایت بافتم!»
روز بعد درجراید مهم فرنگ،
اعلانات عجیبی رنگ و وارنگ.
جلب توجه مردم را می‌نمود،
مردم هم روزنامه‌ها را می‌خریدند زود زود.
درآن اعلان عریض و طویل،
که درمیان مردم انداخته بود قال و قیل؛
ورونف تئوری‌اش را شرح داده بود،
پیران را بجوان شدن مژده داده بود،
که سرومی از غدد خایه میمون
ساخته‌ام من دراین دنیای دون،
که با یک تزریق، پیرهفتاد ساله،

می‌شود جوان چون طفل هفت ساله،
این خبر را چون علما شنیدند،
انگشت حیرت بدندان گزیدند.
مردهای زن پرست از ذوق پردرآوردند و درفکر تجدید فراش شدند.
حرم‌هائیکه سال‌ها بسته بود.
کلیدهایش روی پشت بام افتاده بود؛
همه را باز کردند و آب و جارو نمودند.
خواجه‌باشی‌ها بحرمسراها رو نمودند.
مردهای ازکار افتاده پیر،
رفتند و تزریق کردند از آن اکسیر.
جوانیشان عودت کرده شاد شدند،
ازسرنو یک عده زیادی تازه‌داماد شدند.
عیش می‌کردند روز و شب بریز،
آقای دکتر کیف می‌کرد نیز.
پارسال که سنش بود در حدود هشتاد سال،
رفت و با یک دخترکی ازدواج کرد در حدود بیست سال.
عکس او را در تایمز و ایلوستراسیون،
گراور کردند و معرفیش کردند به عالمیون.
مختصر انگشت‌نما شد درجهان
پیرها دعا کردندش در آشکار و نهان.
پول‌ها بنمودند در راهش نثار.
دود کردند دور سرش عنبر نصار.
اما غافل ازاین نکته بودند آن مردمان،
که قبل ازاین تاریخ گفته‌اند پیران ما درجهان.

ابن سینا و ذکریای رازی،
پی بردند درروزگاران ماضی؛
هم ارسطاطالیس و هم جالینوس،
که برای یکدیگر می‌شدند لوس،
همچنین پی برده بود افلاطون مفلاتون،
ولی افسوس که زود شد تون بتون.
در قرون وسطی هم جادوگران
گفته‌اند این راز را اندر نهان
که: «نفس دخترکان جوان،
«پیرها را می‌نماید فورن جوان.»
اما بس که ورونف بلا بودش،
چونکه از مردمان گرگ حالا بودش،
خواست سر و رو دهد به تئوری خویش،
قضیه خصیه میمون را کشید پیش!
خایه آن زبان‌بسته‌ها را ناسور کرد
بینواها را عقیم کرده از مردی دور کرد.
زهر علمش را بمیمون‌ها چشاند،
تا خودش را جزو مشاهیر عالم کشاند!
آمد و معلومات قدیمه مارا قاپید،
همان‌ها را بصورت جدید برخ خودمان کشید!
اینک ای پیران روزگار و ضعفا،
گول ورونف و امثال او را،
نخورید و بیائید بسوی ما.
تا تئوری «ساندویچ» را شرح بدهیم برای شما،

عمل بکنید و پس جوان بشوید،
لذاتی از عمر و زندگانی در دوران ببرید؛
دو عدد دوشیزه باکره و پاک اختیار کنید،
قوه و بنیه جوانی را دوباره بیدار کنید.
آنها را دو طرف خودتان بخوابانید.
شب‌ها را تا صبح در آغوششان بگذرانید.
حتمن در اثر انفاس آن دو دوشیزه،
جوان خواهید شد بی‌گفتگو چند روزه.
دائمن استنشاق بکنید بویشان را،
نگاه بکنید همیشه رویشان را؛
چون چنین کردید پس بدانید یقین،
که صدسال تمام عمر می‌کنید روی زمین.
روز بروز گردن کلفت و چاق می‌شوید
در معاشرت زنان دون ژوان آفاق می‌شوید!

قضیه آقا بالا و اولاده کمپانی لیمیتد

«۲» و ابراهیم درخصوص زن خود ساره گفت که، او خواهر من است و ابی ملک ملک جرار فرستاده ساره را گرفت «۹» پس ابی ملک ابراهیم را خوانده بدو گفت: بما چه کردی و بتو چه گناه کرده بودم که برمن و مملکت من گناهی عظیم آوردی و کارهای ناکردنی بمن کردی «۱۱» ابراهیم گفت: زیرا گمان بردم که خدا ترسی دراین مکان نباشد و مرا بجهت زوجه‌ام خواهند کشت «۱٤» پس ابی ملک گوسفندان و گاوان و غلامان و کنیزان گرفته بابراهیم بخشید و زوجه‌اش ساره را بوی رد کرد.

سفر پیدایش ۲۰

ملاحق نظر تمام روز توبره بدوش، عرق ریزان عصازنان، دورکوچه پس کوچه‌های تهران فریاد می‌زد:

«ای زری؛ یراق، کلاه، قبا، آرخلق میخریم،

«نمد کهنه، لحاف کهنه، گلیم پاره میخریم.»

سرشب که بخانه برمی‌گشت، توبره‌اش را خالی می‌کرد و چیزهائی که خریده بود یکی یکی با احتیاط برمی‌داشت، وزن می‌کرد، بومی‌کرد، وارسی می‌نمود و پشت و روی آن‌را با دقت دم چراغ می‌دید، تا مبادا کلاه سرش رفته باشد. بعد سرقیمت آن‌ها با زنش سارا مشورت می‌نمود؛ چه او هم مثل شوهرش دلال بود و از این قبیل کارها سررشته داشت. اغلب بعد از تبادل افکار از روی رضایت ریش بزی خاکستری‌اش را تکان می‌داد، و چشم‌های ریزه پرمکرش ازلای پلک‌های ناسور از خوشحالی می‌درخشید.

یکروز غروب که وارد خانه شد، دید دسته‌ای از خویشانش در حیاط کوچک او جمع شده بودند، صدای آه و ناله سارا گوش فلک را کـر مـی‌کـرد. ربقا خاله‌اش او را که دید جلو دوید و گفت:
«- مشتلق مرا بده، زنت پسر زائیده!»
ملاحق نظر به عصایش تکیه کرد، پشت خمیده خود را راست کرد و لبخند روی لب‌های قهوه‌ای رنگ باریکش نقش بست.
بعد آه عمیقی کشید و از خوشحالی اشک در چشمانش پرشد - سه شب و سه روز جشن گرفت، شیلان کشید، داد درمسجدشان به آواز بلند تـورات خواندند، و برای شام هم دوتا کله ماهی خرید. اسم مولود جدید را آقا بالا گذاشت و ازفردا اهل محله در راه و نیمه راه جلو او را می‌گرفتند و تبریـک می‌گفتند. ملاحق نظر ازاین پیش آمد دوسه سال جـوان شـد، بـا گـام‌هـای محکم راه می‌رفت، زبان را دور دهانش می‌گرداند و می‌گفت:
زری، یراق، کلاه، قبا، آرخلق، زیرجامه می‌خریم،
«نمد کهنه، گلیم پاره، دشک کهنه، لحاف پاره می‌خریم.»
حق هم داشت، چه هر کسی به جای ملاحق نظر بود و سر شصـت و شـش سالگی از زن چهل و چهارساله بچه پیدا می‌کرد آنهم پسر،خدا را بنده نبـود، حالا ملاحق نظر اجاقش روشن شده بود، درخانه‌اش باز مـی‌مانـد و بعـد از خودش پولی را که بخون جگر جمع کرده بود پسرش بجریان می‌انـداخت و برآن می‌افزود. ازآن روزبه‌بعد او وزنش فکر و ذکری نداشتند مگر آینـده آقابالا. شب‌ها را با سارا در این خصوص مشورت می‌کـرد. چیـزی کـه او را متوحش کرده بود این بود که روزگار تغییر کرده بود، راه‌های پرمنفعت‌تری رندان پیدا کرده بودند: دلالی دور خانه‌ها تبدیل شده بود به مغازه‌هـای بزرگ، «کهنه قبا - زری - آرخلقی» اسمش را عتیقه‌فروش گذاشته بـود، معامله‌های بزرگ بزرگ می‌شد؛ چیـزهای صـددیناری یـک لادولا فروختـه

می‌شد، ملاحق نظر این ترقی را حس کرده بود. می‌دانست کـه او و زنـش قدیمی‌اند و کسب آن‌ها قدیمی است. ولی ازطرف دیگر، عشق زندگی آباء و اجدادی او را پایبند محله کرده بود، و هروقت این خیـالات بـرایش پیـدا می‌شد مثل این بود که ازغیب صدائی سرزبانی باو می‌گفت:

«هرکه از محله رفت هرهری مذهب شد!»

ازاین رو ملاحق نظر میل داشت که آقا بالا تورات خوان بشود که هم بـدرد دنیا و هم بدرد آخرتش بخورد. ولی سارا که چشم و گوشش پرشده بـود و درخانه اعیـان شـهر آمـد و رفـت داشـت، متجـددتر از شـوهرش بـود. عقیده‌اش این بود که به آقابالا سرمایه بدهند و درخیابانهـای خـوب شـهر مغازه خرازی باز بکنند.

اول که بچه زبان باز کرد گفت: «پول!» و این مایه امیدواری پـدرو مـادرش شد، فهمیدند که تخم حلال است. ولی مباحثه پیشه اینده آقابالا سال‌ها بین ملاحق نظر و زنش بطول انجامید. وقتیکه آقابـالا شـش سـاله شـد، اغلـب نصایح پدرش را راجع به ثـروت، پـول، ترتیـب بدسـت آوردن آن، جلـب مشتری، طرزچانه زدن، بازارگرمی، جنگ زرگری و غیـره بـاگوش و هـوش می‌شنید و درهمان سن لایق بود که با اقتصـادیون درجـه اول دنیـا داخـل مباحثه بشود.

یکشب ملاحق نظر خوشحالتر از همیشه با کولباره بزرگش وارد خانه شـد و بعادت معمول، یکی یکی چیزهائی که بچنگ آورده بود از توی توبره بیـرون می‌آورد و به پسرش نشان می‌داد. قیمت خرید و فروش آن‌هـا را بـرای او تشریح می‌کرد، دراین بین سارا وارد اطاق شد. ملاحق نظر برای اولـین بـار درزندگیش خندید و سه تا دندان کرم خورده زرد ازدهنش بیرون آمـد و گفت:

«- نمیدونی چی گیر آوردم... یک تیکه جواهر...!

سارا چشم‌هایش برق زد وگفت:
«بده به بینم.»
ملاحق از جیب فراخش یک سرقلیان مرصع که دور آن نگین‌های سبز و سرخ بود درآورد و با دست لرزان به سارا داد. سارا جلو چراغ نگاهی به آن کرد و هراسان پرسید!
«چند خریدی؟
«نوزده زار و سه شاهی.
«مرا مسخره کردی؟
«هان...؟
«اینکه اصل نیست.
«جان آقا بالا؟
«خاک بسر خرت بکنند. مگر ریشت را تو آسیاب سفید کردی؟ نمی‌بینی بدل است؟
ملاحق نظر رنگ گچ دیوار شد، سه مرتبه گفت: «اوی، ووی، ووو ی.» و سکته کرد.
سارای بیچاره بیوه شد، به جوانمرگی شوهرش گریه کرد. ازدل و دماغ افتاد و خانه نشین شد. هزارو هفتصد تومان چهارهزار پس انداز مرحوم ملاحق نظر و پانصد تومان دارائی خودش را به اضافه دو قلابه الماس و یک سینه ریز مروارید که فروخت تومانی دوعباسی تنزیل داد، و همه وقت خودش را با یکدنیا امید و آرزو صرف شمردن پول و تربیت بچه یکی یکدانه‌اش کرد. آقا بالا نه شبیه پدرش بود ونه شبیه مادرش، دوتا چشم تغار بی‌حالت داشت میان یک صورت گرد، و مثل این بود که یهوه از تعجیلی که در خلقت او داشت بینی او را کج کارگذاشته بود. ولی بنظر مادرش آقابالا از حسن تمام بود. و بهمین جهت می‌خواست هرچه زودتر دست او را جائی بند بکند

تا پسرش از راه درنرود. برای اینکار، پیوسته با ریش سفیدان محله مشورت می‌کرد، مخصوصن یکروز رفت پیش ملااسمعیل جادوگر و فال گرفت. ملااسمعیل خط‌هائی روی کاغذ کشید، لای کتاب عبری را باز کرد و سرنوشت آقابالا را این‌طور مختصر کرد: «طالع آقابالا مثل طالع حضرت یوسف است. یوسف بچاه اسیرشد. اما آخرش خلاص شد و کارش بالا گرفت. بطوریکه همه باو حسد می‌بردند.» بالاخره سارا فکرهایش را جمع کرد و آقابالا را سپرد به ملااسحاق که نزدیک خانه‌شان دکان کهنه ورچینی داشت، ولی برخلاف انتظار سرهفته نکشید که ملا اسحق پیش سارا از دست آقابالا یخه‌اش را پاره کرد، و آب پاکی روی دست او ریخت و گفت: «بیخود زحمت نکش، این بچه چیزی نمی‌شود، جوهر ندارد. چون دیروز کاسه ذرتی را با صد دینار شیره شکسته.»

سارا با چشم گریان و دل بریان جریمه را پرداخت. بعد فکر کرد که آقابالا چون ته صداش بدنیست برای خواندن تورات خوبست. و او را بدست خاخام محله سپرد. یکماه نگذشت که خاخام او را جواب داد. و درمدت یکسال که آقابالا را بدکان زرگری، رفوگری، عتیقه فروشی، خرازی و حتا بجادوگر محله هم سپردند و به طلاشوئی هم فرستادند، همه جا آقابالا را با افتضاح بیرون کردند و همه استادان فن از دست او به تنگ آمدند. آنوقت سارا پی برد که پسرش نااهل است و پشت کار ندارد. بعدبنا به رای ریش سفیدان محله او را بمدرسه برد و سفارش‌های سخت کرد.

چیزیکه غریب بود گوش شیطان کر، آقابالا هرروز صبح زود ناهارش را برمی‌داشت و بمدرسه می‌رفت و شب‌ها اغلب خیلی دیر بخانه برمی‌گشت. مادرش خوشحال بود که اقلن ایندفعه آقا بالا پشت کار پیدا کرده و شاید چندکلمه زبان فرنگی یادبگیرد که بدرد آینده‌اش بخورد. علت دیر آمدن آقابالا را هم این‌طور تعبیر می‌کرد: که تمام روز را درس

خوانده و خسته شده، عصرها با بچه‌های مدرسه بگردش می‌رود. ازایــن رو پاپی او نمی‌شد.

یک روز ننه طاوس دلال آمد بخانــه‌اش وبــا اصــرار و ابــرام ســارا را بــرای عروسی پسرش میزالقمان وعده گرفت، سارا هم به عروســی خانــه رفــت. نزدیک غروب بود که چهارنفر مطرب مرد با دنبک وتار وارد خانه شــدند. بمحض ورود کناردیوار نشسته و رنگ گرفتند:

«دیشب که بارون اومد، خدا ای ای جانم

«یارم لب بون اومد خدااى امان...»

درین بین پسر ده دوازده ساله‌ای که لباس مخمل ارغــوانی خــواب و بیــدار پوشیده بود با کمربند نقره زنگ بدستش گرفته بود، قرکمر می‌آمد، ریسه می‌رفت؛ معلق می‌زد، موهای سرش را از اینطرف به آنطرف مــی‌ریخــت و چشمک می‌زد. زن‌ها و مردها دست می‌زدند و غیه می‌کشیدند. ولی درین میان سارا بی اختیار نعره کشید:

«آقابالا، الاهی داغت بدلم بماند... این توئی؟»

قر توکمر آقابالا خشک شد، صورتش را باهردو دست پنهان کرد. همه اهل مجلس بهم ریختند، پنداری که موش تــو مســجد جهودهــا افتــاده. دســته مطرب با تار و دنبک خودشان جیم شدند. آقابالا هم گــم شــد. ولــی ســارا ازشدت اظطراب غش کرد و آن میان افتاد.

همه دورسارا جمع شدند، بعد ازآنکه بهوش آمد شموئیل پسرعموی پدرش افتان و خیزان اورا بخانه رسانید ودرراه سرگذشت آقابــالا را بــرایش نقــل کرد که دوسال است میرزا آقای معروف که سردسته‌ی مطرب‌های محلــه است آقابالا را گول زده و در دســته‌ی خــودش بــرده و از آنوقــت تابحــال آقابالا به بهانه مدرسه درمحله‌های بالای شهر کارش رقاصی است. امــروز بطور اتفاق درمحله رسید و دمش توی تله افتاد. ســارا فاصــله بــه فاصــله

نفرین‌های آبدار به پسرش می‌کرد. بعد از آنکه شموئیل رفت سارا با چشم‌های قرمز و سوخته‌اش مدتها به بدبختی خودش گریه کرد و گیسش را چنگه چنگه کند. اتفاقن دراین شب آقابالا مست لایعقل دیرتر از معمول بخانه آمد و شام نخورده خوابید. فردا صبح همینکه آقابالا آمد برود سارا جلوی او را گرفت و گفت:

«میخام هفتادسال سیاه بمکتب نری!

«من خودم می‌دانم.

«خاک بسرت کنند. حیف آن زحمت‌ها که من به پایت کشیدم. عاقت می‌کنم ، برو از همسال‌های خودت یادبگیر. میرزا خلیل نصف تواست صاحب دوهزارتومان ثروت است، توبرو پای دنبک برقص!

«خودم می‌دانم مگر چه عیبی دارد؟

«الاهی جوانمرگ بشی، پدرت هفتادسال دورکوچه‌ها نمدکهنه خرید وآبرویش را از دست نداد، روزی هم که مرد هزارو هفتصد تومان پول گذاشت. هرچه پول نقره دستش می‌آمد باندازه یک مو ازکنارش می‌تراشید. یکوقت می‌دیدی سرسال ده دوازده زار نقره جمع کرده. اما تو راه پول درآوردن را بلد نیستی، اگرپدرت می‌دانست که تو پای دنبک معلق می‌زنی ده سال پیش دق کرده بود.»

«عوضش کارمن مایه ندارد. مایه‌اش توی کمرم است، مگر داود که صدهزارتومان سرمایه دارد هفت دست خانه ساخته اجاره می‌دهد ازهمین کار ترقی نکرد؟ مگر یاقوت که پنج تا مغازه داره تو دسته نمی‌رقصید؟ یحیا که دواخانه بازکرده یا ابراهیم جواهر فروش ازهمین راه مایه دار نشدند؟»

«آنها مثقالی هفتصد دینار باتو فرق داشتند، فهمیدند چکار بکنند اما تو قدر پول را نمی‌دانی، تو نمی‌دانی که دنیاست و پول، اول و آخر پول است هرچه طلا و نقره دردنیاست باید دست کلیمی‌ها بیفتد، از اول دنیا این کارماست.

بی‌خود نبود که سامری گوساله طلا درست کرد و مردم آن‌را پرستیدند. ما باید گوساله سامری بشویم تا دنیا به پایمان بیفتد. مگر مرحوم پدرت نمی‌گفت: باید از آب روغن بگیری، باید اژدهای روی گنج بشوی. دردنیا اگر حقیقتی هست آن پول است، تو دیگر ناسلامتی عقل رس شده‌ای. مگر نصیحت‌های پدرت از یاد رفته؟
«من خودم می‌دانم.
«تف برویت بیاد با مادرت اینجور حرف می‌زنی؟ من عاقت می‌کنم. برو گم شو، ان‌شاءالله ذریاتت وربیفتد، هرچه کلیمی بود تو سرشکسته کردی!»
آقابالا با تغیر از خانه بیرون رفت.

*

هژده سال اثری از آثار آقابالا پیدا نشد. هرچه مادرش از این و آن سراغ او را می‌گرفت کسی نمی‌دانست چه به سرش آمده. سارای بیچاره با چشم‌های سرخ و سوخته درخانه کثیف خود منفعت پول‌هایش را می‌خورد و از فراق آقابالا گریه می‌کرد، به اندازه‌ای بی‌تابی می‌نمود که همه اهل محله از بدبختی او متأثر شده بودند. درین مدت سارا مثل جوجه شپشک زده کنج اطاق کزکرده بود، چشم‌های آب چکوی او تارشده و موهای سفید ژولیده دور صورت او ریخته بود. از دور، سرش مثل یک مشت پنبه بود که موش میان آن بچه گذاشته باشد. هروقت یک نفرباسواد پیدا می‌کرد می‌داد حکایت یوسف و زلیخا را برایش بخوانند و هنگامی که هوای آقابالا بسرش می‌زد پیراهن و تنبان پاره او راجلوش می‌گذاشت، زنجموره می‌کرد و مثل یعقوب آن‌را بسر و روی خودش می‌مالید. و خوشبختانه هنوز بوی فرزندش را ازین پیراهن و زیرجامه کهنه استشمام می‌کرد.

یکی از روزها ملااسحاق افتان و خیزان بخانه سارا آمد. دستمال چرکی را بازکرد و ازمیان آن یک بغلی خالی عرق درآورده گذاشت جلو سارا. سارا پرسید:

«این چه چیز است؟»

«می‌دانی رویش نوشته: «شرکت آقابالا و اولاده کمپانی لیمتد،»

«آقابالا اولاده چی یه؟»

«آقابالا در قزوین کارخانه عرق‌کشی باز کرده»

«آقابالا را می‌گوئی؟»

«دیروز از قزوین آمدم، پسرت را آن‌جا دیدم،»

«آقابالا را می‌گوئی؟»

«آره آقابالای خودمان، ماشاءالله مرد بزرگ گردن کلفتی شده. دوتا بچه هم پیدا کرده و تجارتخانه‌ای دارد که ده‌هزار تومان سرمایه تویش خوابیده، من چون بی‌طاقتی شما را می‌دانستم ازش پرسیدم که چطور شد که یک‌مرتبه درمحله گم شدی، برایم نقل کرد:

«میان خودمان باشد با یک تاجر قزوینی رویهم ریختم و همانروز که با ننه‌ام حرفم شد رفتم به قزوین. یکسالی پیش او ماندم، بعد سرمایه‌ای بهم زدم و این دکان را بازکردم.»

«آقابالا را می‌گوئی؟»

«مگر عکسش را روی بغلی نمی‌بینی؟»

روی بغلی عکس مضحکی بود با چشم‌های وردریده و دماغ کج. سارا بغلی عرق را برداشت بوسید، بدلش چسبانید و از ذوق گریه کرد. و بریده بریده می‌گفت: «می‌دانستم، ملا اسمعیل برایش سرکتاب بازکرده بود. طالع آقابالا مثل طالع حضرت یوسف بود، درچاه حبس شد، باو بهتان زدند... اما آخر کارش بالا گرفت.» بعد از ملا اسحاق پرسید:

۹۸

«خوب گفتی که خیلی پول جمع کرده؟»

«خودم دیدمش، می‌گویم بیست هزارتومان دارائی دارد، خیال داشت برود به فرنگستون

«آقابالا را می‌گوئی؟»

«بله، آقابالا را می‌گویم، آنوقت تو بی‌خود گریه می‌کنی که اولادت ناخلف شده. همانوقت که پیش من کهنه ورچینی می‌کرد، می‌دیدم که نسبت به سنش بچه باهوشی است. خوب ما قدیمی بارآمده‌ایم بچه‌هایمان باهوشتر ازما هستند و راه پول پیدا کردن را بهتر بلدند.»

«بمن می‌گفت که رقصیدن مایه ندارد چیزی از آدم کم نمی‌شود.»

ملا اسحق قوطی کوچکی ازجیبش درآورد. از آن گرد زردرنگی ریخت کف دستش و انفیه کرد، بعد ازچند عطسه گفت: «خاک بسرپسرم که چهارسال است کهنه ورچینی می‌کند.» و بلند شد و رفت.

سارا تا مدتی بغلی عرق را جلوش گذاشته بود، نگاه می‌کرد و خودش را خوشبخت‌ترین مردم دنیا حس می‌کرد.

شب را از ذوق خوابش نبرد. فردا صبح زود کولباره‌اش را برداشت و رفت پنج قران داد روی یک اتومبیل باری نشست. ظهر را نان و پیاز خورد و تنگ غروب همانروز خسته و مانده در قزوین پیاده شد. پرسان پرسان «تجارتخانه آقابالا و اولاده» را پیدا کرد.

جلو مغازه بزرگی رسید. همینکه وارد شد دید مرد گردن کلفتی دست توی جیب جلذقه‌اش کرده پشت میز نشسته و دوتا بچه مفینه کچل آن‌جا راه می‌رفتند. سارا جلو رفت بغلی عرق را روی میز گذاشت و گفت:

«آقابالا این توئی؟»

«ننه جون تو اینجا چه کار میکنی؟»

سارا دست کردپستان‌های پلاسیده‌اش را توی دست گرفت و گفت:

«شیرم حلالت! شیرم حلالت!»

قضیه میزان‌تروپ

بود وقتی مردی اسمش میزان‌تروپ،
که از آدمیزاد بدش می‌آمد مثل ناخوش از سوپ
هروقت شکل آدمی از دور می‌دید،
حالش بهم می‌خورد و رنگش می‌پرید،
درمی‌رفت وهفت تا سولاخ غایم می‌شد،
تا آدمه از مقابلش گم می‌شد.
همه اشخاص درنظرش مثل خرس و خوک،
می‌آمدند و با هیچ کس نمی‌کرد سلوک.
آنوقت‌هائی که هنوز حالش تغییر نکرده بود،
دستی بالا زده بود، زنی گرفته بود؛
اما حالا دیگر از زنی‌که هم خوشش نمی‌آمد،
بهمین دلیل هم هیچوقت پیشش نمی‌آمد.
از زنیکه جدا می‌خورد و جدا می‌خوابید،
روزها می‌گذشت که روی زنش را نمی‌دید.
فقط وقتیکه شهوت گریبانش را می‌گرفت،
می‌رفت و گریبان زنیکه را میچسبید سفت.
اما بمحضیکه ازاو کام دل حاصل می‌کرد.
لنگان لنگان ازاو جدا می‌شد و او را ول می‌کرد.
یک روزی از روزها آثار حمل پدید،
درجفت آقای میزان‌تروپ گردید.
بعد از چندی هم یک طفل از زنیکه بدنیا آمد،
اما میزان‌تروپ ازبچه خودش هم بدش آمد.

چه می‌شود کرد؟ این اخلاق دست خودش نبود.
اگر دست خودش بود این‌طور نمی‌نمود.
یک روز که زنیکه میخاس رخت بشوره،
مرتیکه بهوائی که سربچه را بجوره
یواشکی اورا ورداشت زد توی دیگ آبجوش،
بچه دوسه تا ونگ زد وشد خاموش.
میزان‌تروپ بچه را برد خوابانید،
زنیکه هم علت مرگش را نفهمید.
اما بعد از یکسال یک بچه دیگر تولید شد،
میزان‌تروپ با او هم مشغول همان معامله شد.
وقتیکه بچه دومی زنیکه هم شد نفله،
زنیکه از بخت بدخود شد درگله،
یک بوئی برده بود که شاید میزان‌تروپ،
بچه‌های او را می‌ترکاند مثل توپ.
پس این دفعه که تولیدمثل کردند، زنیکه بچه را مخفیانه برد و به خــواهر خودش سپرد و سفارش کرد که: «ترا بخدا بهیچکس بروز نده که این بچــه مال منست، مبادا شوهرم بفهمد و این یکی را هم بفرستد لای دست آن دو تا دیگر.» خواهرش گفت: «اگرچه هیچ دوئی نیست که سه نشه مطمـئن باش که به هیچکس نخواهم گفت مگر بخود بچه، آن هم وقتی که پا بعقـل گذاشت.»

« پس ازبیست سال آزگار»

بیچاره میزان‌تروپ پیر شده،
علیل و بدبخت و زمین‌گیر شده.
هنوز هم از آدم و آدمیزاد متنفرست،

صبح تا الهی شام مشغول غرغر است.
در را به روی خودش کیپ بسته بود،
توی خونه تنها گرفته بود نیشسته بود.
اگرچه درد و محنتش ببود خیلی زیاد،
خویش و بیگانه را پیش خودش راه نمی‌داد.
کنار لمبرش یک دنبل نیش کشیده بود،
تمام دندان‌هایش کرم خورده بود و ریخته بود،
مخفی نماند که مردم هم ازاو،
بدشان می‌آمد مانند خود او،
این بود که کسی نمی‌آمد احوالش را بپرسد،
احدی را نداشت بفریادش برسد.
خلاصه قوای بدنیش تحلیل رفته بود،
مثل بوف کور تنها و غصه‌دار نیشسته بود؛
که یک مرتبه درزدند و یک جوان رشید،
وارد شد و از خوشحالی داد می‌کشید،
که: «ای پدر من اولاد تو هستم!
«سال‌هاست که درپی تو گشته‌ام!
«درآسمان می‌جستم درزمین ترا یافتم،
«بیا پدرجان تا دورت بگردم.»
بعد پرید و پیشانی میزان‌تروپ را بوسید،
همآن‌جا تنگ دل او تمرگید.
گفت: «ایا خوب نیست بچه جوانی تو،
«پهلویت بنشیند بشود عصای پیری تو؟»
پدرش گفت: «مرا خیلی خوش آمد از آمدنت

«هزارجان گرامی فدای یک قدمت.
«عجالتن برخیز جانم دیگ بزرگ را بگذار بار،
«کمکی بکن به این پدر بیمار،
«دنیا و آخرت را با این حرکت بخر،
با حور و غلمان محشور شو از جوانیت لذت ببر!»
پسره بلند شد سردماغ.
دیگ را آب‌گیری کرد گذاشت روی اجاغ.
تویش یک چارک خرده برنج زرچه ریخت،
هیزم زیرش چپاند و هی فوت کشید.
همینکه دیگ غل غل جوش آمد،
میزان‌تروپ عصای خود را برداشت و پهلوش آمد.
پسرش که دولا شد دیگ را بهم بزند، میزان‌تروپ یک پشت پا باو زد و عصا را فشار داد روی کمرش و پسر رشیدش، مک رفت توی دیگ و میزان‌تروپ دردیگ را گذاشت. روح پسر رفت و با حور و غلمان محشور شد.
آنگاه میزان‌تروپ چپق خود را چاق کرد و چنین گفت:
«من درتمام عمر از بچه بیزار بوده‌ام،
«زنم به من حقه زده بود نگهداشته بود یک بچه‌ام،
«من هرچند که پیرو علیل شده‌ام و بیمار،
«نیستم از اصول عقاید خود دست بردار،
«این پسرآخری را هم خوب شد فرستادم بدرک
«زیرا دراین دنیا نمیخام ازکسی کمک حتی از فلک!»

قضیه وای بحال نومچه

همانا حقوق مفصله الاسامی ذیل برای نگارندگان محترم کتاب مستطاب وغ وغ ساهاب تا ابد در تمام ممالک مکشوف و یا نامکشوف کره زمین، ودرتمام کرات دیگر منظومه شمسی، ودر تمام منظومه‌های دیگـر عـالم، و در تمـام عالم‌های دیگر، محفوظ می‌باشد. واگر خدانکرده زبونم لال، زبونم لال گوش شیطون کر، هفت قرآن درمیون، نفری از انفار و بشـری از ابشـار بـه یـک گوشه از احدی ازاین حقوق تخطی بکند، دیگه هیچی، خر بیار و باقالی بارکن! مقصود اینست‌که جونم واسه شما بگه آقام که شما باشیـد، **وای بحـال** آن کسی‌که بدون اجازه کتبی رسمی نگارندگان محترم کتـاب مسـتطاب وغ وغ ساهاب، تمام یا قسمتی (حتی یک کلمه) ازاین کتاب را چاپ کند، یا ژلاتـین کند، یا ازروی آن نسخه خطی ور دارد، یا سرمشق بنویسد. وای بحالش اگـر جز به ترتیب فوق این کتاب را ترجمه، تقلید، تضـمین، یـا اسـتقبال کنـد یـا امانت بدهد یا ازروی آن فال بگیرد.

وای بحالش اگر به انتشار غیرقانونی مندرجات آن بوسیله اشـاره چشـم و ابرو، یا نجوا، یا نعره، یا مراسله با پست شهری یا پست ایالتی یـا خـارجی. یـا تلیفان یا تیلغلاف با سیم و بی‌سیم، یا رادیو، تله‌ویزیون یا تلـه‌پـاتی مبـادرت کند!

وای بحالش اگر ازاین کتاب تعریف کند، یا بد بگوید، یا دربـاره آن مقالـه انتقادی بنویسد، یا نطق کند، یا آن‌را مسخره کند، یا برایش متلک بسازد!

وای بحالش اگر از روی این کتاب مستقیمن یا غیرمستقیمن درام، تراژدی، کمدی، اپرا، اپرت، اپراکمیـک بنویسـد، یـا پهلـوان کچـل، لانتـرن ماژیـک، میکی‌ماوس، سینما خاموش، سینماسونور، سینما گویا، سینما رنگـی، سـینمای

دارای دوبعد، سینما سه‌بعدی، سینما چهاربعدی، سینما پنج بعدی.... سینما nبعدی بسازد!

وای بروزگارش اگر از روی مندرجات آن تصنیف یا سمفونی بسازد، یا صفحه گرامافون پر کند.

وای بروزگارش اگر از روی آن پرده نقاشی، کاریکاتور، مینیاتور، موزائیک، کارت پستال آرتیستیک یا مجسمه بسازد. یا تذهیب یا منبت کاری، کنده کاری یا برجسته کاری کند!

وای بحالش اگر پیش رو، یا پشت سرنگارندگان محترم بی‌مانند آن بدبگوید یا اظهار معلومات کند، یا نسبت به ایشان هتک شرف یا سوءقصد بنماید، یا ایشان را مورد هیپنوتیزم یا مانیتیزم قرار بدهد یا روح ایشان را احضار کند.

در خاتمه وای برحال و روزگارش اگر درخریدن و پروپاگاند کردن کتاب مستطاب وغ وغ ساهاب اهمال بکند یا با اعطای جایزه نوبل به یأجوج و مأجوج و غومپانی مخالفت بورزد.

قضیه عشق پاک

اول بارها همه جانورها،
می‌شوند مست و اختیار ازکفشان رها،
می‌روند دنبال عیش و عشقبازی،
منهم بودم جوان، اما نبودم راضی.
قلم شی ای دست جنایتکار طبیعت بوقلمون!
بگردی ای دنیای دون واژگون و کن فیکون!
بسی روزها له له زنان من دویدم.
دنبال ضعفا هی بو کشیدم.
تا اینکه بیرون شهر درآسیا،
پسندیدم دختر مشدی رضا.
غروب دور از چشم اغیارای پسر،
بوی گل‌ها در هوا می‌زدند بال و پر.
بلبل چهچه می‌زد روی شاخه‌ها،
ابرها تیکه پاره بود روی هوا.
محبوبه من درون آسیا،
شده بود پنهان مثل دختران با حیا.
قلب من در قفس سینه تنگنا،
طپشان موحشی انداخته بود راه.
اشعار ویکتورهوگو و لامارتین،
می‌خواندم من همچو عشاق حزین.
دامن گریه نمودم پس رها،
گوله گوله اشک می‌ریخت ازاین چشم‌ها.

هیچکس نبود حال من را به بینه،
یا که یکدم پهلوی من بنشینه.
قدم برمی‌داشت گلچین گلچین،
اشک من می‌ریخت و ترمی کرد زمین.
ناگهان معشوقه آمد برون از آسیا،
من گفتم: »ای بارک الله مرحبا!
»چرا باین دیر آمدی تو اینجا؟
»من که از عشقت شده‌ام چون دوک سیاه.«
او گفت: »ای جنایتکار چنین مگو سخن!
»با من ژولیده پر رنج و محن.
»من بی‌آلایش بودم آوخ آوخ،
»تو مرا بغل گرفتی و جستی همچو ملخ.
»روی لب‌هایم را گزیدی همچو مار،
»پیش فامیل محترم بردیم وقار.«
این‌ها را می‌گفت اما دست مرا می‌مالید و می‌کشید،
رفتیم تا شدیم در صحرا از چشم اغیار ناپدید.
توی گودالی یک حلقه چاه غایم شدیم،
پهلوی یک اسب مرده غلت زدیم...

*

صبحش دردی گرفت در اسافل السفلایم،
رفتم پیش حکیم او گرفت نبض پایم:
پس اخمش را کشید توی هم گفت: »ای شیطونک
»کارهای ناشایست کرده‌ای تو بی شک.
»متأسفانه چاره این درد نمیشه با دوا،

برو از دعانویس بگیر دعا،
«چونکه کارت گذشته از معالجه،
«هی ورجه، هی ورجه، هی ورجه!»

قضیه میزان العشق (مبحث علمی)

بر ارباب علوم پوشیده و مخفی نیست که علمای علم فیزیک آلاتی ساخته و میزان‌هائی وضع کرده‌اند که حالات و کیفیات گوناگون اجسام و موایع مختلف را بما نشان می‌دهد. اسم اغلب این آلات به «متر» منتهی می‌شود مثل ترمومتر، بارومتر، دانسیمتر، پیرومتر و غیره. مثلن برای سنجش حرارت بدن کافی است که شیشه مدرج بلوری را که میزان الحراره (گرماسنج) می‌گویند در زیر زبان یا زیر بغل یا جای دیگر فرو ببرند و چند دقیقه انتظار بکشند، آنوقت جیوه که میان لوله از حرارت کلافه می‌شود راه می‌افتد و جلو یک نمره می‌ایستد و ازروی آن درجه حرارت تن را می‌فهمند. مثلن میزان الهوا یا بارومتر از روی فشار بار هوا که بسطح جیوه وارد می‌آید انقلابات هوا را قبلن تعیین می‌کند. پس معلوم می‌شود که برای هر حالت و انقلابی میزانی معین شده؛ حال می‌خواهیم بدانیم برای این انقلابی که در بدن انسان تولید می‌شود و عموما آن‌را عشق می‌نامند میزانی معین شده و آیا ممکن است میزانی برایش تعیین نمود یا نه؟ در جمعه بازارهای اروپا یک میزان‌العشق وجود دارد که از روی حرارت دست، مایع قرمزی که در شیشه‌ای هست حرکت می‌کند و در مقابل درجه‌هائی می‌ایستد که جلوی آن‌ها بطور تمسخر نوشته شده: عشق پرحرارت، یا عشق گول خورده، یا عشق شدید ویا گزنده و غیره، وازاین قبیل مزخرفات. ولی چنانکه ملاحظه می‌شود این میزان برای تفریح است و صورت عملی و جدی ندارد. زیرا وقتی که یک زن و مرد دست یکدیگر را گرفته اند، چشم‌هایشان کلوچه شده؛ قربان صدقه یکدیگر می‌روند، ما نمی‌توانیم بطور تحقیق قیاس بکنیم که تا چه اندازه به هم علاقه دارند و آیا ممکن است علاقه آن‌ها را باهم سنجید یا نه. البته میزان پرداخت پول هم دلیل نمی‌شود، چون یک نفر ممکن

است متمول باشد و سخاوتمند، و دیگری لات و خسیس: پس ازروی پول نمی‌شود میزانی برای عشق قایل شد. اگر بخواهیم حرف‌های آن‌ها را میزان قرار بدهیم مثل: قربانت بروم، تصدقت بشوم، برایت من می‌میرم، خواب بچشمم نمی‌آید، ترا بقدر یک دنیا دوست دارم؛ بعد از آنکه آب وصال یاحرمان برآتش عشق ریخته شد؛ مشاهده خواهیم کرد که همه اظهارات آن‌ها دروغ بوده. پس بطور تحقیق درجه و میزان عشق یک نفر را که بیشتر سرزبان دارد و شارلاتانی می‌کند با یک نفر که پخمه است و کمتر اظهار می‌کند نمی‌توانیم بسنجیم و از یکدیگر تمیز بدهیم. مثلن دوجوان به یک دختر اظهار عشق می‌کنند؛ یکی ازآن‌ها قنبرک درمی‌آورد، اشک می‌ریزد، غش و ریسه می‌رود، و بازی درمی‌آورد. ولی دیگری که بقدر او کهنه کار نیست و سرزبان ندارد کلاهش پس معرکه می‌ماند. زیرا بطور تحقیق ضعیفه گول آن جوان چاپلوس را می‌خورد. دراین صورت آیا می‌توانیم قضاوت بکنیم که عشق کدامیک ازاین جوان‌ها نسبت به این ضعیفه بیشتر بود؟ آیا می‌توانیم بگوئیم که جوان شارلاتان بیشتر این ضعیفه را دوست دارد؟ ولی پیران ما از قدیم گفته‌اند که: «تب تند عرقش زود در می‌آید.» چه بسا اتفاق می‌افتد که این‌طور جوان‌های پرحرارت درجه عشقشان فورن تنزل پیدا می‌کند و به صفر می‌رسد. البته چون موضوع ما علمی است کاری به نتایج اجتماعی این موضوع نداریم که حق با کدام یک است. و آن دختر خوشبخت یا بدبخت می‌شود این هم بما مربوط نیست. فقط می‌خواهیم میزانی برای عشق این دو نفر پیدا کنیم که اساسش برروی احساسات باشد. آیا چنین میزانی ممکن است؟ درجواب می‌گوئیم: بلی، وآن میزان عبارت است از: «شلاق در ملاء عام!» ممکن است که خوانندگان محترم موضوع را جدی تصور نکنند، ولی پس از اندکی تأمل خواهند دید که موضوع جدی بلکه عملی است و این مقیاس روی احساسات قرارگرفته. برای اثبات مدعای

خودمان همان مثل فوق را ذکر می‌کنیم: حال آن ضعیفه و آن دو جوان را که یکی از آن‌ها شارلاتان و دیگری بی زبان است درنظر بیاوریم؛ هرگاه برای میزان عشق معشوقه، چند ضربه شلاق، مثلن ده یا بیست ضربه شلاق در ملاء عام قایل بشوند آنوقت دو جوان عاشق را حاضر بکنند و به آن‌ها پیشنهاد بکنند. هرکدام حاضر به تحمل ضربه‌های شلاق شدند واضح است که او بیشتر ضعیفه را دوست دارد. اگر هردو حاضر شدند آنوقت می‌شود ضربه‌های شلاق را بمزایده گذاشت و درمیان چندین عاشق آنکسی که بیشتر از همه پوست کلفت‌تر بود و بیشتر شلاق خورد معلوم می‌شود عشقش بیشتر است و او شایسته ضعیفه می‌باشد. البته اگر دو زن یا بیشتر عاشق مردی بشوند با همین طریقه، یا بوسیله درجوال کردن و سنگسار نمودن ایشان درجه عشق را می‌شود بدست آورد. چنانکه ملاحظه می‌شود این امر حسی است و خیلی کمتر از طریق دیگر اشتباه برمی دارد. کشف علمی میزان العشق در محافل علمی و دنیای علوم بی‌اندازه مهم است. از آن گذشته اهمیت آن در حیات انفرادی واجتماعی نیز برهمه عالمیان معلوم و واضح می‌باشد.

قضیه اسم و فامیل

منوچهر و عبدالخالق دو برادر بودند
شمس‌النهار و رزماری هم دو خواهر بودند.
این دو خواهر به اون دو برادر شوهر کردند،
و فامیلی تشکیل دادند که محشر کردند:
منوچهر شد شوهر عزیز شمس‌النهار،
عبدالخالق، روزماری را گرفت دراین روزگار.
حالا منوچهر و عبدالخالق علاوه بر برادر،
گردیده‌اند باجناغ یکدیگر.
همچنین شمس‌النهار و رزماری،
با یکدیگر شده‌اند هم خواهر هم جاری؛
عبدالخالق ضمنن می‌شود آئیزنه شمس‌النهار،
منوچهر هم ایزنه روزماری... چرا می‌خندید؟ زهرمار[۹]

---

[۹] یکی از صنایع قضیه‌ایه آنست که شاعر یک مطلب را اتفاقن دوجور بسازد ولی نتواند تشخیص بدهد که کدامش بهتر است، و همان جا وابماند. این صنعت موسوم به صنعت لطف تردید یا لطیف الطرفین می‌باشد و ابیات ذیل یگانه نمونه آن است:
(بجای شش سطر آخر قضیه فوق):

منوچهر عبدالخالق حالا هستند هم باجناغ و هم برادر،
شمس‌النهار و رزماری نیز هستند هم خواهر هم جاری یکدیگر
در نتیجه این وصلت منوچهر ضمنن می شود آئیزنه رزماری،
عبدالخالق هم آئیزنه شمس‌النهار... چرا می‌خندید کوفت کاری!

قضیه اختلاط نومچه

یاجوج: آقا معجوج، حوصله داری یک خورده باهم انترویو کنیم؟
ماجوج: چرا ندارم. ولی اگر ایندفعه اسم من را از ته امعاء غلاظت معرب کردی نکردی.
یاجوج: ای به چشم! خوب بگو به بینم تو راجع به معلومات خودمان پیسی‌میست هستی یا اوب تی میست؟
ماجوج: نفهمیدم چی میگی. واضح‌تر حرف بزن.
یاجوج: کتاب مستطاب «وغ وغ ساهاب» را می‌گویم. می‌خواستم بدانم به عقل ناقص تو چه می‌رسد. آیا گمان می‌کنی خوب کتابی شده است؟
ماجوج: البته، صدالبته، هزارویک البته، کتابی که از فکر بکر ومعلومات و تجربیات فراوان و ذوق سرشار و بی‌نظیر تو بزرگوار پدید شده باشد سگ کسی باشد که کتاب فوق‌العاده خوبی از آب درنیاید. مخصوصن که من نیز با زبان بسته و قلم شکسته خودم دستی توی آن برده باشم!
یاجوج: آیا تصور می‌کنی که خوب فروش برود؟
ماجوج: این سؤال را از من نباید بکنی. از آقای محترمی باید بکنی که پدربرپدر کتابفروش بوده واز این راه ده‌ها هزار تومان پول حلال بدست آورده و تجربیات کافی و شافی حاصل کرده باشد. ولی رویهم‌رفته گمان‌مندم که از بعضی کتاب‌ها بهتر فروش برود.
یاجوج: یعنی از کدام کتاب‌ها؟
ماجوج: کتب ارکان اربعه.
یاجوج: کتب ارکان اربعه چه باشدی؟
ماجوج: همانا گروهی معتقدند که خدای اسرائیل درروز هفتم که کارخانه خلقت را تعطیل کرده و فکرش فراغتی یافته بود سرتاپای عالم را ورانداز

کرد، دید فقط در آفرینش یک نکته ناتمام مانده است و آن اینست که در رشته معنویات پروگرام صحیحی وضع نشده است. این بود که در روز هشتم، اول آفتاب، آستین قدرتش را بالا زد و نیم‌ساعتی بطور فوق‌العاده کارکرد و شالوده معلومات بشرخاکی را ریخت و این بنای با عظمت را بر روی چهار رکن رکین استوار نمود و عمل آفرینش را باین وسیله کامل کرد.

یاجوج (با اشتیاق): کدام است چهار رکن رکین معلومات روی زمین؟

ماجوج: تحقیق، تاریخ، اخلاق، ترجمه.

یاجوج (نومید، زیرلبکی با خودش): در «وغ وغ ساهاب» همه چیز پیدا می‌شود غیر از این چهارتا!

ماجوج: همانا من سخنان زیرلبکی تورا به گوش هوش شنیدم و اینک بزبان حال تصدیق می‌نمایم. اما باید اضافه کنم که آنچه گفتی ودر سفتی نباید موجب دلسردی تو وامثال تو گردد؛ زیرا هرکس اراده کند می‌تواند کتابی بروفق یکی از این ارکان صادر کند، و برای اینکار باید همانگونه رفتار کند که آن پدر پیر به پسر خود دستور داد.

یاجوج: چگونه بود آنک؟

ماجوج: «آورده‌اند که پیرمردی مجرب، هنگام نزع پسر را نزد خود خواند و بدو گفت: هان‌ای فرزند دلبند اگرتو را نه بنیه حمالی در تن و نه ذوق تحصیل در سرباشد همانا بهتر آن است که یکی از چهار کسب را اختیار و خود را بدان وسیلت صاحب اعتبار کنی، دو روز زندگی را به بندگی نگذاری، بلکه عمری به خوشی بسپاری، مال و جاه بکف آری و پس از مرگ مرده ریگ بسیاری برای اعقاب خود برجای گذاری. اینک آنچه به تو می‌گویم نتیجه سالیان دراز تجربت تلخ است، زیرا مرا درکودکی از آن‌جا که آوازی خوش بود برحسب وصیت پدر قاری کردند، و یک عمر به نکبت و خواری بسر آوردم، لکن از بسی جای‌ها گذر کردم و بر بسیاری مردمان نظر،

عاقبت به یقین دریافتم که هیچ چیز دراین دنیای دون به از یکی ازاین فنون نباشد که آن: تحقیق و تاریخ و ترجمه و اخلاق است.

«اول - هان جان فرزند، اگر خواستی محققی دانشمند شوی چنانکه خلایق نوشته‌هایت را به اشتیاق بخرند و به رغبت بخوانند، و نامت را درهر مجلس با احترام تمام برزبان برانند؛ نخست نیک بنگر که از زمره محققین مشهور کدام یک در شهر تو سکونت گزیده است، و آیا در نزد مردمان دیار تو قرب و منزلتی دارد یا چون من مفلوک و خوار است. هرگاه صورت اول شامل حالش و کار جهان بروفق مراد و اقبالش باشد، مدتی در نزد او استاژ بده، یعنی بی آنکه کوچکترین امارات حیات ازخود بمنصه ظهور رسانی درگوشه مجلس او بنشین و بادمجان گرداگرد قاب بچین، دنب او را دربشقاب بگذار و خود را در شمار فدائیان وی درآر، تا کارت سکه کند و پیازت کونه. سپس نام چندین کتاب قطور عربی را ازبرکن و بتقلید آنان عباراتی چند بررشته تحریر بکش، وبویژه التفات کن که حتا یک صحیفه‌ات ازنام نامی آن کتب تهی نباشد. هرگاه به جملاتی رسیدی که معنی آن را درست نفهمیدی هیچ وانمان بلکه بی پروا آن را درنبشته خویشتن بگنجان و بدینگونه بیگانه را از ترس بلرزان و خودی را ازحسد و غبطه برنجان.

«دوم - اما تاریخ خود شعبه‌ای از تحقیق است که مستلزم افکار دقیق است. چنانچه اقدام به اینکار کنی، نیکوست اندکی زبان خارجی بدانی تا بمقامات بلند رسیدن بتوانی به آسانی. و بدانکه همینقدر که در سنوات اتفاقات مهم اشتباه ننمودی درزمره خاصان این فن برای خویشتن جائی ربودی. دیگر کارت نیست جز آنکه مطالب دیگران را در قالبی دیگر ریزی و با عبارات و اصطلاحاتی ازآن زبان خارجی برآمیزی، یا اساسن واقعه‌ای در مخیله خویشتن بسازی و کتابی با حواشی مفصل درآن باب بپردازی. اگر هم از قوه ابداع یکباره خود را بی‌بهره بینی، همانا توانی که در گوشه‌ای بفراغت بنشینی و

بیهوده زحمت نبری و افکار و عبارات دیگـران را عیـنن باسـم خـود برشـته پاکنویس درآوری.

«سوم – اما ترجمه – چون چند ماهی دریکی از مدارس رفتـه باشـی و چنـد کلامی از یک زبان خارج مـذهب آموختـه، بحـدی کـه بتـوانی فقـط اسـم نویسنده کتاب یا عنـوان مقالـه‌ای را بخـوانی، مـی‌تـوانی خـود را در زمـره مترجمین مشهور بچپانی. پس بکوش تا بدانی فلان کتاب از کیست و درباره چیست، آنگاه هرچه دم قلمت بیاید غلط انداز بنویس و بنام نامی نویسنده اصلی منتشر کن؛ هرچه خواستی ازقول او بساز و هیچ خـود را مبـاز، ضـمن ساعی باش که در همه مقالات مهم اجتماعی، فلسفی، علمی و یا افسـانه‌هـا، تئاترها و رومان‌های مشهور میشل زواگو، آلفـرد دوموسـه، ویکتـور هوگـو، موریس لبلان، لامارتین و امثال ایشان عبارات شورانگیز عاشقانه بگنجـانی، و هیچ صفحه ترجمه توخالی از فرازهـائی ماننـد «آوخ، آوخ»، «عشـق گـرم»، «روح لطیف»، «دل سنگ» و «پرتو ماه» نباشد. اگـر چنـین کـردی محبـوب القلوب خوانندگان معظم و گرامی شوی و با اجناس لطیفه شادکامی کنی.

«چهارم – اخلاق و فلسفه است، که اگر هیچیک از آن کارها که پـیش گفـتم ازتو ساخته نباشد فیلسوف و اخلاق نویس بشو. زیـرا ایـن فـن را اسـاس و مایه‌ای درکار نیست، همینکه چند لغت قلنبـه ازبرکـردی هرکجـا رسـیدی آن‌را تکرار کن و درخلال سطور همه نوشته هایت بگنجان. البتـه آب و تـاب لازمه آن است. همواره از مطالب قلنبه و پیچ در پیچ دم بـزن و دل و روده خود و شنوندگان را برهم بزن، تا بگویند دریای علومی وواقف بـر مجهـول و معلوم.

«هرگز فراموش نکن که اگر از اهمیت عصمت در جامعه، و شـئون اخلاقـی عالم بشریت، و اینگونه موضوعهای بزرگ ظاهر و پوچ باطن در نوشته‌هـا و گفته‌ها، بامناسـبت و بـی‌مناسـبت، درخـواب و بیـداری، دم بزنـی، دیـری

نمی‌گذرد که ملقب به لقب فیلسوف دانشمند، و مصلح اجتماعی خواهی شد. نامت برسرزبان مرد و زن خواهد بود و نانت در روغن.

«همانا نکته اساسی که باید در نظر داشته باشی این است که هرکدام ازاین چهار فن شریف را که خواستی انتخاب کنی متقدمین خود را فراموش مکن. حتمن خودت را به یکی از بزرگان معاصر یا قدیم که احترامش مسلم است و بنیان شهرتش محکم، پیوسته کن، تا در پرتو نام او نام تو نیز چون آن «لبلاب ضعیف شود که چندی پیچد بدرخت ارجمندی درسایه وی بلند گردد و مانند وی ارجمند.» اگر متقدمین از معاصرین باشد در مجامع صرف شام و صبحانه یا ناهار و عصرانه که منعقد می‌کنی با تکریم و خوشروئی سخت از ایشان پذیرائی کن. خود را بدروغ کوچکتر و خاکسارتر از آنکه هستی در مقابل ایشان وانمود کن، باشاره مستقیم و نامستقیم ازآثار ایشان اظهار اطلاع و تمجید کن، درمقابل هر اشاره ایشان سرفرود بیاور و صورت حق بجانب بخود بگیر. اگر درخارج خواستی به تنهائی عکس‌برداری چند جلد کتاب قطور درهر طرف و در پیش رو بگذار و دست راستت را زیرچانه جاداده نگاهت را به نقطه نامعلومی در زوایای آسمان معطوف کن تا هر کس عکس جمالت را بدیده عبرت بنگرد و به زبان حال گوید: «این مردی صعب فکور است!» و چون چنین کردی برسرهر سفره لقمه‌های چرب پیشت گذارند و همچون قوم وخویشت شمارند زنهار اگر کنی فراموش. نامت زجهان شود فراموش. همه زحماتت بهدر خواهد رفت و عمرت بیهوده بسر. نظری براطراف خود کن و ببین چگونه مشاهیر امروزه همین راه را پیموده و سود آن‌را ربوده‌اند معلومات اربعه را احتکار کرده و بکمک شهرت متقدمان برای خود اسمی بدست آورده‌اند. وپس از چندی خرده خرده خود را از استادان خویش هم بالاتر شمرده ایشان را بهیچ نمی‌گیرند و عاقبت لقب ادیب اریب

و دانشمند شهیر و یگانه فرزند ادب‌پرور و فیلسوف هنرمند را به دمب خود می‌بندند و استفاده‌های مادی می‌نمایند.»

«پدر چون سخنان خود را بدینجا رسانید چانه انداخت و رخت هستی بسرای نیستی کشانید.

«اما پسر شقی هرچند ضعیف‌البنیه بود اندکی درگفته‌های پدر غور نمود. عاقبت پستک حمالی را برپشت خود استوار و در گوشه سبزه میدان شروع بکار نمود و تا آخر عمر بار می‌برد و بدان افتخار می‌کرد.»

یاجوج: این حکایت به ما چه تعلیم می‌دهد؟

ماجوج: این حکایت به ما تعلیم می‌دهد که حدود نویسندگی از ابتدای خلقت به همین چهار موضوع محدود شده است و هرکس درغیر این موضوع‌ها سخنی بگوید و خود را نویسنده بداند باید سرش را داغ کرد.

یاجوج: پس چرا جایزه ادبی نوبل را تا کنون هیچ یک از محققین، مورخین، خوش‌اخلاقی نویسان و مترجمین نبرده اند؟

ماجوج: الله اعلم بس سواب! اما به گمان من جایزه نوبل برای کتاب‌هائی است که با واجد بودن بالاترین ارزش ادبی، درهمان حال درخور فهم عوام کالانعام باشد. مثلن کتاب مستطاب «وغ وغ ساهاب».

یاجوج: (ناگهان). مخارج این کتاب چقدر شد؟

ماجوج: همانا برای کتاب مستطاب «وغ وغ ساهاب» دو قسم مخارج مختلف بعمل آمده. مخارج مادی ومخارج معنوی.

یاجوج: مخارج مادی کدام است؟

ماجوج: مخارج مادی را می‌توان بطور تخمین حساب کرد که چقدر شده. این مخارج به شکل پول نقد بوده و در نتیجه هفته‌ها و ماه‌ها جان کردی کندن بدست آمده و در عرض چند روز کوتاه مثل آب روان از کیسه فتوت غومپانی بدر رفته است. و بطور کلی از بابت‌های ذیل پرداخته شده است:

کاغذ مسوده، کاغذ پاک نویس، دسته قلم، سرقلم، مداد سیاه، مدادسرخ، مداد غوپیه، جوهر (چندین رنگ)، دوات، کاغذ آب‌خشک‌کن، میز تحریر، صندلی تحریر، لیوان آب، یخ، یک عدد وغ وغ ساهاب (ازگلاب شیکری)، کرایه درشکه، کاغذ چاپ، کاغذ جلد، حمالی، اجرت چاپ، اجرت غلط گیری (که چون غلط گیری را خودمان انجام دادیم، این اعتبار را برای صرف لیموناد و آبجو درضمن غلط‌گیری بکارزدیم)، اجرت صحافی، قمیسیون‌فروش و غیره و غیره؛ روی هم رفته با حساب دقیق بی‌غرضانه، بهر جلدی ازاین کتاب مستطاب دو ریال (قران) مخارج مادی تعلق گرفته است.

یاجوج: (با دهان باز). فقط دوقران؟ من خیلی کتاب‌ها را دیده‌ام که از حیث چاپ، حجم، جنس کاغذ، و سایر خواص مادی، انگشت کوچیکه «وغ وغ ساهاب» هم نمی‌شدند، با وجود این یک کتابفروشی آن‌ها را بقیمت پنج ریال و شش ریال می‌فروخت و بسرحد مطهر یک آقا سید محترمی که حاضر و ناظر بود قسم می‌خورد که ضرر می‌کند وآقا سید هم حرف او را تصدیق می‌کرد مثل این بود که از ته و توی کاراو خبر دارد.

ماجوج: حرف مرد یکی است. اگرشاه رگم را بزنید، بیش از دو قران تمام نشده که نشده. جلدی دو ریال هم که می‌گویم درصورتی است که متصدی چاپ «وغ وغ ساهاب» یک کتاب‌فروش متخصص نبوده و خود این ناتوان بوده‌ام که ازاین فن شریف بوئی نبرده‌ام وچپ و راست یا کلاه سرم رفته و یا گشادبازی‌ها و ناشیگری‌های بیجا کرده ام. یقین دارم اگر یک کتابفروش متخصص این کار را برعهده گرفته بود عین همین چاپ برایش درحدود نصف این مبلغ تمام می‌شد، یعنی یک قران.

یاجوج: (متحیرانه). خوب. فرمودید مخارج «معنوی» هم کرده‌اید. این یعنی چه؟ من تا حالا چنین اصطلاحی به گوشم نخورده بود.

ماجوج: شما مگر خدانکرده از آن طبقه از مردم هستید که تا چیزی حسی و قابل لمس پیدا نشود بوجود آن معتقد نمی‌شوید، آیا چیزهائی که الان برای شما خواهم شمرد از کیسه عمر ما نرفته و آیا کیسه عمر از آن کیسه ترمه سیاهی که پول خورده‌هامان را توش می‌گذاریم خیلی مهمتر نیست؟ چقدر انرژی سلول‌های دماغی خودمان را برای پیدا کردن موضوع این قضایا و پروراندن آن و به کلام سپردن آن صرف کرده‌ایم! چقدر عصب و رتین چشم‌های کور مکوری خودمان را فدای مراحل نوشتن و پاک‌نویس کردن و غلط‌گیری و چاپ آن کرده‌ایم؟ چقدر بر عضلات نازنین انگشتان و بازوان خودمان برای سیاه کردن و پس و پیش کردن این اوراق زحمت تحمیل کرده‌ایم! عضلات پای خودمان را چقدر به سگ دوهای خسته کننده وادار کرده‌ایم! چانه نازک نارنجی خودمان را چندهزار مرتبه برای خواندن، انتقاد کردن، تصحیح، چانه زدن با این و آن، و سروکله زدن با آن و این جنبانده‌ایم! همانا اگر مردم بخواهند ذره‌ای از خروار مراتب قدردانی خود را بما نشان بدهند باید یک مجسمه طلای سفید از ما در هر خانه‌ای بر مقام با احترامی نگاه بدارند. (با حرکت شدید دست و هردو شانه، و رنگ به رنگ شدن صورت، حاکی از غلیان خطرناک احساسات) بالاتر از همه این‌ها، پاک‌نویس کردن و تنظیم لیست مندرجات و غلط‌گیری کردن و زحمات مکانیک بچاپ رساندن و فروش کتاب در هیچ کجای دنیا با نویسنده نیست. این‌ها کار اعضای جزء شرکت‌های انطباعات است. اینک آن مقدار از عمر عزیز ما که صرف این کارها شده است کاملن تلف شده و خودتان بهتر می‌دانید که عمر و وقت من وشما با عمر و وقت دیگران مثقالی هفتصد هزاردینار فرق دارد... افسوس افسوس! اگرتمام الماس‌های معروف کره زمین را پیش پای ما بریزند یک بلیونیم این خسارت عمر را جبران نخواهد کرد!... آری نخواهد کرد... هیهات، نخواهد کرد که نخواهد کرد!...

یاجوج: (باصدای خیلی نرم و مخملی). آقای معجوج! حالا فرض کنـیم اتفـاقن یک هیئت اعزامی پیش ما آمدند و آن الماس‌های معروف را پیش پای شـما پخش کردند. آیا شما راستی راستی قبـول نخواهیـد کـرد؟ و اگـر تقـدیم کنندگان خدمتتان خیلی اصراربکنند، آیـا اوقاتتـان تلـخ مـی‌شـود، بایشـان فحش‌های بدبد میدهید و الماس‌ها را چنگه چنگه روی پشت بون همسـایه سوت می‌فرمائید؟

ماجوج: (فورن قدری رام شده با برق چشم‌ها درحالتی که از هوش وشـاید هم از ذوقش، یادش می‌رود که به معجوج گفتن او اعتراض بکند) — نخیـر... نخیر... البته اگر واقعن دیدم اصرار دارند قبـول بکـنم و قبـول نکـردن مـن ایشانرا دلشکسته خواهد کرد، به مدلول گفته مشهور «اصرارکه بیش از این نمیشه» رفتار نموده الماس‌ها را تصاحب می‌کنم و منـت بزرگـی ازایـن راه برتقدیم کنندگان میگذارم... ولی باز، از آن‌جائیکـه... آن المـاس‌هـا درآتیـه شخصی ما کمابیش بی تأثیر نخواهد بود (با صدای محکم و پراطمینان) فایده این تقدیمی بالاخره چندین برابر به خود تقدیم‌کنندگان و سایر اهـالی کـره زمین خواهد رسید!

یاجوج: (با همان صدای آهسته مخملی). تقدیم کلکسیون کامل المـاس‌هـای معروف دنیا به ما، برای دنیا چه منفعتی دارد؟

ماجوج: چه سؤال احمقانه‌ای! منفعتش این است که ما فورن از قید مادیـات زندگی تا حدی آزاد می‌شویم، غصه نان شب نمی‌خوریم، و مـی‌تـوانیم روی بیرون دادن آثار جاوید دیگری از همین قبیل، تمرکز قوای دماغی بدهیم. نه اینکه سال‌ها صبرکنیم و غاز غاز پس‌انداز نمائیم یا با ربح گزاف قرض کنیم تا مخارج چاپ یک کتاب کوچولو فراهم شود. سپس وقت و پول و قوای جسمی و فکری خودمان را صرف آن کنیم که قطع و نمـره حـروف کتـاب را معـین نمائیم و جنس کاغذ و رنگ جلدش را انتخاب کنیم و شکنجه غلط گیریش را

بکشیم و بالاخره که با صدخون دل ازچاپ درآمده، کتاب‌ها را نقد و یکجا به کتاب فروش بسپاریم و اگر بختمان آورد و او ازطبقه کتاب فروش‌های صحیح بود پول خود را نسیه و خورد خورد به مرور زمان ازاو دریافت داریم. واگر خدانکرده او از آن طبقه دیگر باشد که پناه به عزرائیل!

یاجوج: (با چشم‌های کودکانه که از نادانی و تحیر درشت شده و انکار درآن خوانده می‌شود) مگر در جماعت کتاب فروش هم سوای خوش حساب نوع دیگری ممکن است یافت؟!

ماجوج: همانا کتابفروش‌های امروزه تهران برسه طبقه هستند. اول دوسه کتابخانه آبرومند و معتبر و نسبتن خوش معامله. دوم ده دوازده کتابفروش نابکار که امان از دستشان! (ساکت می‌ماند)

یاجوج: (پس از سیزده سانیه انتظار شدید). سوم؟

ماجوج: طبقه سوم اصلن قابل طبقه بندی نیستند – همه‌اش آداب مبال رفتن می‌خرند و کتاب نجاست می‌فروشند و ما را با ایشان هیچ کاری نیست. اما طبقه دومی‌ها... (چانه‌اش شل می‌شود و گوشه‌های دهنش پائین کشیده می‌شود)...

این‌ها قابل نیستند قدرما را بدانند. همان بهتر که ندانند... میلیاردها سال باید بگذرد و زمین دورخودش و خورشید گیج گیجی بخورد و صدها میلیون نسل بشر روی زمین بیایند و خاک شوندو اثری ازآنها باقی نماند تا ژنیهائی مثل ما پیدا شود... پیدا شود؟... نه! تازه آیا بشود، آیا نشود!

یاجوج: (یکه‌ای می‌خورد). آه!...

ماجوج: ... حتا درهمین دوره که چند صباحی بیش از آغاز قرن تمدن نگذشته است، اگرما در ممالک خاج پرست بودیم برایمان سرودست می‌شکستند و به افتخارمان درتمام کاتدرال‌های بزرگ اسفند دود می‌کردند. ما در عوض این همه سگ دوی کاری جز این نداشتیم که یک

سیگار هاوان کـنج لبمـان بگـذاریم و افکار جانبخش خودمـان را از پشـت دودهای آن بیک زن جوان خوشگل خوش توالـت باسـواد کـه سرانگشتان ظریف خودش را با ذوق و شوق تمام به نرمی و چالاکی روی کلیدهای براق یک تایپ به اطاعت ما فرود می‌آورد دیکته بکنـیم، بعـدش نماینـده فـلان کمپانی بزرگ و محتـرم کتابفروشـی سرسـاعتی کـه وقتـش را قـبلا ازمـا درخواست کرده بود حاضر می‌شد و با خوشروئی و منت، اجـازه طبـع آن را ازما می‌گرفت. و پول هنگفت نقدن تقدیم می‌نمـود، وقـرارداد می‌بسـت کـه درچاپش هم از هر هزار، ده هزار یا صدهزار نسخه فـلان مبلـغ عایـد مـا بشود. و قولش هم قول بود نه بول... کونان دوبل انگلیسی کـه مقامـش حتـا درمیان نویسندگان معاصر خودش از ملت خودش درجـه اول نبـود همـین پارسال پیارسال‌ها چاپ هیودهم یکی از سی چهل کتابش را به مبلغ چهل هزار دلار پیش فروش کرد. و تازه این اتفاق منفردی نیست. هفته‌ای نمی‌گـذرد که نظیرش یا بالاترش پیش نیاید، آن یکی دیگر، اصلن قلم و کاغـذ را هـم کنارگذاشته و فقط از عایدات حق فـیلم رمان‌هـائی کـه در ایـام جـوانیش نوشته مانند لردها زندگی می‌کند. آن یکی دیگر که نوشتجاتش ارزش ادبی چندان هم ندارد در مملکت خودش سه برابر حقـوق یـک وزیـر، عایـدات نویسندگی دارد و به اندازه حقوق یک معاون وزارتخانه به زن خودش خرج لباس تنها می‌دهد. اصلن پول سرش را بخورد، احترامات گوناگون است کـه روی سرنویسنده می‌بارد. انتقادات سـنجیده و فهمیـده اسـت کـه از روز انتشار کتابش، تا سال‌ها بعد، راجع به آن نوشته می‌شود. تشویق‌هاسـت کـه مستقیم و غیرمستقیم ازاو بعمل می‌آید، جایزه‌هاست که تقدیمش می‌شود. دعوت‌هاست که از او به شهرهای دیگر و حتا ممالک خارج می‌شود، مـرد و زن و کودک خط و امضایش را می‌قاپند و کلکسیون می‌کننـد، خانـه‌اش را از طرف دولت یا ملت زیارتگاه عمومی قرار مـی‌دهنـد و از قلـم و صـندلی و

کتاب‌ها و لباس‌ها و عکس‌ها و اسباب و اثاثیه‌اش موزه درست می‌کنند. زن‌های مثل ماه نزد او می‌روند و اگر موفق شدند، آشکارا افتخار می‌کنند که من با فلان نویسنده بزرگ خوابیده‌ام، هرحرفی که بزند توی صدها روزنامه به چاپ می‌رسد و اثر خودش را می‌بخشد، کله گنده‌ها خوشایندش را می‌گویند، و از او هزار جور دلجوئی می‌کنند، خوب، اگر شخص با استعدادی درچنین محیطی ترقی بکند چه تعجبی دارد؟... حتا می‌توان گفت هنری نکرده است!

یاجوج: (یک خمیازه میکشد به چه گندگی)

ماجوج: ... ما اینجا هرکسی که مطابق میل موقتی چارتا جنده لگوری یک عبارت‌های پوچ و بی‌لطف و حتی پر از غلط‌های گرامری زبان مادری خودش پشت هم ریسه کرد و به زور هو چندصد نسخه ازآن را بفروش رسانیده خودش را نویسنده محترم و عالیمقدار می‌پندارد. چاق می‌شود. اخم‌های خودش را قدری توی هم می‌کند تا قیافه‌اش سرد وبی‌اعتنا و بزرگوار جلوه کند، گردن خودش را دراعماق یخه پالتوش فرو می‌کند تا آتمسفر مرموزی دورخودش احداث نماید و هروقت به یکی از بالادست‌های خودش می‌رسد فیس کرده با منتهای پرروئی باو می‌گوید: «جامعه به نوشتجات من خوشبین است!» دیگر اسم کامل کتاب خودش را برزبان نمی‌آورد و فقط به لفظ «کتاب« اکتفا می‌کند و درهر مجلسی هرمطلبی موضوع گفتگو بشود او قرگردنی آمده می‌گوید: «این نکته در «کتاب» شرح داده شده است.» و به جای مواجب کلفت خانه‌اش چندتا از کتاب‌های خودش را می‌دهد که دور خیابان‌ها افتاده بفروشد اجرت کار خودش را دربیاورد.

یاجوج: یریز پا به پا می‌کند...

ماجوج: ... کتاب‌های ایشان هرقدر بسرعت معروف می‌شود به همان سرعت هم ازمیان رفته به روزگار سیاه دچار می‌گردد. اما دراین میان آن

کتابفروش‌های نمره ۲ راستی جنایت می‌کنند. زیرا بمحضیکه می‌بینند مشتری‌های شهر نوی وپاقاپوقیشان رو به ازدیاد میروند آن چیزنویس خام را به آسمان هفتم می‌رساند و بالعکس سرنویسندگان حسابی وغ وغ ساهابی کچلک بازی‌هائی درمیآورند که اون سرش ناپیداست. راستی بهتر است که انسان کتاب خودش را برای فروش دم دکان بقالی و کله پزی و لحاف دوزی بگذارد تا اینکه به این نمره ۲ها بسپارد!

نویسنده کتابش را باترس ولرز به کتاب‌فروشی ازاین طبقه می‌دهد. وبا او قرارمی‌گذارد صد بیست قیمت را بعنوان کمسیون فروش بردارد، ماه‌ها می‌گذرد خبری از پول نیست. وهروقت صاحب کتاب با گردن کج پیش او رفته دست گدائی برای دریافت پول خودش دراز می‌کند، کتابفروش یا ازبیخ منکر طلب او می‌شود یا می‌گوید «فردا» بیائید، یا پیشنهاد می‌کند که عوض پولتان فلان کتاب‌ها را که مؤسسه ما بطبع رسانده است بردارید. نویسنده بیچاره هم که از پول گذشته و از زندگی بیزار شده است بالاخره مجبور می‌شود بجای یک شاهکار دنیا پسند مانند کتاب مستطاب «وغ وغ ساهاب» چند جلد ورق سیاه با اسم‌های قی آور مثلن «هفوات الغصون» یا «ارواح نامه» یا «دیوان شلغمی قمی» ببرد بیندازد گوشه اطاق خراب‌شده‌اش. فقط شاید یک نفر قاطرچی کهنه کار بتواند با این نمره ۲ها بجوال برود واز پس ایشان بربیاید. بدتر ازهمه اینکه باوجود استفاده‌های مادی فراوان که از انسان می‌کنند پشت سر انسان هم هزارجور بدگوئی می‌کنند. اما در عوض، فلان کتابخانه اروپائی که اتفاقن انسان چندجلد ازهمان کتاب خودش را برای او فرستاده است ازهزار فرسخی صورت حساب و پولش را بمرتبی ساعت کرونومتر می‌رساند.

ازطرف دیگر به دستیاری همین کتابفروش‌ها ادبیات امروزه ما تقریبن مال احتکاری یک مشت شرح حال اشخاص گمنام‌نویس، و ex آخوند، و

حاشیه‌پرداز، و شاعر تقلیدچی گردیده است که نان به هم قرض می‌دهند و متصل از اینجا و آن‌جا لفت و لیس می‌کنند.

خوشبختانه نویسندگان راستی راستی بزرگ «وغ وغ ساهاب» از زیر بته درنیامده‌اند. می‌فهمند دنیای ادبیات دست کسی است و برای این گونه «ادبا» و نمره ۲ها تره هم خورد نمی‌کنند! ... (عطسه‌اش می‌گیرد)... هاوم... هاوم... هپیچی چه.... آپیچی!... چوم!

یاجوج: (باهمان آهنگ جدی و یکنواخت، واز لحظه قطع شدن صدای ماجوج). آری، آری، بنازیم اقلام مبارکه خودمان را که ما را از چاپلوسی و دوروئی و موس موس بی نیاز نموده است و اگر حرفی داشته باشیم بدون رودروایسی می‌گوئیم و می‌شنویم، نه می‌رنجیم و نه می‌رنجانیم، علاهازا بنده این موقع را مغتنم شمرده باصدای بلند عرض می‌کنم: «آقا معجوج! بقدری ازخودت تعریف بیجا و از دیگران تقبیح بیجا کردی که سرم را بردی. آقا معجوج! ازبس چرند گفتی سرم را درد آوردی و الان باید پول بدهی بروم از دواخانه آسپرین بگیرم تغذیه کنم. آقا معجوج! بروفکر نان کن که خربوزه آب است. آقا مع...

ماجوج: ای احمق، چنددفعه بهت تذکر بدهم! چرا می‌گوئی «معجوج»؟ مگر مخرج همزه نداری؟

یاجوج: احمق خودت عی!

ماجوج: هستی و بودی و خواهی بود. اپیچه!

قضیه ویتامین

مهمترین عنصر اندر حیات،
که جلوگیری می‌نماید از ممات،
نامش ویتامین باشد تو بدان،
این دلایل راهم تا آخر بخوان.
باعث صحت چو ویتامین بود،
هرکه خورد آن‌را حیاتش تأمین بود.
آنرا بیشتر یابی تو اندر سبزیجات،
باشد سبزیجات کلید نجات.
در بقولات هم بسی پیدا شود،
خوردنش باعث گردن کلفتی ما شود.
تصور نکنید که ما بدون دلیل علمی موضوعی را مورد بحث قرار می‌دهـیم.
ما دلایل عظیم و روشنی در دست داریم و به رخ شما می‌کشیم تا ثابت کنیم که:
ویتامین آ، به، سه، ده، اه، اف، ژ، اش
یافت گردد جان من در آش ماش

*

یکی از دکترهای آلمانی،
که قدر و منزلتش را ندانی،
اسم او بود فونک و در لابراتوار،
کرد تجربه‌های بی‌شمار؛
تا که او بنمود کشف ویتامین،
درجه علم بشر را پس به‌بین!

کشف کرد او که اندر لوبیا،
هم در عدس هم ماش و هم باقالا،
لپه و نخود و ماش و هم برنج،
می‌توان پیدا نمود اینگونه گنج.
زیر پوست این خوردنی‌ها را دید اوی،
بعد از آن خاصیتش فهمید اوی.
گفت: «ویتامین الفا، امگا، اپسیلن،
»بنده دیدم پس کردم این رو ولوسیون.«

*

معجزه علم اینجا شد پدید،
شهرتش سرتاسر عالم علم پیچید.
با غذا باید بسی سبزی‌ها خورید،
تره و ترتیزک و نعناع و شوید.
در تربچه قرمز و ترخون بسی،
ویتامین باشد که نداند کسی.
بس اثرها دارد اندر زندگی،
حیف که ما ندانیم از هزارش اندکی،
فرضن اگر برنج‌های زردچه را،
بکبوتر بخورانند روزها،
بطوری چاق و چله می‌شود آن کبوتر،
که نشاید گردنش زد با تبر،
لیکن اگر از برنج‌های سفید،
که نباشد بحال حیوان مفید،
مدتی دهیش بجای خوراک،

حالش بهم خورده ازاین دنیا می‌زند بچاک.
آدم‌ها وقتیکه شلتوک می‌خورند،
از مرض «بری بری» جان درمی‌برند.
ولی اگر برنج بی‌شلتوک می‌خوردند،
قطعن ناخوشی «بری بری» گرفته و بزودی می‌مردند.
چرندگان هم از علوفه جات،
ویتامین را اخذ می‌کنند برای حیات.
ولی گوشتخوارها وقتی که حیوانی را می‌کشند و خون او را می‌خورند ویتامین را ازخون قربانی علفخوار خود می‌گیرند که کلی زحمت کشیده و نباتات تازه را تبدیل به بدل مایتحلل کرده، و بدینوسیله به زندگانی ادامه می‌دهند.
اگر خوراکی‌ها را زیاد بپزند،
ویتامین‌ها مرده و مرخص می‌شوند؛
بنابراین آدمیزاد هم باید،
مثل اجدادش غذا را خام بخورد.
همچنانکه میمون‌ها درجنگلات،
که تغذیه می‌کنند دائمن از میوه جات؛
همه‌شان گردن کلفت و سالمند،
غصه پخت و پز را هم نمی‌خورند،
مثلن ثابت شده که درشراب انگور،
ویتامین پیدا می‌شود بحد وفور.
پس لازم گردیده است خوردن شراب،
کم نه، بلکه زیاد مثل آب.

*

امریکائی‌های جدیدالاسلام چون منع کردند شراب،
دربین مردم افتاده انقلاب و شد شکرآب.
قاچاقچی‌های مشروب پیدا شدند.
هزارجور گندوکثافت را بخورد مردم می‌دادند.
پول‌های گزاف ازآنها می‌گرفتند،
هرکثافتی هم باسم شراب به آن‌ها می‌خوراندند.
چونکه درآن‌جاها نمی‌ساختند شراب،
مردم هم بآن دسترسی نداشتند و بود نایاب.
اکثر ناخوشی «بری بری» گرفتند،
کم مانده بودکه ازاین مرض بمیرند.
تا اینکه پشیمان شده باده را آزاد کردند،
روح باده گساران را شاد کردند.
ازوقتیکه وسواس ویتامین درست شد.
عقیده جدیدالاسلام‌ها بکلی سست شد.

*

تمام این‌ها نتیجه مضر تحقیقات دکتر فونک است
که امریکائی‌های مذهبی رااز راه دربرده است
و از روز این کشف، فلاسفه روح شناس،
موافقت کردند با این اساس؛
و برضد فلاسفه مادیون خدانشناس،
نطق‌ها کردند و دادند هزاران کنفرانس.
بآنها خندیدند و گفتند: «دیدید،
«که درهمه موجودات روح باشد پدید؟
«ازکوری چشم‌هایتون،

«در شلتوک برنج هم روح باشد فراوون!
«اگر بشر از آن روح نخورد،
«باید دست از جان شیرین بشورد!»

*

فلاسفه مادی بآنها برگشتند و گفتند،
(چونکه خوب حرف‌های آن‌ها را شنفتند):
«اگر روح باید تغذیه از ویتامین بکند.
«پس باید ماده باشد که چنین بکند.
«و از قرار تحقیقات عمیق علما،
«ویتامین بهم نمی‌رسد در آندنیا،
«بنابراین روح در آن‌جا زنده نمی‌ماند،
«چون ویتامین نیست، زندگانی نمی‌تواند!»

*

فلاسفه روح‌شناس تولب رفتند.
دیگر راجع به قضیه ویتامین چیزی نگفتند!

قضیه ساق پا

درکافه‌ها، تخته سطح میز، سرحدمیان دودنیای مختلف را تشکیل می‌دهد. ازسطح این تخته به بالا، دنیای روشن، دنیای شاد، دنیای بازوهای پاک و برهنه و سرانگشت‌های آراسته، دنیای لب‌های سرخ و خندان، دنیای چشم‌های پراشتیاق و عشق خواه است. اما از سطح تخته به پائین اوضاع بکلی جور دیگر می‌شود، اینجا دنیائی است پرازسایه‌های ساکن یا متحرک، جولانگاه سگ‌ها و گربه‌ها و حشرات و آرامگاه ساق پای انسان‌ها است! بیچاره ساق پا، ساق پای خدمتگزار و زحمتکش و فراموش شده! هرجا صحبت شتافتن بسوی دلدار یا فرار از اشخاص ناگوار است، رنج و خستگی آن برعهده ساق پاست، ولی بمحضیکه صاحب پا به محبوب خود رسید، ساق پا را ازنظر می‌اندازد و همه لذت‌ها را به لب و چشم وبازو و سینه و سایر اعضای تن واگذار می‌کند! ساق پا همیشه درگل خاک وزن بدن را می‌کشد و بقدرسایر اعضا بلکه بیش ازخیلی از آن‌ها کارمی‌کند، ولی هنگام تفریح که می‌رسد ساق پا درتفریح شریک نیست! مثلن درکافه اورا زیرمیز می‌گذارند، گوئی ساق پا یک عضو خجالت آور است و باید آن‌را پنهان کرد! در زیرمیزهای کافه «بامبو» ساق پاهای گوناگون، جفت جفت فراوان بود؛ ساق‌های زنانه در جوراب‌های خوشرنگ چسب پا ساق‌های مردانه در شلوارهای چین خورده یا اتوزده، یا در چکمه‌های براق، ساق پاهای بچها، همه به دنیای تیره زیرمیز تبعید شده و آن‌جا با سایه میزها و صندلی‌ها و سایه‌های هزارگونه چیزهای بیجان ناجور آمیخته شده بودند. هیچکس به آن‌ها اعتنائی نداشت. چراغ‌ها، خوراکی‌ها، نوشیدنی‌ها، گل‌ها، موزیک همه مال چشم و دهان و گوش قسمت بالای بدن بود. یگانه بهره‌ای ازاین بهشت برین به زندانیان عالم پائین می‌رسید، چند موج ازآهنگ رقصی بود که

ارکستر در اطاقک مخصوص و مزین خودش بنور چراغ‌های سرخ شده بنواختن آن شروع کرده بود. این یک تانگو اسپانیولی بود که خواننده ارکستر نیز کلمات آن‌را با نوای دلپسند لابلای صدای ویولون و پیانو و ساکسوفون می‌سرائید:

Asomate de la ventana;
Paloma del alma mia,
Que ya la hora temprana
Nos viene annunciar el dia.

بمحض شروع این آهنگ، بعضی ازساق‌ها که مدتها بود بیحرکت مانده یا فقط جنبش‌های کوتاه و بی تابانه‌ای ازروی حوصله سررفتگی کرده بودند جانی گرفتند. گوئی روحی درآنها دمیده شد وبه آهنگ تانگو، اگرچه با ترس و خجالت، درمحیط سایه آلود و پنهان خودشان شروع به تاب خوردن کردند:

El alma de mi se muere
El, se muere del frio,

در زیر یکی از میزهای دونفری، یک جفت ساق پای زن، یک جفت ساق پای شکیل و مهیج، یکی روی دیگری قرارگرفته بود و مانند دیگران آهنگ تانگو را پیروی می‌کرد. آن ساقی که روی ساق دیگر افتاده بود به چپ و راست و پائین وبالا، گاهی از زانو و گاهی فقط ازقوزک تانوک کفش، دایره‌هائی می‌زد. اما ساق زیرین سنگین‌تر حرکت می‌کرد. فقط گاهی از زانو به پائین گردشی می‌کرد و ساق بالایی را درحالیکه ببازی گوشی مشغول حرکات مخصوص خودش بود همراه میبرد. گاهی نیز ساق زیرین فقط قوزک یا پنجه خود را یکی دو سانتیمتر به آهنگ موزیک ازسطح آسفالت شده زمین کافه بلند می‌کرد و دوباره به آرامی آن‌را همآن‌جا فرود می‌آورد.

چراغ‌ها را برای خاطر موزیک سرخ رنگ کرده بودند. سایه صندلی مقابل، با سایه دست یک مرد چاق، و سایه سه گوش میز، ازدور و نزدیک با روشنائی

سرخ چراغ مخلوط شده بود و آن ساق‌های زنانه را محو و مه آلـود سـاختـه بود. این ساق‌ها برای خود عالم و زندگانی مخصوصی داشتند و پیغام‌هـائی بساق‌های دیگر می‌فرستادند. زیرا ساق‌ها می‌توانند با یکدیگر حرف بزنند واحتیاجی به زبان معمولی ندارند.

درنیم قدمی این ساق‌ها، دوساق دیگر در شلوار خاکستری لبه برگشته بود. ساق‌هائی سنگین و خونسرد، که کفش‌های برقی سـیاه بـه پـایش بـود و از آهنگ تانگو هیچ تأثیر نگرفته بود و ازجایش نمی‌جنبید. ولی ساق‌هـائی کـه پهلوی آن بود، ساق‌های آن زن، احتیاج به حرکت، احتیاج به رقـص داشـت. شاید برای خاطر آن ساق‌هـای محکـم و خونسـرد مـی‌رقصـید و بیهـوده می‌خواست آن‌ها را به هیجان بیاورد. چرم نرم و نم کشیده کـف کفـش آن بامهارت و بدون صدا به آهنگ‌ساز روی اجر می‌خورد، بـا لطافـت و زرنگـی پاهای گربه تکان می‌خورد و جابجا می‌شد:

El alma de mi se muere ,
El se muere del frio ,
Porque en tu pecho de piedra
Tu no quieres darle abrigo.

جوراب‌هـای گـل‌بهـی ابریشـمی. برنـگ گوشـت تـن. روی ماهیچـه‌هـای شهوت‌انگیز اورا پوشانیده بود. ماهیچه‌های باتناسب و خـوش ریخـت کـه اززیر چاله زانو یک خط قشنگ منحنی برجستگی آن‌را نمایان می‌کرد و کمی پائین‌تر. درپشت مچ پای ظریف و باریکی منتهی می‌شد. قوزک پا گوشتالو، و روی پا قدری برجسته بود. ولی پاها کوچک، و کفش درست قالب آن بـود. ازدو طرف کفش دو تسمه باریک چرمی روی هم افتاده و سـر هـر کـدام ازآنها یک دگمه صدفی بود، روی کفش بشکل حصیربافته شـده و سـایه‌ای ازرنگ لطیف گوشت پا که رویش را جوراب گرفته بود از زیر شبکه‌های آن پیدا بود. پاشنه کفش طلائی، ونوک پاشنه کمی سائیده شده بود.

درسمت راست ماهیچه پای چپ، روی جوراب کمی زده داشت که بادقت آن‌را ورچیده بودند، و طرف چپ بقدر چند سانتیمتر ازبالایش، یک نخ دررفته بود و گوشت گرم سفید ازلای درز آن پیدا بود. یک پشه گرسنه، مست بوی اغذیه، مست بوی خون، دیوانه وار با چشم‌های دریده دور ساق‌ها چرخ می‌زد. عاقبت با احتیاط لای درز جوراب نشست. ساق پا یک تکان تند خورد، ولی یک تکان بی اختیار و لرزش مانند بود و هیچ شباهتی به تکان‌های تانگو نداشت. پشه بلند شد. یک انگشت قلمی که ناخن مانیکور کرده با لاک سرخ داشت با طنازی از عالم بالا بکمک ساق پا آمد، و جای نیش را خاراند. پشه با وزوز سوزناکش بطرف تخته‌های زیرسقف میز رفت که ریخت و پاش سریشم دراطراف شکاف‌های آن پیدا بود. پاها دوباره به آهنگ تانگو تکان می‌خورد:

Asomate de la ventana ;
Paloma del alma mia ,
Que ya la hora temprana
Nos viene annunciar el dia.

ساق‌های عضلاتش بهم کشیده می‌شد و باز می‌شد. چه ساق‌های زنده‌ای! گلوبول‌های خون با حرارت طبیعی در وریدها و شریان‌هایش درحرکت بودند و با میکروب‌ها می‌جنگیدند، سلول‌ها عوض می‌شدند، پوست تازه می‌شد، این کار روزها و سال‌ها مداومت خواهد داشت. اما یک روزی همین ساق‌ها زرد، لاغر، فرسوده و برای تجزیه حاضر خواهد بود. آن وقت فقط دو استخوان تی بیا و پرونه ازآن باقی می‌ماند. بعد از چندی آن هم تبدیل به چند ماده شیمیائی خواهد شد. شاید هم آتش بگیرد، و در آن صورت فقط یک مشت کاربن، فسفر املاح و گازهای مختلف خواهد بود که کوچکترین ارتعاشات هوا، حتا ارتعاشات یک تانگو، کافی خواهد بود آن‌ها را جابجا کند.

موزیک ایستاد. ساق پاها کمی مکث کردند و دوباره به حالت عصبانی با حرکت یکنواخت تکان می‌خوردند، چراغها رنگش سفید و براق شد. ونورش به همه جا نفوذ کرد. رنگ جوراب‌ها هم باز شد و خطها و حرکات پا روشن و دقیق شد. یک لکه چائی روی جوراب پای چپ دیده می‌شد. ولی امواج مغناطیسی که این ساق‌ها بطرف ساق‌های شلوار خاکستری می‌فرستاد کسی نمی‌دید!

گربه زرد و لاغری که پهلوهایش بهم چسبیده بود زیرمیز آمد، بوئی کشید و آهسته رد شد، دم استخوانی او ناگهان به ساق‌های زن خورد و روی آن کشیده شد. چندشی درساق‌ها تولید کرد. ساق‌ها از حرکت افتادند و قوزک‌های پا بطور چرخ فلک با حرکت خفیفی روی هم قرار گرفتند. پاهای مرتکه در شلوار فلانل لبه برگشته خاکستری رنگ، اتفاقا به ده سانتیمتری ساق‌های زن آمده بود. ولی همانطور خونسرد و بیحرکت بود. ساق‌های زن از روی بی ارادگی، شاید از روی گیجی و حواس پرتی بازتکان خورد، دوباره به همان آهنگ تانگو به جنبش افتاد، مثل اینکه آهنگ را درذهن خودش تکرار می‌کرد.

El lama de mi se muere,
El se muere del frio,

ساق بالائی پائین آمد و پهلوی ساق پائین روی زمین قرار گرفت. بعد بهم جفت شدند. بعد به عقب، میان پایه‌های صندلی رفتند. دوطرف ماهیچه‌ها برجسته‌تر شد. و بالاخره خونسرد جلو پاهای مرد قرار گرفت، مثل اینکه خونسردی پاهای مرد به آن‌ها هم اثر کرده بود. مثل اینکه از نرسیدن جوابی به پیغام‌های مغناطیسی خودشان خسته و ناامید و آزرده شده و قهر کرده بودند!

هرچهار ساق تکان‌های شدیدتری خوردند. دامن لبـاس مغزپسـته‌ای زن تـا ساق پایش آویخته شد. هرچهار ساق ازمیان پایه‌های میز و صـندلی بیــرون آمدند و بطرف در کافه حرکت کردند. گام‌های زن سبک و چالاک بود مثل اینکه روح آهنگ تانگو هنوز از آن‌ها بیرون نرفته بود و بـا ارتعاشـات خـود آن‌ها را فنرمانند و چالاک کرده بود:

Porque en tu pecho depiedra
Tu no quieres darle abrigo.

ولی شلوار فلانل خاکستری قدم‌های محکم و متین جفت به جفت پاهـای زن برمی‌داشت تا اینکه ازکافه خارج شدند.

*

چند ساعت بعد...

روی تخت خواب فنری بزرگ، چهار ساق پا، زیر شمد بی‌حرکت بودنـد. دو ساق پا ظریف و نرم و سفید بود که روی برجستگی پای یکی از آن‌ها جای دو تسمه کفش قدری فرو رفته و سرخ شده بود. ولی دوساق پای دیگر پشــم آلود و زمخت بود. جوراب‌های گل بهی روی صندلی پهلوی تخت، بغل لبـاس زنانه مغزپسته‌ای افتاده بود. کفش‌های تسمه دار زنانه پهلـوی کفش‌هـای برقی پائین تخت گذاشته شده بود. وگوئی خود را در حضور آن‌هـا ازتــرس جمع کرده بودند. بوی عطر ملایمی از ملافه درهوا پراکنده می‌شد و امــواج حرارت خفیفی ازساق‌هـای زن بیـرون فرسـتاده مــی‌شـد. ساق‌هـای زن روبطرف ساق‌های مرد روی یکدیگر قرار گرفته بودند. اما ساق‌هـای مــرد بهمان حالت سرد و بی اعتنای توی کافه بودند. روی آن‌ها بطرف طاق اطاق بود و موهای سیاه و درشت آن از زور رطوبت بهم چسبیده بود.

۱۳۸

قضیه عوض کردن پیشونی

اگر داری در جهان یک جو اقبال،
باش آسوده و دیگر مکن فکر و خیال؛
پایت را بغل دیوار بزن و بخواب،
بیهوده بخودت مده رنج و عذاب.
بود یک جوانی که اقبالش نبود،
هیچ آسایش در احوالش نبود،
اگر بطلا دست زدی آن پسر،
شدی فوری آن طلا خاکستر.
هر کجا می‌رفت می‌کردندش برون.
ازدست روزگار دلش بود پرخون.
روزی او نزدیک یکی از دوستان،
شرح حال خود را کرد بیان.
شکوه‌ها بنمود از دنیای دون،
دق دلی خود را ریخت بیرون.
رفیقش با و گفت اندر جواب:
«یقین است که تاحالا بوده‌ای تو در خواب،
«مگر نمیدونی که بخت بشر هست در جبین،
«فایده‌ای ندارد کدیمین.
«از روز ازل در پیشانی هر شخص،
«ببخت و اقبال او گردیده نقش.
«برو ای پسر عوض کن پیشانیت،
«تا خوب شود کار و بار زندگانیت.»

جوان از رفیق خود کرد تشکر،
رفت تا پیشانی خود را عوض کند فی‌الفور.
پرسون پرسون هی دوید و هی دوید،
تا دم خونه یک جراح مشهور رسید.
آن‌جا پس از اصرار و مخارج زیاد،
دکتر با او کرد هرچه او دستور داد.
یعنی او خفت و پوست پیشانیش را برداشتند،
جای پیشانیش پوست خیک بگذاشتند.
چونکه چند هفته ازاین عمل گذشت؛
بخت خفته پسر راس راسی بیدار گشت.
از جبینش پشم‌های بی‌شمار،
سرزدی هرصبح چندین صدهزار،
آن پسر منقاش می‌گرفت بدست،
درمقابل اینه می‌نشست،
دانه دانه می‌کند آن موهای پلید،
تا می‌شد پیشانیش پاک وسفید.
سپس پشم و پیل‌ها را اندر جوال.
می‌نهاد و جوال را می‌داد به کول حمال،
می‌برد و آن‌را می‌سپرد به نساج‌ها،
می‌بافتند برایش پارچه پشمی گرانبها.
باپارچه‌ها باز کرد یک تجارتخانه،
پولی بهم زد و شد صاحب اثاثیه و خانه.
همچنین پیه بز بسیار اعلا می‌خرید،
هرروز صبح آن‌را به پیشانی خود می‌مالید.

پیشانیش علاوه بر آنکه می‌شد پاک و سفید،
مثل پنجه آفتاب هم می‌درخشید،
دختران نازدار عاشق پیشانی او شدند.
برای خاطر او سر و دست می‌شکستند.
ولی با آنکه بختش سفید شد زپشم،
دائمن بود آن پسر ازدست پشم در غیظ و خشم.
زیرا اگرچه کام دل از دخترها می‌گرفت.
مجبور بود هرروز به پیشانی خود بندازد زفت.
چه می‌شود کرد دیگر با روزگار؟
همیشه هست شخص بیک دردی دچار،
گر شود راحت ازاو یک درد همی.
ازآسمان افتد برایش دیگر غمی!

قضیه رمان علمی

یکـی بـود، یکـی نبـود خیلـی میکـروب فلکسنر Flexner بـود. یکی ازایـن میکروب‌ها ازهمه مهمتر بود چونکه ما در اینجا معروفش مـی‌کنیـم و شـرح حالاتش را به رشته تحریر میاوریم. این آقا فلکسنر میکروب عادت نداشـت شب شش بگیرد و روی خودش اسم بگذارد، و خـودش نمی‌دانسـت کـه متخصص اسهال و شکم روش است، ولی یکنفـر آقا آدمیزاد کـه اسمش فلکسنر بود، یک روز در لابراتوار خودش جلو میکروسکب مشغول تحقیقات بود، یکی از امثال او را روی شیشـه نـازک از پشـت ذره بـین دیـد، و اسـم خودشرا روی او گذاشت و باین وسیله هم خودش و هم میکـروب اسهال را معروف کرد.

این آقا فلکسنر که قهرمان خان رومان علمـی ماسـت بـا محبوبـه‌اش روی یکدانه اسکناس چسبیده بود، هراسان، بیحال، آن جا سگ مـی‌زدنـد و هـیچ اغذیه گیرشان نمیامد که تغذیه بکنند. دست بدعا و زاری برداشته بودند و توبه کردند که دیگر تولید مثل نکنند، وبه حیثیات دیگران تجاوز نکنند آن‌ها را دوباره مجاور گلوبول‌ها بگذارند. دست برقضا درهمین‌وقت یک انگشت نمناک روی اسکناس چسبید و معشوقه آقا فلکسنر را برداشـت و بـرد. یک‌دقیقه طول کشید کـه بنظر آقا فلکسنر چنـدین هـزار سـال آمـد، اشک‌ریزان و توسـر زنـان، انگشـت حسـرت بـه دنـدان حیـرت درفـراق معشوقه‌اش گریه می‌کرد، که ناگاه دوباره انگشت نمناک روی اسکناس خورد. آقا فلکسنر هم خودش را قلاب کرد روی انگشت، آن‌جا ملیون‌ها میکروب دیگر هم روی آن انگشت بودند، هنوز آقا فلکسنر ما با آن‌ها آشـنا نشده بود و چاق سلامتی نکرده بـود کـه انگشـت چسبید روی یـک نـان شیرینی. اتفاقن آقا فلکسنر، خانم فلکسنر را آن جا پیدا کرد، باهم روبوسی

کردند و هنوز اشعار عاشقانه برای هم نخوانده بودند که رفتند در یک مملکت گرم و نرم و نمناک که بوی اطعمه و اغذیه درآن پیچیده بود. آبها و شیره‌های گرم دیگر قاتی آن‌ها شد ولی ایندفعه آقا فلکسنر خانم فلکسنر را ول نکرد، عیش کنان و رقص کنان ازچندین مملکت‌های تاریک و باریک گرم گذشتند، افتادند دریک مملکت بزرگ پراغذیه که ترشحات دیگر بآنها شد و میان شیره اغذیه ازمیان چندین مملکت دیگر گذشتند، تا اینکه ازجدار یکی ازاین مملکتها داخل خون شدند. سپاس خداوند تبارک وتعالا را بجای آوردند که به مکان مهم و مطمئنی رسیدند. اول چند گلوبول سفید را تغذیه کردند، قدری جان گرفتند و تمدد اعصاب دادند. ولی آقا فلکسنر و خانم فلکسنر توبه خودشان را فراموش کردند و بی آنکه دقیقه‌ای را ازدست بدهند فورا مشغول تولید مثل شدند. هر دفعه که خانم فلکسنر سرخشت می‌رفت، چشم شیطان کور، ملیون‌ها آقا فلکسنر کوچولو از او صادر می‌شد. آنوقت بچه‌های آن‌ها هم هنوز چشمشان باز نشده بود که سرو گوششان می‌جنبید، آن‌ها هم با هم تولید مثل می‌کردند. درمصاف اول که گلوبول‌ها به آن‌ها حمله کردند، یک دسته میکروب‌های دیگر هم با آن‌ها دست بیکی شدند و مقدار زیادی از گلوبول‌ها را قلع و قمع کردند و خوردند و آن‌ها را متواری کرده مشغول عیش و نوش و تولید مثل شدند. درچهار مصاف دیگر که با گلوبول‌ها دست و پنجه نرم کردند، چشم زخم خطرناکی به آن‌ها وارد آوردند و فتح الفتوح مهمی نصیب آن‌ها گردید. ولی درمیان جنگ و گریز یکی از گلوبول‌های سفید خانم فلکسنر را غورت داد و داغش را بدل آقا فلکسنر گذاشت. ولی آقا فلکسنر که وظیفه تولید مثل را به عهده گرفته بود اشک‌های چشمش را پاک کرده و با نوه نتیجه‌های مؤنث خودش عمل تولید مثل را که عهده دار شده بود مداومت می‌داد. چه می‌شود کرد؟ تقصیر او که نبود؛ چه می‌دانست که آدمها گلوبول‌های خودشان را دوست

دارند و دکترهای عظیم الشأن برضد آقا فلکسنرها دواهای جوربجور درست کرده‌اند و دشمن خونی آن‌ها هستند! لابد خداوند تبارک و تعالا آقا فلکسنرها را از روی فلسفه و مشیت خودش آفریده بود، ولی آدم‌ها بکارخانه او دست می‌زدند و با آقا فلکسنرها دست و پنجول نرم می‌کردند. آقا فلکسنر ماچون باهوش‌تر از رفقایش بود و گرم و سرد روزگار را بیشتر چشیده بود. گوشه یکدانه ورید خیلی باریک که اگر دوتا میکروب دعوا می‌کردند سریکی از آن‌ها به ورید می‌خورد، خیلی متفکر نشسته بود و دائم تولید مثل می‌کرد. گاهی درمیان جنگ پشت پا به گلوبول‌ها می‌زد و زمانی که گلوبول‌های خون حمله می‌کردند او دعا می‌خواند، به بچه‌هایش فوت می‌کرد و آن‌ها را دم چنگ گلوبول‌ها می‌فرستاد.

تا اینکه دفعه آخری که گلوبول‌ها حمله کردند قاتی آن‌ها مایع‌های جوربجور خطرناک از آقا فلکسنرها تلفات عمده گرفت و گلوبول‌ها دوباره چاق و چله حمله می‌کردند، چون صاحب آن انگشت‌ها که فلکسنرها را خورده بود بکمک دکترها برضد فلکسنرها اقدامات مجدانه می‌کرد: انژکسیون می‌زد، تلقیح و تزریق می‌کرد. ولی همه زحماتش به هدر رفت، چون آقا فلکسنرها بقدری زیاد شدند که دریک مصاف دیگر نه تنها تلفات عمده به آقا گلوبول‌ها وارد آوردند بلکه میکروب‌های دیگر راهم مؤف می‌کردند و می‌خوردند. ازاین مصاف ببعد روز بروز حال آقا گلوبول‌ها خراب‌تر می‌شد، تا اینکه یک روز هرچه آقا فلکسنرها منتظر شدند دیگر آقا گلوبول‌ها بسراغ آن‌ها نیامدند که دعوا بکنند و از آن‌ها شکار بگیرند و بخورند، و کم کم شریان‌ها و وریدها سرد شدند، آقا فلکسنرها از کرده پشیمان شدند، به بدبختی خودشان گریه کردند و هی تلفات دادند و فهمیدند که زندگی صاحب آن انگشت‌ها که توی تنش آنقدر گلوبول‌های خوشمزه داشت برای

زندگانی آن‌ها لازم بود. تا اینکه بالاخره همه آقا فلکسنرها دارفانی را وداع گفتند و جان بجان آفرین سپردند و رفتند.
صاحب انگشت‌ها به آقا فلکسنرها خوبی کرد. آقا فلکسنرها هم گلوبول‌های او را شل وپل کردند چنانکه پیران ما گفته‌اند: «سزای نیکی بدی است!»

قضیه کن فیکون

ای فتی، کن فیکون در اصطلاح و درلغت،
دو معنی متضاد دارد: یکی درست و یکی غلط.
سال‌ها خلق خدا به ضلالت بودند.
دراین قضیه محتاج هدایت و دلالت بودند،
تا اینکه بعون خالق متعال جل جلاله،
این عبد مذنب غفرالله عنه و عن اقرانه و امثاله،
توفیق یافت که تحقیقات کامل کند،
و بالنتیجه جاء الحق و زهق الباطل کند.
اما بعد، چنین گوید این حقیر سراپا تقصیر بی‌مایه،
جنیدبن عبید قادی کلائی من توابع القحپایه،
که عرب پا جورابدار چون گوید «کن فیکون»
یعنی: «زودباش تظاهر کن بیا به میدون.
«خداوند در روز ازل به عدم خطاب کرد،
«و با کن فیکون دنیا را یگهو ازهیچ پدید آورد.
«علیهذا کن فیکون اصل و منشاء دنیاست،
«هرکه دراین شک کند واجب الازون کاری‌هاست.»
ازاین طرف بشنو که ایرانی‌های ناقلا،
مقصودشان یک چیز دیگری است، استغفرالله!
ایرانی که بگوید «کن فیکونش کردم»
یعنی: «عزیز و محترم بود خار و زبونش کردم،
«پولدار و خوشبخت بود. بی پول و بدبختش کردم،
«گردن کلفت و یوغور بود، لمس و لختش کردم،

«باهوش بود، گیجش کردم،
«همه چی بود، هیچش کردم.»
اینک این عبد ضعیف جانی،
تحقیقات خود را می‌گوید تا بدانی:
هفده سال آزگار تحقیقات کردم،
تا کسب یک عالمه معلومات کردم.
اندر قضیه مهم کن فیکون،
معلومات فوق الذکر را ذیلن بخون.
اینک معلومات فوقز ذکر:
معنی ایرانی درست، و مفهوم عربی قرین ابطال است،
اثبات این مدعا سخت آسان و بعید از اشکال است.
محقق است که کن فیکون فرمول خلقت بوده،
و وجود دنیا و مافیها معلول این علت بوده.
ضمنن ملاحظه می‌شود که این دنیا دار محنت است،
هرجاش را که بشکافی زحمت و مشقت است.
یکی بیکی میگه: «دنیای دون» یا: «دنیای خراب شده»
همچنین «کار این دنیا پایه بر آب شده.»
این را درخاطر داشته باش این را هم بشنو:
که منطقی نیست بعدم بگویند: «یالا وجودشو!»
ازاون گذشته این با فلسفه داروین جور درنمیاد،
احقر ازاین مقدمات یک کشف عظیم کردم،
خود را مشهور و قابل تعظیم و تکریم کردم،
یک فلسفه خلقت پیدا کردم مثل ماه،
جایزه نوبل امسال حقم است والله،

اسمش را گذاشتم «طیئوریه الیاجوجیه»
نامم جاویدان ثبت شد با خطوط مورکوروجیه.
اینک طیعوریه:
«درازل عدم نبود، بلکه یک دنیائی بود،
«خیلی قشنگ و پرنعمت و راحت و بی گرد و دود.
«یک روزی نمی‌دونم چیطور شد،
«که اخم توی پیشونی حق تعالی پرشد.
«اون دنیا قشنگه را کن فیکون کرد؛
«عمارت‌های آن را بی‌سقف و سوتون کرد؛
«زمینهای نرمش را سنگلاخ کرد،
«کله کوه‌های سبزش را سولاخ کرد؛
«ازسولاخ‌ها آتیش غرش کنون بیرون زد،
«هرچی دم آتیش اومد سیاسوخته شد،
«آدمهایش که بودند خوشمزه و مهربون،
«از کوچیک و بزرگ همه رفتند از میون.
«بجایشان پیدا شد یک جانورهائی مثل لولو،
«همه یا بدجنس یا ریقونه و بی گند و بو،
«خلاصه افتضاحی راه افتاد که نگو.
(صنعت سکته ملیح)
«اون دنیا خراب شده هه همین است که ماحالا داریم،
«که از دستش اینقدر عاجزیم و بیزاریم!»
*
پس ثابت شد که کن فیکون نه یعنی،
که اول هیچی نبود یگهوی شد همه چی،

بلکه یک دنیای خیلی خوبی زیروبالا شد،
خوب که توش تقود شد دنیای ما شد!

پایان

کلیه حقوق برای نگارندگان محفوظ است

حاجی آقا

حاجی‌آقا به عادت معمول، بعد از آن‌که عصازنان یک چرخ دور حیاط زد و همه چیز را با نظر تیزبین خودورانداز کرد و دستورهائی داد و ایرادهایی از اهل خانه گرفت، عبای شتری نازک خودش را از روی تخت برداشت و سلانه سلانه دالان دراز تاریکی را پیمود و وارد هشتی شد. بعد یک‌سر رفت و روی دشکچه‌ای که در سکوی مقابل دالان بود نشست.

سینه‌اش را صاف کرد و دامن عبا را روی زانویش کشید. مچ پای کپلی و پرپشم و پیله‌ی او که از بالا به زیرشلواری گشاد و از پائین به ملکی چرکی منتهی می‌شد، موقتا زیر پرده‌ی زنبوری عبا پنهان شد. محوطه‌ی هشتی آب و جارو شده بود، اما چون همسایه لجن حوضش را در جوی کوچه خالی کرده بود، بوی گند تندی فضای هشتی را پر می‌کرد.

حاجی‌آقا به عصایش تکیه کرد و با صدای نکره‌ای فریاد زد:

- مراد! آهای مراد؟...

هنوز این کلمه در دهنش بود که پیرمرد لاغر فکسنی، با قبای قدک کهنه سراسیمه از دالان وارد شد و دست به سینه جواب داد:

- بله قربان!

- باز کجا رفتی قایم شدی؟ لنگ ظهره... در را پیش کن، بوگند لجن میاد.

مراد در را پیش کرد و بالحن شرمنده ای گفت: قربان زبیده خانوم، سرش درد می‌کرد، به من گفت برم یک سیر نبات بگیرم.

- مردیکه‌ی قرمساق! کی به تو اجازه داد؟ پنجاه ساله که در خونه‌ی منی، هنوز نمی‌دونی باید از من اجازه بگیری؟ الآن من از پیش زبیده خانوم میام، از هر روز حالش بهتر بود، چرا به من نگفت که سرش درد می‌کنه؟ این‌ها غمزه‌ی شتریست. خوب دندون‌های مرا شمردید! با این همه قندو نبات و شکرپنیر که توی این خونه می‌خورند مثل اینه که اهل این خونه کره‌ی دریائی هستند، همه با نقل و نبات زندگی می‌کنند! بروید خونه‌ی مردم را به‌بینید. یک روز به هوای سردرد، یک روز به بهانه‌ی مهمان، یک روز برای بچه! پول را که با کاغذ نمی‌چینند. اگر سرش درد می‌کرد، می‌خواست یک استکان قنداغ بخوره... این زنیکه همیشه سردرد مصلحتی داره...

- قربان! قند نبود.

- باز پیش خود فضولی کردی، تو حرف من دویدی؟ چطور قند نبود؟ صبح زود من کیله‌ی قندشان را دادم، حالا می‌خوان ناخونک بزنند.

اگر یکی بود دوتا بود آدم دلش نمی‌سوخت. هشت نفرند که با هم چشم و هم‌چشمی دارند. حلیمه خاتون که پناه برخدا! منو به خاک سیاه نشاند. هی نسخه به پیچ، نه بهتر می‌شه نه بدتر. معلوم نیست چه مرگشه. می‌دانی؟ زیاد عمر کرده...

حاجی چشم‌های مثل تغارش را ور درانید و سرش را از روی ناامیدی تکان داد: - آدم که کارش به این جا کشید، بهتره که هرچه زودتر زحمت را کم بکنه... اسباب دلغشه شده... این‌ها همه از بدشانسی منه! از صبح تا شام جان بکنم، وقتی که میرم تو اندرون یا باید کفش و کلاه بچه‌ها را جمع بکنم و یا دعوای صیغه و عقدی را و یا کسالت حلیمه خاتون را تحویل بگیرم! مثلا این هم راحتی سر پیری من شده! تو دیگه خودت بهتر میدانی... آقا کوچیک را چقدر خرج تحصیلش کردم، فرستادمش فرنگستون برای این که پسر اول بود و بعد از آن همه نذر و نیاز سرهشتا دختر خدا بهم داده بود و میبایس

در خونه‌ام را واز بکنه. دیدی چه به روز من آورد؟ امان از رفیق بد! یک لوطی الدنگ بار آمد. تو که شاهدی، من وادار شدم که از ارث محرومش بکنم، هی قمار، هی هرزگی، من که گنج قارون زیر سرم نیست. همه چشمشان به دست منه، سرکلاف که کج بشه، خربیار و باقالی بارکن. من با این حال و روز خودم یک پرستار لازم دارم. بنیه‌ام روز به روز تحلیل میره، این ورم بیضه لامسب، این حال علیل، امروز که سرم را شانه زدم یک چنگه مو پائین آمد...

مراد دزدکی به فرق طاس حاجی نگاهی کرد، اما به این حرف‌ها گوشش بدهکار نبود. هر روز صبح زود از این رجز خوانی‌ها تحویل می‌گرفت و مثل آدمی که ادرار تند دارد پا بپا می‌شد و منتظر بود که کی حمله متوجه او خواهد شد. اما حاجی که سردماغ به‌نظر می‌آمد، مثل گربه که با موش بازی می‌کند، هی حرف را می‌پیچاند. تسبیح شاه مقصودی را از جیب جلذقه‌اش درآورد و گفت:

- شما گمان می‌کنید که پول علف خرسه. یادش بخیر! دیروز توی کاغذ پاره‌هام می‌گشتم، یک سیاهه پیدا کردم، فکرش را بکن، سیاهه‌ی مرحوم ابوی بود. بیست نفر از وزاء و کله گنده‌ها را به شام دعوت کرده بود. میدانی مخارجش چقدر شده بود؟ ششهزار و دو عباسی وسه تا پول. امروز بیا به مردم بگو زمان شاه شهید خدا بیامرز! با جندک خرید و فروش می‌شده. کی باور می‌کنه؟ من هیچ وقت یادم نمیره، خونه‌ی مرحوم ابوی یک بقلمه درست کرده بودند. هیچ میدانی بقلمه یعنی چه؟ بوقلمون را می‌کشند، می‌گذارند بیات میشه، بعد اوریت می‌کنند و تو شیکمش را آلو و قیسی پر می‌کنند، آن وقت توی روغن یک چرخش میدند و می‌پزند. این بقلمه را همچین پخته بودند که توی دهن آب می‌شد، آدم دلش می‌خواست که انگشتهاشم باهاش بخوره (آب دهنش را فرو داد و

چشم‌هایش به دو دو افتاد). خوب من بچه سال بودم، شبانه بوقلمون را از زیر سبد روی آب انبار درآوردم و نصف بیشترش را خوردم. خدایا از گناهان همه بنده هایت بگذر!...

فردا صبح، روز بد نبینی، همین که مرحوم ابوی خبردار شد، یک دده سیاه داشتیم، اسمش گلعذار بود، انداختن گردن اون. داد آنقدر چوبش زدند که خون قی کرد و مرد اما من مقر نیامدم، کسی هم نفهمید که من بودم. پشتش هم اسهال خونی شدم و تو رختخواب خوابیدم.

توی دستمال فین پرصدائی کرد: - آن وقت بوقلمون یکی سه عباسی بود. زمان شاه شهید خدا بیامرز! مثل دیروزه هزار سال پیش که نیست زمان کیکاووس و افراسیاب که نیست. من هنوز همه‌اش یادمه، مثل این‌که دیروز بوده. آن وقت‌ها مردم پروپا غرس پیدا می‌شدند، همه بابا ننه‌دار بودند، مثل حالا که نبود. شاه شهید خدا بیامرز همیشه مرحوم ابوی را بالای دست حاجی میرزا آقاسی می‌نشاند. آن روزها که سیاست مثل حالا نبود. یک چیزی می‌گم یک چیزی می‌شنوی. گمان می‌کنی مرحوم حاجی میرزا آقاسی کم کسی بود؟ تمام سیاست دنیا مثل موم تو چنگولش بود. دیروز وزیر مالیه منو احضار کرد، دیدی که اتومبیلش را دنبالم فرستاد. خوب، پیشترها در خونه‌ی مردم واز بود. دست و دلواز بودند، حالا دیگه اون ممه را لولو برده. یک چیزی بهت میگم نمیدانم باورت میشه یا نه. چایی که آوردند خودش پا شد رفت قندان را از توی دولابچه در آورد و گفت: من امتحان کردم، یک حب قندهم این استکان‌ها را شیرین می‌کنه. هرچی باشه خوب به آدم بر می‌خوره. راستش من چایی تلخ را سرکشیدم. آن وقت دو ساعت پرت و پلا نقل کرد که کله‌ام را ترکاند و صد جور خواهش و تمنا کرد که کوچکتر از همه‌اش دویست تمن می‌ارزید. اما با وجودی که می‌دانست که من دودیم نگفت یک غلیان برایم بیارند. میدانی اینها سر سفره‌ی باباشان نان

۱۵۶

نخوردند. اما بیا باد و بروت و فیس و افاده‌شان را تماشا کن! مثل این که نوه‌ی اترخان که که ورچین هستند! مرحوم ابوی از اعیان درجه اول بود، سفر قندهار سه من و یک چارک چشم درآورد. وقتی که برگشت حاجی میرزا آقاسی کتش را بوسید و یک حمایل و نشان بهش داد. همیشه پای رکاب شاه شهید به شکار می‌رفت. حالا همه چیز از میان رفته: عرض، شرف، آبرو، ناموس! هرچی باشه فیل مرده‌اش صد تمن زنده‌اش صد تمنه. حالا باز هم به من محتاجند، از سادگی من سوء استفاده می‌کنند. من هم با خودم می‌گم: خوب کار بنده‌های خدا را راه بندازیم. در دنیا همین خوبی و بدی میمانه و پس فردا باید تو دو وجب زمین بخوابیم.. راستی دیروز رفته بودم پیش وزیر ننه‌ام البنین باز آمد؟

مراد چرتش پاره شد: - بله، آمد رفت تو اندرون.

- رفت اطاق محترم؟

- قربان چه عرض بکنم؟ من رفته بودم پا خورشی بگیرم.

- اگر نبودی چطور میدانی که ننه‌ام البنین آمد؟

- قربان من که می‌رفتم اون وارد شد.

- می‌شنوی؟ تو اگر آب به دست داری نباید بخوری. مگر هزاربار بهت نگفتم؟ تو باید این‌ها را بپائی. تو هنوز زن‌ها را نمی‌شناسی. همین چشم منو که دور به بینند... (کمی سکوت) مقصودم اینه که هزار جور گند و کثافت بخورد آدم میدند. برای سفیدبختی، جادو و جنبل می‌کنند. وقتی که من نیستم، شنیدی؟ تو باید دو چشم داری، دوتای دیگر قرض بکنی، هواشان را داشته باشی. مثل این که خودم همیشه کشیک‌شان را می‌کشم... فهمیدی؟

- بله قربان!

- یک چیز دیگر هم می‌خواستم بهت بگم.

- بله قربان!

- این مرتیکه‌ی نره غول، پسرعموی محترم؛ نمی‌دانم اسمش گل و بلبل یا چه کوفتیه، مردم چه اسم‌ها روی خودشان می‌گذارند؛ خوب، این پسره بی‌آب و گلم نیست، هروقت میباد سرش را پائین می‌اندازه و صاف میره تو اندرون. خوب اونجا زن و بچه هستند، رویشان وازه. حالا آمدیم و پسرعموی محترمه، بهمه که محرم نیست، مردم فردا هزارجور حرف درمیآرند. توی چه عهد و زمانه‌ای گیرکردیم! تو هیچ سر درآوردی این کیه؟

- چه عرض بکنم؟

- هان، من راضی نیستم. تو یک جوری حالیش بکن. میره تو اندرون با منیر جناق می‌شکنه و خیلی خودمانی شده. اگر من می‌خواستم ازین راه‌ها ترقی کنم، یک زن خوشگل امروزه پسند می‌گرفتم، لباس شیک تنش می‌کردم، می‌بردمش مجالس رقص، می‌انداختمش تو بغل گردن کلفت‌ها تا باهاش برقصند یا قماربازی بکنند و لاس بزنند. آن وقت مثل همه‌ی این اعیان‌های امروزه کلاه قرمساقی سرم می‌گذاشتم. بله مراد، تو ازین حرف‌ها چیزی سرت نمی‌شه. حق هم داری. اما من روزی هزار تا از این‌ها را به چشم خودم می‌بینم. من قدیمیم، اگر عرضه‌ی این کارها را داشتم، حالا حال و روزم بهتر ازین بود که هست. من هیچ راضی نیستم. تو یک جوری بهش بگو که من متجدد نیستم. اما هم‌چنین حالیش بکن که به محترم برنخوره... (حاجی به فکر فرو رفت)

- بله قربان!... دیروز عصر یوزباشی حسین سقط فروش گفت اگر حاجی‌آقا اجازه بدند حسابمان را روشن بکنیم. چون میخوام برم زیارت...

- این مرتیکه‌ی قرمساق پدرسوخته خیلی کلاه سرمن گذاشته. گمان میکنه من میخوام صنار سه شایی اونو بالا بکشم؟ من اگر یک موی سبیلم را توی بازار گرو بگذارم صد کرور تمن به من جنس میدند. کدام زیارت؟ به این آسانی به کسی اجازه نمیدند، اگر اجازه و باشپرت میخواد باید بیاد پیش

خودم. شاید به خیال افتاده که پولهای دزدیش را حلال بکنه؟ اگر راست میگه بره جلوی زنشو بگیره.... از قول من بهش بگو که واسه‌ی این چندره غاز من نمیگریزم... خوب پاخورشی چی خریدی؟

- قربان خودتان بهتر میدانید، آلو برقانی و سیب زمینی.

- مثلا چقدر آلو خریدی؟

- یک چارک.

این یک چارک آلو بود؟ کارد بخوره به شکمشان. همه شکایت دارند که از سر سفره گشنه پا میشند. کدام خونه‌ی وزیر و وکیله که شب یک چارک آلو تو خورش می‌ریزند؟ بروید به‌بینید. مردم شب تو خونه‌شان حاضری می‌خورند. اعلاحضرت رضا شاه با اون چنانیش، صبح هیزم خونه را جلویش می‌کشند، برای یک گوجه فرنگی دعوایی راه می‌اندازه که خون بیاد و لش ببره! با اون عایدی، با اون پول سرشار! اما این هم یک چارک آلو نبود، من دیگر چشمم کیمیاست.

- قربان! بسرخودتان اگردروغ بگم، از مشدی‌معصوم بپرسید.

- پس مال من همه‌اش حرام و هرس می‌شه. من آلوها را شمردم، بعد که هسته‌هایش را شمردم چهارتاش کم بود.

- قربان! شاید ماشاءالله بچه‌ها خوردند، شاید آلوی بی‌هسته بوده.

- آلوی بی هسته؟

- قدرت خدا را چه دیدید؟

- نه، برعکس. چون خدا بنده‌های خودش را می‌شناسه که چقدر دزد و دغلند، هسته توی آلو گذاشته تا بشه شمرد. من پوستی از سرتان بکنم که حظ بکنید. همه‌تان چوب و چماق میخوابیید، مثل فیل که یاد هندسون را میکنه. باید دائما تو سرتان چماق زد... مشروطه... آزادی... برای اینه که بهتر بشه دزدید - درکوزه بگذارید آبش را بخورید؛ منکه از...

در این وقت در کوچه باز شد و مرد مسنی با لباس فرسوده وارد شد که یک کیف قطور به دستش بود. پرسید:

- منزل آقای حاجی ابوتراب اینجاست؟

حاجی‌آقا: - بله بفرمائید. خواهش می‌کنم بفرمائید.

شخص تازه وارد را بغل دست خودش نشانید و رو کرد به مراد:

- مراد؟ برو بگو سماور را آتش بیندازند.

کسی که تازه وارد شده بود گفت: - خیلی متشکرم چایی صرف شده.

- پس برو غلیان را بیار.

حاجی لبخند نمکینی زد و به شخص تازه‌وارد گفت: - مثل اینه که سابقا خدمتتان رسیده‌ام. اسمتان را درست به خاطر ندارم... بله، پیریست و هزار عیب و علت!

- بنده غلامرضا احمد بیگی.

- عجب! شما آقا زاده‌ی بصیر لشکر نیستید؟

- چرا.

یادتان هست کوچه‌ی شترداران منزل داشتید؟ ابوی‌تان در قید حیاتند!

- سال قحطی عمرشان را دادند به شما.

- خدا بیامرزدش، نور از قبرش بباره! چه مرد نازنینی؛ عجب دنیا فراموشکاره، من با مرحوم ابوی‌تان بزرگ شده‌ام و سال‌ها می‌گذشت که هم‌دیگر را ندیده بودیم. یادش به‌خیر! هر روز صبح با مرحوم ابوی‌تان می‌رفتیم گذر لوطی صالح چاله حوض بازی می‌کردیم. هنوز هم هروقت تو آئینه داغ زخم پیشانیم را می‌بینم یاد آن زمان می‌افتم. (قهقه خندید و صدایش میان بوی لجن در صحن هشتی پیچید.) به جان کیومرثم قسم؛ من همه‌ی عمرم رفیق‌باز بودم، شما را که دیدم، انگار که دنیا را بمن دادند!

- قربان چوب‌کاری می‌فرمائید. بنده غلام سرکار هم حساب نمی‌شم.

- اختیار دارید! شما مثل پسر خودم هستید، من همیشه پیش وجدانم از آن دعوای ملکی که پیش آمد و باعث رنجش ابوی‌تان شد شرمنده‌ام. یعنی تقصیر بنده نبود، مال ورثه‌ی صغیر بود، وادار شدم که اقامه‌ی دعوا بکنم. اگرچه قابلی نداشت، من همیشه میگم: سروجان فدای رفیق. من همیشه چوب وجدانم را می‌خورم، دیگر چه میشه کرد؟ امروز روز کمتر آدمی پیدا میشه... خوب، ما پیرو قدیمی هستیم، اهل محل به من معتقدند. هروقت مسافرت میرند، اگر مالی چیزی دارند یا اهل و عیالشان را میارند دست من می‌سپرند. من که نمی‌توانم خیانت در امانت بکنم. چه میشه کرد؟ توی این شهر استخوان خرد کرده‌ایم، بعد از فوت مرحوم ابوی مردم چشمشان به منه. البته توقع دارند... دیروز حجه الشریعه آخوند محل، که شخص شریفی است، پیش من بود. می‌گفت: «والله من چهل ساله آخوند محل هستم. آن قدر که مردم به شما اعتقاد دارند به من ندارند.» من که نمی‌توانم مال صغیر را زیرورو بکنم. یک پایم این دنیاست و یکیش آن دنیا! خوب، خدا هم خوشش نمییاد...

غلامرضا با پشت دست تف حاجی را که روی لبش پریده بود پاک کرد و با دهن باز به فرمایشات ایشان گوش می‌داد، بی آن که مقصودش را بفهمد.

حاجی باز به حرفش ادامه داد:

- چه میشه کرد؟ هرکسی در دنیا یک قسمتی داره. من هم تازه اسم بی‌مسمای «حاجی‌آقا» روم گذاشتند و کرو کری می‌کنم. همچین دستم به دهنم می‌رسه. (با دست‌های کپلی پشم‌آلودش حرکتی از روی ناامیدی کرد.)

مراد غلیان آورد و دست به سینه کنار ایستاد. آقا رضا تعارف را رد کرد. حاجی غلیان را برداشت. یک پایش را بلند کرد گذاشت روی سکو و در حالی که غلامرضا را دزدکی می‌پائید مشغول غلیان کشیدن شد. غلامرضا کیف

خود را باز کرد و پاکت و کتابچه‌ای درآورد. روی پاکت چاپ شده بود: «شرکت کشبافی دیانت» و به ضمیمه کاغذ یک چک سی و هشت هزارتومانی بابت منافع ششماهه‌ی سهام شرکت برای حاجی‌آقا فرستاده بودند.

حاجی‌آقا که کاغذ و چک را می‌شناخت، شستش خبردار شد که غلامرضا مباشر تازه‌ی کارخانه‌ی کشبافی است و دید قافیه را باخته است، چون غلامرضا ازاین یک قلم دارایی او اطلاع داشت. حرفش را عوض کرد:

- بله، امروز روز کارو کاسبی هم نمیگرده...

در دالان صدای بچه‌ای شنیده شد و کفش دمپائی که به زمین کشیده می‌شد. حاجی دید دخترش سکینه است. در حالی که با یک دست گنجشک مفلوکی که پرو بال‌هایش کنده شده بود و چرت میزد به سینه‌اش می‌فشرد و دست دیگرش را محترم گرفته بود، می‌خواستند از در بیرون بروند.

- از صبح تا حالا چرخ منو چنبر کرده آب نبات میخواد.

- به بهانه‌ی بچه، ننه میخوره قند و کلوچه! بگو خودم میخوام برم گردش بکنم. توی این خونه همه نقل و نبات کوفت می‌کنند. یک دقیقه پیش بود مراد نبات خرید آورد. می‌خواستید یک تیکه بدهید دست بچه. وقتی این جا پیش من اشخاص محترم هستند، هیچ کس حق بیرون رفتنو نداره. دفعه‌ی هزارمه که میگم، مگرکسی حرف منو گوش میگیره؟ اگر از این جا رد شدید نشدید. قلم پایتان رو خرد می‌کنم.

- آخر این جا همیشه یکی پیش شما هست.

- خفه شو ضعیفه! فضولی موقوف. با من یکی بدو می‌کنی؟ منم که توی این خونه فرمان میدم. چرا بچه این قدر کثیفه؟ یک دستمال توی این خونه پیدا نمیشه که مفش را بگیری؟ آدم دلش بهم میخوره، آبروی صدساله‌ام به

باد رفت! این همه به ریز و بپاش تو این خونه می‌شه باز هم مثل خونه‌ی ملا یزقل زندگی می‌کنیم!
بچه مثل انار ترکید و به گریه افتاد. مادرش دست او را کشید و گفت:
- بریم مادرجان. غصه نخور...
حاجی رو کرد به طرف بچه: - عیب نداره قربون. میگم مراد برات آب‌نبات بخره... مراد؟ برو آب‌نبات بگیر.
محترم از دالان برگشت و بچه هم گریه‌کنان به دنبالش. حاجی گفت:
- مراد؟
- بله قربان!
برو این بچه را ساکت کن.
بعد رویش را کرد به غلامرضا: - شما را به خدا ملاحظه کنید؛
- عیب نداره، ماشاالله خانه‌ی بچه داریه.
- دوره‌ی آخر زمانه!... بله می‌خواستم بگم هنوز سرمایه‌ی اولی مستهلک نشده تا خرخره‌ام توی قرضه. چه بکنم؟ از ارادت قلبی است که به آقای میمنت نژاد دارم. خوب، اگر بنا بشه من کنار بکشم، کارخانه می‌خوابه، یک مشت کارگر لخت بیچاره گشنه می‌مانند. خدا را خوش نمیاد. در ضمن خوب صنایع میهن هم ترقی می‌کنه، خودش خدمتی به جامعه است. وانگهی می‌خواستم یک لقمه نان حلال از توی گلوم پائین بره. ما که مثل کارخانه‌های دیگر نخ پوسیده نمی‌خریم که جوراب ارزان تمام بشه. با چه جان‌کندنی اسعار خارجه تهیه می‌کنیم و نخ فیل دوقز (Fil d'Ecosse) امریکائی وارد می‌کنیم، آن وقت تازه قیمت جوراب ما مثل کارخانه‌های دیگره. پدر رقابت بسوزه! خودتان که بهتر مسبوقید. باور بکنید من ماهی سه هزار تمن ضرر میدم.

درین بین، در کوچه بازشد و مرد آبله روی سیه چرده‌ای که کت و شلوار گشاد سیاه به برو کلاه کپی به سرداشت وارد شد و تعظیم کرد. حاجی‌آقا بی‌آن‌که او را دعوت به نشستن بکند به طرف او برگشت و گفت:

- سلام علیکم آقای خلج پور! شما هنوز حرکت نکردی؟

- قربان! منتظر باشپرت و سفارش نامه هستم.

- باشپرت و همه‌ی کارها حاضر شده، همان طوری که گفتم ده طاقه فرش را با مشخصاتی که دادم، هفته‌ی پیش به آدرس سفارت ایران در بغداد فرستادم. شما همین الآن میری پیش دوست علی باشپرت و سفارش‌نامه را از اون میگیری و فورا حرکت می‌کنی. بغداد که وارد شدی یک راست میری سفارت. ازقول من به آقای سفیر عرض سلام می‌رسانی و قالی را تحویل می‌گیری و میدی به شیخ حمزه‌ی شموعیلی.

- پیشتر که طرف شما ابوقنطره و شرکاء بود؟

- آقای سفیر این طور صلاح دیدند! این تجارت‌خانه خوش معامله‌تره، همان طور که گفتم همین الآن برو پیش دوست علی حجره‌ی غضنفری خودت که میدانی.

- بروی چشم!

- راستی خوب شد یادم آمد - دو صندوق تریاک هم آن جا پیش حاجی عبدالخالق جاپلقی دارم. از قول من سلام می‌رسانی. میگی زودتر حسابش را بفرسته. تا حالا ششماه میگذره که خبری ازش ندارم. (با خودش: عجب اشتباهی کردم! اگر به هونگ کونگ فرستاده بودم سه مقابل استفاده داشت)... در هر صورت، این سفر مثل دفعه‌ی پیش برایمان حساب‌تراشی نکنی. خوب انعام و پول چائی و این‌ها پای من نیست، چون شما نماینده‌ی بیات التجار در عراق هستید. پس بی‌خود معطل نشو، همین الآن برو به کارهایت برس.

- بروی چشم!
- به سلامت.

خلج پور مثل این که هزارسال در باری بوده پس پسکی رفت و یک تعظیم دیگر کرد و به عجله بیرون رفت. حاجی به طرف غلامرضا برگشت. دفتر رسید کاغذ و چک را امضاء کرد و کاغذ را با چک گذاشت زیر دشکچه و دوباره نی غلیان را بدهن گرفت. غلامرضا کیفش را بست و بلند شد:

- اجازه می‌فرمائید؟
- خیلی به بخشید، به شما زحمت دادم. رویم سیاه که چیز قابلی نداشتم. راجع به شما با آقای میمنت‌نژاد صحبت خواهم کرد و امیدوارم بازهم خدمتتان برسم.

غلامرضا از شدت فقر و بدبختی و ناکامی‌هائی که دیده بود به حرف خودش هم اطمینان نداشت و دنیای خارجی برای او معنی خود را از دست داده بود. حرف‌ها و تعارفات چرب و نرم حاجی در کله‌ی او انعکاس عجیبی پیدا کرد. از پدرش شنیده بود که حاجی ابوتراب نام طراری است که به حقه و زور املاکی که در ورامین داشتند و تنها ممر معاش آن‌ها بود بالا کشیده است. اما رفتار مهربان و لحن مطمئن حاجی به قدری در او اثر کردکه به بی‌ریائی و سادگی حاجی ایمان آورد، بی‌آن‌که از منافع کارخانه و معاملات قالی و تریاک سردرب‌یاورد، تعظیم بلندی کرد و خارج شد. با خودش گفت:

«چه شخص حلیم سلیمی! خوب حاجی از آدم‌های پارو دم سابیده‌ی امروز نیست. برای همین میمنت‌نژاد کلاه سرش می‌گذاره!»

حاجی سینه‌اش را صاف کرد: - مراد؟
- بله قربان!
- آب‌نباتی چیزی واسه‌ی بچه خریدی؟

- بله قربان.
این غلیان که چاق نیست. ازصبح سحر بوق سگ آدم را به خیال خودش نمی‌گذارند، همه‌اش دردسر! این غلیان را انیس آغا چاق کرد؟ انیس آغا دستش بند بود، محترم خانوم غلیان را چاق کرد.
- بگو از سرخودش واز کرد. ما شدیم توی این خونه تیکه‌ی سر سیری! برو ببین چرا هنوز کیومرث مدرسه نرفته. می‌ترسم این هم مثل برادر بزرگش قاپ قمارخونه از آب دربیاد. ‌- نه، اصلا کاری نداشته باش به‌بینم خودش میره یا نه. سر پیری قاپچی باشی در خونه شدیم!
- قربان! یادم رفت خدمتتان عرض بکنم. دیروز که شما تشریف بردید، آقای حجت‌الشریعه تشریف آوردند یک دوایی آورده بودند گفتند معجونه. به من ندادند گفتند بعد خدمتتان می‌رسم.
حاجی کنجکاوانه: دوا آورده بود؟ گرد بود یا آب؟
- چه عرض بکنم؟ آقا توی کاغذ پیچیده بود؟
- بازهم این آخوند. خدا پدرش را بیامرزه! راستی مراد می‌خواستم یک چیزی ازت بپرسم.
- بنده کوچکم، زر خریدم، خانه زادم.
حاجی چشمک زد و نگاه تندی کرد: پیش خودمان بمانه.
- اختیار دارید حاجی‌آقا!
- گفتم پیش خودمان بمانه فهمیدی؟ تو هم تقریبا هم دندان منی. هشتاد سال چرب‌تر داری. زن آخری هم که گرفتی جوانه. می‌خواستم بدانم بچه‌ات شده.
- قربان! این زنم جوان نیست. دختر خالمه، منم او را گرفتم که سر پیری چک و چانه‌ام را به‌بنده و آب تربت تو حلقم بریزه.

- تو همه‌اش با من تعارف و تکلف می‌کنی. تا حالا یک کلمه راست از دهنت بیرون نیامده. آیا از کسی شنیدی که مرد هشتادساله یا نودساله آن‌هم با ورم بیضه – مثلا اگر دوای قوت کمر بخوره بچه‌اش میشه؟

- اگر خواست خدا باشه، البته.

- میدانی که محترم آبستنه؟

- آقا چه عرض بکنم؟ شاید دوایی درمانی چیزی کرده.

حاجی مثل این‌که از حرف خودش پشیمان شد لبش را جمع کرد و به فکر فرو رفت. نی غلیان را زیر لب گذاشت چندتا پک زد. بعد سرش را بلند کرد و گفت:

- مراد؟

- بله قربان!

- گل محمد شوفر این جا نیامد؟

- نخیر آقا من ندیدمش.

- این مرتیکه را تو حبس می‌اندازمش. چرخ اتوبوس را خراب کرده. دو راه تا کرج رفته پولش را تو حساب نیاورده. میدانی؟ عباس خواهرزاده بتول خبرش را آورد. تقصیر منه، پارسال وقتی که دو نفر را زیر گرفته بود و قرار بود شش سال حبسش بکنند. اگر من در شهربانی پادرمیانی نمی‌کردم سر سه روز ولش نمی‌کردند. ما رفتیم ریش گرو گذاشتیم و برای گل روی ما بود که بهش ارفاق کردند. حالا خوب مزدم را کف دستم گذاشت! اگر دوره‌ی شاه شهید بود همین مرتیکه را می‌آوردم تو هشتی به چهارپایه می‌بستم تا می‌خورد می‌زدمش. کمر به پائینش را له و لورده می‌کردم... عدلیه... نظمیه... همه‌اش دزدی و رشوه‌خوری و حقه‌بازیست. مرحوم میرزا کریم خان خدا بیامرز! هرروز فراش‌هایش را به چوب می‌بست و ازشان زهره چشم می‌گرفت. می‌گفت: «تا نباشه چوب‌تر فرمان نبره گاو و خر.»

من اصلا دستم نمک نداره، همه دارند سرمن کلاه می‌گذارند. همین مرتیکه مهندس مهدوش، شه‌دوش، تو که خوب می‌شناسیش؟
- بله قربان!
- این تو تحدید تریاک عضو دون‌رتبه بودش، اختلاس کرد، بیرونش کردند و برایش دوسیه درست کردند، اصلا نمی‌دانست مهندسی یعنی چه، یکی از رفقا به من توصیه‌اش را کرد، من هم دیدم جوان با استعدادیه، من هم مایه تیله دستش دادم، مقاطعه‌ی راه «زیرآب» را که ورداشتم اونم به اسم سرعمله اون جا فرستادم تا حسابهام را برسه. پول عمله‌ها را مرتب می‌خورد. من بروی خودم نیاوردم، سه نفر از اونها را هم از دره پرت کرد پائین کشت. اما خوب من پشتش را داشتم. کسی جرأت نمی‌کرد اذیتش بکنه. بالاخره کم کم اسم خودشو مهندس گذاشت و کسی هم از اون نپرسید از کجا مهندس شده. حالا خوب بار خودشو بسته. این مرتیکه را که کسی نمی‌شناخت و حتی دزد هم به دستش نمی‌دادند که به دوستاقخونه ببره امروزه سری تو سرها آورده، هفت نفر مهندس توی دفترش کار می‌کنند، یک اتومبیل پاکارد نو هم زیرپاشه و صاحب مال و مکنت و همه چیز شده، مال منم خیلی زیرورو کرد. اما هروقت میاد تهران از من رو میپوشانه، نمیخواد بیاد حسابمان را روشن بکنیم، طفره میزنه... (مکث کرد) می‌خواستم بری سراغ عباس. نه، صبر کن. چون ممکنه این جا کسی پیش من بیاد. حساب اتوبوس‌ها را به ماشاء الله واگذار می‌کنم، آدم با خدائیه، می‌ترسم غرولندش بلند بشه. اما میان خودمان، کار زیادی نداره.تحصیل داری سه دستگاه حمام و چندتا خانه و چندتا دردکان که آدم را نمیکشه. از صبح تا شام یللی میزنه، مالم را خیلی زیر و رو کرده. وانگهی حساب کارخانه پای خودمه. املاکم را هم میرزا تقی به کارش میرسه. میدانی مراد؟ همه مرا میچاپند. من چشمم را هم میگذارم، ندیده میگیرم. خوب دور و زمانه.

۱۶۸

مرد کاسب‌کاری با ریش کوسه، شبکلاه و کت و شلوار کثیف ماشی از در وارد شد و تعظیم غرائی کرد. حاجی رویش را به جانب او کرد و گفت:

- یاالله، یوزباشی! احوالت چطوره؟
- زیر سایه حضرت‌عالی هستیم، خاکستر ته کلکیم، همین گوشه‌ها می‌پلکیم.
- برو بچه‌ها چطورند؟ حالا بگیر بنشین.
- از مرحمت حضرت‌عالی! (یوزباشی حسین روی سکوی مقابل نشست).
- شنیده‌ام خیال زیارت بسرت زده، کجا می‌خواهی بری؟
- می‌خواستم از حضرت‌عالی اجازه بگیرم، آخر عمری با اهل و عیال بریم کربلا استخوان سبک بکنیم.
- زیارت قبول! حالا همه کارهایت روبراه شده؟
- قربان آمده‌ام که دست به دامان حضرت‌عالی بشم، دو ماه آزگاره که توی نظمیه واین طرف و آن طرف دوندگی می‌کنم. کلی پول خرج کردم هنوز دستم به جائی بند نیست.

حاجی قاه قاه خندید وگفت: - می‌دانستم که آخرش گذار پوست به دباغ‌خانه میافته. خوب، چقدر سرکیسه‌ات کردند؟
- تا حالا پانصدو هشتاد تمن دم سبیل چرب کردم، تازه سرتیپ هژبرآسا حقو حساب خودش را میخواد.
- تو را به این سادگی هم نمی‌دانستم. دمت را خوب توی تله انداختند!
- قربان! آدمیزاد شیر خام خورده، حالا تازه پشت دستم را داغ کردم، فهمیدم از اول باید دست به دامان حضرت‌عالی شده باشم.
- گویا حساب خرده‌ای با ما داری؟
- قربان صحبتش را نکنید، ما را خجالت می‌دید. هرچه بفرمائید برای بندگی حاضرم.
- حالا به بینم.

- هرچه بفرمائید جانا و مالا حاضرم. البته از اول راه غلطی رفتم و نمی‌دانستم. حالا هرچه بفرمائید بندگی می‌کنم. بنده از این نظمیه‌چی‌ها چشمم آب نمی‌خوره. سه روز استنطاقم کردند، بعدهم میترسم سرحد گیر گمرک بیفتم، یک قالیچه کوفتی که برای جانماز می‌برم ازدستم دربیارند.
- میتوانی کاری برای من صورت بدی؟
- از جان و دل.
- خلج‌پور را میشناسی؟
- نه قربان.
- این مرتیکه ازاون پاچه ورمالیده‌های بخو بریده است. من سعی می‌کنم هرچه زودتر باشپرتت را بگیرم آنوقت می‌خواستم...
دربازشد آدم نوکربابی که لباس اتوزده‌ی تمیزی دربرداشت به حاجی سلام کرد.
- سلام علیکم محسن‌خان! احوال شما چطوره؟
- از مرحمت جنابعالی!
- آقای دوام الوزاره حالشان خوبه؟ مدتیست که به افتخار ملاقاتشان نائل نشدم. بفرمائید.
- اجازه می‌فرمائید آقا همین جا توی اتومبیل هستند.
- قدمشان روی چشم. منزل خودشانه، خواهش می‌کنم (مردکوتاه مسنی، لاغر و زردنبو با چشم‌های زل و موهای جو گندمی وارد شد.)
حاجی نیمه‌خیز کرنش کرد: - آقای دوام الوزاره سلام علیکم... به به! چه سعادتی! مشرف فرمودید. مارا سرافراز کردید.
دوام الوزاره: - از مراحم جنابعالی سپاسگزارم.

یوزباشی حسین بلندشد ودست‌به‌سینه ایستاد. حاجی روکرد به او و گفت: - فردا همین وقت بیا خبرش را میدم. پس یادت نره سجل احوال خودت و همراهانت را هم بیار تا من هرچه زودتر اقدام بکنم.

یوزباشی تعظیمی کرد و رفت.

حاجی به دوام الوزاره: - قربان! نمیدانم ازین سعادتی که امروز به من روآورده به چه زبان تشکر بکنم. خیلی ببخشید، خانه‌ی فقراست. بفرمائید بریم اطاق بیرونی.

دوام الوزاره با ته‌لهجه‌ی کاشی که داشت، قجر افشار وخیلی شمرده صحبت می‌کرد: - خیر، خیر، به سر خودتان همین‌جا خوبست. خواهش می‌کنم بفرمائید وگرنه جدا خواهم رنجید. خیلی ببخشید که زحمت شما را فراهم آوردم. فقط مقصودم این بود که از فیض حضورتان مستفیض بشوم. دو سه روز بود که به این فکر بودم، اول که کسالت و بعد هم گرفتاری‌های روزمره مانع می‌شد. بالاخره الحمدالله که امروز سعادت یاری کرد.

- ان شاء الله که بلا دوره بفرمائید.

دوام الوزاره پهلوی حاجی نشست و محسن‌خان هم پهلوی اتومبیل رفت.

حاجی سینه‌اش را صاف کرد:

- مراد؟ سماور را بده آتیش بندازند.

مراد پیدایش نشد، دوام الوزاره گفت: خیر، خیر لازم به زحمت نیست. به سر شما قسم که صرف شده. خودتان می‌دانید که بنده اهل چائی و دود نیستم.

مراد سراسیمه از توی دالان آمد رو کرد به حاجی: - قربان! شما را پای تلیفون می‌خواند.

- نپرسیدی کجاست؟

- قربان! گفتند: دربار.

حاجی کمی متوحش شد، برخاست و به دوام الوزاره گفت:
- الآن خدمت میرسم.

عصازنان در دالان رفت و مراد هم به دنبالش. دوام الوزاره روزنامه‌ای از جیبش درآورد و به حالت تفکر مشغول خواندن شد. ده دقیقه بعد حاجی آمد سرجایش نشست. دوام الوزاره روزنامه را تا کرد و در جیبش گذاشت.
- آقای دوام الوزاره ببخشید.
- چه فرمایشاتی!

حاجی به حالت تفکر گفت: - بله بنده را احضار فرمودند. اگرچه از اسرار مملکتی است خوب خیلی پیشنهادها می‌کنند، من هم با این حال علیل مجبورم شانه خالی بکنم. خیلی متأسفم که در چنین موقعی نمی‌توانم به وسیله اشغال مشاغل و مقامات عالیه به میهنم خدمت بکنم.
- حقیقتا که جای تأسف است!
- اما امروز لحن آقای فلاخن الدوله فرق کرده بود. مثل همیشه اظهار ملاطفت نفرمودند... خوب شاید کارشان زیاد بوده... چون بنده‌زاده آقا کوچیک را از ارث محروم کردم و میانمان شکر آبه و حالا در دربار شغل... بله مشغوله... می‌ترسم چیزی گفته باشه. اگرچه ازون بعید میدونم. آدم چه میدونه... کسی که از عمرش سند پابه مهر نگرفته! البته خواهند فهمید که مغرضانه بوده و می‌ترسم برای خود او مضر باشه. چون امروزه با این امنیت و آزادی که از دولت سرقائد محترم مملکت برخورداریم مثل زمان شاه شهید که نیست. آن وقت هرکس را به دربار احضار می‌کردند اول وصیت‌نامه‌اش را می‌نوشت و بعد هم برای مهمان یک فنجان قهوه می‌آوردند. ازآن قهوه‌های کذائی!
- ان شاءالله که خیر است.

- انسان محل نسیانه، همه جور فکر تو کله آدم چرخ می‌زنه. خوب اگر از طرف شخص اول مملکت چند بار تکلیف وزارت و وکالت به کسی شد و همه را رد کرد البته صورت خوبی نداره.
- آقا شما وجودتان منشاء فیض و خیر است. به هر شغلی که اشتغال داشته باشید و یا نداشته باشید همه اهل مملکت از پرتو مراحم جنابعالی بهره‌مند می‌شوند.
- بله، صحبتش را نکنیم... اتفاقا دیشب منزل آقای مهام خلوت بودم ذکر خیر جنابعالی شد، یکی از مقامات مهم خارجی هم حضور داشت. صحبت از زندگی و سیاست و همه‌چیز به میان آمد مخصوصا من به آقای منتخب دربار تذکر دادم.
- کدام منتخب دربار؟
- قوچ علی بک که حالا تو شهربانیه.

دوام الوزاره سر خود را به علامت تصدیق تکان داد. حاجی گفت: - بعله، من مخصوصا توصیه کردم که اگر بخواند این زمزمه‌ها و اغتشاش‌ها و بی‌عدالتی‌ها تو لرستان بخوابه، باید فلانی را که سابقه ممتدی درین امور دارند به آنجا بفرستید. همان‌طور که در مازندران آن توطئه را برضد اعلیحضرت همایونی خواباند. - چند نفر را باید کشت، چند نفر را حبس کرد، هرکه نتق کشید تو دهنی زد و دیگر خودتان بهتر می‌دانید. بالاخره گفتم که من از رگ گردنم التزام میدم که با انتصاب فلانی تمام این سرو صداها بخوابه. چون امروزه ما به اشخاص با تصمیم احتیاج داریم. مامشت آهنین می‌خواهیم. بروید از مازندران سرمشق بگیرید. من تصدیق می‌کنم که از روی کمال رضا و رغبت یک کف دست زمین که آن جا داشتم در طبق اخلاص گذاشتم و تقدیم خاکپای همایونی کردم. حالا هرکس از آن حوالی میاد میگه که مثل بهشت برین شده. اگر مال خودم بود، سالی یک مشت

برنج عایدی داشت که میبایس با منقاش از توی گلوی کدخدا و عمال دولت بیرون بکشم. همه‌اش حیف و میل می‌شد، خودمم که شخصا نمی‌توانستم رسیدگی بکنم. اما حالا به دست آدم خبره افتاده، خوب چه بهتر! مملکت آباد میشه. - عیبش این‌جاست که امروزه کسی حاضر نیست فداکاری بکنه. اگر بخواند که مملکت آباد بشه. باید اداره املاک بدست شخص اول مملکت پدر تاجدارمان باشه؟ که در زیرسایه‌ی او ما این همه ترقیات روزافزون کرده‌ایم... می‌دانید من صراحت لهجه دارم، کسی را که حساب پاکه از محاسبه چه باکه؟ مخصوصا تذکر دادم که فلانی تخم سیاسته، چنان به وضعیت لرستان تمشیت میده که آب از آب تکان نخوره. خیلی حرف من تأثیر کرد و مخصوصا موافقت آقای ساعد همایون را کاملا جلب کردم. (لبخند خیرخواهانه‌ای صورتش را روشن کرد.)

- حقیقتا نمی‌دانم ازین حسن نظر و لطف مخصوصی که نسبت به بنده ابراز داشته‌اید به چه زبان تشکر بکنم. حال که صحبت از لرستان به‌میان آمد می‌خواستم استدعای عاجزانه‌ای از حضور مبارکتان بکنم.

حاجی‌آقا غافل‌گیر شد: - جونم؟... خواهش می‌کنم که بفرمائید میان ما که ازین حرف‌ها نیست.

دوام الوزاره نگاهی به اطراف انداخت: - راجع به سرهنگ بلندپرواز اخوی‌زاده می‌خواستم خدمتتان توضیحاتی بدهم.

- عجب! ایشان اخوی‌زاده جنابعالی هستند؟ خدمتشان ارادت غایبانه دارم. آقا نمیشه انکار کرد که آدم باکفایتیه.

- بله، متأسفانه چندی است که سوء تفاهمی رخ داده، به این معنی که اشخاص مفتن و مغرض نسبت‌هایی از قبیل اختلاس و ارتشاء و اعمال منافی عفت و قتل و خیلی چیزها به ایشان داده‌اند.

- به اخوی‌زاده‌ی جنابعالی؟

- ناگفته نماند که آقای سرهنگ بلندپرواز خیلی طرف توجهات ذات همایونی هستند و قبل ازحرکتشان به لرستان، کنفرانسی راجع به «غرور ملی» در باشگاه افسران دادند که به طبع رسیده و بسیار مورد پسند مقامات عالیه واقع گردیده. ازطرف دیگر، به سر مبارکتان قسم! که چون من با روحیات ایشان به خوبی مأنوسم، می‌توانم، به جرأت به شما اطمینان بدهم که آدم شریف و دل‌رحیمی است؛ به طوری که حاضر نیست یک مورچه را زیر پا لگد بکند. اما قبل از همه چیز نظامی وظیفه‌شناسی است که تخلف از اوامر و مقررات نظام را جایز نمی‌داند و سر و جان را فدای میهنش می‌کند. یعنی از تارک سر تا ناخون‌های پایش چکیده میهن‌پرستی است. گیرم هرکس یک جور وطن خودش را می‌پرستد. ولیکن چیزی که هست، اشخاص مفتنی که البته توقعات نامشروع برخلاف مصالح عالیه کشور داشته‌اند و به تقاضاهای ایشان ترتیب اثر داده نشده، از راه غرض و مرض راپورت‌هائی به مرکز فرستاده‌اند که آقای سرهنگ رؤسای ایلات را به قرآن قسم داده و همین که تسلیم شده‌اند آن‌ها را کشته و ایلات را تخت قاپو کرده و مال و حشم آن‌ها را غصب کرده و یا این که مشارالیه به بهانه‌ی تعقیب اشرار عده‌ای از مردم بی‌گناه را کشته و اموال آن‌ها را تصاحب کرده است. چنان که ملاحظه می‌فرمائید این برنامه‌ی دولت است و آنچه کرده دراین صورت مطابق دستور و اوامر مافوق بوده. اما از قرار اطلاعی که بنده از وزارت داخله کسب کرده‌ام، اشراری که ایشان در لرستان قلع و قمع کرده‌اند، اشرار مورد نظر نبوده‌اند و حال همین اشرار از خوزستان سر درآورده و مشغول دست‌درازی به جان و مال و ناموس اهالی شده‌اند. مقصود از طول کلام اینست که جنابعالی را به جریان وقایع آشنا بکنم و در نتیجه ذهن ذات اقدس ملوکانه هم نسبت به این جریانات مشوب شده و البته خودتان متوجه عواقب وخیم آن...

درین وقت مراد دست بسینه آمد جلو حاجی ایستاد.

حاجی: - هان، چی میگی؟

- قربان! اجازه می‌دید که پیاز برای اندرون بگیرم؟

- اول ماه من یکمن و نیم پیاز خریدم همه تمام شد؟ در دیزی وازه حیای گربه کجاست؟ توی خورش که اثری از پیاز نیست، پس همه‌ی مال من تفریط میشه!

- قربان! عرض بکنم؟

- خوب، حالا برو دوسه سیر پیاز از مشدی‌معصوم بگیر تا بعد رسیدگی بکنم. اما نرخش را بپرس که توی حساب به من پا نزنه.

- چشم؛

- صبرکن، پیاز شیرین خوب مال قم باشه.

مراد از در خارج شد. چشم‌های مثل تغار حاجی به دو دو افتاد، به طرف دوام الوزاره برگشت و صدایش را بلندتر کرد.

- بله، من همیشه گفته‌ام که ایران قبل از همه چیز احتیاج به آدم با تصمیم داره. این جا قحط‌الرجال آدمه، خوشبختانه امروز سرنوشت ملت به دست قائد عظیم الشأنی مثل شخص اعلیحضرت سپرده شده. اما حیف که یک نفره، تمام اطرافیانش دزد و دغل و مغرض هستند. مثلا همین قلع و قمع اشرار که حالا گزک به دست یک مشت دزد داده، برای آبادی و عمران مملکت لازمه، جزو برنامه‌ی دولته. باید نسل همه‌ی ایلات و عشایر را از میان برداشت تا بتوانیم نفس راحت بکشیم. از شما می‌پرسم این‌ها به چه درد مملکت می‌خورند؟ همیشه باعث اختلال امنیت و موی دماغ حکومت مرکزی هستند و اموال تجار بیچاره را به غارت می‌برند و مردم را می‌کشند باید همه آن‌ها را قتل‌عام کرد. ما احتیاج به اشخاصی مثل تیمسار سرهنگ

بلندپرواز داریم. می‌شنوید؟ تیمسار خدمت به میهنش کرده، باید دستش را ماچ کرد.

دوام الوزاره تف حاجی را از کنار لبش پاک کرد و آهسته گفت:

- بنده عقیده‌ی جنابعالی را تقدیس می‌کنم، اما بالاخره هر چیز راهی دارد.

حاجی‌آقا چشمک زد: - مطمئن باشید، بنده درین قسمت هرچه ازدستم بربیاد کوتاهی نخواهم کرد. با مقامات مربوطه صحبت می‌کنم. البته خودتان بهتر می‌دانید که مردم متوقعند. آن هم در موضوع به این مهمی باید دم سبیل چند نفر را چرب کرد. من رک و پوست کنده حرف می‌زنم.

- البته البته: ملتفتم، محتاج به تکرار نیست. نمی‌دانم از مراتب لطف و مرحمت جنابعالی چطور تشکر بکنم، بنده را غرق خجالت فرمودید... ضمنا می‌خواستم خدمتتان عرض بکنم که درین محیط اگرچه از پیر وجوان به دیانت و امانت جنابعالی ایمان کامل دارند، اما مغرضان و دشمنانی هستند که پشت سر انتشاراتی می‌دهند. مقصود بنده نمامی و سخن چینی نیست و درین مورد سکوت بنده یک نوع خیانت به عوالم دوستی و...

حاجی دستپاچه پرسید: - پشت سرمن؟ مثلا چه کسی؟

دوام الوزاره خیلی شمرده توضیح داد: - از ارادت قلبی که نسبت به شخص جنابعالی دارم، الساعه جریان را خدمتتان عرض می‌کنم: پریشب در کلوب ایران بنده با آقای خضوری حزقیل مشعل و آقای بنده‌ی درگاه پارتی بریجی داشتیم، درضمن صحبت آقای خضوری گفتند: «راجع به فلان کار، اگربشود موافقت حاجی را جلب کرد خوبست؛ چون آدم با اطلاع و اسرارآمیزی است. شهرت دارد که عضو فراموشخانه است و با مقامات خارجی بستگی نزدیک دارد، اما نظرش صائب است و حرفش را در همه جا می‌شنوند.» بنده جداً اعتراض کردم و مخصوصا تذکر دادم: - «یکی از اشخاص بی‌آلایش و دست

و دل پاکی است که در تمام ایران لنگه ندارد و کسی پیدا نمی‌شود که در وطن‌پرستی ایشان تردید بکند.»

حاجی سرش را به حال جدی تکان داد و باد تو صدایش انداخت:
- آقا من توی این شهر خیلی دشمن دارم. همه‌ی تازه به دوران رسیده‌ها، همه‌ی دزدها و نو کیسه‌ها، همه این عرب‌ها و نصرانی‌های سوریه و عراق که به‌طور مرموزی در تمام مقامات حساس اقتصادی مملکت رخنه کرده‌اند، همه آن‌هایی که باباشان را نمی‌شناسند به من حسد می‌برند. - من دانم و پینه دوز در انبان چیست! - چون من می‌دانم که از کجا آب می‌خورند. شما گمان می‌کنید که خضوری خود به خود آمده و همه‌کاره شده؟ روزی که وارد تهران شد یک شوفر بود که اگر یک من ارزن رویش می‌ریختند یکیش پائین نمی‌آمد. حالا بروید دم و دستگاهش را تماشا کنید. اگر یک شوفر عرب اطلاعاتش بیشتر از دکترهای اقتصاد ماست، پس بروید در مدرسه‌هایتان را ببندید. چرا بیخود شاگرد به فرنگستون می‌فرستید؟ منو دوبار مهاراجه‌ی دکن برای پست وزارت خارجه‌اش پیشنهاد کرد، دعوتش را نپذیرفتم گفتم: نمی‌خوام غریب گور بشم؛ اگر از من کاری ساخته است، بگذارید به درد میهنم بخورم. شاید گناهم اینه که ایرانیم، این جا به دنیا آمدم و میخوام همین جا هم بمیرم و برق پول اجنبی منو نمیکشانه. اما این بی‌بابا ننه‌های امروزه همه می‌خواند این جا را بچاپند و بروند خارجه پشتک بزنند و برقصند، آیا صلاحه که من هم پام را کنار بکشم؟ من آدم مرموزی هستم یا آقای بنده‌ی درگاه که اگر باباش را ندیده بود ادعای جل و نمد استرآبادی می‌کرد؟ پشت سر زنش این همه حرف می‌زنند و دخترش را به صراف دم بازار داده و عنوان اعیان و اشراف به خودش میبنده! چون صراحت لهجه دارم از من حساب می‌برند. قباله و بنچاق همه‌شان توی دست منه. من عضو فراموشخانه هستم یا آن‌ها که همه

فراموش کرده‌اند تا دیروز چه‌کاره بودند؟ به قول جنابعالی هشتاد ساله که توی این آب و خاک استخوان خرد می‌کنم، کسی نتوانسته به من بگه که بالای چشمت ابروست. مرحوم ابوی از زمان شاه شهید بنام بود، یکی می‌گفتند و هزار تا از دهنشان می‌ریخت. آیا من احتیاجی به شهرت دارم؟ آن هم توی این عهد و زمانه؛ من از کسی خورده برده ندارم، اگر می‌خواستم مثل آن‌های دیگر پشت خودم را ببندم برایم مثل آب خوردن بود. اما... درباز شد، دو نفر وارد شدند. حاجی سلام و تواضع کرد. آن‌ها که نشستند، مدتی با دوام‌الوزاره در گوشی گفتگو کرد. فقط جملاتی مانند: «البته مذاکره خواهم کرد.»

«مطمئن باشید کار درست شده» جسته و گریخته شنیده می‌شد. بعد دوام الوزاره بلند شد و به عجله رفت. حاجی پس از احوال‌پرسی رو کرد به جوانی که موهائی تنک به سر داشت و به حال مضطرب اطرافش را نگاه می‌کرد.

- آقای مزلقانی! بفرمائید اینجا. (او هم در حالی که روزنامه‌ی مچاله‌ای در دست داشت رفت پهلوی حاجی نشست.)

حاجی - خوب، بفرمائید از دنیا چه خبر؟

- افق سیاست بین‌المللی سخت تیره و تار است. عواقب وخیم جنگ را کسی نمی‌تواند پیش‌بینی بکند.

حاجی درحالیکه تسبیح می‌انداخت، از ترس تلفن دربار، لازم دانست برای تبرئه خودش خطابه‌ای شبیه نطق‌هائی که در «پرورش افکار» می‌شد برای مخبر روزنامه‌ی «دب اکبر» ایراد بکند:

- آقا بیخود متوحش نباشید. بما چه؟ زهر طرف که شود کشته سود اسلامست. هر کسی میان این معرکه باید کلاه خودشو دو دستی نگهداره. ما باید یک نان بخوریم و صد تا خیر بکنیم؛ چون خوشبختانه در چنین موقع باریکی سرنوشت مملکت در کف کفایت قائد عظیم‌الشأنمان سپرده شده.

این را دیگر کسی نمی‌توانه منکر بشه که بالاترین و عالیترین نعمت‌های موجود کنونی ذات مقدس شاهنشاهه که ایران جدید را در ظرف مدت کوتاهی از پرتگاه نیستی به شاهراه ترقی کشانده. امنیت به‌طوری در سرتاسر کشور حکمفرماست که اگر زنی یک تشت طلا به سرش بگیره و از ماکو تا بندر چاه‌بهار بره کسی معترضش نمیشه. بیخود نیست که میگند: «چه فرمان یزدان چه فرمان شاه!» وضعیت دیگر مثل جنگ پیش نیست و هرج و مرج داخلی وجود نداره. بحمدالله زیر سایه پدر تاجدارمان به قدری در همه‌ی شئونات و نوامیس اجتماعی ترقیات محیرالعقول کردیم که هیچ دولت خارجی جرأت نمیکنه که به میهن ما چپ نگاه بکنه. امروز دو میلیون سرنیزه پشت سرمانه و با آن می‌توانیم از یک طرف قفقاز و از طرف دیگر ترکستان روس را تسخیر بکنیم. باور بکنید که ما پشت دنیا را به لرزه درآوردیم. ـ یادتان هست که دوره‌ی احمد شاه به مردم عوض حقوق کاه و یونجه و آجر می‌دادند؟ پس‌پریروز سلام بود، به پابوس مقدسشان شرفیاب شدم، چقدر به بنده اظهار تفقد و بنده‌نوازی فرمودند! خدا سایه‌ی مبارکشان را از سر ملت ما کم نکنه. خوب امنیت، آبادی، قشون، راه‌آهن، آسفالت کوچه‌ها و بناهای حیرت‌آور؛ همه‌ی این‌ها را کی به خواب دیده بود؟

مزلقانی: ـ بنده تصدیق دارم که با داشتن نابغه‌ای مثل اعلیحضرت رضا شاه هیچ خطری ملت ایران را تهدید نمی‌کند و حقیقتا باید خدا را شکرگزار باشیم که ازین جنگ خانمان‌سوز که اساس و سازمان ممالک دنیا را متزلزل کرده دور و بر کنار هستیم. اما قابل انکار هم نیست که این جنگ خواهی نخواهی، تأثیر شدیدی در اقتصادیات و معنویات دنیا خواهد بخشید.

ـ چیزی که تاکنون مانع پیشرفت اقتصاد و تجارت دنیا شده همسایه‌ی شمالی ماست، خوشبختانه اعلیحضرت ما متوجه این نکته هستند. من خبر

موثق دارم، کسی که مژده‌ی حمله‌ی آلمان را به شوروی به سمع مبارکشان رساند می‌گفت که اعلیحضرت از ذوق توی پوستش نمی‌گنجید و فرمود «چرا بمن میگی؟ برو به ملت ایران تبریک بگو!» چه حرف بزرگی! کلام الملوک ملوک الکلام. به عقل افلاطون هم نمی‌رسید. (بعد مثل این که پشیمان شد چشمک زد و گفت): پیش خودمان بمانه، اسرار سیاسته. به علاوه هیچ استبعادی نداره که اعلیحضرت این هوده شهر قفقاز که مدتیه به ملت وعده میده به ایران ملحق بکنه. دیشب توی رادیو برلن هیتلر نطق می‌کرد. چه صدای گیرنده‌ای داشت! هر کلمه که از دهنش بیرون می‌آمد، نیم ساعت براش دست می‌زدند. آقا او هم نابغه است، میخواد دستگاه پوسیده سیاست را عوض بکنه و نظم جدید بیاره. تا یکی دو هفته‌ی دیگر کلک روسیه کنده است. (قهقه خندید) شاید همین الآن که من دارم با شما صحبت می‌کنم از مسکو هم گذشته باشند. بعد هم نوبت انگلیس میرسه، آن دیگر مثل آب خوردنه، به شما قول میدم، تا یکی دوماه دیگر آلمان‌ها توی تهران هستند.

حاجی آب دهنش را فرو داد و به طرز علاقمندی حرفش را دنبال کرد. «جای شما خالی. توی سفارت آلمان فیلم شکست فرانسه را نشان می‌دادند، من هم دعوت داشتم. سرباز آلمانی نگو یک پارچه آهن بگو. دیگر تو دنیا قشونی نیست که بتونه جلو آن‌ها را بگیره. یک چیزی میگم، یک چیزی میشنوید! بگذارید هیتلر با نظم نوینش دنیا را تمشیت بده. اقلا آقای ما عوض میشه، خودش فرجه. همه‌ی علامات ظهور حضرت صاحب را داریم به چشم می‌بینیم. آقا مرام اشتراکی یعنی چه؟ اگر خوبه مال خودشان، اگر بده با دیگران چه کار دارند؟ پیش ازین بلشویک‌بازی من سالی ده هزارتمن (آنهم هزارتمن آن وقت) پرتغال به روسیه صادر می‌کردم. حالا مردمش یک تکه نان هم ندارند که بخورند چه برسه به پرتغال. — وانگهی توی دنیا

یک فرماندهی گفتند یک فرمانبرداری. پس بروند با قضا و قدر جنگ بکنند؛ چرا من آقا شدم، مراد نوکر من شده؟ چون که خدا خواسته، بمن چه؟ ازین گذشته، من جان می‌کنم، کار می‌کنم یک شاهی را صنار می‌کنم. دنیا نظم داره. همه که نمی‌توانند وزیر بشوند. یکی شاه میشه یکی هم گدا میشه. من از کدیمینم عرق ریختم، دوتا آجر روی هم گذاشتم خونه ساختم توش نشستم، حالا مفت و مسلم آن را بدم به مشدی حسن پهن پازن، فقط چون که گردنش کلفته؟ پس دیگر کسی پی کار نمیره، آبادی نمیشه پس مراد بشه حاجی و من بشم مشدی مراد!

مزلقانی: - همین‌طور است که می‌فرمائید. در دنیا البته باید تغییراتی رخ بدهد و نظم نوینی برقرار بشود، اما نه این‌که سیر قهقرائی را طی بکنند.

- میگند هیتلر مسلمان شده و روی بازویش «لااله الا الله» نوشته.

- بله، جداً به ایران علاقمند است. مگر خبرهای امروز را ملاحظه نفرمودید؟

- نخیر، اما مقاله‌ی «همت عالی» شما را کیومرث واسه‌ام خواند. راستی برای آن ده بلیط اسب‌دوانی که به دارالمساکین تقدیم کرده بودم، داد سخن داده بودید. هدیه‌ی ناقابلی بود و باعث خجالت من شد، اما از لحاظ سرمشق برای این‌که دیگران تبعیت بکنند مطالب قابل توجهی داشت. آقای مزلقانی به شما تبریک میگم. شما یکی از بزرگترین نویسندگان دنیا هستید. راستی این الفاظ و عبارات به این قشنگی را از کجا پیدا کرده بودید؟

- بنده وظیفه‌ی اخلاقی و اجتماعی خودم را انجام داده بودم. اما مقام ریاست معتقد بودند که قدری اغراق آمیز است.

- عجب!

- بعلاوه عقیده مند بودند که در صفحه سوم چاپ بشود. ولیکن به اصرار بنده، بالاخره در صفحه‌ی اول چاپ شد. مخصوصا ملاحظه فرمودید بنده تذکر داده‌ام که حاجی به گردن همه‌ی ایرانیان حق دارد و یگانه فرزند

انقلاب است و ما آزادی و مشروطه‌ی خودمان را مدیون ایشان هستیم. به خصوص این شخص نوع‌پرور معارف پژوه که تمام عمرش را با شرافت و پاکدامنی و پرهیزکاری گذرانیده، یکی از ذخایر ملی ایران است و ما به داشتن چنین عناصر سیاست مدار عالی مقدار تفاخر می‌کنیم.

مراد با دستمال پیاز وارد شد. حاجی با چشم‌های ذوق‌زده به مزلقانی نگاه می‌کرد و می‌خواست چند جمله‌ی آبدار در تملق او بگوید، ناگهان صدای زنی از توی دالان شنیده شد که می‌گفت:

- حاجی‌آقا!... حاجی‌آقا!... حلیمه خاتون حالش بهم خورده...

حاجی گوشش را تیز کرد و گفت: - خفه شو ضعیفه! مگر هزار بار نگفتم؟ مراد برو ببین باز دیگر چه خبره...

صدای زن: - خاک بگورم! به حاجی بگو بفرمائید اندرون، حلیمه خاتون تمام کرد.

صدای همهمه‌ی نامعلومی از دالان می‌آمد. حاجی روکرد به مزلقانی:

- ببخشید آقای مزلقانی! گویا قضیه‌ی مولمه‌ای رخ داده. من توصیه‌ی شما را به آقای رئیس روزنامه‌ی «دب اکبر» خواهم کرد... اجازه می‌فرمائید؟...

مزلقانی و همراهش دستپاچه خدانگهداری کردند و رفتند. حاجی‌آقا خیلی به تأنی عصایش را برداشت و کاغذهایی را که زیر دشکچه بود به دقت تا کرد و در جیب گشاد جلذقه‌اش گذاشت. بعد رو کرد به مراد و گفت:

- من میرم اندرون تو مواظب دشکچه باش. برو زود حجت‌الشریعه را خبر کن.

بعد عصا زنان داخل دالان شد.

حاجی ابوتراب در ماه ذیحجه، شب عید قربان حاجی و حاجی‌زاده به دنیا آمده بود. اگرچه هشتادونه سال از عمرش می‌گذشت و یادگار زمان ناصرالدین شاه بود، اما نسبت به سنش هنوز شکسته نشده بود و خیلی جوانتر نمود می‌کرد. قیافه‌ی او باوقار و حق‌به‌جانب بود: کله‌ی مازوئی، گونه‌های چاق و پرخون، فرق طاس و موهای تنک رنگ و حنا بسته داشت و همیشه ته ریش سفید و زبری مثل قالیچه‌ی خرسک به صورتش چسبیده بود. سبیل کلفت صوفی‌منشانه زیر دماغ تک کشیده‌اش مثل چنگک آویزان بود و چشم‌های مثل تغار که رگه‌های خون در آن دویده بود زیر ابروهای پرپشت او غل غل می‌زد. وقتی که درخانه شبکلاه به سر می‌گذاشت، کله‌ی او شبیه گلابی می‌شد و غبغب کلانی زیرچانه‌اش موج می‌زد که سرش را بدون میانجیگری گردن به تنش می‌چسبانید. بالای پرک‌های گوشش که همیشه زیرکلاه می‌گذاشت، صاف و نازک شده بود و دندان‌های عاریه که هر وقت می‌خندید یک پارچه طلای چرک بیرون می‌افتاد، قیافه او را تکمیل می‌کرد.

بالاتنه‌ی حاجی بلند و پاهایش کوتاه بود. به همین جهت وقتی که نشسته بود میانه قد و زمانیکه راه می‌رفت کوتاه جلوه می‌کرد؛ اما از پشت‌سر کمی خمیده بود و قوز داشت. در تابستان لباس او منحصر به یک پیرهن یخه حسنی و یک زیرشلواری گشاد بود و در هشتی که جلوس می‌کرد همیشه یک جلذقه‌ی گشاد هم که جیب‌های فراخ داشت می‌پوشید و یک شبکلاه

به سر می‌گذاشت و قبای نازکی به دوش می‌انداخت. با وجود این، چون آستین پیرهنش دگمه نداشت، دست‌های خپله و پشمالود او همیشه بیرون می‌افتاد و ازدرزیخه‌ی پیرهنش تا زیر غبغب او پشم زمخت خاکستری به ریشش پیوند می‌شد. در حال نشسته وقتی که تسبیح نمی‌انداخت عادت داشت که با دو دست شکم گنده‌اش را نوازش بدهد.

در زمستان سرداری برک قدیمی چرک که پشتش چین‌های ریز می‌خورد می‌پوشید و به قول خودش این سرداری «تنپوش مبارک» بود و حکایت می‌کرد که یک روز ناصرالدین شاه در شکارگاه، ابوی محترمش را مخاطب قرارداده و گفته بود: «مرحوم مقتدر خلوت! بیا پدرسوخته این تن‌پوش مال تو.» مثل این‌که قبل از مرگش او را «مرحوم» خطاب می‌کرده‌اند! اما در حقیقت این سرداری را از دست فروش خریده بود. درکوچه هم کت بلند خاکستری و شلوار سیاه می‌پوشید و کلاه گشاد به سر می‌گذاشت از وقتی که باد فتق گرفته بود، یک عصای سرنقره هم دستش می‌گرفت و گشاد گشاد راه می‌رفت.

هرچند حاجی بیرونی و اندرونی واطاق‌های چیده واچیده داشت، اما تمام پذیرائی او در هشتی خانه‌اش انجام می‌گرفت. صبح زود در آن جا شبیخون می‌زد و اگر در خارج کاری نداشت تا سرشب در همان جا مشغول دید و بازدید و کارچاق‌کنی و به قول خودش مشغول «رتق و فتق امور» بود، تا وقتی که از اندرون خبر می‌کردند که: «شام حاضر است». حاجی با بی‌ریائی از اعیان و اشراف و رئیس الوزراء گرفته تا ملای محل و بقال سرگذر و حتی زال‌محمد را هم در آن‌جا پذیرائی می‌کرد. در مقابل اعتراضی که درباره‌ی پذیرائی شخص اخیر به او شد جواب داده بود: «این‌هم یک نفر آدمه مثل همه‌ی آن‌های دیگر؛ لولو خورخوره که نیست. اتفاقاً نظمی که زال ممد به شهرنو داد، تمام بلدیه‌ی شما با بودجه و متخصصینش نتوانست به شهر

تهران بده. خونه‌ی فاحشه‌ها را طبقه بندی و منظم کرد، برایشان سینما و تیاتر ساخت. اما بلدیه‌ی شما خواست یک تیاتر بسازه پنجاه مرتبه خراب کرد و از سرنو ساخت و از کنارش چند تا دزد ملیونر شدند و آخرش هم نیمه تمام ماند! وانگهی کاری که دیگران در خفا می‌کنند، این بی‌تقیه و بی‌ریا می‌کنه. بعدش هم ما که ضامن بهشت و دوزخ کسی نیستیم و توی گور دیگران هم نمی‌گذارندمان. مگر همه‌ی کله گنده‌ها و زمام‌دارانتان باهاش دست‌به‌یکی نیستند؟ من صراحت لهجه دارم. نه این که یکی لازمه که شهر نو را اداره بکنه؟ وگرنه مردم عیال‌وار نمی‌توانند زنشان را نگه دارند. اگر تو جامعه شاه و وزیر و وکیل هم لازم نباشه زال ممد لازمه من همه‌ی اعیان و اشراف و نجبای این شهر را خوب می‌شناسم، در معامله‌ی ساختمان سینما که به من مقاطعه داد یک سرسوزن اختلاف حساب نداشتیم. حیف که توی این مملکت قدردان نیست و گرنه مجسمه‌اش را توی شهرنو می‌گذاشتند!...»

ولیکن از آن جا که هشتی حاجی چهار نشمین بیشتر نداشت، مهمان‌های او هیچ وقت از سه نفر تجاوز نمی‌کرد. یعنی همین که شلوغ می‌شد حاضرین جیم می‌شدند و جای خودشان را به تازه‌واردین می‌دادند. مثل این بود که اگر روزی بخواهند تاتر او را نمایش بدهند، از لحاظ صرفه جوئی، تزئین سن منحصر به یک هشتی باشد.

پدر حاجی مشهدی فیض الله در بازارچه‌ی زعفران باجی دکان تنباکو فروشی داشت. سال قحطی کلی مال حلال و حرام را زیر و رو کرد و پشت خودش را محکم بست. مخصوصاً وقتی که میرزای شیرازی تنباکو را تحریم کرد، مش‌فیض‌الله یکی از حاشیه‌نشین‌های خانه‌ی یحیی‌خان مشیرالدوله بود و بعد از آن که ملا عبدالله واعظ غلیان کشید و دوباره تنباکو حلال شد و به این وسیله عذر کمپانی رژی را خواستند، مش‌فیض‌الله درین میان لفت و لیس غریبی کرد. یعنی تنباکوی تحریم شده را که به قیمت ارزان خریده و انبار

کرده بود، به قیمت گران فروخت و ملیون‌ها ذرع زمین به قیمت دوتا پول از میرزا عیسی وزیر خرید و واجب‌الحج شد. یک سفر به مکه رفت و پولش را حلال کرد و برگشت و تا آخر عمرش دم حجره نشست و موی را از ماست کشید. بالاخره سر نودوُسه سالگی از شدت خست و لئامت مرد، به این معنی که قولنج شد. حکیم‌باشی نسخه داد، او از دوای مالیدنی که در خانه بود خورد و مرد.

تمام ارث حاجی فیض‌الله به پسر یکی یکدانه‌اش: حاجی ابوتراب رسید که حاجی به دنیا آمده بود. اما وانمود می‌کرد که به مکه رفته است و حکایت‌هائی که از پدرش راجع به سفر مکه شنیده بود به حساب خودش گذاشت و مانند پیش‌آمدهای زندگی خود نقل می‌کرد. اما حاجی ابوتراب دکان تنباکو فروشی را بهم زد و صاحب املاک و مستغلات شد. چون پدرش را کسی نمی‌شناخت، حاجی ازین استفاده کرد و لقب: «حاج مقتدر خلوت» را به پدرش داد و او را یکی از ملازمان رکاب و درباریان بسیار نزدیک ناصرالدین شاه قلمداد می‌کرد. همیشه هم ورد زبانش بود که: «ما اعیان درجه اول» «مانجبا». در خست و چشم‌تنگی از پدرش دست‌کمی نداشت. هنوز حساب قران کهنه‌های زمان شاه شهید را فراموش نکرده بود و سر دهشاهی الم شنگه به پا می‌کرد: «منو چاپیدن! معقول آن وقت زندگانی داشتیم!» با وجود درآمد هنگفتی که از املاک و مستغلات و دکان و حمام و خانه‌ی اجاره و معاملات بازار و کارخانه‌ی کش‌بافی و پارچه‌بافی اصفهان و کارچاق‌کنی‌های کلان داشت و حتی با سفرای ایران درخارجه مربوط بود و اجناس قاچاق معامله می‌کرد، هر روز جیره قند خانه‌اش را می‌شمرد، هیزم را می‌کشید، بار و بندیل صیغه‌هایش را وارسی می‌کرد و در قدیم که اصطلاح مشروطه هنوز باب نشده بود، جلو هشتی خانه رعیت‌ها و نوکرش را به چوب می‌بست. اما ظاهری فریبنده داشت و قیافه‌ی حق‌به‌جانب به

خود می‌گرفت، به‌طوریکه همه پشت سرش می‌گفتند: «چه آدم حلیم سلیمی است!» همین ظاهر آراسته و اهن و تلپ، باعث شهرت او شده بود و معروف بود که آدم کار راه‌انداز و خیرخواه و خلیقی است.
حاجی معتقد بود که: «هزار دوست کم و یک دشمن زیاد است.» به همین جهت با هر کس گرم می‌گرفت و دل همه را به دست می‌آورد و با محیط خودش سازش پیدا کرده بود. ازین رو خیلی‌ها فدائی او بودند: در سیاست هم همیشه دخالت می‌کرد، وکیل و وزیر می‌تراشید و خودش هم کباده‌ی ریاست وزراء را می‌کشید و حلال مشکلات بود. همیشه می‌گفت: «ما می‌خواهیم چهار صباحی توی این ملک زندگی بکنیم و از نان خوردن نیفتیم و یک قلپ آب راحت ازتوی گلویمان پائین بره.»
اما حاجی سواد حسابی نداشت. زمان ناصرالدین شاه پیش معلم سرخانه گلستان و بوستان را خوانده و مشق خط و سیاق را یاد گرفته بود. ولیکن حافظه‌ی او قوی بود و حرف‌های دیگران را از بر می‌کرد و به‌موقع یا بی‌موقع تکرار می‌کرد. هروقت که اشتباه می‌نمود، از رو نمی‌رفت. مثلاً می‌گفت که مرحوم ابوی در دربار شاه شهید بالای دست حاجی میرزا آقاسی می‌نشسته، یا در زمان کریمخان زند سه من و یک چارک چشم در آورده، یا مهاراجه‌ی دکن دعوتش کرده که پست وزارت خارجه‌اش را به او تفویض کند واز این قبیل چیزها. اگرچه با رجال درجه‌ی اول و زمانداران مملکت دمخور بود. اما سواد آن‌ها هم به او نمی‌چربید و خیلی به حاجی و اظهار عقیده‌اش اطمینان داشتند. درصورتی‌که گاهی حاجی از دهنش در می‌رفت و می‌گفت: «بله دیگ، بله چغندر! توی این مردم و این ملک ما هم سیاستمدارش هستیم!» از وقتی که وارد سیاست شده بود، مرتب روزنامه را به پسر کوچکش کیومرث که از مدرسه برمی‌گشت می‌داد و او هم با صدای دو رگه‌ی تکلیف شده‌اش روزنامه می‌خواند و حاجی به حالت پرمعنی سرش را می‌جنبانید

مثل این که در میان خط‌ها هم رموزی کشف می‌کرد که همه کس نمی‌توانست بفهمد. حاجی به کتاب اخلاق و گلستان سعدی معتقد بود و از تاریخ هم بی‌آن‌که اطلاعی داشته باشد، بی‌خود تعریف می‌کرد. دو سه بار لغت اشتباهی برای کیومرث معنی کرد و سبب شد که طفلک روز بعد در مدرسه کتک مفصلی نوش جان بکند و از این جهت دیگر اشتباهات خود را از پدرش نمی‌پرسید.

حاجی شهرت داده بود که کتاب اخلاقی در دست تألیف دارد. اما کسی را سراغ نداشت که این کار را مفت و مسلم برای او انجام بدهد. به علاوه ادعای ادبی هم داشت و بزرگترین فیلسوف عالم به‌نظرش قوستاولوبون بود که زیاد اسمش را شنیده بود و ترجمه‌ی غلط کتابش را مجانا به او تقدیم کرده بودند. در انجمن‌های ادبی هم هر وقت می‌رفت، همیشه در صدر مجلس می‌نشست. جلو هرکس سلام و تواضع می‌کرد و غروغر غلیان می‌کشید و چائی شیرین می‌خورد. هرقطعه شعر که خوانده می‌شد آن قدر کف می‌زد که تا دو روز دستش درد می‌گرفت و برای این که عقیده‌ی بکری اظهار کرده باشد، همیشه درین انجمن‌ها از شعر قاآنی تعریف می‌کرد. گرچه دیوان او را ندیده بود، اما یکی دو شعر وقیح او را در جوانی شنیده بود به‌اضافه خیلی‌ها تعریف از انسجام شعر او می‌کردند. مجالس «پرورش افکار» و «فرهنگستان» هم مرتب به قدوم حاجی مفتخر می‌شد که عضویت رسمی آن‌جا را داشت و در همه‌جا اشتباهات مضحک می‌کرد. فقط سر حساب پول موی را از ماست می‌کشید.

هرچند حاجی همیشه از دست دنیا گله‌مند بود و خودش را به شغال‌مردگی می‌زد و ورد زبانش بود که «عهد و زمانه برگشته و دوره آخر زمانه» چون همسایه خانه‌ی خودش را به قیمتی که حاجی مشتری بوده نفروخته یا کوچه برای اتومبیل او تنگ است یا اتومبیل سواری او سیستم سال آینده نیست یا

درخت نارنجش بار نداده یا مردم بی‌تربیت شده‌اند چون سر ختم شیخ عبدالغفور یک جوانک به او زل زل نگاه کرده و محلش نگذاشته و متوقع بود که همه‌ی مردم با این بدبختی‌های او هم‌دردی بکنند. اما چند موضوع بود که درین اواخر فکر او را سخت به خود مشغول کرده بود: یکی دل خونی از دست سرتیپ الله‌وِردی داشت که زمین‌های قنات آبادش را به قیمت نازل خرید، بعد هم پیری و دیگر باد فتق و از همه بدتر از طرف زن‌هایش سخت نگران بود. پیری که درد بی‌درمان بود و به همین مناسبت به کمک حجت‌الشریعه معجون‌هائی از روی کتاب‌های: الفیه و شلفیه و ماء الحیوه و راهنمای عشرت تهیه می‌کرد و به کار می‌برد و اغلب تجدید فراش می‌کرد. دیگر باد فتق بود که هرچند هنوز او را از پا درنیاورده بود، اما شنیده بود که عمل در سن او خطرناک است به علاوه به حکیم فرنگی و یا فرنگی مآب و دواهای آن‌ها هیچ اعتقاد نداشت. مگر پدرش را دوای فرنگی نکشت؟ چرا تن خودش را زیر تیغ حکیم بیاندازد؟ تقدیر هرکس معین شده و روی پیشانیش نوشته‌اند، چرا بیخود کمک به اجل بکند؟ در صورتی که باد فتق به اهمیت و اعتبار او در جامعه می‌افزود.

اما موضوع زن‌هایش جدی بود. بیلان زندگی زناشوئی حاجی عبارت بود از شش زن طلاق گرفته و چهار زن که سرشان را خورده بود و هفت زن دیگر که در قید حیات بودند واهل بیت او را تشکیل می‌دادند. زن اولش اقلیمه تریاک خورد و مرد، حاجی هم نامردی نکرد و همه‌ی دارائیش را بالا کشید. یکی سر زا رفت، یکی از پشت بام پرت شد و آخری هم حلیمه از دلدرد کهنه مرد. آن‌ها هم که طلاق گرفتند، مهر خودشان را حلال و جانشان را آزاد کردند. میان زنده‌ها این دو صیغه‌ی آخری: منیر و محترم که جوان و بچه‌سال بودند افکار حاجی را سخت پریشان داشتند. منیر زیاد به خودش ور می‌رفت و خیلی چاخان و سرزبان‌دار بود، حتی وقاحت را به جائی رسانیده

بود که جلو اهل خانه همیشه ادای حاجی‌آقا را در می‌آورد و شعرهای بندتنبانی در هجو او می‌خواند. محترم هم یک بچه‌ی دوساله داشت، حالا هم باز شکمش بالا آمده بود در صورتی که بعد از کیومرث شانزده سال می‌گذشت که دیگر حاجی بچه‌اش نشده بود. آن وقت این مردکه‌ی نکره‌ی چهار زلف نرنجی: گل و بلبل که به اسم پسر عمو می‌آمد از محترم دیدن می‌کرد و همه‌ی اندرونش را می‌دید چه صیغه‌ای بود؟ چرا چشم و ابروی سکینه شبیه این گل و بلبل بود؟ دختر ته تغاری که آنقدر عزیز دردانه بود حالا به همین علت از چشمش افتاده بود. به علاوه رفتار این صیغه‌های جوان هم با آن چیزها که راجع به آن‌ها می‌شنید مشکوک به‌نظر می‌آمد. مثلا آن روز که تلفن دروغ کرده بودند و حاجی را به محضر شماره‌ی ۱۲ احضار کردند، وقتی که به خانه برگشت دید منیر حمام رفته و هنوز هم برنگشته، آن هم بی‌اجازه‌ی او... خوب گرچه منیر خدمتکارش بود و حاجی او را صیغه کرده بود که اگر آب روی دستش بریزد به او حلال باشد. اما خوب بالاخره زن شرعی حاجی بود و به این سن وسال همین مانده بود که برایش حرف هم دربیاورند....

اصلا چرا حمام رفتن زن‌هایش و صله‌ی ارحام به جا آوردنشان آنقدر طولانی بود؟ یکی دوبار هم تحقیقات کرد اما نتیجه‌ی مشکوک به‌دست آمد. به همه‌کس بدگمان بود حتی به مراد. تصور می‌کرد همه دست به یکی کرده بودند که کلاه سرش بگذارند. چیزی که به کارش گراته می‌انداخت، این بود که حاجی دلش نمی‌آمد انعام بدهد، شاید زن‌هایش همه انعام می‌دادند، اما در این صورت پول از کجا می‌آوردند؟ این پیش آمد تأثیر بدی در خلق و رفتار حاجی کرده بود، با خشونت هرچه تمام‌تر از اهل خانه چشم زهره می‌گرفت و خیلی زود عصبانی می‌شد. حتی زبیده که بی‌اجازه‌ی او ترشی پیاز برداشته بود، حاجی چنان با عصا به مچ پایش زد که هنوز

می‌لنگید. فلسفه‌ی انتخاب هشتی خانه از یک طرف به همین علت بود تا در هشتی کشیک زن‌هایش را بکشد. اشخاصی که وارد و یا خارج می‌شدند وارسی می‌کرد، به علاوه گاهی هم سر کوچه چشم‌چرانی می‌کرد و به این ترتیب زمستان هم از گذاشتن کرسی جداگانه برای خودش صرفه‌جوئی می‌شد و با منقلی که میان پایش می‌گذاشت و دستش را گرم می‌کرد از مخارج زیادی جلوگیری می‌کرد.

پسر اولش آقا کوچک که سر پیری بعد از هشت دختر پیدا کرده بود عرق‌خور و سفلیسی و قمارباز از آب درآمد. حاجی به استناد فرمایش حضرت امیر که: «بچه‌هایتان را متناسب با دوران بپرورانید.» آقا کوچک را به فرنگستان فرستاد. اما آقا کوچک ذوق و استعداد زیادی در تحصیل نشان نداد و همین که به ایران برگشت زلف‌هایش را براق می‌کرد، لباس‌های شیک می‌پوشید، اتومبیل لوکس آخرین سیستم حاجی را می‌راند و با سگ بغلی نژاد پکن در کافه رستوران‌های درجه‌ی اول شهر آمد و شد می‌کرد و طلب‌کارهای جفت و تاق خود را به سر پدرش حواله می‌داد. از قضا یک شب در عالم مستی، اتومبیل را به درخت زد و شکست. پدرش پس از کشمکش مفصل او را از خانه راند و از ارث محروم کرد. ولیکن آقا کوچک هم مانند پدرش پیشانی داشت: به علت آراستگی سر و وضع مخصوصاً وجاهت، به عنوان شوفر دربار مفتخر گردید. هرچند طرف توجهات مخصوص مقامات عالیه و اندرون واقع شد و همه از او حساب می‌بردند و راه ترقی و آینده برایش باز بود، اما به رگ غیرت حاجی‌آقا برخورد که چرا باید پسر بزرگش چنین شغلی را انتخاب بکند. بعدهم خیلی چیزها پشت سرش می‌گفتند. حاجی‌آقا به طلب‌کارهای پسرش جواب می‌داد: «من استشهاد تمام کردم و توی روزنامه‌ها هم چاپ کردم که دیگر آقا کوچک پسر من نیست. فرنگ اخلاقش را خراب کرد. امان از رفیق بد! پسر نوح با

بدان بنشست، خاندان نبوتش گم شد. معقول بچه‌ای بود سری براه پائی براه. زیر پایش نشستند افتاد توی هرزگی و ولنگاری. او دیگر نمی‌توانه درخونه‌ی منو واز بکنه.» از این جهت تمام امید و آرزوی حاجی به پسر دومش کیومرث بود و علاقه‌ی مخصوصی نسبت به او ابراز می‌داشت. حاجی‌آقا به همه‌ی حرف‌هائی که در روز می‌زد معتقد نبود و از وقتی که شک به سکینه بچه‌ی سوگلی خود پیدا کرده بود که همیشه توی هشتی جلوش می‌پلکید، علاقه‌ی او به بچه و این جور چیزها هم سست شد، می‌گفت: «حالا دیگر ماشاء الله بزرگ شدند، پسر اولم را لوس بالا آوردم نتیجه‌اش را دیدم. وانگهی معنی نداره که بچه توی هشتی بیاد. اشخاص محترم پیش من میاند.» اما به چند چیز بود که از ته دل ایمان داشت: اول به خوردن. وقتی که صحبت از خوراکی به‌میان می‌آمد، چهره‌اش می‌شکفت، آب دهنش را غورت می‌داد و حدقه‌ی چشمش گشاد می‌شد. مخصوصاً خوراکی‌های شیرین مانند خرما و حلوا و باقلوا و پلوهای چرب و شیرین را زیاد دوست می‌داشت. سرغذا «بسم الله» می‌گفت و آستینش را بالا می‌زد، با انگشت‌های تپلی که روی ناخون‌هایش حنا بسته بود لقمه می‌گرفت و همیشه دوست داشت که از لای انگشتانش روغن بچکد. هرغذایی که به‌نظرش مشکوک می‌آمد می‌گفت: «وان ضررتنی لخصمک علی بن ابیطالب!» و بعد می‌خورد. چشم‌هایش در موقع خوراک لوچ می‌شد و شقیقه‌هایش به جنبش می‌افتاد و ملچ و ملوچ راه می‌انداخت. بعد عاروق می‌زد و می‌گفت: «الهی الحمدلله رب العالمین!» و با ناخن دندان‌هایش را خلال می‌کرد و تا مدتی بعد از غذا از سرجایش تکان نمی‌خورد. بعد هم حاجی‌آقا حمام و مشت و مال را خیلی دوست می‌داشت. اما از وقتی که نرخ حمام بالا رفته بود حاجی دیر به دیر حمام می‌رفت. به همین جهت تابستان در صحن هشتی همیشه بوی عرق تند ترشیده‌ی حاجی در هوا پراکنده بود.

در حمام یک مشت از آب خزانه می‌خورد و دهنش را مسواک می‌کرد، بعد می‌خوابید و زیر مشت و مال دلاک از روی کیف آه و ناله سر می‌داد و شکر خدا را می‌گذاشت. در مورد خواب هم حاجی بی‌طاقت بود و به آسانی خوابش می‌برد. به‌محض این‌که چشمش به‌هم می‌رفت، خروپف او تمام فضای خانه را پر می‌کرد، مثل این‌که دویست نهنگ لجن غرغره می‌کنند.

اما حاجی در مقابل زن بی‌طاقت می‌شد. با وجود این‌که اندرونش همیشه پر از صیغه و عقدی بود، هر وقت زنی را می‌دید که طرف توجه او واقع می‌شد و عموماً این زن‌ها خاله شلخته و چادر نمازی مچ پا کلفت و ابرو پاچه‌بزی بودند؛ چشم‌هایش کلاپیسه می‌شد. نفسش به‌شماره می‌افتاد، آب توی دهنش جمع می‌شد و له‌له می‌زد و خون توی سرش می‌دوید. تا پارسال چیزی نمانده بود که عاشق خانم بالا زن یوزباشی حسین سقط فروش دم چهارسو بشود و حتی چند سال پیش که هنوز باد فتق نگرفته بود، با رفقای جان‌دریک‌قالب و هم‌دندان‌هایش گاهی به شهر نو هم گریز می‌زد و خانه‌ای را قرق می‌کرد. اما از همه مهم‌تر، دلبستگی حاجی به پول بود. پول معشوق و درمان و مایه‌ی لذت و وحشت او بود و یگانه مقصودش در زندگی به‌شمار می‌رفت. از اسم پول، صدای پول و شمارش پول دل حاجی غنج می‌زد و بی‌تاب می‌شد. او پول را برای پول بودنش دوست داشت و می‌پرستید و تمام وسایل را برای بدست آوردن آن جایز می‌دانست. مثل این‌که ذر مقدر شده بود که وجود حاجی برای اندوختن و پرستش این وسیله‌ی قراردادی در جامعه مأموریت دارد و طبیعت تمام ابزار و وسایل بدست آوردن آن را بی‌دریغ در اختیار حاجی گذاشته و او را در محیط مناسبی به وجود آورده بود. از صبح زود که بلند می‌شد، حتی در خواب تمام هوش و حواس حاجی متوجه جلب منفعت و دفع ضرر بود و به همین مناسبت در هر گونه معامله شرکت می‌کرد. حتی سر پیری در مقاطعه‌ی راهسازی و درخت‌کاری

خیابان‌ها هم شرکت کرد و ازین راه ملیون‌ها به چنگ آورد. اما از ترس زمام‌داران وقت و بخصوص شخص اول مملکت که دائما تملقش را می‌گفت، همیشه بخودش قیافه‌ی مفلس و بدبخت می‌داد و گدابازی درمی‌آورد و معاملات بزرگ و خرید و فروش را به اسم پسر و یا زن‌هایش انجام می‌داد. بعد هم به نام نیک و شهرتی که در جامعه پیدا کرده بود خیلی دل بستگی داشت زیرا ازین راه استفاده‌های کلان می‌برد.

حاجی منافع را زود فراموش می‌کرد، اما اگر خدای نخواسته زیانی متوجه او می‌شد - چیزی که کمتر اتفاق می‌افتاد - در اخلاق و رفتارش تغییر کلی روی می‌داد: قیافه‌ی بی‌گناهش عوض می‌شد و آن روی سگش بالا می‌آمد، و اغلب در خانه عصای سرنقره به کار می‌افتاد. یکی از خانه‌هایش را مردم نابابی اجاره کرده بودند، حاجی دست روی دستش می‌زد و می‌گفت: «آبروی صد ساله‌ام به باد رفت! من توی این ملک استخوان خرد کردم، اما نمی‌توانم خانه‌ام را به مفت هم اجاره بدهم. پس هفت سر عیال را کی نان میده؟»

برای روز مبادا، حاجی به مذهب هم معتقد بود. اگرچه با خودش می‌گفت: «کی از آن دنیا برگشته؟ اگر راست باشه!» و مثل عقاید سیاسیش به آن دنیا هم اعتقاد محکمی نداشت. مگر با پول نمی‌شد حج و نماز و روزه را خرید؟ پس هرکس پول داشت دو دنیا را داشت. اما مذهب را برای دیگران لازم می‌دانست و در جامعه تقیه می‌کرد و به ظواهر می‌پرداخت. به همین علت در ماه محرم توی تکیه‌ها و حسینیه‌ها و مجالس روضه‌خوانی در صدر مجلس جا می‌گرفت. نذر کیومرث را هم سقائی کرده بود که خرج زیادی نداشته باشد و در دهه‌ی عاشورا، اورا با لباس سیاه (که برایش کوتاه شده بود) و کشگول و پیش‌بند سفید توی جماعت می‌فرستاد که به رایگان آب به لب‌های تشنه بدهد. هر وقت هم گزارش به مسجد می‌افتاد دست وضوئی

میَ‌گرفت و یک نماز محض رضای خدا می‌گذاشت. سالی یک بار هم پول خمس و ذکات خودش را به دقت حساب می‌کرد، یک چک چندصدتومانی می‌نوشت و داخل پیت خرما که از املاک جنوبش می‌فرستادند می‌گذاشت. آن وقت حجت‌الشریعه را احضار می‌کرد و این پیت‌های خرما را از بابت خمس و ذکات به او می‌داد تا بفروشد و یا عین خرما را به فقرا بدهد. بعد در همان مجلس بهانه می‌آورد که: «من عیال‌وارم، بچه‌ها دیدند دلشان خواسته توی خانه باشه بهتره.» و خرما را فی المجلس به نرخ روز حساب می‌کرد و پولش را که عموماً از ده تومان زیادتر نمی‌شد به حجت‌الشریعه می‌پرداخت و بعد چک را درمی آورد و باطل می‌کرد.

حاجی دلش خوش بود که به این وسیله خمس و ذکات خودش را داده، گیرم عوض این که خرما در بازار خرید و فروش بشود و چک بدست ناشناسی بیفتد خودش آن را خریده و در ضمن ادای فریضه را هم کرده است. به شراب هم خیلی علاقمند بود و در مجالس مهمانی بی‌ریا می‌نوشید. هر وقت هم برایش سوغات می‌فرستادند بعنوان «دوا» آن را توی قوری می‌ریخت و می‌خورد، اما حاضر نبود که پول به پایش بدهد. قمار هم می‌زد یعنی پاسور و تخته نرد، آن هم وقتی که مطمئن بود که از حریف خواهد برد. ماه رمضان به بهانه کسالت روزه را می‌خورد، اما جلوی مردم تسبیح می‌انداخت واستغفار می‌فرستاد و در مناقب روزه سخنرانی می‌کرد. هروقت که خواب بود و یا با زن‌هایش کشمکش داشت و احیاناً کسی به دیدنش می‌آمد، مراد عادت کرده بود که بگوید: «آقا سرنمازه» یا: «آقا به مسجد رفته.»

از جاه‌طلبی که حاجی داشت، برای خودنمائی در سیاست و کارهای لوچ دخالت می‌کرد. از جاسوسی هم روبرگردان نبود و به این وسیله محرم بسیاری از اسرار مگو شده بود. برای این که در همه جا نفوذ داشته باشد و

بتواند منافع خود را بهتر نگهدارد، (باید اقرار کرد که ازین راه منافع هنگفتی عاید او شد.) حاجی سیاست را یک جور معامله تلقی می‌کرد و خودش را بزرگترین سیاستمدار دوران می‌دانست. از بس که در همه جا جایش بود و همیشه جلو می‌افتاد و حالت بزرگ منشی به خود می‌گرفت و توی حرف دیگران می‌دوید، یک نوع جسارت جبلی پیدا کرده بود. حرفش که تمام می‌شد، توی چشم طرف تأثیر حرف خود را جستجو می‌کرد. برای این کار استعداد خداداد هم داشت: زیرا حراف، سرزبان‌دار، پررو و نخود همه‌آش بود و به زبان هر کس می‌توانست صحبت بکند. به حرف دیگران به دقت گوش می‌داد و صورت حق به جانب می‌گرفت، اظهار هم‌دردی می‌کرد و وعده‌ی کمک و توصیه می‌داد. اما عملاً کاری انجام نمی‌داد مگر این‌که سودی در آن داشته باشد و به این ترتیب برای روز مبادا دلی را به دست بیاورد. همه جا با سلام و صلوات وارد می‌شد: در مطب دکتر، در اطاق وزیر، سرحمام و حتی در شهرنو، در همه‌ی جاهائی که بسیاری از مردم در انتظار بودند، حاجی با عزت و احترام و بدون کمترین مانع وارد می‌شد و کار خود را انجام می‌داد. حتی گاهی در صحبت با اشخاص مهم کلفت هم بارشان می‌کرد و حرف‌های گنده گنده بر خلاف مصالح عالیه‌ی کشور از دهنش می‌پرید. ولیکن از احترامی که برایش قایل بودند و اطمینانی که به او داشتند نشنیده می‌گرفتند و بالاخره همه از او حساب می‌بردند. اغلب حاجی‌آقا خنده‌ی گستاخانه‌ای از ته دل می‌کرد که درین اواخر باد در بیضه‌اش می‌انداخت و درد می‌گرفت.

هرچند حاجی‌آقا ورد زبانش بود که: «من از کسی خورده برده ندارم.» اما شهرت داشت که جاسوس شهربانی است و تاکنون چندین نفر بی‌گناه را به جرم جعل اکاذیب به زندان انداخته بود. حتی رئیس شهربانی از او حساب می‌برد، چون بو برده بود که با «مقامات مهم خارجی» دست‌به‌یکی است

چیزی که غریب بود، حاجی همیشه اعضای کابینه‌ی جدید را قبلاً می‌دانست و در بازار پیش‌گوئی و حتی شرط‌بندی هم می‌کرد و همیشه به طور معجزه‌آسائی حدس او درست درمی‌آمد.

حاجی‌آقا همان‌قدر از بلشویسم بی‌اطلاع بود که از فاشیسم، اما گمان می‌کرد که اگر روزی پای روس‌ها به تهران برسد، بی‌درنگ املاک و دارائی او را غصب می‌کنند و زن و بچه‌اش را به چهار میخ می‌کشند و کله‌ی او و امثالش گل دار خواهد رفت. و پیش خودش حدس می‌زد که شاید جنگ بین‌المللی برای این برپا شده بود که روس‌ها طمع به دارائی او کرده بودند، در صورتی که آلمانی‌ها به کمک او برخاسته بودند و برای پیشرفت افکار و مقاصد و نقشه‌های او می‌جنگیدند. هرشب برنامه‌ی فارسی رادیو برلن را به دقت گوش می‌داد و از خبر پیشرفت‌های آلمان قند توی دلش آب می‌شد و کلمات گوینده‌ی آن را وحی منزل می‌دانست. بعد هم موسیقی عربی را می‌گرفت و به نعره‌هائی که مثل صدای شتر فحل از توی رادیو درمی‌آمد، با لذت گوش می‌داد و در عالم خلسه می‌افتاد. اما ظاهراً به همه رنگ درمی‌آمد و حرف‌های ضد و نقیض می‌زد. برای این که به قول خودش: «از نان خوردن نیفتد.» چون حاجی معتقد بود که زندگی یعنی: تقلب، دروغ، تزویر، پشت هم اندازی و کلاه‌برداری. زیرا جامعه او روی این اصول درست شده بود و هرکس بهتر می‌توانست کلاه بگذارد و سمبل‌کاری بکند، بهتر گلیم خود را از آب بیرون می‌کشید. وجود خودش را مثل وجود دیگران گناهکار تصور می‌کرد و برای تبرئه خود از هیچ دسیسه و سالوس و حقه‌بازی روبرگردان نبود. می‌اندیشید که زبان یک تکه گوشت است که می‌شود به هر سو گردانید و ازین‌رو کارچاق‌کنی، پشت هم اندازی، جاسوسی، چاپلوسی و عوام فریبی جزو غریزه‌ی او شده بود. زمانه این را می‌پسندید و او هم از مردمان برجسته‌ی زمان خود بود و نمی‌خواست درین

بازار کلاه‌برداری دنیا کلاه سرش رفته باشد. از وقتی که از پسر اولش سرخورد، پند و اندرزهائی که در دوره‌ی زندگی به محک آزمایش زده بود و شاید عصاره‌ای از کتاب موهوم اخلاقی بود که وعده‌ی تألیفش را می‌داد و تمام فلسفه‌ی حاجی در آن خلاصه می‌شد، به خورد کیومرث می‌داد و می‌گفت: «توی دنیا دو طبقه مردم هستند: بچاپ و چاپیده. اگر نمی‌خواهی جزو چاپیده‌ها باشی، سعی کن که دیگران را به‌چاپی. سواد زیادی لازم نیست، آدم را دیوانه می‌کنه و از زندگی عقب می‌اندازه. فقط سر درس حساب وسیاق دقت بکن. چهار عمل اصلی را که یاد گرفتی کافیست، تا بتوانی حساب پول را نگهداری و کلاه سرت نره. فهمیدی؟ حساب مهمه، باید هرچه زودتر وارد زندگی شد. همین قدر روزنامه را توانستی بخوانی بسه. باید کاسبی یاد بگیری، با مردم طرف بشی، از من می‌شنوی برو بند کفش تو سینی بگذار و بفروش، خیلی بهتره تا بری کتاب جامع عباسی را یاد بگیری. سعی کن پررو باشی، نگذار فراموش بشی، تا می‌توانی عرض اندام بکن. حق خودت را بگیر، از فحش و تحقیر و رده نترس، حرف توی هوا پخش میشه. هروقت ازین در بیرونت انداختند، از در دیگر با لبخند وارد بشو. فهمیدی؟ پررو، وقیح و بی‌سواد. چون گاهی هم باید تظاهر به حماقت کرد تا کار بهتر درست بشه.

«مملکت ما امروز محتاج به این‌جور آدم‌هاست، باید مرد روز شد، اعتقاد و مذهب و اخلاق و این حرف‌ها همه دکانداریست. اما باید تقیه کرد چون در نظر عوام مهمه. برای مردم اعتقاد لازمه، باید به آن‌ها پوزه‌بند زد وگرنه اجتماع یک لانه‌ی افعیست، هرکجا دست بگذاری می‌گزند، باید مردم مطیع و معتقد به قضا و قدر باشند تا با اطمینان بشه از گرده‌ی آن‌ها کار کشید. چیزی که مهمه طرز غذا خوردن، سلام و تعارف معاشرت، لاس زدن با زن مردم، رقصیدن، خنده‌های توی دل برو و مخصوصاً پررویی را یاد بگیر.

دوره‌ی ما این جور چیزها باب نبود، نان را به نرخ روز باید خورد. سعی کن با مقامات عالیه مربوط بشی، با هر کسی و هر عقیده موافق باش تا بهتر بتوانی قاپشان را بدزدی... من می‌خوام تو مرد زندگی بار بیائی و محتاج خلق نشی. کتاب و درس و این‌ها دو تا پول نمیاره، خیال کن تو سرگردنه داری زندگی می‌کنی، اگر غفلت کردی ترا می‌چاپند. فقط چند تا اصطلاح خارجی، چند تا کلمه‌ی قلمبه یاد بگیر همین بسه. آسوده باش! من همه‌ی این وزراء و وکلا را درس میدم. چیزی که مهمه باید نشان داد که دزد زبردستی هستی که به آسانی مچت واز نمیشه و جزو جرگه‌ی آن‌هائی و سازش می‌کنی. باید اطمینان آن‌ها را جلب کرد تا ترا از خودشان بدانند. ما توی سرگردنه داریم زندگی می‌کنیم.

»اما عمده‌ی مطلب پوله. اگر توی دنیا پول داشته باشی افتخار، اعتبار، شرف، ناموس و همه چیز داری. عزیز بی‌جهت میشی، میهن‌پرست و باهوش هستی، تملقت را می‌گند و همه کارهم برایت می‌کنند. پول ستارالعیوبه. – اگر پول دزدی بود می‌توانی حلالش بکنی و از شیر مادر حلال‌تر میشه و برای آن دنیا هم نماز و روزه و حج را میشه خرید. این دنیا و آن دنیا را هم داری. حتی پولت که زیاد شد آن‌وقت اجازه داری که بری خونه‌ی خدا را هم زیارت کنی. همه‌جا جاته و همه ازت حساب می‌برند و بالای دست همه می‌نشینی و سر سبیل شاه هم نقاره می‌زنی. کسیکه پول داشت همه‌ی این‌ها را داره و کسی که پول نداشت، هیچ کدام را نداره، گوشت را واز کن: پول پیدا کردن آسانه اما پول نگهداشتن سخته. باید راه پول جمع کردن را یاد بگیری. من موهام را توی آسیاب سفید نکردم. پیدا کردن پول به هر وسیله که باشه جایزه، حسن آدم حساب میشه، این را ازمن داشته باش. آن وقت مهندس تحصیل کرده افتخار می‌کنه که ماشین کارخانه‌ی ترا بکار بندازه، معمار مجیزت را میگه که خونه‌ات را بسازه، شاعر میاد موس موس

می‌کنه و مدحت را میگه، نقاشی که همه‌ی عمرش گشنگی خورده تصویرت را میکشه، روزنامه نویس، وکیل، وزیر همه نوکر تو هستند. مورخ شرح حال ترا می‌نویسه و اخلاق‌نویس از مکارم اخلاقی تو مثل میاره. همه‌ی این گردن شکسته‌ها نوکر پول هستند، میدانی علم و سواد چرا به درد زندگی نمی‌خوره؟ برای این‌که باز باید نوکر پولدارها بشی، آن وقت زندگیت هم نفله شده. تو هنوز نمیدانی زندگی یعنی چه! تو گمان می‌کنی من از صبح تا شام بیخود وراجی می‌کنم و چانه‌ام را خسته می‌کنم و با مردم بجوال میرم؟ برای اینه که پولم را بهتر نگهدارم. پول پول میاره، از در و دیوار میباره. مثلاً صبح ده عدل پنبه می‌خرم که ندیده‌ام و نمیدانم کجاست، عصر که می‌فروشم پولش دوبرابر توی دستم میاد!...»

این نصایح را خود حاجی از روی خلوص‌نیت بکار می‌بست. مثلا با جوانان این طور حرف می‌زد: «من پیرم اما فکرم جوانه. آقا تا می‌توانید خوش باشید، کیف کنید. من هم جوان بودم، شکار می‌رفتم، قمار می‌زدم، مشروب می‌خوردم. اما حالا دیگر توبه کردم، چون قوه و بنیه‌ام به تحلیل رفته. هر سنی تقاضای یک چیز را می‌کنه، باوجود این، من از همه‌ی تحصیل کرده‌ها متجددتر و مترقی‌ترم. اول کسی که کلاه پهلوی سرش گذاشت من بودم، اول کسی که شاپو سرش گذاشت من بودم، منو تکفیر کردند. آقا کلاه که عقیده‌ی مردم را عوض نمیکنه، خوب آدم این جور ساخته شده که کیف بکنه. تفریح هم در زندگی لازمه. از من بشنفید: کیف بکنید تا سر پیری پشیمان نشید...»

با بهائی می‌نشست می‌گفت: «من خودم مسلمانم، اما متعصب نیستم می‌دانم که هر زمان اقتضای یک چیز را می‌کنه. هیچ مذهبی نیامده که بگه: زنا بکنید، دزدی بکنید، آدم بکشید... خوب، این پایه‌ی همه‌ی دین هاست. آن وقت هر کدام پیرایه‌هایی متناسب با عهد و زمانه به خودشان بستند که

فرق میکنه. من همه‌اش با آخوندها کشمکش دارم، میگند: اره که به‌دست آخوند بیفته دندانه دندانه‌اش را حلال میکنه و قورت میده. اینهمه جرم، فحشا و قتل و غارت که به اسم مذهب توی دنیا شده! هنوز هم باز دست آویز سیاسته... من آدم‌هائی را سراغ دارم!... از مطلب پرت نشیم: مثلاً امروز کسی که دزدی کرد، دیگر دستش را نمی‌برند یا برده فروشی دیگر ورافتاده - این‌ها مال زمان‌های قدیم بوده. حالا نسبت به مقتضیات روز باید قانونی آورد. مثلاً یک وقت اولاد دختر را زنده بگور می‌کردند، امروزه دیگر کسی به این فکر نمی‌افته. حالا دیگر زن‌ها چادرهم نمی‌خواند سرشان بکنند. اما من با این سن و سال نباید پیشقدم بشم، من زن‌ها را خوب می‌شناسم. حالا که توی چادرند پناه برخدا!»

با طرفداران مشروطه می‌گفت: «من خودم پیش قراول آزادی بودم، این را دیگر کسی نمی‌توانه انکار بکنه. یادتان هست وقتی که مجلس را به توپ بستند؟ من یکی از سرجنبان‌های انقلاب بودم. همان شب، آسیدجمال مرحوم که نور از قبرش بباره، منو شبانه تو خونه خودش پناه داد. قزاق‌ها ریختند خونش را چاپیدند. من شبانه با چادر سیاه از خونه‌ی همسایه گریختم. توی راه یک سیلاخوری جلوم را گرفت، به خیالش من زنم. یک وشگانی به بازوم گرفت که اگر فریاد زده بودم گیر می‌افتادم و حالا هفتا کفن پوسانده بودم. (قهقه می‌خندید) و بعد به هزار خون‌جگر، خودم را به سرحد رساندم و داخل مهاجرین شدم. روزنامه چاپ کردم و کارها صورت دادم. بله، هرکاری اول فداکاری لازم داره، ما دیگر پیر شدیم! حالا دیگر نوبت شما جوان‌هاست!...»

وقتی با مستبد می‌نشست بی‌اختیار روده‌درازی می‌کرد و می‌گفت: «قربان همان دوره‌ی شاه شهید! قربان همان دوره‌ی خودمان. مشروطه! بر پدر این مشروطه لعنت! از وقتی که مشروطه شدیم به این روز افتادیم. آن دوره‌ها

مردم پروپایشان غرس بود... بابانه‌دار بودند. حالا همه دزدی‌ها و دغلی‌ها و پدرسوختگی‌ها به اسم مشروطه میشه. ماکه این مشروطه را نگرفتیم، این حقه بازی‌ها را اجنبی به ما زور چپان کرد. خواستند دین و ایمان‌مان را از دستمان بگیرند. حالا همه چیزمان را بباد دادیم: نه دین داریم، نه آئین، نه کسی از کسی حساب می‌بره، نه کوچکتر به بزرگتر احترام می‌گذاره! خوب یک پلیس مخفی هم لازمه، وگرنه مردم همدیگر را می‌خورند. می‌دانید؟ اصلا باید یک پنجه‌ی آهنین قوی همیشه تو سر مردم بزنه. البته که اساس و پایه‌ی مملکت دین و مذهبه، اما همه‌ی کارها را که مذهب نمی‌تونه بکنه. اگر می‌توانست چرا نظمیه و امنیه و عدلیه درست می‌شد؟ پس باید یک نفر هوای مردم را داشته باشد که همدیگر را نخورند. آزادی شده که هرکس هرچه دلش خواست بگه و بکنه! خدا خر را شناخت که شاخش نداد. مردم چوب و فلک می‌خواند، با این آزادی مازادی کار مملکت نمیگذره - من خودم یک وقت تو همین جلو خوان مردم را به چوب می‌بستم؛ حالا باید به عدلیه و نظمیه شکایت کرد، باید پول تمبر داد و شش سال دوندگی کرد، آخرش هم ماست مالی میشه!»

همان‌طور که باستان‌شناس در مقابل آثار کهن به‌نظر احترام می‌نگرد، مردم هم به ریخت و هیکل و افکار حاجی‌آقا که مظهر دوره‌ی ارزانی و قلدری بود احترام می‌گذاشتند. همه او را متنفذ می‌دانستند و از او حساب می‌بردند و به جانش قسم می‌خوردند. اغلب وصیت‌نامه و یا در موقع مسافرت زن و بچه خود را به دست او می‌سپردند. حاجی به‌نظرشان مردی درستکار و متدین و آبرومند بود و اغلب پشت سرش شنیده می‌شد: «حاجی‌آقا نگو، فرشته بگو!» فقط اهل خانه و به خصوص زن‌هایش عقیده‌ی کاملا مخالف عموم و دل پرخونی از دست حاجی داشتند و دائماً زمزمه‌هائی مانند: «به عزرائیل جان نمیده! - از آب روغن می‌گیره! مگس روی تفش بشینه تا

پتلپرت دنبالش میره - الهی پائین‌تنه‌اش روی تخته‌ی مرده شور خانه بیفته - شهوت کلب داره - آتیش به ریشه‌ی عمرش بگیره وغیره» پشت سرش می‌شد. حتی مراد هم درین صحبت‌ها شرکت می‌کرد و در خانه لقب «پیرکفتار» به او داده بودند.

قضایای سوم شهریور که پیش آمد، لطمه‌های شدیدی به حاجی زد؛ به طوری که شبانه دستپاچه ازترس جان با منیر که از همه‌ی زن‌هایش مشکوک‌تر بود به اصفهان گریخت؛ چون مطمئن بود که او را خواهند کشت. اما همین که آب‌ها از آسیاب ریخت و همه‌ی دزدها و خائن‌ها و جاسوس‌ها و جانی‌ها و همکاران حاجی که با او همسفر بودند پیروزمندانه به تهران برگشتند؛ حاجی هم بعد از آن که با صاحبان کارخانه‌های آن جا بقول خودش «گاب بندی» کرد و به حساب سوخته‌هایش رسیدگی کرد، در سیاست خود تجدید نظر نمود. اگرچه ضرر فاحشی به او خورد و گلگیر اتومبیلش در راه صدمه دید و دوازده کیلو از پیه شکمش آب شد؛ اما همان راه را در پیش گرفت که همکارانش در پیش گرفته بودند.

پس از مراجعت از اصفهان، حاجی‌آقا مدت یک ماه در خانه اطراق کرد و کمتر در هشتی خانه‌اش آفتابی می‌شد. بیشتر به ملاقات‌های مشکوک و یا دنبال سوداگری می‌رفت. از راه‌های پول درآری تازه‌ای که پیدا شده بود حاجی اظهار خرسندی می‌کرد و می‌گفت: «بر پدرشان لعنت که بیخود ما را از دموکراسی می‌ترسانند! اگر دموکراسی اینه که من همه‌ی عمرم دموکرات بودم.» اما روی هم رفته وضع و قیافه او تغییراتی کرده بود: صورت گرفته و جدی داشت و در چشمانش تشویش و اضطراب درونی خوانده می‌شد، دیگر از ته دل خنده سر نمی‌داد و ظاهراً عصبانی به‌نظر می‌آمد و با حرمش بدرفتاری بیشتری می‌کرد. یکی به علت تغییر ناگهانی اوضاع و فرار مرتب همکارانش به خارجه و تحولات جنگ بود که نمی‌توانست نتیجه‌اش را پیش‌بینی بکند و دیگری به مناسبت ناخوشی تازه‌ای بود که گریبان‌گیر حاجی شده بود. اغلب مردم متفرقه که به دیدن حاجی می‌آمدند، مراد آن‌ها را جواب می‌کرد. مگر این‌که موضوع معامله یا امر مهمی در پیش بود، آن وقت حاجی به زحمت می‌آمد و سر جای معمولی خودش می‌نشست وپس از «رتق و فتق امور» دوباره به اندرون می‌رفت و بیشتر معاملات خود را به‌وسیله‌ی تلفون انجام می‌داد، ولیکن اگر اشخاصی مانند حجت‌الشریعه می‌آمدند، آن وقت در اطاق اندرون با آن‌ها خلوت می‌کرد.

پس از یک رشته دوا درمان خودمانی، حاجی بالاخره ناگزیر شد که به دکتر مراجعه بکند و دکتر توضیح داد که این مرضی است به نام فیسور Fissure (شقاق) که با بواسیر و نواسیر فرق دارد. اگرچه بسیار دردناک است اما معالجه آن بسیار سهل و ساده می‌باشد، به این معنی که عمل بی‌خطر کوچکی لازم دارد ولیکن از آن‌جا که حاجی از عمل و حکیم فرنگی‌مآب و اطاق جراحی ترس مبهمی داشت، حرف دکتر را باور نکرد و پیوسته درد عجیبی می‌کشید، به‌طوریکه صدای آه و ناله‌اش صحن خانه را پر کرده بود و مدام به زن‌هایش می‌پیچید و از آن‌ها ایراد بنی‌اسرائیلی می‌گرفت. حلیمه خاتون که در خانه‌ی او دق مرگ شد، بعد از مرگش پیش حاجی عزیز شده بود و سرکوفت او را به سر زن‌های دیگرش می‌زد. اما ناخوشی از فعالیت حاجی چیزی نکاست، فقط دنبال هر جمله چند: «آخ و وای» می‌افزود و صورتش را از شدت درد به هم می‌کشید.

مخصوصاً بعد از پیش‌آمد شهریور حاجی‌آقا طرفدار جدی دموکراسی و یکی از آزادی‌خواهان دوآتشه و مخالف دیکتاتوری رضاخانی شده بود. در سفارت‌خانه‌های متفقین و انجمن‌های فرهنگی آن‌ها عرض اندام می‌کرد و در مجالس شب‌نشینی با فراک گشاد گشاد راه می‌افتاد و به سلامتی پیروزی متفقین مشروب می‌نوشید و دستگاه سابق را به‌رایگان زیر فحش و دشنام می‌گرفت: «به‌بینید چه خرتوخری بود که وزارت معارف حق‌التألیف کتاب اخلاق را به من داد، اما یک بار از من نپرسیدند: پس کتاب کو؟ این دستگاه محکوم بزوال بود!» از نیش زدن دریغ نداشت و با قیافه‌ی حق‌به‌جانب مکارش لبخند می‌زد ومی گفت: «تو آن دوره مردم به جان و مال خودشان اطمینان نداشتند، املاک منو تو مازندران به یک قران مصالحه کردند و مجبورم کردند قباله‌اش را ببرم تقدیم خاکپای رضاخان بکنم! کسی جرأت نمی‌کرد که جیک بزنه!» و یا می‌گفت: «من جلو خیلی از گندکاری‌ها را

گرفتم. من سیاست‌بازی می‌کردم. یک روز ملت می‌فهمه و مجسمه طلای منو به جای مجسمه‌ی رضاخان سر گذرها میگذاره. گناهم این بود که رک‌گو بودم. چرا در تمام این مدت من هیچکاره بودم و نمی‌خواستم داخل کار آن‌ها بشم؟ برای این که وجدانم اجازه نمی‌داد از شما چه پنهان؟ به من پیشنهاد وزارت و وکالت هم کردند. چون من نمی‌خواستم نوکر خصوصی و دست‌نشانده بشم رد کردم... گفتم: سنم اجازه نمیده. خوب، برای این بود که از نان خوردن نیفتم. تقیه جایزه، چه میشه کرد؟...»

از طرف دیگر به فعالیت تجارتی حاجی افزوده شده بود، سجل مرده می‌خرید، کوپن تقلبی قند و شکر درست می‌کرد و زمین‌ها و محصول خودش را صد برابر می‌فروخت. حتی هنوز با شهربانی رابطه داشت و از درآمد جواز عبور و مرور شب حکومت نظامی سهمی به عنوان باج سبیل می‌گرفت. اما در عین حال برای فقرا دلسوزی می‌نمود و برای زنان باردار اعانه جمع می‌کرد. در اثر تزلزل اوضاع، ابتدا حاجی به فکر فرار به آمریکا افتاد و مقداری از سرمایه‌اش را به آن‌جا انتقال داد. ولیکن بعد که دید که رفقایش همه از فرار چشم پوشیدند و تمام کارهای حساس را دوباره بدست گرفتند و فهمید که به هیچ وجه تغییری در اوضاع پیدا نشده و فقط لغت دموکراسی جانشین لغت دیکتاتوری شده است از تصمیم خود منصرف شد. همکاران حاجی مطابق دستور، به وسیله آخوندبازی و شیوع خرافات و پخش اسلحه میان ایلات و تولید جنگ حیدری و نعمتی و رجاله‌بازی و هوچی‌گری در صدد چاره برآمدند. حالا تمام هم آن‌ها برای بدست آوردن اکثریت مجلس صرف می‌شد تا بتوانند نقشه‌ی اربابان خود را عملی کنند.

اما صحبت از جماهیر شوروی که به میان می‌آمد، مثل این که بچه‌ی مول ننه‌ی حاجی‌آقاست، آتش کینه‌اش زبانه می‌کشید و با خر موذیگری جبلی که داشت جعل اخبار و زهرپاشی می‌کرد و می‌گفت: «مصالح عالیه‌ی کشور این

طور اقتضا می‌کنه!» گمان می‌کرد اگر قشون شاهنشاهی پل کرج را خراب کرده بود، قشون شوروی همآن‌جا متوقف می‌شد و با تمام گذشتی که حاجی در خود سراغ داشت، این خطای قشون ظفرنمون برایش پوزش‌ناپذیر بود. نزدیک انتخابات دوره‌ی چهاردهم به فعالیت سیاسی و اقتصادی حاجی افزوده شد و غریب این‌که کسی که کباده‌ی ریاست و وزرائی می‌کشید حال سودای وکالت به سرش زده بود. از صبح تا شام مشغول تبانی و دستور ملاقات با روزنامه‌چی و کاسب‌کار و بازاری و آخوندهای قدیمی و آخوندهای نوظهور دموکراسی و گاب‌بندی شده بود. حتی صغرسن گرفته بود و با پشت هم اندازی موفق شده بود از مجرای قانونی سنش را پائین بیاورد تا ممنوع‌الوکاله نباشد و تکرار می‌کرد: «چه میشه کرد؟ مصالح عالیه‌ی کشور در خطره!» ازین‌رو، دوباره مجالس هشتی دایر شد و با وجود درد و بی‌تابی ناخوشی تازه که تا اندازه‌ای حاجی‌آقا به آن خو گرفته بود، با کلاه پوستی بلندی شبیه خاخام‌های یهودی در هشتی جلوس می‌کرد و مشغول رتق و فتق امور می‌شد.

مرض حاجی‌آقا رو به شدت گذاشت و با وجود ترس از دوای فرنگی مجبور شد که برای تسکین درد انژکسیون Donaltin بزنند و بالاخره راضی شد که به بیمارستان برود واین عمل مختصر را روی او بکنند. اما به‌قدری کار او زیاد شده بود که حتی روز قبل از عمل، بعد از آن‌که وصیت‌نامه خود را به کمک حجت‌الشریعه نوشت و مهر و موم کرد و در گاو صندوق جزو سهام و اوراق بهادار گذاشت، صبح زود مراد زیر بغلش را گرفت و در حالی که یک سربند شلوار از پشتش آویزان بود، آمد ودر هشتی سرجایش روی دشکچه نشست (چون حاجی از مال‌اندیشی که داشت، همیشه قبلاً بند شلوار را زیر جلذقه‌اش می‌گذاشت تا در صورت لزوم لباس پوشیدنش به سرعت انجام

بگیرد).» حاجی با رنگ پریده‌ی مایل به خاکستری، به عصایش تکیه کرده بود و فاصله به فاصله عرق روی پیشانیش را خشک می‌کرد.

حاجی تسبیح می‌انداخت و سرش را تکان می‌داد: - اوی، اوی، اوی... ووی، ووی، ووی!...

مراد جلو او دست به سینه ایستاده بود: - قربان! چیزی نیست، اینشالا خوب میشه...

- این ناخوشی منو تراشاند، آب کرد. امروز تو آئینه که نگاه کردم خودمو نشناختم.

- آقا! آدم آه و دمه. ناخوشی بد چیزیه آدمو میتراشونه.

- مراد! چند وقته که همه‌اش به فکر آن دنیا می‌افتم. به! چه می‌دانم؟ آدم پیر میشه، بنیه‌اش تحلیل میره... اوخ، اوخ... مراد! من نمی‌خوام به این زودی بمیرم... بچه هام یتیم و بی‌کس بشند... هنوز وجودم برای مملکت لازمه.

- ماشاالله چهارستون بدنتون درسته.

- نمیدانی چه دردی داره!... اگر گناهام به‌اندازه‌ی بلگ درخت بود، دیگر آمرزیده شدم. هرچی فکر می‌کنم من هیچ کار بدی تو عمرم نکردم: نه عرقخور بودم نه قمارباز. خوب اگر یک وقت شیطان زیر جلدم رفته، برای تفریح بوده؛ برای این‌که میان سر و همسر بدقلقی نکرده باشم. پس چرا میگند خدا رحیمه و همه چیز را میبخشه؟ من همه‌اش کار مردم را راه انداختم، هرچی از دستم برمی‌آمده کردم. پس چرا باید به این درد مبتلا بشم؟ اوف، اوف... خوب تو هم اگر هر بدی هرچیزی از ما دیدی حلالمان بکن... اخ اخ...

- اختیار دارید حاجی‌آقا! من گوشت و پوستم از شماست.

- وقتی که فکرش را می‌کنم که فردا یکی از این دکترهای خدانشناس روپوش سفید پوشیده، کارد دستش گرفته، منو روی تخت خواباندند،

موهای تنم سیخ میشه، مراد، تو نمی‌توانی تصورش را بکنی. مرحوم ابوی را همین دکترها کشتند. اخ... اخ...

- ایشالا خیره...

- نه آن‌جا دیگر شوخی نیست.. کارد و گوشت که با هم سازش ندارند.. آن وقت به من سوزن می‌زنند، بیهوش میشم. خوب کارد را می‌گذارند... اوخ، اوخ، اوخ... نمیدانم فرصت «اوخ» گفتن را دارم یا نه... آن‌وقت بعد یکهو چطور میشه؟ مثلا من دیگر با جسمم کاری ندارم... تنم آن جا بی حس و حرکت افتاده، من او را نمیشناسم، اما روحم همه چیز را می‌بینه و میفهمه!... اوف، اوف. اما من همه‌ی یادگارهام، همه‌ی زندگیم با همین جسممه. وقتی که جسمم را نشناسم، هان! دیگر چی برایم میمانه؟ چه چیزی میتونه برام ارزشی داشته باشه؟... فقط حسرت! استغفرالله! نه نمیخوام بعد از خودم اینهمه زن‌های خوشگل، اینهمه غذاهای خوب را توی دنیا با حسرت تماشا بکنم. پس از فایده‌ی اینهمه زحمت چی بود؟ میفهمی مراد؟ نه، نه... من نمی‌خوام بمیرم.

- آقا خدا نکنه! چرا نفوس بد می‌زنید؟

حاجی با دستمال چهارخانه‌ی بزرگی دماغش را گرفت: - آخ، وای... دیشب هیچ خوابم نبرد... دکتر که سوزنم زد و رفت برای دو دقیقه چشمم روهم نرفت... راستی می‌دانی چی تو خواب دیدم؟ خدا بیامرزه! حلیمه خاتون توی خونه‌ی من خیلی زجر کشید. سه مرتبه خواست بره امامزاده داوود، نذر و نیاز داشت. من اجازه‌اش ندادم. یادت میاد آن روز که پیرهن سمنقر نوش را به تنش پاره کردم؟ یک جانماز ترمه داشت... آه ووی، ووی... بیچاره شدم! خدا از سرتقصیر همه‌ی بنده‌هاش بگذره! این دفعه‌ی سومی که خوابش را می‌بینم.

- ایشالا که خیره!

- خواب که دیگر دروغ نمیشه. خدا بیامرزدش! چه زن نازنینی بود! این همه صیغه و عقدی که سرش آوردم، این زن خم به ابروش نیامد، یک «تو» به من نگفت. همه‌اش تقصیر حجت‌الشریعه بود که منو وسوسه می‌کرد... انسان محل نسیانه... دلم می‌خواست تو هم یک نظر می‌دیدیش. توی یک باغ درندشت سبز بود، نمیدانی مراد! خوشگل، مثل ماه شب چهارده شده بود. منو که دید، آمد دستم را ماچ کرد وگفت: حاجی‌آقا! خوش آمدی، صفا آوردی. من اگر...

در باز شد، جوان ترگل وورگل شیک‌پوشی با قیافه‌ی شاداب، گردن‌کلفت و چشم‌های درشت و موهای سیاه براق، کلاه به دست وارد هشتی گردید و به حاجی‌آقا سلام کرد. حاجی بعد از سلام و تعارف او را پهلوی خودش دعوت کرد. همین که درست دقت کرد، دید «گل و بلبل» پسرعموی محترم است. اما تغییر فاحشی در لباس و سر و وضع او دیده می‌شد. - زیرا همین شخص که تا یک سال پیش با یخه‌ی باز و موی شوریده و ریش نتراشیده و شلوار اتونزده و گیوه‌ی چرک در اندرون حاجی آمد و شد می‌کرد، حالا بکلی عوض شده بود و به ریخت و اطوار آقا کوچک درآمده بود و روی هم رفته به او بی‌شباهت هم نبود. با کمال نزاکت آمد و پهلوی حاجی نشست. مراد رفت در دالان.

- یاالله، آقای گل و بلبل! پارسال دوست امسال آشنا! مدتیه که خدمتتان نمی‌رسیم... چنان تغییر ماهیت دادید که اول شما را به جا نیاوردم... در آسمان می‌گشتم روی زمین شما را پیدا کردم... اوخ، اوخ...

- بنده چندین بار شرفیاب شدم، متأسفانه تشریف نداشتید.

- اوخ، اوخ... من ترسیدم کدورتی حاصل شده باشه... نزدیک یک سال میشه که شما را ندیده بودم. محترم هم از شما هیچ خبری نداشت، تصور

کردم خدای نکرده نقاهتی عارض شده باشه... منو که ملاحظه می‌کنید... اوف...

- خدا بد نده!

- بله کارم به مریضخونه کشید... چه میشه کرد؟ اخ، اخ... خودتان بهتر می‌دانید، این مرتیکه لرپاپتی، مقصودم مراده. حرف روزانه‌اش را بلد نیست بزنه، ترسیدم چیزی گفته باشه. چون شنیدم اندرون شکایت کرده بودند که دست و پلشان واز بوده شما بی خبر وارد می‌شدید، خودتان می‌دانید، این‌ها امل و قدیمی هستند، عادت ندارند... اگرچه شما جای پسر خودم هستید، اما ممکنه پشت سر من گوشه‌ای،کنایه‌ای زده باشند، یا مراد چیزی گفته باشه که رنجش تولید بشه...

- هرگز، چه حرفی است! بنده قریب یک ساله که زیر سایه‌ی آقازاده‌ی حضرتعالی آقا کوچک در دربار متصدی کارهای میکانیکی هستم. به قدری گرفتار بودم که نتوانستم بیش از این‌ها خدمت برسم و امروز به اولین فرصت...

- عجب! من هیچ نمی‌دانستم که شما از میکانیک هم سررشته دارید.

- در قسمت اتومبیل.

- به به، چه ازین بهتر! شما هم آن‌جا مشغول هستید؟ من هیچ نمی‌دانستم. به شما تبریک میگم. البته آتیه‌ی درخشانی خواهید داشت... اوف، اوف... من دیگر نمیخوام اسم آقا کوچیک را به زبان بیارم. همین سلامت که باشه برام کافیست. دیروز بود یکی از طلبکارهایش آمد در خونه‌ی من رسوائی بار آورد... من الآن ناخوشم، رو بمرگم، فردا میرم مریضخونه. وظیفه‌ی من که نیست برم از اون دیدن بکنم... اوخ، اوخ.

- بنده خیلی متاسفم. اما به شما قول میدم که آقا کوچک روحش اطلاع نداره که حضرتعالی کسالت دارید و گرنه به پابوستان می‌آمد. حالا کارش

خیلی زیاده. یک سفر با باشپرت سیاسی رفت به مصر و برگشت. می‌دانید خیلی طرف اطمینان مقامات عالیه شده. بنده هم بی‌اندازه گرفتارم فقط سه روز مرخصی گرفتم که به کارهایم رسیدگی بکنم. چون دلم برایتان بی‌نهایت تنگ شده بود، این بود که به اولین فرصت خدمتتان رسیدم... ضمناً استدعای کوچکی خدمت‌تان دارم. اگر اجازه بفرمائید.

حاجی با قیافه‌ی جدی گوش‌هایش را تیز کرد: - خواهش می‌کنم.

گل و بلبل با خضوع و خشوع: - بنده احتیاج مبرمی به پانصد تومان برای مدت دوماه پیدا کردم. به یکی از رفقا رجوع کردم، متأسفانه به مسافرت رفته بود، خواستم از حضرتعالی خواهش بکنم اگر ممکن است... بنده تا عمر دارم ممنون خواهم شد.

حاجی به فکر فرو رفت و گفت: - اوف، اوف... خدا بسر شاهده که عجالتاً آه در بساطم نیست و کمیتم سخت لنگه... فردا باید برم مریضخونه و نمی‌دانم پول حکیم ودوا را از کجا تهیه کنم... اوف، اوف اگر تا پس فردا صبر کنید ممکنه.

- مانعی نداره.

- بله، میان خودمان باشه، من الآن خیلی محتاج پولم، افلاس‌نامه که نمی‌توانم بدم... راستش کسی از عمرش سند پابمهر که نگرفته! من می‌ترسم زیر عمل... خوب، کسی چه میدونه، اجل که بیکار ننشسته، باری، خودم خیال داشتم از یک تاجر نوکیسه‌ای که از ولایات آمده، اما پول به جانش بسته هزار تمن قرض بکنم که بزخم خودم بزنم. حالا که شما احتیاج دارید، اگر زنده ماندیم... هزارو پانصد تمن از اون می‌گیرم.

- اما به یک شرط.

- خواهش می‌کنم بفرمائید.

- گفتم که تاجر بدگمان، دو دل و گند دماغیه. جرأت نمیکنه بدون وثیقه قرض بده: بدشانسی اینجاست که من زمین‌گیر شدم، وگرنه کسانی هستند که... حالا تا پس‌فردا کی زنده، کی مرده؟ به هر حال اگر جان از دست عزرائیل دربردیم! چون این تاجر منو نمیشناسه، وگرنه خودتان بهتر می‌دانید که مردم پول و زن و بچه‌شان را میارند به دست من می‌سپرند. اما حالا ممکنه پس فردا ساعت ده که این تاجر پیش منه اتفاقا کسی نیاد که به من امانتی بسپره. فقط برای اطمینان اونه، سرساعت ده شما میایید دم در، مراد مقداری پول و جواهر که مال بچه یتیمه و پیش من امانت گذاشتند به شما میده، همین که از در وارد شدید، جلو اون این بسته را به من می‌دید و بی‌آنکه پول را بشمارید میگید: «حاجی‌آقا! تمام دارائی خودم را پیش شما امانت می‌گذارم، هروقت از سفر برگشتم به پابوستان خواهم آمد. حالا میرم که بچه‌ها را راه بندازم.» من هرچه اصرار می‌کنم بشمارید و یا منتظر رسید بشید، میگید: «لازم نیست، تنتان سلامت باشه!» اگر شما این کار را با مهارت انجام بدید من مطمئنم که معامله سرمیگیره و همان روز عصر پانصد تمن را بندگی خواهم کرد، اوف، اوف...

گل و بلبل که تا حدی حاجی را می‌شناخت، تعجب کرد که کار او تا این اندازه کساد شده است، اما چون خیال رد کردن پول را نداشت پیشنهاد حاجی را پذیرفت!

در این وقت در باز شد، مرد دراز کوسه‌ای شبیه جغد با عرقچین و قبای سه چاک دراز همراه جوانی قوزی و ریشو تیپ بازاری وارد شدند و تعظیم کردند.

حاجی بعد از سلام و تعارف اول گل و بلبل را جواب کرد و گفت:

- پس فردا ساعت ده منتظرم.

- بعد رویش را کرد به مرد کوسه‌ی دراز و گفت: - آقای میخچیان! بفرمائید اینجا. (جای گل و بلبل را به او نشان داد) آقای زامسقه‌ای! خواهش می‌کنم، شما بفرمائید اوخ، اوخ...

گل و بلبل تعظیمی کرده و خارج شد. میخچیان پهلوی حاجی نشست و با قیافه‌ی وحشت زده پرسید: - خدا بد نده، حاجی‌آقا رنگتان پریده.

- ای... این ناخوشی بی‌کتاب... نمی‌دانم آکله است، آتیشکه یا چه کوفتی است. بدتر از همه خود دکترها نمی‌دانند که چیه. می‌خواند با سرکچل ما استاد بشند! خدا هیچ تنابنده‌ی خودش را به این روز نندازه... من در عمرم بیاد ندارم که این طور درد کشیده باشم... پدرم در آمد! مراد؟ برو آن قوطی دوا را از سر طاقچه با یک چکه آب بیار. غلیان هم یادت نره. مراد که جلو در دالان ظاهر شده بود: عقب‌گرد کرد. بعد حاجی رویش را کرد به میخچیان: آقا هیچ فایده نداره. فقط وقتی سوزن می‌زنم، یک خرده بی‌حس میشم، کرخت میشم، بعد بازهمان آش و همان کاسه!...

- کسالتتان هنوز خوب نشده؟ من یک عطار توی بازار کنار خندق سراغ دارم که دوایی میده مثل موم و ملهم.

- می‌دانم قنبرعلی را میگید. دوای همه‌شان را استعمال کردم، هیچ کدام فایده نمیده. این یک مرض تازه درآمده، فردا میرم مریضخونه عمل می‌کنم. دیگر جانم به لبم رسیده هرچه بادا باد! خوب، دنیاست، اگر بدی خطائی از ما سرزده حلالمان بکنید.

- اختیار دارید، حاجی‌آقا! این حرف‌ها چیه؟ خدا آنروز را نیاره. در بازشد، آدم شکسته‌ی شوریده‌ای با لباس فرسوده و کلاه پاره و چشم‌های کنجکاو وارد شد. کلاهش را برداشت، سلام کرد. پیشانی طاس موهای جوگندمی ژولیده و چهره‌ی افسرده داشت.

حاجی‌آقا: - سلام علیکم آقای منادی الحق! بفرمائید (به سکوی دیگر اشاره کرد.) آقای میخچیان، شما آقای منادی الحق از شعرای حساس و جوان معاصر را نمی‌شناسید؟

میخچیان تعارفی کرد، مثل این که می‌خواست از سرخود باز بکند. منادی الحق پس از اندکی تردید، رفت و روی سکو نشست. میخچیان نگاهی دور هشتی انداخت و گفت: - من خیلی متأسفم. اگر مزاحم شدیم زحمت را کم بکنیم؟

- نه، برعکس مشغول که باشم، درد را کمتر حس می‌کنم. وانگهی برام فرق نمیکنه، من به ذات استراحت ندارم. به هر حالی که باشم درد هست. بعد هم وظیفه‌ی اجتماعی مقدسه، من تمام عمرم وظیفه‌شناس بودم، میخوام تا آخرین نفس هم وظیفه‌ی خودم را انجام بدم. خوب، وضعیت بازار چطوره؟

- بد نیست، اجناس روبه ترقیه.

- آسوده باشید، دیگر چیزی پائین نمیاد. من شنیدم از امریکا بخچه بخچه نخ جوراب از ما میخرند. شما گمان می‌کنید که دیگر جوراب پائین بیاد؟

- اما جوراب فلسطینی و امریکائی وارد میشه به قیمت ارزان، چون جوراب اینجا گرانه آن‌ها هم گرانتر می‌فروشند.

حاجی دستمال را از پهلویش برداشت، دماغ محکمی گرفت: - این‌ها برای رقابته، می‌خواند اجناس بازار را زمین بزنند. از شوروی هم جوراب وارد کردند، اما یک کامیون دو کامیون کجا جواب مصرف مملکت را میده؟ دو روز دیگر پنجاه هزار لهستانی وارد میشند، من خبر موثق دارم، این‌ها نان و آب می‌خواند.

میخچیان: - جوراب که سرجمع معامله حساب نمیشه، امروز حلقه‌ی لاستیک از همه بهتره.

حاجی دستپاچه: - اگر وسیله‌ی تازه‌ای پیدا شده (چشمک زد) مام هستیم...

- یک چیزی برایتان بگم بخندید: دیروز تو عدلیه بودم، برخوردم به آقای کوچکلو، یک کاغذ مهر و امضا شده به اسم خودش تصدیق از اداره‌ی متوفیات داشت.

حاجی خواست بخندد، اما نتوانست: - دراین صورت دفعه‌ی هشتمه که آقای کوچکلو، تصدیق مرگ خودش را گرفته. پس شما هم ایشانرا می‌شناسید.

- اختیار دارید! من به ایشان ارادت دارم. آقا من کمتر کسی به این زرنگی و باهوشی در عمرم دیدم. هر دفعه که دوسیه‌ی قاچاق لاستیک بجای نازک میکشه و باید روش اقدام بکنند، میره پول مختصری مایه میگذاره، اغلب با صد تمن تصدیق مرگ خودش را از اداره‌ی متوفیات میگیره، صد تمن هم توی عدلیه تغس میکنه و دوسیه بسته میشه. پس تا حالا هشت دوسیه به اسم خودش تو عدلیه داره، آن وقت فردا باز زنده میشه و شروع به اقدام میکنه!

تمام اسباب صورت مثل جغد میخچیان کشیده شد و با صدای بریده خنده‌ی ناتمامی کرد. در صورتی که زامسقه‌ای با قیافه‌ی جدی این موضوع را تلقی نمود.

میخچیان تف حاجی‌آقا را از روی صورتش پاک کرد و گفت: - اینکه مزاحم شدیم راجع به هژده صندوق میخ بود که توسط تلفن نرخش را خدمتتان عرض کردم. اگر به همان مظنه مایل باشید کار را تمام بکنم.

- آقای میخچیان! بی‌لطفی می‌فرمائید! وضعیت منو که می‌بینید. اما خوب، چون قول داده بودم سر قولم می‌ایستم.

- به سرشما قسم! که تا حالا ده تا مشتری را رد کردم. از آن ارادتی که خدمتتان داشتم، نخواستم وعده خلافی کرده باشم. بعد هم هفتا صندوق سولفات دوسود موجود داریم.

- از همان دوازده تا صندوق که با تلفن خبردادید؟ اوخ، اوخ...
زامسقه‌ای که آن طرف نشسته بود گفت: - پریروز که با تلفون جواب منفی دادید، بنده آن دوازده تا صندوق را به حساب خودم گذاشتم و می‌دانید اگر به نرخ امروز بخوام بفروشم هشتا نفع داره. امروز سرای حاجی کاظم شیش صندوق سروم دیفتری کار کارخانه‌ی «بایر» آلمانی حراج میشه، یکی از آن‌ها آب دیده اما باقیش سالمه. اگر مایل باشید معامله را برایتان تمام بکنم.

حاجی با حالت عجز و انکسار: - آقای زامسقه‌ای! خیلی نظر لطف و مرحمت دارید. اما می‌دانید که این پول مال بچه‌ی صغیره، نمی‌توانم مشغول ذمه‌ی مرده بشم، ولیکن با آن مظنه که فرمودید به همان سنگ سیاهی که دورش طواف کردم مغمون میشم.

- به جان خودتان! من از آن ارادتی که به شخص جنابعالی دارم، سعی می‌کنم که به نفع شما تمام بشه. دیروز مخصوصاً با آقای بیات‌التجار صحبت کردم ایشان موافقند.

حاجی گفت: - متشکرم (بعد روکرد به میخچیان): دو هفته پیش به اصرار شاطر حسین، روبند شدم... اوف، اوف... دو صندوق نوره معامله کردم. چون پولش متعلق به مرحوم حلیمه خاتون بود. نمیخوام زیر دین مرده برم، اینه که می‌خواستم بدانم ترقی کرده یا نه. آنهم دریک همچو موقعی که میگند مرض تیفوس آمده و مردم احتیاج به ازاله‌ی مو دارند. البته دولت باید اقدامات مجدانه بکنه...

- بنده با کمال افتخار تحقیق می‌کنم و خبرش را به شما میدم.

مراد با غلیان و لیوان آب وارد شد. حاجی یک حب از توی شیشه در آورد و بلعید و صورتش را به هم کشید و شیشه‌ی دوا را به مراد پس داد. بعد

غلیان را به میخچیان تعارف کرد، او هم گرفت غلیان را چاق کرد ومشغول کشیدن شد.

حاجی: - آقای میخچیان! درباب هفت صندوق سولفات دوسود باید اول میرزا تقی را به‌بینم، بعد با تلفن خبر میدم. مظنه‌ی دولار چیه؟ اوف، اوف...

- دولار از دیروز تا حالا پنجشاهی و دو تا پول تنزل کرده. اما موقتی است، به شما خریدش را توصیه می‌کنم، چون سربازهای خارجی تا حالا خوب دولار خرج می‌کردند، اما یکهو جلوش را گرفتند. من شنیدم حالا به آن‌ها اسکناس اینجا را میدند. اما لیره اصلاً هواش پسه... به شما توصیه نمی‌کنم چون با این جنگ معلوم نیست که چی ازآب در میاد.

حاجی جابجا شد، سرش را تکان داد: - اوخ... اوخ... اوی...

آقای میخچیان! من از منابع موثق خبردارم که پول ما لنگش بهوا است... توی بانک ماستمالی میشه و به زور سیلی روی خودشان را سرخ نگه می‌دارند. یکی نیست بره خزانه کشور را وارسی بکنه... شرب الیهود میشه... همین‌طور بسته‌های اسکناسه که بی‌حساب و کتاب با هواپیما وارد میشه وپخش می‌کنند. عنقریب متفقین سماورشان را با اسکناس آتیش میاندازند!...

- برای ما چه فرق میکنه؟ ما که اسکناس نگه نمیداریم. وانگهی زمان رضاشاه هم بیلان بانک چهار مرتبه عوض می‌شد.

- این قائد عظیم‌الشأن که همه هستی مملکت را بالا کشید، جواهرات سلطنتی را دزدید و عتیقه‌ها را با خودش برد، حالا یک مشت عکس رنگین خودش را توی دست مردم به یادگار گذاشته که به لعنت شیطان نمیارزه... یکی نبود ازش بپرسه: مرتیکه پول ملت را کجا میبری؟ برای اینکه همه آن‌هائی که ماندند شریک دزد و رفیق قافله هستند.

- اما اقلا ظاهر را حفظ می‌کرد و ازش حساب می‌بردند.

- مگر مسئول وضعیت کنونی ننه‌ی حسنه؟ نتیجه‌ی مستقیم کار اونه که ما را به این روز نشاند! اشتباه نکنید اگر رضاخان بود از آن‌های دیگر بدتر می‌کرد. مگر همین‌ها که حالا سرکارند پادوی او نبودند؟ چرا راه دور میرید؟ استادهای او اینجا هستند، خودش هم آلت بود، مسخره بود. یک مرتیکه‌ی حمال بود که خودش را فروخته بود. بار خودش را تا آخرین دقیقه بست، شام سی‌شبش را هم کنار گذاشت، بریش ملت خندید و با آن رسوائی دک شد. حالا هرکدام ازتخم و ترکه‌اش می‌توانند تا صد پشت دیگر با پول این ملت گدا گشنه توی هفت اقلیم معلق وارو بزنند. آنوقت انجور اقتضا می‌کرد؛ اگر خود رضا شاه هم اینجا بود، حالا از طرفداران هفت خط دموکراسی می‌شد و به بدبختی ملت سیل خون گریه می‌کرد. او بود که راه دزدی را به مردم یاد داد... اوخ... اوخ...

- آخر نمیشه منکر شد که آبادی‌هائی کرد، قشونی درست کرد. من گمان می‌کنم ، اینهم سیاست خارجی بود که خواستند آبروی همه کارهای ناقصی هم که از دست ما برمیاد بباد بدند.

- په شما گمان می‌کنید که هر اقدامی می‌شد برای رفاه حال مردم و یا آبادی مملکت بود؟ فقط راه دزدی تازه‌ای به‌نظر مقامات عالیه می‌رسید و اجرا می‌کردند. باقیش را هم از اربابش دستور می‌گرفت، خودش نمی‌دانست چه کار میکنه. اگرهم می‌خواست نمی‌توانست. حالا هم دیر نشده، بگذارید قشون متفقین پاش را از دروازه‌های تهران بیرون بگذاره، آن وقت هرکدام ازین نظامی‌های سوم شهریوری برای خودشان یک رضاخانند. فقط امثال سرتیپ الله‌وردی‌خان باید برای آن دوره زبان بگیرند؛ آدم‌هائی مثل این مرتیکه که برای یک پیاز سرمیبره چطور می‌توانند جوان‌های مارا تربیت بکنند؟ برید به‌بینید چه دستگاهی به‌هم‌زده، پولش با پارو بالا میره. تا دیروز شپش توی جیبش چهارقاب می‌زد. یکمشت دزد

بی‌سروپا زبان‌بندان کردند و کار ما را به اینجا کشاندند! خوب! متفقین محترم، بازخدا پدرشان را بیامرزه! با ما خوش رفتاری می‌کنند، مردم چی می‌خواند؟ نان و آب می‌خواند. (دستمالش را برداشت دماغ محکمی گرفت)

- بنده می‌خواستم ازلحاظ منافع میهن بگم.

حاجی که چانه‌اش گرم شده بود حرفش را برید: - من رک‌گو هستم. برای همین توی زندگی عقب افتادم. وطن برای شماها سنگ وکلوخه، اما باید اول آدم‌هاش را نجات داد. من توی همان دوره هم می‌گفتم از کسی واهمه نداشتم.کدخدای شهر که مرغابی باشد، درآن شهر چه رسوائی باشد! یک نفر قلتشن را آوردند، هستی و نیستی خودشان را به دستش سپردند و یک دسته رجاله هم دورش هی خوش رقصی کردند و سینه زدند و دمش را توی بشقاب گذاشتند تا ما را بدین روز نشاندند! کیومرثم بمیره، چند بار رضاخان احضارم کرد و تکلیف کرد که شغل وزارت قبول بکنم، من شانه خالی کردم چون نتیجه‌اش را می‌دانستم. آخر منم سرم توحساب بود، درسته که خاک تو چشم مردم پاشید، خانه‌های مردم را خراب کرد، املاک منو تو مازندران غصب کرد، اما مگر راه آهن را برای من و شما کشید؟ با پول مردم کشید. اما دستورش را از اربابش گرفته بود، مگر نتیجه‌اش را نمی‌بینید؟ آخر من وارد سیاستم، می‌دانم از کجا آب میخوره... اوخ... اوخ... مردم دین و ناموس ودارائی خودشان را از دست دادند. - مگر نباید بچه‌مان بعد از ماتوی این آب و خاک زندگی بکنه؟ عایدی سرشار نفت دوره‌ی شاه شهید خدا بیامرزا! نبود، اما مردم بهتر زندگی می‌کردند. این نابغه همه‌اش توی مرغدانی شکار می‌کرد، ایلاتی که خلع‌سلاح شده بودند توی شکمشان مسلسل می‌بست! اما چرا آرارات را مشعشعانه از دست داد، چرا در اختلاف سرحدی افغان بریشش خندیدند ودر باب کشتی‌رانی فرات

تو دهنی خورد، چرا جزیره‌ی بحرین را نتوانست پس بگیره؟ آن‌جا تو پوزی خورد، چون امر به خودش مشتبه شده بود. اما برای تمدید قرارداد نفت که تا حالا یک ماده‌اش هم اجرا نشده جشن گرفت و مردم را رقصاند! ما نظام نداشتیم، ادای قشون را درآورده بودیم. تازه با آن‌همه اهن و تلپ که مانور می‌دادند، افسرهاش سه شب سه شب گشنگی می‌خوردند! آن وقت توی شلوغی جنگ می‌خواست آذوقه به افراد برسانه؟ سوم شهریور خودم تانکچی دولت را بیرون دروازه شاه عبدالعظیم دیدم که از مخزن تانک به اتومبیل فراری بنزین می‌فروخت. آن وقت این‌ها می‌خواستند از جان و مال و حیثیت ما دفاع بکنند؟ نظامی ما تا سربازه توسری می‌خوره، همین‌که درجه گرفت توسری میزنه و میدزده و دیگر شمر جلودارش نیست. این معنی قشونه یا آن وکلای پست خائن جاسوس نماینده‌ی بنده و شما بودند؟

- راستی حاجی‌آقا شنیدم کاندید وکالت هستید.

- بله. آقا به اصرار ملت؛ به اصرار مردم!

- پنج‌هزارتا رای، ملتفت باشید نمیگم پنجاه‌هزارتا، پیش من دارید. حقیقتاً اگر شما قبول وکالت بکنید که باعث افتخار ماست، به نفع ملته. بالاخره ما هم نماینده‌ای در مجلس لازم داریم.

- خدا به شما توفیق بده. یک دنیا سپاسگزارم. از مراحم رفقای مهربان که شامل حالم میشه سرتاپا خجلم. نمی‌دانم به چه زبان تشکر بکنم... اوخ نه حالا بهتر شده. راستی تو بازار از جنگ چی میگند.

میخچیان به حال تأثر: - شنیدم که روس‌ها جلو آلمان‌ها را گرفتند. حاجی خواست بخندد نتوانست: - من توی فیلم دیدم، قشون آلمان مثل آهن و فولاد روئین‌تنه: مگر کسی میتوانه جلوش را بگیره؟ با خدادادگان ستیزه مکن، که خداداده را خدا داده! برعکس، آلمان‌ها آنقدر از روس‌ها کشتند که خودشان رحمشان گرفته. همه‌اش تقصیر استالینه، مسلسل ورداشته

همه اهالی مملکتش را مثل گله‌ی گوسبند جلو کرده می‌فرسته جلوی توپ. دیگر توی روسیه آدمی نمانده همه کشته شدند، خوب آلمان‌ها مسلمانند، دل رحیمند با خودشان میگند: چرا آنقدر این بیچاره‌ها را بکشیم؟ خدا را خوش نمیاد...

آب دهنش را فرو داد: «دیروز یک مسافر از سلماس آمده بود، نقل می‌کرد که دو هفته پیش هواپیماهای آلمانی آمده بودند روی شهر. بعد مردم دیدند از توی هواپیما قوطی‌های بالدار میاد به طرف خانه‌شان. اول ترسیدند که مبادا بم باشه، همین که درش را واز کردندفکرش را بکنید مثلاً چی آن تو بوده؟ قوطی‌های سیرابی و جگرک بسیار ممتاز که توی دهن آب می‌شده. نه از این سیرابی‌های اینجا، اما همه شسته و تمیز. روی قوطی نوشته بود «پاینده ایران! چو ایران نباشه تن من مباد! این هدیه‌ی ناقابل را به ایرانیان عزیزم تقدیم می‌کنم.» امضاء: هیتلر. من قوطیش را دیدم. خوب هیتلر از آن علاقه‌ای که به ایران داره میخواد دشمن‌های ما را بیرون بکنه، روس‌ها جلو هدیه‌ی آلمان‌ها را گرفتند. اما به شما قول میدم، تا یکی دو هفته‌ی دیگر یک نفر روسی برای نمونه زنده نیست. این هم نتیجه رژیم بلشویک! اوخ... اوخ... غصه نخورید، من از منابع موثقه خبر دارم، همین روزها آلمان‌های خودمان وارد تهران میشند. من یک گاو دادم پروار بکنند که جلوی پای هیتلر قربانی بکنم. خوب عجالتاً باید کجدارو مریز کرد... اوخ... اوخ... مراد؟

مراد سراسیمه از دالان آمد: - بله قربان!

- امروز ناهار چی داریم؟

- قربان! آش اماج

تو اندرون بگو که ناهارشان را بخورند، منتظر من نباشند... خودت هم میری دم سقاخونه پیش کلب زلف علی، بهش میگی سه تا، نه، پنج تا سیخ جگرک

ممتاز خوب واسه من کنار بگذاره، آن وقت سرظهر خبرت می‌کنم میری آن‌ها را با نعنا و ترخون میگیری و میاری، فهمیدی؟
- بله قربان!

مراد رفت. حاجی سینه‌اش را صاف کرد، میخچیان غلیان را به حاجی تعارف کرد. او هم گرفت و مشغول کشیدن شد. درین وقت آدم نوکر بابی با لباس شیک از در وارد شد و به حاجی سلام کرد.

- سلام علیکم محسن‌خان! مدتیه که خدمت آقای مقام‌الوزاره - ببخشید: آقای دوام‌الوزاره نرسیدم، احوالشان چطوره؟
- اگر اجازه بدهید الآن شرفیاب می‌شوند.

- بروی چشم! خواهش می‌کنم. محسن‌خان بیرون رفت و پشت سرش دوام‌الوزاره وارد هشتی شد.

حاجی نیمه خیز بلند شد و سلام آبداری کرد: - به، به! خیلی مشرف فرمودید!...

میخچیان و زامسقه‌ای بلند شدند، اما منادی‌الحق سرجایش نشسته بود. حاجی جای میخچیان را به دوام‌الوزاره تعارف کرد. بعد از خداحافظی به میخچیان وعده داد که به وسیله‌ی تلفن معامله را قطع خواهد کرد. آن‌ها که رفتند، رو کرد به دوام الوزاره:

- بنده را سرافراز فرمودید... مدتهاست که خدمتتان نرسیده‌ام، حالتان چطوره؟ می‌دانید که آن موضوع را درست کردم، اگر خدمتتان نرسیدم به علت کسالت بود... فردا میرم مریضخونه.

دوام‌الوزاره متوحش: - بنده در شب‌نشینی سفارت چین متوجه شدم، فرمودید کسالت جزئی است. تصور کردم تا حالا رفع شده. آیا آنقدر مهم بود که کار به مریضخونه کشید؟

- بله، این‌ها همه از بدبختیه، درد بی‌دواست. میان خودمان باشه، این حکیم فرنگی‌مآب‌ها هم چیزی سرشان نمیشه، راستش من اعتقادی بهشان ندارم. پارسال اول بهار غفلت شد، یادم رفت که به عادت هرسال حجامت بکنم و آب شاه تره و کاسنی بخورم؛ اینه که پیش خودم میگم شاید از گرمی باشه... از مسافرت اصفهان که برگشتم خیلی تکیده شدم هرچی تقویت کردم دیگر رونیامدم... هول و تکان، بدی راه... بالاخره یک روز صبح از خواب پاشدم. گلاب به روی شما، اول تصور کردم که بواسیر یا نواسیر، خوب خیلی‌ها به این مرض‌ها دچارند و از پا درنمیاند. اما نمی‌دانید چه درد و عذابی داره. خدا نصیب کافر نکنه! هرچی دوا درمان کردم، خنکی خوردم انگار نه انگار... دیگر به اصرار رفقا، خدا به آقای جبارسلطان توفیق بده، منو بردند پیش جالینوس‌الحکماء. منو تو مریضخونه خواباند، معاینه کرد و همه‌اش به بنده قوت قلب داد که چیزی نیست و کار نیمساعته. خونه که برگشتم استخاره کردم بد آمد... اینه که چندین ماهه... اما حالا تصمیم گرفتم، هرچه بادا باد!...

بنده با آقای جالینوس‌الحکماء دوست قدیمی هستم. مخصوصاً سفارش خواهم کرد، از آقای رئیس‌الوزاره هم توصیه‌ای می‌گیرم. بفرمائید اگر مزاحم شدم مرخص بشوم.

حاجی دستمال را برداشت و فین محکمی کرد: - بسر خودتان قسم! خیر خیر، برعکس با جنابعالی که گفتگو می‌کنم اگر تمام غم‌های دنیا را داشته باشم فراموش می‌کنم.

- لطف و مرحمت دارید. (دوام‌الوزاره نگاه کنجکاوانه‌ای به منادی‌الحق کرد و گفت:) اینکه بنده مزاحم شدم، مقصودم اول احوالپرسی و بعد هم تشکر از اقدامات اخیر جنابعالی راجع به سرهنگ بلند پرواز بود. اجمالا خدمتتان عرض می‌کنم که: بعد از قضایای شهریور، آقای سرهنگ بلندپرواز بطرز

بسیار آبرومندی با نهایت خونسردی و متانت سربازان وظیفه را در لرستان خلع‌سلاح و تسلیم قوای متفقین کردند و به این وسیله از خونریزی بیهوده جلوگیری شد. البته در چنین مواقع بطوری شیرازه‌ی امور ازهم گسیخته است که فرصت تحویل منظم اسلحه به مرکز میسر نمی‌شود و گویا مهمات به دست اکراد و الوار افتاده. اگرچه در مقابل صندوق‌ها اسلحه و مهمات که شبانه مرتب میان صحرا می‌گذارند تا بدست بویراحمدی و قشقائی بیفتد، البته این چند قبضه تفنگ در تضمین استقلال اینده ما تأثیری نخواهد داشت. دلیل واضح اینکه یک ماه بعد، سرهنگ بلندپرواز به مقام سرتیپی ارتقاء یافت و به اخذ مدال درجه اول نظام مفتخر شد، همچنین تقدیرنامه‌هائی برایش صادر گردید...

رفتار ایشان بقدری مورد پسند مقامات عالیه‌ی ایران و متفقین واقع شد که میجر جوالاسنگه با انتقال ایشان به مرکز مخالفت ورزید وآن موضوع تهمت اختلاس و قلع وقمع اشرار که البته خاطر محترمتان مسبوقست بکلی منتفی شد. ـ آقا دموکراسی خوب چیزیست! حیف که ما قدرش را ندانستیم. درآن دوره قدر و منزلت خادم و خائن به میهن را تمیز نمی‌دادند.

حاجی با سر تصدیق کرد: ـ همیشه من همین را گفته‌ام.

ـ باری در ازای لطف بی‌پایانی که درباره‌ی سرتیپ مبذول فرموده بودید، حالا بنده از طرف مشارالیه مأمورم هدیه‌ی ناقابلی که برایتان فرستاده‌اند فردا بتوسط گماشته تقدیم بدارم.

حاجی نگاه تندی به منادی‌الحق انداخت و گفت: ـ بنده را غرق دریای خجالت فرمودید. هرچند تاکنون زیربار چنین تکلیف شاقی نرفته‌ام و چیزی از کسی نپذیرفته‌ام، ولی از آن‌جائی که عدم قبول بنده ممکنه باعث رنجش بشه و گمان کنند ـ اوف، اوف ولیکن بنده فردا در مریضخونه خواهم بود.

- بطوریکه توضیح فرمودید، عمل مختصریست که قابل بحث نمی‌باشد؛ بنده همان‌جا شرفیاب خواهم شد و در خدمتتان به منزل برمی‌گردیم.

مراد از در وارد شد و در دالان رفت. حاجی‌آقا قیافه‌اش شگفت:

- خدا از دهنتان بشنوه! من هروقت به فکرش می‌افتم چندشم میشه. فکرش را بکنید که با این سن و سال، نمی‌دانم امشب خوابم ببره یا نه، اما امروز میخوام تا ممکنه خودم را مشغول بکنم که یادم بره؛ شاید هم که در اثر ناخوشیه. آیا هرکس ناخوش میشه این‌طور فکر میکنه؟ امروز به همه کس حسرت می‌برم، حتی یک مگس را هم که می‌بینم، وقتی که فکر هول و هراس فردا را می‌کنم آرزو می‌کنم که کاشکی جای اون بودم. زندگی چیز عجیبیه، مثل یک سلعه به ما چسبیده ول‌کن هم نیست. چرا؟ نمیدانم. این جانورها روز به روز زندگی می‌کنند و به فکر فردا نیستند، چیزی را احتکار نمی‌کنند و توقعی هم ندارند. اما زندگی به آن‌ها هم چسبیده. یادمه، بچه که بودم جلو خونه‌مان یک بچه‌گربه رفت زیر گاری و کمرش شکست. ازش خون می‌چکید و ونگ می‌زد، با پنجه‌هایش توی گل کوچه خودش را می‌کشاند. معلوم نبود به کی التماس می‌کرد اما حسابی درد می‌کشید. پیدا بود که می‌خواست از خودش، از جسمش که به او چسبیده بود بگریزه و سرنوشتش را عوض بکنه. اما می‌خواست زنده هم بمانه... نمی‌دانست که زندگی چیه، اما تنش او را ول نمی‌کرد، دردش به دنبالش می‌آمد و نمی‌خواست که بمیره... اوخ... اوخ...

- بله، صحیح است، اما بشر آنقدر که از نیستی می‌ترسد ازمرگ نمی‌ترسد و برای بقای وجود خودش است که متوجه عوالم معنوی و شئونات اجتماعی شده است. کسانی هستند که به امید زندگی ابدی با رضا ورغبت مرگ را استقبال می‌کنند.

حاجی دماغش را گرفت و دستش که آلوده شده بود با دامن عبایش پاک کرد: - من هیچ وقت به این فکرها نیافتادم. ناخوشی افکار آدم را عوض میکنه، مثل شراب مستی مخصوصی داره و همین بده. چیزهای معمولی که هر روز می‌دیدم، حالا جور دیگری به‌نظرم میاد، امروز آقای میخچیان که پهلویم نشسته بود از نگاه‌هاش چیزها دستگیرم می‌شد. فرق آدم با حیوان اینه که آدم قبل از اینکه کمرش زیر گاری بشکنه التماس میکنه و از زندگی گدائی میکنه، قبل از اینکه کمرش زخم ورداره زخم را حس میکنه و مثل گربه ناله میکشه... صحبتش را نکنیم...

- آقا چیزی نیست که، من تا به‌حال سه بار عمل جراحی کرده‌ام و یک کلیه‌ام را درآورده‌اند. می‌دانم فکرش آدم را اذیت می‌کند. آن‌هم دفعه‌ی اول، ولی عمل شما از ختنه هم آسان‌تر است. آن‌هم شخصی مثل آقای جالینوس الحکما که در واقع اعجاز می‌کنند و این عمل برایش مثل آب خوردن است.

- بله صحبتش را نکنیم... خوب از دنیا چه خبری دارید؟

- مطلب قابل عرض هیچ. - همین وضع مغشوشی که ملاحظه میفرمائید؛ افسارگسیختگی عمومی و تشتت افکار. معروف است که دوره‌ی ظهور حضرت همه شئونات مادی و معنوی رو به انحطاط واضمحلال می‌رود، حال به رأی‌العین مشاهده می‌کنیم. فساد اخلاقی و اجتماعی درزندگی ما ریشه دوانیده. آقا من اعتقادم ازین جوانان فرنگ‌رفته هم سلب شد. پریروز به دیدن پسرعم خودم آقازاده‌ی آقای سیمین‌دوات که تازه از اروپا وارد شده بود رفته بودم. چیزهائی می‌گفت و عقایدی اظهار می‌داشت که در حقیقت بنده متأثر شدم.

حاجی شتاب زده: - از جنگ چی تعریف می‌کرد؟

- درحقیقت بنده به قدری عصبانی شدم که سؤالی راجع به جنگ نکردم. این جوانان چشم و گوش بسته می‌روند به خارجه و فقط ظواهر آن جا این‌ها

را می‌فریبد؛ وقتی که به آب و خاک اباء و اجدادی خودشان برمی‌گردند یک نفر بیگانه هستند. حکایت زاغی است که خواست روش کبک را بیاموزد و راه رفتن خودش را هم فراموش کرد!

حاجی با دل پرسرش را تکان داد: - مثل آقا کوچیک خودمان، من می‌فهمم که جنابعالی چی میگید. خوب معقول پیش از اینکه فرنگ بره جوانی بود سری براه پائی براه. حالا یک الواط قمارباز از آب درآمده. قباحت هم سرش نمیشه: جلومن سوت می‌زد، سیگار می‌کشید و از صبح تا شام جلو آئینه خودش را بزک می‌کرد و یک سگ توله هم به دنبالش می‌انداخت و می‌رفت توی رقاصخونه‌ها. خوب وظیفه‌ی پدریه، منم برای اینکه تنبیه بشه از ارث محرومش کردم. اما منکر مهر پدر و فرزندی که نمیشه شد. دلم می‌خواست پیش از اینکه برم مریضخونه به‌بینمش. اما روی‌هم‌رفته فرنگ بدچیزیه...

دوام الوزاره تصدیق کرد: - بله، فایده‌اش چیست؟ روی‌هم‌رفته افکار انقلابی، وطن‌پرستی کاذب و عادات نکوهیده با خودشان سوغات می‌آورند، خدا رحم کند! آقا این جوان که می‌گفتم، قبل از حرکت به فرنگ بسیار محجوب و پایبند آداب و سنن میهنش بود. حالا شده یک آدم بخو بریده‌ی وقیح که به تمام شعائر و مقدسات ملی ما توهین می‌کند. مثلا می‌گفت: «این سرزمین روی نقشه‌ی جغرافی لکه حیض است. هوایش سوزان و غبارآلود، زمینش نجاست‌بار، آبش نجاست مایع و موجوداتش فاسد و ناقص‌الخلقه. مردمش همه وافوری، تراخمی، ازخودراضی، قضا و قدری، مرده‌پرست؛ مافنگی، مزور، متملق و جاسوس و شاخ حسینی و (بلانسبت شما) بواسیری هستند.»

حاجی به حالت عصبانی: - این جوان کافرشده، باید اذان بغل گوشش بخوانند و توبه بکنه. عقیده‌ی آقای سیمین دوات چییه؟

- آقا هیچ! مرد بیحالی است. این که چیزی نیست، حرف‌هائی می‌زد که مو بتن آدم سیخ می‌شد، می‌گفت: «فساد نژاد ما از بچه و پیر و جوانش پیداست. همه‌مان ادای زندگی را درمی‌آورده‌ایم، کاشکی ادا بود، به زندگی دهن کجی کرده‌ایم؛ اگرچه به قدر الاغ چیز سرمان نمی‌شود و همیشه کلاه سرمان می‌رود، اما خودمان را باهوش‌ترین مخلوق تصور می‌کنیم. همیشه منتظر یک قلدریم که به طور معجزه‌آسا ظهور بکند و پیزی ما را جا بگذارد! بیست سال دلقک‌های رضاخان تو سرمان زدند، حالا هم صدایمان درنمی‌آید و همان گربه‌های مردنی را جلو ما می‌رقصانند. این هوش ما در هیچ‌یک از شئون فرهنگی یا علمی و یا اجتماعی بروز نکرده است، هنرمان لوله هنگ، سازمان وز وز جگرخراش، فلسفه‌مان مباحثه در شکیات و سهویات و خوراکمان جگرک است. نه ذوق نه هنر نه شادی، همه‌اش دزدی، کلاهبرداری و روضه‌خوانی! ما درحال تعفن و تجزیه هستیم، از صوفی و درویش و پیر و جوان و کاسب‌کار و گدا همه منتر پول و مقام هستند، آن هم به طرز بی‌شرمانه‌ی وقیحی؛ مردم هرجای دنیا ممکن است که به یک چیز و یا حقیقتی پایبند باشند مگر اینجا که مسابقه‌ی پستی و رذالت را می‌دهند. دوره‌ی ما دوره‌ی تحقیر و اخ و تف است!» خیلی چیزهای دیگر هم می‌گفت که: «این‌جا وطن دزدها و قاچاق‌ها و زندان مردمانش است. هرچه این مادرمرده‌ی میهن را بزک بکنند و سرخاب سفیداب بمالند و توی بغل یک آلکاپن بیندازند، دیگر فایده ندارد، چون علائم تعفن و تجزیه از سرو رویش می‌بارد. زمامداران امروز ما دوره‌ی شاه سلطان حسین را رو سفید کردند؛ درتاریخ ننگ این دوره را به آب زمزم و کوثر هم نمی‌شود شست. ما در چاهک دنیا داریم زندگی می‌کنیم و مثل کرم در فقر و ناخوشی و کثافت می‌لولیم و به ننگین‌ترین طرزی در قید حیاتیم؛ و مضحک آن‌جاست که تصور می‌کنیم بهترین ز ندگی را داریم!» حالا حاجی‌آقا ملاحظه می‌کنید

که مبانی اخلاقی و معنوی تا چه‌اندازه متزلزل شده؟ شاید حق به جانب رضاشاه بود که اغلب جوانان فرنگ رفته را از دم سرحد می‌گرفت و در زندان می‌انداخت. این حرف‌ها بوی خون، بوی انقلاب می‌دهد، عاقبت خوبی نداره.

حاجی‌آقا عطسه کرد. دوام‌الوزاره گفت: ـ عافیت باشد! بله، مقصودم این بود که در اخلاق آن‌ها سخت‌گیری نشده. همه جوانان ما بدبین هستند، جز چند نفر که الحمدالله فرنگ در آن‌ها سوء اثر نبخشیده و هنوز آداب آباء و اجدادی خود را فراموش نکرده‌اند و سرشان توی حساب است. بقیه همه بی‌اعتقادند، احترام کوچک به بزرگ ورافتاده، ایمان به زعمای قوم سست شده، من گمان می‌کنم که جامعه ما سیر قهقرائی می‌کند و اگر اقدام فوری مخصوصاً از لحاظ معنوی واخلاقی نشود به طرف پرتگاه نیستی خواهیم رفت.

ـ عقیده‌ی شما را کاملاً تقدیس می‌کنم. بله من هم این‌ها را از قدیم حس کرده بودم. ما محتاج به اقدام فوری و تقویت روحی و اخلاقی هستیم. به همین مناسبت عده‌ی کثیری بنده را نامزد وکالت کردند. اگرچه... اوف، اوف... اگرچه خودم هنوز تصمیم نگرفتم. خودتان تصدیق می‌فرمائید که این شغل برازنده‌ی مقام بنده نیست، اما بنده فکر کردم حالا که مصالح عالیه‌ی کشور در خطره باید با تمام قوا مجهز شد، بعد هم وظیفه‌ی وجدانی و اخلاقی هر فرد میهن‌پرستیه. به علاوه چشم امید مردم به امثال ماست.

دوام الوزاره تف حاجی را از روی صورتش پاک کرد: ـ من از صمیم قلب این فکر را به شما تبریک می‌گویم. رفقایم شاهدند، من همیشه گفته‌ام که حاجی شخص جسور و باتصمیمی است، حیف که از دخالت در امور دولت خودداری می‌کند. حقیقتاً باعث افتخار ملت است که در چنین موقع هرج و

مرج اشخاصی مانند جنابعالی چنین وظیفه‌ی خطیری را به عهده بگیرید (درگوشی) آیا حاضرید که با آقای سلسله‌جنبان کنار بیائید؟

- بنده امروز با ایشان مذاکره خواهم کرد و نتیجه‌اش را عرض می‌کنم. راستی تقاضای کوچکی از حضرتعالی داشتم: آقای ذوالفضایل که از اشخاص با نفوذ هستند و نظر خاصی به جنابعالی دارند مایلند نایب‌التولیه‌ی آستانه‌ی قدس بشوند. البته تا حدی زمینه را حاضر کرده‌اند، ولی از لحاظ تسریع می‌خواستم استدعا کنم در صورتیکه...

حاجی به دقت گوش داد و با لحن مطمئنی گفت: - دیگر تمام شد. از قول من به ایشان سلام برسانید و بگید که چمدان‌های سفرشان را به‌بندند. دیگر حرفش را نزنید، با مقامات مربوط صحبت خواهم کرد.

- حاضر است که در حدود دوازده تا تقدیم بکند.

- اختیار دارید! تصدیق بفرمائید که بی‌انصافی است. این مبلغ نصف درآمد خالص و مشروع یک ماهه‌ی آن‌جاست. اما با اشکالات فنی که در پیشه، خودتان بهتر می‌دانید بنده از سهم خودم چشم می‌پوشم و چون شما پادرمیانی کردید با سی و هشتا تمام می‌کنم.

گمان می‌کنم که مقدور نباشد. شاید تا بیست تا حاضر بشود.

- خودتان می‌دانید آقای تاج‌المتکلمین که نامزد این شغل هستند، حاضرند خیلی بیش از این‌ها بپردازند. محض خاطر جنابعالی بنده با بیست و پنج تا تمام می‌کنم. اما به شرط اینکه این دفعه همه‌اش اسکناس صد تمنی باشه چون شمردنش آسانتره.

- حقیقتا بنده نمی‌دانم به شکرانه‌ی این مرحمت با چه زبان تشکرات خودم را...

درباز شد و مزلقانی که از سمت مخبر به سردبیری روزنامه‌ی «دب اکبر» ارتقاء یافته بود با جوان چاق و کوتاهی وارد شدند. مزلقانی تعظیم غرائی به حاجی و دوام‌الوزاره کرد.

حاجی: - به، به! چه عجب! آقای مزلقانی نیم ساعت پیش ذکر خیر سرکار بود. مدتیست که خدمتتان نرسیدم. آقای دوام‌الوزاره را می‌شناسید؟

- افتخار آشنایی ایشان را دارم. گویا همین‌جا در محضر حضرتعالی به این فیض عظمی نایل شدم. دوست صمیمی خودم آقای خیزران نژاد را معرفی می‌کنم.

بعد از سلام و تعارف، حاجی غلیان را برداشت پک زد و مراد را صدا کرد و غلیان را که از حال رفته بود فرستاد در اندرون تازه کنند.

مزلقانی: - با آقای خیزران‌نژاد ازین نزدیکی می‌گذشتم، اجازه بدهید ایشان را خدمت‌تان معرفی بکنم: پسر مرحوم شوکت‌الواعظین و یکی از جوانان بی‌آلایش پرشور و آزادی‌خواه است، در دوره‌ی رضاشاه به جرم جعل اکاذیب زندانی بود. بله، در خدمتشان بودم دیدم حیف است که ایشان از درک فیض حضورتان بهره‌مند نشوند. این بود که بر مقام جسارت بر آمدم.

حاجی حرفش را برید: - اختیار دارید... مشرف فرمودید!... اوخ، اوخ...

مزلقانی با قیافه‌ی متأثر: - خدا بد ندهد! هنوز کسالت‌تان رفع نشده؟

- بله آن‌هم چه مرضی!

- بفرمائید از دست بنده چی ساخته است!

- خیلی متشکرم. فردا میرم مریضخونه.

دوام الوزاره برخاست و گفت: - از زیارت جنابعالی که سیر نمی‌شوم. با آقای سلسله‌جنبان راجع به آن موضوع مذاکره خواهم کرد و فردا خدمت‌تان خواهم رسید. سایه‌ی عالی مستدام!

حاجی جابجا شد: - مرحمت عالی زیاد!

بعد حاجی مزلقانی را آورد کنار خودش نشاند و جا برای رفیقش خیزران‌نژاد باز شد و گفت: - خوب، آقای مزلقانی! از دنیا چه خبر؟ من از منابع موثقه شنیدم که روس ها جلو آلمان ها را گرفتند.

- این‌ها پروپاگان سیاسی است، نمی‌شود بدون قید و شرط باور کرد. اگرچه دیشب پای رادیو بودم به قول محافل نیمه‌صلاحیت‌دار تقریبا همه جبهه‌ها متوقف است.

- شاید از حقه‌های جنگی آلمانه. آن قشونی که من توی فیلم دیدم، لشکر سلم و تور هم نمیتونه جلوش را بگیره. آن وقت روس و انگلیس می‌خواند جلو آن‌ها را بگیرند! (خواست بخندد نتوانست). میگند: توی جهنم مارهائی است که آدم پناه به اژدها می‌بره. خوب، بازهم انگلیس، اما این شمالی‌ها چی میگند؟ مگر بدون تاجر و سرمایه هم چرخ دنیا میچرخه؟ از قدیم گفتند که: دنیا به بازرگان آباده. اگر تجارت نباشه و داد و ستد بخوابه، بنیه‌ی اقتصادی کشور ازمیان میره. آقا این هم رژیم شد که از صبح تا شام مردم را بی‌خود و بی‌جهت بکشند و بکشتن بدند؟ مگر با سرنوشت هم میشه جنگید؟ هرچه نصیب است نه کم می‌دهند، ور نستانی بستم می‌دهند؛ از اول دنیا این طور بوده که یکی از گشنگی بمیره یکی از سیری بترکه. این همه پیغمبر و حکیم آمدند، همه همین را تصدیق کردند. اگر جلو مرگ را میشه گرفت قوانین جامعه را هم میشه عوض کرد. اوف، اوف... خوب، آلمان برای یک منظورو حقیقت عالی میجنگه، اما یکی نیست بپرسه این‌ها برای چی میجنگند؟ همه‌اش میگند: کارگر و این بیچاره‌ها را به کشتن میدند! من اصلاً دستم نمک نداره، برید از رعیت‌هام بپرسید؛ آن قدر که من با آن‌ها خوش سلوکی می‌کنم بطوریکه منو می‌پرستند، استالین با کارگرهاش نمیکنه. (با دست سقف هشتی را نشان داد.) چهل‌ساله که این تار عنکبوت را بالای سرم

می‌بینم، یک مرتبه به مراد نگفتم که: «مرتیکه قرمساق اینو پاکش کن.» حالا من بلشویکم یا آن‌هائیکه دم از منافع رنجبر می‌زنند؟

حاجی فین محکمی میان دستمال گرفت و گفت: «اوف، اوف... می‌دانید چرا قیمت اجناس بالا رفته؟ تقصیر تجار بیچاره چیه؟ ده میلیون زن و بچه‌ی روسی از ترس آلمان‌ها گریختند آمدند تو آذربایجان تقاضا کردند که تبعه‌ی ایران بشند. اما به عقیده‌ی من دولت نباید به تقاضای آن‌ها ترتیب اثر بده، فردا که آلمان‌ها آمدند چی جوابشان را بدیم؟ اوخ، اوخ... غصه نخورید در هر صورت تا چند روز دیگر آلمان‌ها توی تهرانند. بالاخره یک عوالمی که دروغ نمیشه. پس پریشب در «انجمن ارواحیوان ایران» بودم، روح حاضر می‌کردند. روح مرحوم حاجی میرزا آقاسی حاضر شد. اون که دروغ نمیگه پرسیدم: جنگ را کی می‌بره؟ جواب داد :باد به بیدق هیتلر می‌وزد، به‌بینید چه جمله‌ی قشنگی! خوب، او هم سیاستمدار و هم ادیب بزرگی بوده... من می‌ترسم زیر عمل برم و آلمان‌های خودمان را توی تهران نبینم!...

مزلقانی: - انشاءالله باهم گل نثار قدوم هیتلر خواهیم کرد!

حاجی نگاه تحسین‌آمیزی به مزلقانی انداخت: - شما گمان می‌کنید که قشون آلمان سوار مورچه سواریه یا مثل قشون شتریزه‌ی شاهنشاهیه‌ی که نتوانست پل کرج را خراب بکنه و جلو بلشویک‌ها را بگیره؟ اوی... اوی... خوب، از اوضاع سیاست داخلی و بازار چه خبردارید؟

- دیروز بعضی ازین روزنامه‌های معلوم‌الحال به محتکرین دارو حمله کرده بودند.

آقا این‌ها پول از مقامات خارجی گرفتند، می‌خواند اقتصادیات مملکت را متزلزل بکنند؛ می‌خواند مارا به طرف ورشکستگی بکشانند. آقا از من به شما نصیحت، از شمالی‌ها بر حذر باشید. همه روزنامه‌چی‌ها که باوجدان نیستند،

حالا از خودتان میپرسم: گناه تاجر چییه؟ اگر یک آلوی کرموئی توخیک دولت نیست چرا خودش داروها را حراج میکنه آن وقت گناه را به گردن خریدار میاندازه؟ دولت خودش دزده و ملت را میچاپه، آن وقت دوغرت و نیمش هم باقیه! یک مشت عاجزی گدا گشنه را اسمش را ملت گذاشتند! کو دلسوز؟ چرا فقط از تجار توقع دارند؟ آیا قشون ما قشونه، مالیه‌ی ما مالیه است، معارفمان معارفه و یا عدلیه و چیزهای دیگرمان مثل جاهای دیگره؟ به شتر گفتند: چرا شاشت از پسه؟ گفت: چه چیزم مثل همه کسه؟ آن وقت ادعایشان آدم را میکشه! این مردمی که با این آسانی سال‌هاست همان گول‌ها را مرتب می‌خورند، مضحک این‌جاست که خودشان را باهوشترین مردم دنیا هم می‌دانند. این هم یک‌جور تبلیغ سیاسی است برای این‌که ما را به همین‌حال نگهدارند. کدام شاهکاری داشتیم؟ نابغه‌اش اعلیحضرت پهلوی بود! یک دگمه، یک سوزن را نمی‌توانیم بسازیم، اما همه‌ی مشروبات فرنگی را سر سه روز درست کردیم. هی سرکه شیره را رنگ زدیم و توی شیشه چپاندیم و « به به» گفتیم! ما تقلب و دزدی و سمبل‌کاری را با هوش اشتباه می‌کنیم. کدام صنعت کدام علم؟ این همه دکتر داریم بازکسی سرش درد بگیره اگر علاقه به زندگی داشته باشه باید بره فرنگستون. همین ناخوشی من، اگر دکتر حسابی داشتیم با یک دوا، بخور یا چیزی چاق می‌کرد. من این همه سوزن زدم، فردا باید برم مریضخونه جانم را زیر کارد دکتر بندازم؛ دعوای نفت که پیش آمد، با وجود این همه دکتر حقوق مستشار فرنگی گرفتیم، همیشه این ملت چشم‌براه یک قلتشنه که عروتیز بکنه و تو سرش بزنه. چند بار کنار کوچه‌ها درخت کاشتیم و کندیم، چند بار ادای فرنگی‌ها را در آوردیم و نشد؟ از زمان شاه شهید خدابیامرز، شاگرد به فرنگستون فرستادیم و این هم حال و روزمانه، اما ژاپون که خیلی بعد از ما به این

صرافت افتاد حالا کسی نیست بهش بگه بالای چشمت ابروست!... اوخ... اوخ...

دستمال را برداشت فین محکمی گرفت: اصلاً خاک مرده توی این مملکت پاشیدند! همه منتظر بودند که بعد از دموکراسی روزنامه‌ها از مضار فساد اخلاق و دیکتاتوری و تشویق به صلح و سلم و دین وآئین بنویسند. حالا همه‌اش با دعوت به هرج و مرج، توطئه اجنبی‌پرستی ورق‌پاره‌های خودشان را پر میکنند! البته حقیقت تلخه، اما باید اذعان داشته باشیم که نژادمان فاسد شده. نه علم، نه هنر. ازملتی که لذیذترین خوراکش جگرکه چی میشه توقع داشت؟ هوا و زمین و آبمان پر از کثافت و مکروباته. باور کنید که ما داریم تو چاهک دنیا زندگی می‌کنیم و مثل کرم تو هم می‌لولیم. زمامداران‌مان همه دزد و دغل و رشوه‌خورند. بله دیگر منتظر چی هستید؟ اوخ، اوخ. قدیم اعیان بابا ننه داشتند، علاقه به آب و خاکشان داشتند، اما حالا هر دبوری، هر دیزی‌پزی میخواد وکیل بشه تا بهتر مردم را بچاپه و بعد بره خارجه زندگی بکنه!...

خیزران‌نژاد وارد صحبت شد: - حاجی‌آقا! تصدیق بفرمائید که همه‌ی این‌ها تقصیر خودمانست که می‌دانیم و هیچ اقدامی نمی‌کنیم. همین بی‌علاقگی و نمی‌دانم‌کاری جلو هر اقدام سودمندی را گرفته. هرکس می‌گوید: بمن چه؟ هرکس میخواد درمیان این هرج و مرج و بخور و بچاپ به بهانه‌ی اینکه: «از نان خوردن نیفتم» گلیم خودش را از آب بیرون بکشد و دست به اصلاحات اساسی نمی‌زنیم. آخر تعادل و توازنی گفته‌اند، هیچ جای دنیا مثل این جا شترگاوپلنگ نیست: از یک طرف دسته‌ی انگشت شماری قصرهای آسمان‌خراش با آخرین وسایل آسایش دارند و حتی کاغذ استنجای خودشان را از نیویورک وارد می‌کنند، از طرف دیگر، اکثریت مردم بی‌چیز و ناخوش و گرسنه‌اند و با شرایط ماقبل تاریخی کار می‌کنند و می‌خزند. مگر ممالک

اروپا از روز اول آباد بوده یا مردمش همانند که از هزار سال پیش بوده‌اند؟ پس اروپائیان زمامداران با علاقه داشته‌اند و دلسوزی کرده‌اند و کار را از پیش برده‌اند. درصورتیکه صدها سالست که ما همه‌اش دله دزدی و جاسوسی و دغلی کرده‌ایم و حرف صدتا یک غاز زده‌ایم و ملت را در فقر و فشار نگهداشته‌ایم و هنوز هم مشغولیم، باید دید آیا تمام این خرابی‌ها تقصیر ملت است؟ هر ملتی مربی لازم دارد، راهنما لازم دارد. همین ایران که زمان اشرف افغان مردم روحیه‌ی خود را باخته بودند و صدنفر صدنفر از جلو تیغ دشمن می‌گذشتند و صدا از کسی درنمی‌آمد، چطور شد که شخصی مانند نادر پیدا شد و با همان مردم هندوستان را فتح کرد؟ مقصودم قلدر و نکره‌پرستی نیست، هر دوره یک چیز را اقتضا می‌کند نه شخصی مثل رضاشاه که آلت دست سیاست خارجی بود. اما عیب کار اینجاست که مربیان ملت فاسدند، سیاست خارجی با دست خودمان تو سر خودمان می‌زند! وقتی که رئیس مملکت دزدید، وکیل و وزیر و معاون اداره و رئیس شهربانی هم دزدیدند، آن وقت چه توقع بیجائی است که از مشدی حسن بقال داشته باشیم و تعجب بکنیم که میوه‌اش را می‌گنداند و دور می‌ریزد، اما حاضر نیست که به قیمت ارزان بفروشد؟ همه‌ی این‌ها مثل زنجیر بهم بستگی دارد. یا باید اصلاح اساسی بشود و یا غصه‌خوری برای مادران باردار و جمع کردن اعانه برای یتیمان و فقرا فقط خودنمائی بیشرمانه‌ای است. صحبت کار ما را به جائی نمی‌کشاند یا باید تغییرات اساسی داد مثل همه جای دنیا که کردند و نتیجه‌اش را دیدند و یا باید به ننگین‌ترین طرزی نابود شد. من به جز انقلاب چاره‌ی دیگری سراغ ندارم.

حاجی سینه‌اش را صاف کرد، عرق روی پیشانیش را پاک کرد و حرفش را پس گرفت: ـ بله، منم اغراق کردم، اما شخصاً من با روولوسیون Revolution

مخالفم، غلطه. خونریزیه ما می‌خواییم بوسیله اوولوسیون Evolution پیشرفت بکنیم.
- ازین حرف‌ها زیاد می‌زنند که ما در دوره‌ی ترانزیسیون واقع شدیم و بعد اولوسیون خواهیم کرد. این چه دوره‌ای است که برای ما تمامی نداره؟ هزار سال است که ما در دوره‌ی ترانزیسیون گیر کرده‌ایم! بروید ممالک دیگر را به‌بینید و مقایسه بکنید که از خیلی جهات از ما عقب بوده‌اند، چه در اقتصاد چه در سابقه‌ی فرهنگی و امروزه باید بما درس بدهند. با الفاظ و اصطلاحات برای ما «لالائی» درست کرده‌اند! سال‌هاست که امتحان خودمان را داده‌ایم: هم استبداد داشته‌ایم، هم مشروطه، هم آزادی و هم دیکتاتوری و نتیجه‌اش این است که می‌بینید. بدون رودرواسی، شخص لایق هم نداریم، همه امتحان خودشان را داده‌اند. برعکس، من معتقدم که باید خونریزی بشود. بدرک که تروخشک با هم بسوزند! صدها سال‌ست که در اینجا جنگ و یا انقلاب ملی بتمام معنی نشده، مردم همیشه زیر چکمه‌ی استبداد و دیکتاتوری مرعوب و خفه شده‌اند و رمقشان رفته. ازین جهت به خون خودشان زیاد اهمیت می‌دهند و از رنگ خون می‌ترسند درصورتی که در روز هزاران هزار از آن‌ها را با پنبه سر می‌برند! حال که ملت محکوم به مرگ بطئی است، اقلاً باید اجازه‌ی یک تکان را به او داد. شاید بتواند یوغ ارباب‌هایش را تکان بدهد و سرنوشت خودش را تعیین بکند. تا پریشان نشود کار به سامان نرسد!
حاجی سه گرهش را درهم کشید: - انقلابی که به کمک و پشتیبانی خارجی انجام بگیره چه نتیجه‌ای داره؟
همه انقلاب‌های دنیا متکی به خودش نبوده، مردم گدا و گرسنه چه وسیله‌ای برای دفاع دارند؟ تمام زور و پول بدست طبقه‌ی حاکمه است که از مردم توقع انقیاد و اطاعت محض دارد تا بی‌دردسر آنچه را که می‌خورد

هضم بکند. ملت هم ناچارست موقع را بسنجد و سود و زیان خود را در نظر بگیرد و کمکی جستجو بکند. امریکا در جنگ استقلال خود کمک از فرانسه می‌گرفت و فرانسه از انگلیس و قس علیهذا... این هیئت حاکمه همه‌جور امتحان خودش را داده. نه شخصیتی داریم و نه وسیله‌ای، اگر مردم اینجا دزد و حمال و چاقوکش است در اثر تربیت زمامدارانش به این مرحله رسیده، همین است که هست. اما رجاله‌هایی که به او حکومت می‌کنند هیچ برتری به او ندارند، یا حالا باید تکان بخورد و یا هیچ وقت.

حاجی با قیافه‌ی گرفته: - آقای خیزران‌نژاد! خیلی تند نرید، از آن علاقه‌ای است که به شما دارم. شما جوان و پرحرارت هستید، من هم روزی ازین حرف‌ها می‌زدم. من خودم فرزند انقلابم، دوره‌ی مشروطه من یکی از سرجنبان‌ها بودم. ستارخان و باقرخان را کی به تهران آورد؟ من خودم تخم آزادیخواهی و دموکراسیم. اما امروزه عقیده‌ام عوض شده، در هر کاری احتیاط لازمه، روسیه هم انقلاب کرد چه نتیجه‌ای گرفت؟ همه‌ی مردمش از بین رفتند. هیتلر هم تمام خاکش را اشغال کرد رفت پی کارش. دوره‌ی رضاشاه هم یک جور انقلاب بود، انقلاب که شاخ و دم نداره، اما آیا به نفع ملت ایران تمام شد؟ اوخ، اوخ... (حاجی حرف را عوض کرد) راستی ببخشید، این ناخوشی بی‌پیر نسیان میاره. آقای منادی‌الحق ازشعرای حساس و جوان معاصر را خدمتتان معرفی می‌کنم. (به طرف منادی الحق اشاره کرد.) آقای مزلقانی سردبیر روزنامه کثیرالانتشار «دب اکبر» و آقای خیزران‌نژاد که افتخار آشنایی ایشان را پیدا کردم...

منادی‌الحق چرتش پاره شد. مزلقانی پا شد تعظیمی به طرف منادی‌الحق کردو گفت: - ذکر خیر ایشان را زیاد شنیده بودم به قدری ایشان محجوب و گوشه‌نشین هستند که مثل سیمرغ و کیمیا اسمشان همه جا هست و خودشان را کسی نمی‌بیند! نمی‌دانم حاجی‌آقا با چه افسونی توانسته ایشان را

تسخیر بکند. خوشبختانه به درک حضورشان مفتخر شدم. آقای منادی‌الحق! اثر تازه چه در دست دارید؟ روزنامه ما را موشح نمی‌فرمائید؟

منادی‌الحق: چیز قابلی ندارم.

حاجی: امروز بنده مخصوصاً برای امر مهمی احضارشان کرده بودم. متأسفانه تا حالا فرصت نشد.

منادی‌الحق: - از فرمایشات آقایان استفاده می‌کنم.

حاجی: - آقای مزلقانی! به شما توصیه می‌کنم. اوف، اوف... از اشعار آقا غافل نباشید و در روزنامه خودتان درج کنید. یک نقاش زبردست هم می‌شناسم. آقای زرین چنگال که عیناً اخلاق منادی‌الحق را دارند و کمتر در جامعه عرض اندام می‌کنند. آقا تابلوئی از روی من ساخته که با خودم مو نمی‌زنه. می‌توانید از کارهای ایشان هم استفاده کنید.

مزلقانی پیروزمندانه دستش را بلند کرد: - بنده پیشنهاد می‌کنم که عکس حضرتعالی مقصود کلیشه همین تابلوست، در روزنامه «دب اکبر» چاپ بشود و شرح حالی هم از شما به مناسبت انتخابات زیرعنوان: «پدردموکراسی» در صفحه اول روزنامه درج کنیم.

حاجی: - آقای مزلقانی ما را خجالت می‌دید؟

- اختیار دارید! بنده از صمیم قلب عرض می‌کنم. باید ملت نوابغ خودش را بشناسد، بنده فقط برای کسب اجازه آمده‌ام. به علاوه اعلانی که دستور داده بودید رونویسش را تهیه کردم، الساعه از لحاظتان می‌گذرانم. اگر مناسب است به همین شکل چاپ شود. (کاغذی از جیب خود درآورد و خواند): «آقای حاج ابوتراب از خانواده‌های اصیل ایرانی که در دامن زهد و تقوی پرورش یافته و مبارزات اجتماعی و فداکاری‌های آزادی‌خواهانه‌ی ایشان بر هیچ کس پوشیده نیست، بنا به خواهش گروه بی‌شماری از میهن‌پرستان و آزادی‌خواهان نامزد وکالت می‌باشند و ضمناً متعهد می‌شوند

که در اولین فرصت جاده چهارده معصوم را برای رفاه حال هم‌وطنان عزیز آسفالت بکنند. انتخاب ایشان را به تمام روشنفکران و آزادی‌خواهان توصیه می‌کنیم. لذا از عموم علاقمندان تمنا می‌شود وجوهی که به منظور آسفالت جاده چهارده معصوم جمع‌آوری می‌شود به حساب شماره... بانک ملی بپردازند.»

حاجی متأثر: - زبان بنده که از تشکر مراحم سرکار الکنه. اما قدرت قلم هم در اینجور جاها معلوم میشه. عینا مثل منشأت قائم مقام گروسی رفیق مرحوم ابوی است.

مزلقانی: - بنده از ساحت مقدستان تقاضائی داشتم.

حاجی مشکوک: - اختیار دارید! خواهش می‌کنم بفرمائید.

- حال که خلوص نیت و مقام ارادت چاکر را درک فرموده‌اید، ممکن است استدعای عاجزانه‌ای بکنم که با وزیر محترم خارجه راجع به بنده مذاکره بفرمائید تا در صورت امکان بنده را در سفارت ایران مقیم واشنگتن (از ترس اینکه حاجی نفهمد تصحیح کرد) یعنی: ینگی دنیا، به عنوان وابسته‌ی ویژه نامزد بکنند. البته سعی خواهم کرد که رضایت خاطر مقامات عالیه را به خود جلب بکنم.

حاجی که بدگمان بود و تصور تقاضای مالی می‌کرد راحت شد: - اختیار دارید! شما بیش از این‌ها حق بگردن مخلص دارید. «وابسته‌ی ویژه!» نکنه که از لغت‌های تخمی فرهنگستان باشه؟ اگرچه خودم عضو فرهنگستانم اما زبانم برنمیگرده که این لغت‌ها را بگم و معنیش را هم نمی‌دانم. ما بودیم و یک زبان آنرا هم سیاست خراب کرد! به هرحال من درست نمی‌فهمم. یعنی وزیر مختار ینگی امام؟ اوف، اوف...

- خیر قربان! شغل بسیار ناچیزی در سفارت ایران مقیم واشنگتن در امریکاست که هیچ مسئولیت ندارد.

حاجی دماغ پرصدایی گرفت: - من صلاح نمی‌دانم. شما اقلاً با این سابقه‌ی روزنامه‌نگاری و معلومات باید وزیر فرهنگ و یا وزیر مختار بشوید تا مسئولیت‌تان به صفر برسه. مسئولیت کدامه؟ مگر شما فرد این جامعه نیستید؟ مگرشما گمان می‌کنید وزیر مختار ایران غیر از اینکه هارت و پورت و خنده‌ی ساختگی و کرنش بکنه و زبان چرب و نرم داشته باشه و به شب نشینی‌ها و مهمانی‌ها بره و همیشه از کار زیاد و بدی آب و هوا بناله و با مقامات خارجی گاب‌بندی بکنه و به کار ایرانی‌های مقیم خارجه گراته بندازه و باشپرت و ورقه تابعیت بفروشه و اجناس قاچاق خرید و فروش بکنه مسئولیت دیگری هم داره؟

- راستش را می‌خواهید، بنده جاه‌طلب نیستم و چون از راه قلم سرمایه ناچیزی در امریکا اندوخته‌ام، خیال دارم زیرسایه‌ی جنابعالی تجارتخانه‌ی قالی ایران در آن‌جا تأسیس بکنم که ضمناً تبلیغی هم برای صنایع میهنی در امریکا شده باشد. عجالتاً در کلاس اکابر مشغول خواندن زبان انگلیسی هستم. باری منظورم اینست که به این وسیله خرج سفر نپردازم و مجبور نشوم که این صنار سه شاهی را به این و آن رشوه بدهم. مقصود عنوان رسمی و گذرنامه‌ی سیاسی است.

حاجی با قیافه‌ی متأثر: - فکر شما را از ته دل تقدیس می‌کنم. حالا فهمیدم که حقیقتاً مرد کار و عمل هستید مطمئن باشید که هر چه از دستم بر بیاد کوتاهی نخواهم کرد. اوخ. اما اگر می‌خواهید بامریکا برید چرا زبان انگلیسی می‌خوانید؟

- ممکن است که در راه احتیاج پیدا کنم وگرنه زبان امریکائی را بخوبی میدانم.

- بارک‌الله. بارک‌الله! به شما تبریک میگم که معنی زندگی را خوب فهمیدید، به نسل جوان امیدوار شدم. دیگر کارتان نباشه، فقط اسم شهر را روی کاغذ

بنویسید و به من بدید که فراموش نکنم. فردا اگر از زیر دست دکتر زنده جستم سعی خواهم کرد که اشکالات را برطرف بکنم. بالاخره منم برای این ورم فتق مجبورم سفری به امریکا برم. بیخود عمرمان به بطالت گذشت! دیگر صحبتش را نکنید. این مملکت کارش چیزی نمیشه، آئینه و حلواش را جلوجلو بردند. برای تشییع جنازه‌اش آن‌های دیگر هستند. همین شعرو منقل بافور و خیالبافی و مقاله‌نویسی و افکار انقلابی و های و هوی کار ما را به اینجا کشاند. امروزه مرد کار می‌خواهیم، هر ایرانی را جلوش را بگیری یک بیاضچه شعر نطربوق علیشاه توی جیبشه. آقا از من بشنوید کار ما تمامه. منهم اگر سن شما را داشتم تا حالا رفته بودم، آلودگی‌های زندگی منو پابند کرده. اینجا قبرستان هوش و استعداده. اقلاً برید دنیا را به بینید، خودش غنیمته!

حاجی این جمله را با لحن اندوهناکی گفت؛ بعد دست کرد ساعت طلای بزرگی از جیب جلذقه‌اش درآورد نگاه کرد و گفت: - مراد!

مراد از توی دالان آمد: - بله قربان!

- الان میری دنبال حجت‌الشریعه، من کار واجبی باهاش دارم. هرجا بود پیداش کن و بیارش.

- چشم؟

مراد به عجله از در بیرون رفت. مزلقانی کاغذی به دست حاجی داد و با خیزران نژاد بلند شدند: - اجازه مرخصی می‌فرمائید؟

- قربان محبت سرکار! راجع به این موضوع کار تمام شد. دیگر فکرش را نکنید. نمره‌ی حساب بانک را به شما تلفن می‌کنم.

- سایه‌ی عالی مستدام!... بازهم خدمت خواهم رسید.

آن‌ها از در بیرون رفتند و حاجی نیم‌خیز بلند شد و نشست. در حالتی که خسته و عصبانی به‌نظر می‌آمد رو کرد به منادی الحق و گفت: آقا خیلی به

بخشید، خودتان که ملاحظه کردید... این همه درد سر! اوخ... اوخ... اگر اجازه می‌دید با شما مشورتی بکنم. شنیدم که شما قصیده‌های عالی می‌سازید.

- بنده در تمام عمرم قصیده نگفته‌ام.

خوب مقصود شعره، قصیده یا تصنیف فرقی نمیکنه... می‌دانید که من عضو تمام محافل ادبی هستم. بیشتر عمرم صرف علم و ادب شده، پیش آخوند ملاکاظم جامع عباسی و جفر خواندم. به عقیده من از قاآنی شاعر بزرگتری در دنیا نیامده، اگر فرصت داشتم ده تا دیوان شعر می‌گفتم، اما امروز روز این‌جور تفریحات به درد مردم نمیخوره... حالا با داشتن این همه گرفتاری و بعد هم این ناخوشی. اوخ! اوخ... گمان می‌کنم که فرصت نداشته باشم شعری بگم. از طرف دیگر، چون قول دادم که در یکی از مجالس ادبی قصیده‌ای راجع به «دموکراسی» بخوانم، اینه که از شما خواهشمندم اگر ممکنه شعری چیزی راجع به «دموکراسی» بگید. البته این خدمت را فراموش نخواهم کرد و شما را آنطور که باید به مجامع ادبی معرفی خواهم کرد. می‌دانید حالا دموکراسی مد شده، یک وقت بود شعرا مداحی شاه و اعیان و بزرگان را می‌کردند. برای من هم خیلی‌ها شعر گفتند. لابد شما هم طبع خودتان را درین زمینه آزمودید. حالا دیگر مد عوض شده. البته شعر هم یک‌جور اظهار لحیه است. میخوام بگم امروز عوض شاعر، ما محتاج به مرد کار هستیم که هفت در را به یک دیگ محتاج بکنه. اما خوب برای فرمالیته بد نیست، مخصوصاً که دوره‌ی انتخاباته تأثیر داره. اینه که خواستم با شما خلوت بکنم، البته اجرتان پامال نمیشه.

- گمان می‌کنم که سوء تفاهمی رخ داده. به آن معنی که شما شعر می‌خواهید از عهده بنده خارجست.

- شکسته نفسی می‌فرمائید! برای شما کاری نداره. من خیلی از شعرای معاصر را می‌شناسم، اگر لب تر کرده بودم حالا سر و دست می‌شکستند. اما از تعریف‌هائی که از مقام ادبی شما شنیدم و می‌دانستم آدم گوشه‌نشین و محتاج به معرفی و پشتیبانی هستند این بود که شما را در نظر گرفتم.
- شما اشتباه می‌کنید. من احتیاجی به معرفی و عرض‌اندام ندارم از کسی هم تا حالا صدقه نخواسته‌ام. برای شما شعر بی‌معنی بلکه مضر است و شاعر گداست. فقط دزدها و سردمداران و گردنه‌گیرها و قاچاق‌ها عاقل و باهوشمند و کار آن‌ها در جامعه ارزش دارد.

حاجی که منتظر این جواب نبود ازجا در رفت و زبانش به لکنت افتاد: - شما هم... عضو همین جامعه... هستید... گیرم دزد بی عرضه...

منادی‌الحق حرفش را برید: - حق با شماست. درین محیط پست احمق‌نواز سفله‌پرور و رجاله‌پسند که شما رجل برجسته‌ی آن هستید و زندگی را مطابق حرص و طمع و پستی‌ها و حماقت خودتان درست کرده‌اید و از آن حمایت می‌کنید، من درین جامعه که بفراخور زندگی امثال شما درست شده نمی‌توانم منشأ اثر باشم، وجودم عاطل و باطل است، چون شاعرهای شما هم باید مثل خودتان باشند. اما افتخار می‌کنم درین چاهک خلا که به قول خودتان درست کرده‌اید و همه چیز با سنگ دزدها و طرارها و جاسوس‌ها سنجیده می‌شود و لغات مفهوم و معانی خود را گم کرده درین چاهک هیچ کاره‌ام. توی این چاهک فقط شماها حق دارید که بخورید و کلفت بشوید. این چاهک به شما ارزانی! اما من محکومم که از گند شماها خفه بشوم. آیا شاعر گدا و متملق است یا شماها که دائما دنبال جامعه موس موس می‌کنید و کلاه مردم را برمی‌دارید و به وسیله‌ی عوام‌فریبی از آن‌ها گدائی می‌کنید؟

حاجی از روی بی‌حوصله‌گی: - بهه اوه! کفری به کمبزه نشده که! شعر که برای مردم نان و آب نمیشه، قابلی نداره از صبح تا شام مدح همین دزدها را میگید و با گردن کج پشت در اطاقشان انتظار می‌کشید که شعرتان را بخوانید وصله بگیرید. (حاجی از حرف خود پشیمان شد) اجازه بدید مقصودم.

- مقصودتان شعرای گدای پست مثل خودتان است. اما قضاوت شعر و شاعر بتو نیامده. شما و امثالتان موجودات احمقی هستید که می‌خورید و عاروق می‌زنید و می‌دزدید و می‌خوابید و بچه پس می‌اندازید. بعد هم می‌میرید و فراموش می‌شوید. حالا هم از ترس مرگ و نیستی مقامی برای خودت قائل شدی. هزاران نسل بشر باید بیاید و برود تا یکی دو نفر برای تبرئه این قافله‌ی گمنام که خوردند و خوابیدند و دزدیدند و جماع کردند و فقط قازورات از خودشان بیادگار گذاشتند به زندگی آن‌ها معنی بدهد؛ به آن‌ها حق موجودیت بدهد. آنچه که بشر جستجو می‌کند دزد و گردنه‌گیر و کلاش نیست، چون بشر برای زندگی خودش معنی لازم دارد. یک فردوسی کافی است که وجود ملیون‌ها از امثال شما را تبرئه بکند و شما خواهی‌نخواهی معنی زندگی خودتان را از او می‌گیرید و باو افتخار می‌کنید. اما حال که علم و هنر و فرهنگ ازین سرزمین رخت بربسته، معلوم می‌شود فقط دزدی و جاسوسی و پستی به این زندگی معنی و ارزش می‌دهد.

همای گو مفکن سایه‌ی شرف هرگز،

بر آن دیار که طوطی کم از زغن باشد!

حق با شماست که به این ملت فحش می‌دهید، تحقیرش می‌کنید و مخصوصا لختش می‌کنید. اگر ملت غیرت داشت امثال شما را سربه نیست کرده بود. ملتی که سرنوشتش بدست اراذل و...

حاجی وحشت‌زده خودش را جمع کرد: - حرف دهنت را بفهم. به من جسارت می‌کنی؟ از دهن سگ دریا نجس نمیشه! من هفتادساله که توی این محله بنامم، مردم امانتشان را پیش من می‌گذارند. زنشان را به من می‌سپرند. تاحالا کسی...

- هفتاد سال است که مردم را گول زدی، چاپیدی، بریششان خندیدی آنوقت پول‌های دزدی را برده‌ای کلاه شرعی سرش بگذاری، دور سنگ سیاه لی‌لی کردی، هفتا ریگ انداختی و گوسفند کشتی. این نمایش تمام فداکاری تست. اما چرا مردم پولشان را بتو می‌سپرند؛ برای اینست که پول پول را می‌کشد، از صبح زود مثل عنکبوت تار میتنی، دزدها و گردنه‌گیرها و قاچاق‌ها را بسوی خودت می‌کشی. کارت کلاه‌برداری و شیادی است. گمان می‌کنی که پشت در پشت باین ننگ ادامه خواهی داد؟ (خنده عصبانی کرد) اشتباه است. اگرتا یک نسل دیگر سرنوشت این مردم بدست شماها باشد نابود خواهند شد. اگر دور خودتان دیوار چین هم بکشید دنیا بسرعت عوض می‌شود. شماها کبک‌وار سرخودتان را زیر برف قایم کردید. برفرض که ما نشان ندهیم که حق حیات داریم، دیگران به آسانی جای ما را خواهند گرفت. آنوقت خداحافظ حاجی‌آقا و بساطش. اما آسوده باش. آنوقت تخم و ترکه‌ات هم توی همین گوری که برای همه می‌کنی بدرک واصل خواهند شد اگر با پولت به خارجه هم فرار بکنی، حالا محض مصلحت روزگار تو رویت لبخند می‌زنند، اما فردا بجز اخ و تف و اردنگ چیزی عایدت نمی‌شود و همه‌جا مجبوری مثل گربه‌ی کمرشکسته این ننگ را به دنبال خودت و نسلت بکشانی.

- خجالت بکش، خفه شو!

- وقتی که آدم سرچاهک «ساخت حاجی‌آقاها» نشسته از مگس‌های آن‌جا خجالت نمی‌کشد. موجوداتی قابل احترام هستند که کارشان به اینجا نکشیده باشد.
رنگ حاجی‌آقا مثل شاه توت شده بود: - به تربت مرحوم ابوی قسم! اگرزمان شاه شهید... اوف، اوف.
- پدرت هم مثل خودت دزد بوده، آدمیزاد لخت و عور بدنیا می‌آید و همان‌طور هم می‌رود - هرکس پول جمع کرده یا خودش دزد است و یا وارث دزد. اما تو دو ضربه می‌زنی!
چشم‌های حاجی مثل کاسه‌ی خون شد: - حالا دارم به مضار دموکراسی پی می‌برم. می‌فهمم که تو دوره‌ی رضاخان معقول تأمین جانی و مالی داشتیم. پسره‌ی بی حیا... پاشو گم شو!... اوخ، اوخ...
صدای منادی الحق می‌لرزید: - برو هنبونه‌ی کثافت. تو داری نفس از ماتحت می‌کشی. همه‌ی حواست توی مستراح و آشپزخانه و رختخواب است. آنوقت می‌خواهی وکیل این ملت هم بشوی تا بهتر بتوانی به خاک سیاهش بنشانی، دستپاچه‌ی آینده تولید مثل‌هایت هستی تا ریخت منحوست بمردمان آتیه هم تحمیل بشود. می‌خواهی بعد از خودت دراین هشتی باز بماند و باز هم یکنفر با شهوت و تقلب و بیشرمی خودت اینجا بنشیند و گوش مردمان آینده را ببرد. تو وجودت دشنام به بشریت است، نباید هم که معنی شعر را بدانی، اگر می‌دانستی غریب بود. تو هیچ وقت در زندگی زیبائی نداشتی و ندیدی و اگرهم دیدی سرت نشده. یک چشم‌انداز زیبا هرگز ترا نگرفته، یک صورت قشنگ یا موسیقی دلنواز ترا تکان نداده و کلام موزون و فکر عالی هرگز به قلبت اثر نکرده. تو تنها اسیر شکم و زیرشکمت هستی. حرص می‌زنی که این زندگی ننگین که داری در زمان و مکان طولانی‌تر بکنی. از کرم، از خوک هم پستتری، تو پستی را با شیر

مادرت مکیدی. کدام خوک جان و مال هم‌جنس خودش را به بازیچه گرفته یا پول آن‌ها را اندوخته و یا خوراک و دوای آن‌ها را احتکار کرده؟ تو خون هزاران بی‌گناه را از صبح تا شام مثل زالو میمکی و کیف میکنی و اسم خودت را سیاستمدار و اعیان گذاشتی! این محیط پست ننگین هم امثال ترا می‌پسندد و از تو تقویت می‌کند و قوانین جهنمی این اجتماع فقط برای دفاع از منافع خوک‌های جهنمی افسار گسیخته مثل تو درست شده و میدان اسب تازی را بشما داده... تف به محیطی که ترا پرورش کرده... اگر لیاقت اخ و تف را داشته باشد! بقدر یک خوک، بقدر یک میکروب طاعون در دنیا زندگی تو معنی نداره... هر روزی که سه چهار هزار تومان بیشتر دزدیدی، آن روز را جشن میگیری. با وجودی که رو به مرگی و از درد پیچ و تاب میخوری بازهم دست بردار نیستی! طرفداری از دموکراسی میکنی برای اینکه دوا و غذای مردم را احتکار بکنی، حتی از احتکار واجبی هم روبرگردان نیستی. میدانی: توبه‌ی گرگ مرگست. آسوده باش! من دیگر حرفه‌ی شاعری را طلاق دادم. بزرگترین و عالیترین شعر در زندگی من از بین بردن تو و امثال تست که صدها هزار نفر را محکوم به مرگ و بدبختی می‌کنید و رجز می‌خوانید. گورکن‌های بی شرف!

حاجی رنگش کبود شده بود و ماتش زده بود به‌طوریکه درد ناخوشی خود را حس نمی‌کرد. منادی‌الحق بلند شد در کوچه را بهم زد و رفت.

حاجی با صدای خفه‌ای گفت: - آهای مراد؟ هوار! بدادم برسید....

مثل این بود که انعکاس صدای خودش را شنید. همه جا ساکت بود. وحشت کرد، دوباره گفت: - کییه اینجا؟ این مرتیکه سوء قصد داره...

بعد خاموش شد، دستمال را برداشت دماغش را گرفت. چند دقیقه گذشت، درباز شد مراد و حجت‌الشریعه با ریش رنگ و حنا بسته، چشم‌های

وردریده، عمامه‌ی سورمه‌ای و عبای شتری کهنه وارد شد و سلام غلیظی کرد:

- صبحکم الله بالخیر!

حاجی تکیه به عصایش کرد، بلند شد و نفس بزرگی کشید: - علیکم السلام! اوخ... اوخ... آقای حجت دیر آمدید... از خطر بزرگی جستم... این مرتیکه‌ی شاعر، این بلشویک... اگر زمان شاه شهید بود، می‌دادم گوش و دماغش می‌کندند دور بازار می‌گرداندند تا عبرت دیگران بشه... آزادی شده دموکراسی شده برای اینکه این مرتیکه پدر سوخته‌ی بی‌سروپا بمرحوم ابوی اسائه‌ی ادب بکنه! تا حالا بیاد ندارم که این‌طور به من جسارت کرده باشند. آقا فکرش را بکنید بمن میگه: «این مملکت مثل چاهک خلاست و آدم‌هایش هم مثل مگس آن‌جا هستند!» مراد! گوشت را واز کن. این دفعه اگر منادی‌الحق، همین مرتیکه‌ی شرنده که آن‌جا نشسته بود و من پیش خودم جایش ندادم؛ اگر این آمد جوابش بکن. بگو: آقا کمیسیون داره. این‌ها را باید کشت، نابود کرد، چون انگل جامعه هستند. خوب، مرتیکه شعر تو که شعر قاآنی نیست، چند تا قافیه می‌دزدی سرهم میکنی وسیله‌ی گدایی خودت قرارمیدی...

(آهسته گفت) هیس! مراد برو ببین. نکنه که پشت در گوش وایساده باشه.

مراد رفت نگاهی درجلو خوان انداخت و برگشت: - نه خیر قربان.

حجت‌الشریعه: - استغفرالله! این عهد و زمانه مردم نمک‌نشناس شده‌اند. همه چیز از میان رفته: احترام، عرض، شرف، ناموس!...

حاجی: - آقا این مرتیکه جاسوس خطرناکیه، حتما بلشویکه. سرش بوی قرمه‌سبزی میده... آقا وقتی که آدم از مال پس و از جان عاصی است خطرناکه، باید سرش را زیر آب کرد. بگذارید از مریضخونه که درآمدم این منادی‌الحق را می‌اندازمش توی هلفدونی تا قدر عافیت را بدانه...

تقصیر خودمه که به این‌ها رومیدم، به سردبیر روزنامه محترم «دب اکبر» معرفیش می‌کنم! پدرسوخته‌ی بی‌شرف، بی‌ناموس تو روی من پرخاش میکنه مثل اینکه ارث باباش را از من میخواد! ایندفعه قلم پاش را می‌شکنم که بخواد از دم این در رد بشه!...

حجت‌الشریعه: - در حدیث معتبر آمده که زمان ظهور حضرت مطرب و شاعر و دلقک زیاد می‌شود. شعر و نقاشی و موسیقی و مجسمه‌سازی فعل شیطانست.

حاجی: - مراد! این مرتیکه معلوم نیست کجاها سرک میکشه. ممکنه با خودش میکروبات ناخوشی بیاره. سرجاش را خوب جاروبزن و آهک بریز که بچه‌ها واگیر نکنند...

- بچشم!

حاجی ساعتش را درآورد نگاه کرد و به حجت‌الشریعه گفت:- ببخشید اگر مزاحم شدم، کار لازمی با شما داشتم، فرصت سر خاراندن ندارم. نمی‌گذارند نمدی آفتاب بکنم از بسکه با این و آن جوال رفتم کلافه شدم... اوخ، اوخ. می‌ترسم باز بیاند سر خر بشند. بفرمائید اندرون.

حجت‌الشریعه: - میل میل مبارکست! برای استماع فرمایشات حضرتعالی حاضرم.

دالان دراز و تاریکی را پیمودند درحالی که یک سربند شلوار از پشت حاجی به زمین می‌کشید، جلو در اندرون صدای های و هوی بچه شنیده می‌شد. حاجی سینه‌اش را صاف کرد و حجت‌الشریعه «یا الله» بلندی گفت و پرده متقال کثیفی که وصله خورده بود عقب زدند. کیومرث با دختری که سرش را تراشیده و زفت انداخته بودند دنبال موشی می‌دویدند که آتش گرفته بود.

حاجی به صدای بلند: - خفه شین، لال شین! اگر منو تو هشتی خفه بکنند یا ترور بکنند، توی این خونه کسی نیست که بفریادم برسه! خفه شین ذلیل شده‌ها، جوانمرگ شده‌ها! با نفت به این گرانی تفریح می‌کنید؟ اگر موش می‌رفت تو زیرزمین، خونه‌ام آتیش می‌گرفت. صبر کنید بهتان خواهم فهماند.

موش آتش گرفته که زق و زق صدا می‌کرد رفت توی سوراخ راه آب، بچه‌ها پراکنده شدند. زنی که بچه کوچکی را لب چاهک سر پا می‌گرفت و دیگری که رخت می‌شست با گوشه‌ی چادر نماز روی خودشان را گرفتند. همه خاموش شدند. حجت‌الشریعه باز سرفه کرد، حاجی‌آقا به طرف چپ پیچید، از دو پله بالا رفت. در اطاقی را باز کرد که تا سقف آن قالی رویهم چیده بودند و بوی نفتالین تند درهوا موج می‌زد. یک دستگاه تلفون دم در به دیوار بود. سربخاری کارت پستال زن‌های لخت و باسمه‌ی عیسی و مریم دیده می‌شد و یک دعای پنج تن هم آن بالا به دیوار بود. طرف دیگر تصدیق ابتدائی کیومرث را که قاب گرفته بودند در درگاه آویزان بود. در محوطه تنگی که میان دوگاو صندوق احداث شده بود، حاجی‌آقا ایستاد و حجت‌الشریعه هم دست بسینه جلو او منتظر فرمان بود.

قیافه‌ی حاجی خسته به‌نظر می‌آمد، مثل این‌که با خودش حرف می‌زد. گفت: - این مرتیکه منادی‌الحق فکرم را خراب کرد... اوف، اوف... تا حالا کسی بمن اینجور پرخاش نکرده بود... بیائید روی خوش بمردم نشان بدید، پیزی‌شان را هم جا بگذارید، آنوقت دوغرت و نیم‌شان هم باقیست!...

بعد روی چهارپایه‌ای که درآن نزدیکی بود نشست. حجت‌الشریعه هم روی یکی از گاوصندوق‌ها نشست و تکیه به بازویش کرد. حاجی صدا زد:

- مراد!

- مراد از توی حیاط وارد شد: - بله قربان؟

- هرکس آمد منو خواست بگو: آقا منزل نیستند. اگر چائی حاضره دوتا پیاله برایمان بیار.

حجت‌الشریعه دستورداد: - استکانش نقره نباشد.

مراد که رفت حاجی گفت: - شما همانقدر از طلا و نقره بدتان میاد که من! امروز حرف‌های جدی‌تری داریم. می‌خواستم راجع به مطلب بسیار مهمی با شما صحبت بکنم. همین‌قدر سربسته میگم که موقع بسیار وخیمه و باید دست به اقداماتی زد. تا حالا ازین دو مسافرت که به شمال رفتید و شهرت‌هائی بنفع ما دادید استفاده‌های زیاد بردیم. البته خدمات شما منظور خواهد شد. خودتان بهتر می‌دانید که ایران بوی نفت میده، یک جرقه کافیه که آتش بگیره، برای جلوگیری ازین پیش آمد، ما محتاج به ملت احمق و مطیع و منقاد هستیم. اما تشکیل این احزاب و دسته‌هائی که راه افتاده و دم از آزادی و منافع کارگر می‌زنند و زمزمه‌هائی که شنیده میشه خطرناکه، خطر مرگ داره. نباید گذاشت که پشت مردم باد بخوره و یوغ اسارت را از گردنشان بردارند و تکانی بخورند. باید دستگاه قدیم را تقویت کرد، حتی باید به مجسمه‌های شاه سابق احترام گذاشت... اوخ، اوخ...

- بنده کاملا تصدیق می‌کنم. اما در طی مسافرت اخیر، مرتکب چند فعل حرام شدم که پیش وجدان خودم خجلم. خدمتتان عرض بکنم که سه نفر دهاتی را نزدیک اردبیل به دستور مالک تکفیر کردم. یک نفر از آن‌ها را آنقدر زدند که دنده‌اش شکست. یکی دیگر را هم که جرمش بر من واضح نبود، تبعید کردم. آنوقت اگر بدانید زن و بچه‌ی فقیر آن‌ها هر روز می‌آمدند دامن عبایم را می‌بوسیدند و تضرع می‌کردند و تقاضای عفو...

حاجی حرفش را برید: - خوب، باقیش را خواندم. غصه‌خوری بیجا! یکنفر، ده نفر، هزار نفر، بدرک که مردند. من از کلیات حرف می‌زنم. فردا که قدرت افتاد دست همان دهاتی بیچاره که برایش دلسوزی می‌کنید، آنوقت زن و

بچه من و شما باید بره بدست وپای همان دهاتی بیفته و استغاثه بکنه... بله، یعنی اگر قرار بشه که مردم افسار سر خود بشند مثل منادی‌الحق یا رفیق مزلقانی کی بود؟ آهان، یادم آمد: خیزرانی. دیگر جای من و شما نیست. تا موقعی که مردم سربگریبان وحشت آن دنیا و شکیات و سهویات نباشند درین دنیا مطیع و منقاد نخواهند ماند. آنوقت ماها نمی‌توانیم بزندگی خودمان برسیم. تا ترس و زجر و عقوبت دنیوی و اخروی درمیان نباشه گمان می‌کنید میاند برای من و سرکار کار می‌کنند؟ این پنبه را از گوشتان دربیارید. واضح‌تر بگم: اگر ما مردم را از عقوبت آن دنیا نترسانیم و به تحمل شدائد زندگی ترغیب نکنیم و درین دنیا از سرنیزه و مشت و توسری نترسانیم فردا کلاه ما پس معرکه است. اگر پسر من که تازه تکلیف شده زن نداره و من جلو او جفت و تاق صیغه می‌گیرم عقیده‌اش سست بشه، دیگر دنبال موش آتش‌زده نمی‌دود. نظم و قانون را بهم میزنه. اگر عمله روزی ده ساعت جان میکنه و کار میکنه و بنان شب محتاجه و من انبار قالیم تا طاق چیده شده باید معتقد باشه که تقدیر این بوده. فردا بیا به آن‌ها بگو که همه‌ی این‌ها چرت و پرته که او کارکرده و من کارشکنی کردم، آنوقت خر بیار و باقالی بارکن! دیگر جای زندگی برای من و شما باقی نمیمانه، دیگر کارخانه‌ی «کش‌بافی دیانت» منافعش را سر ماه برای من نمیفرسته، دنیا بلبشو میشه...

دستمال را برداشت و دماغ محکمی گرفت: «مقصودم اینه که لب مطلب را بشما بگم تا چشم و گوشتان باز بشه و دانسته اقدام بکنید. قدیمی‌ها همه‌ی این‌ها را میدانستند. پس مردم باید گشنه و محتاج و بی‌سواد و خرافی بمانند تا مطیع ما باشند. اگر بچه‌ی فلان عطار درس خواند، فردا به جمله‌های من ایراد میگیره و حرف‌هائی میزنه که من و شما نمی‌فهمیم. آنوقت خداحافظ حاجی‌آقا و حجت‌الشریعه. ما باید جای او قوطی کبریت

بفروشیم. اگربچه‌ی مشدی تقی علاف باهوش و با استعداد از آب درآمد و بچه‌ی من که حاجی‌زاده است تنبل و احمق بود، وامصیبتا! پس ما بنفع خودمان و برای خودمان اقدام می‌کنیم. دنیا داره عوض میشه، اینهمه جنگ و کشتار در اروپا درگرفته بی‌خود نیست. برای اینه که مردم چشم و گوششان واز شده، حق خودشان را می‌خواند. دراین صورت ما باید مانع پیشرفت مردم اینجا بشیم، تا دنیا بکام ما بگرده وگرنه سپور سر گذر خواهیم شد. خوشبختانه در اینجا زمینه برای ما مساعده. وظیفه ماست که مردم را احمق نگهداریم تا سربه‌گریبان خودشان باشند و تو سر هم بزنند. حالا فهمیدید؟من فردا میرم مریضخونه می‌خوابم، شاید زیرعمل آب به آب شدم. کسی که از عمرش سند پا بمهر نگرفته! اگر امروز تمام مطالب را صاف و پوست کنده به شما میگم برای اینه که دانسته اقدام بکنید. سرنوشت من و شما و بچه‌هایمان بسته به این اقدامه. حالا جامعه میخواد درست بشه، میخواد هرگز سیاهم درست نشه. به من چه، به شما چه؟ عجالتاً جامعه گاو شیرده ماست و دنیا به کام ما میچرخه. بگذارید ادامه پیدا بکنه. همیشه درین آب و خاک دزدها و قاچاق‌ها همه‌کاره بوده‌اند چون‌که مقامات صلاحیت‌دار خارجی این‌طور صلاح دیدند. شما این رجال و اعیان مملکت را نمی‌شناسید، من میدانم زیر دمشان چقدر سسته، مشهدی حسن خرکچی از آن‌ها بهتر چیز سرش میشه. اما بنفع ماست که همین رجال سرکار بمانند... اوف، اوف...

– دراین صورت باید شعائر مذهبی را تقویت کرد.

– اشتباه نکنید. ما نمی‌خواهیم که شما بروید و نماز و روزه‌ی مردم را درست بکنید. برعکس ما می‌خواهیم که به اسم مذهب آداب و رسوم قدیم را رواج بدیم. ما به اشخاص متعصب سینه زن و شاخ حسینی و خوش باور احتیاج داریم نه دین‌دار مسلمان. باید کاری کرد که برزگر و دهقان

خودش را محتاج من و شما بدانه و شکرگذار باشه. برای اینکه ما به مقصود برسیم باید او ناخوش و گشنه و بی‌سواد و کر و کور بمانه و حق خودش را از ما گدائی بکنه. باید سلسله‌ی مراتب حفظ بشه. وگرنه همه‌ی مردم مثل منادی‌الحق هرهری مذهب میشند. من سرتیپ الله‌وردی را که سرم کلاه گذاشت به امثال منادی‌الحق ترجیح میدم؛ چون از خودمانه و منافع مشترک داریم. اما فراموش نکنید که ظاهراً برای مردم باید اظهار همدردی و دلسوزی کرد، چون امروز مد شده. اما در باطن باید پدرشان را درآورد. یک حرف‌هائی است که مد میشه و این حربه‌ی ماست. مثلاً امروز باید بگیم که علوم و معارف خرابه. رضاشاه هم همین را می‌گفت، اما آیا بنفع مردم کار کرد؟ درعمل باید مانع بشیم و خرابکاری بکنیم... هیچ می‌دانید که ما بیشتر احتیاج به گدا داریم تا گدا بما؟ چون ما باید تصدق بدیم، اعانه جمع بکنیم، غصه‌خوری بکنیم تا نمایش داده باشیم و بعلاوه وجدان خودمان را راحت بکنیم وگرنه سگ کنار کوچه با گدا پیش من چه فرقی داره؟ در هر صورت مسئولیت بزرگی به گردن ماست؛ نباید در چنین روزی آن‌ها را به حال خودشان بگذاریم. برای همینه که خیال وکالت به سرم زده. آیا درخور شأن منه؟ نه... برای اینه که بهتر آن‌ها را دهنه بزنم. اوف، اوف...

- تصدیق بفرمائید که امر بسیار خطیریست، چون در دوره‌ی رضاخان عقیده و ایمان مردم را تضعیف کردند و مردم براه ضلالت منحرف شدند و حال هم مطلق‌العنان بار آمده‌اند و بشعائر دینی استخفاف را جایز می‌شمارند.

مراد دو استکان چائی آورد. حاجی‌آقا بلند شد رفت ازتوی دولابچه سه حبه قند کوچک آورد. مراد دوباره بیرون رفت.

حاجی درحالی که چائی دیشلمه را سرمی کشید: - بله... شما اشتباه می‌کنید. رضاخان خودش نمی‌دانست چه میکنه. مطابق دستور رفتار می‌کرد. یعنی

اگر درظاهر کلاه را عوض کرد برای این بود که ممالک هم‌جوار اسلامی را برنجانه، اما کمک به اتحاد اسلام می‌کرد. آسوده باشید، همین اتحاد عرب که زمزمه‌اش راه افتاده بعد تبدیل به اتحاد اسلام خواهد شد و بعد هم دم ما را توی تله خواهند انداخت. تمام دستگاه آنوقت و اقدامات سیاسی که انجام می‌گرفت برای مجزا کردن ایران از همسایه‌هایش و از بین بردن اختلاف سنی و شیعه بود. آیا در زمان شاه شهید خدابیامرز! کسی می‌توانست «شرح حال حضرت عمربن‌خطاب» را درایران چاپ بکنه؟ اما حالا صلاحه که اقدامات رضاخان را پیرهن عثمان بکنیم و باو فحش بدیم و ناسزا بگیم برای اینکه بهتر به مقصود برسیم... اوخ، اوخ...

- خوب از دست بنده چه کاری ساخته است؟ خاطر مبارکتان مسبوق است، آن چند مأموریتی که از طرف حضرتعالی رفتم کارها کاملاً بر وفق مراد انجام گرفت.

- «انجمن» از شما قدردانی خواهد کرد. شاید این سفر وظیفه‌ی دشوارتری به عهده شماست. صاف و پوست کنده به شما خاطرنشان می‌کنم که فقط بوسیله‌ی شیوع خرافات و تولید بلوا باسم مذهب می‌توانیم جلو این جنبش‌های تازه که ازطرف همسایه شمالی به اینجا سرایت کرده بگیریم. بعد هم یک نره غول برایشان می‌تراشیم تا ایندفعه حسابی پدرشان را دربیاره، این آخرین اسلحه‌ی بران ماست. در صورت لزوم ما با اجنه و شیاطین هم دست‌بیکی خواهیم شد تا نگذاریم وضعیت عوض بشه. عوض شدن جامعه یعنی مرگ ما و امثال ما. پس وظیفه‌ی شما رواج قمه‌زن، سینه‌زن، بافورخونه، جن‌گیری، روضه‌خوانی، افتتاح تکیه و حسینیه، تشویق آخوند و چاقوکش و نطق و موعظه بر ضد کشف حجابه. باید همیشه این ملت را بقهقرا برگردانید و متوجه عادات و رسوم دو سه هزار سال پیش کرد. سیاست این‌طور اقتضا میکنه. آسوده باشید، یکی ازین ملت باهوش از

خودش نمیپرسه که چرا جاهای دیگر دنیا همین کار را نکردند. اگرناخوش میشند جن‌گیر و دعانویس هست. چرا دوای فرنگی بخورند که جگرشان داغون بشه؟ چرا چراغ برق بسوزانند که اختراع شیطانی فرنگی است؟ پیه‌سوز روشن بکنند که پولشان توی جیب هم مذهبشان بره. مخصوصاً سعی بکنید که در مجامع عمومی ودر قهوه‌خانه‌ها رسوخ بکنید و بخصوص فراموش نکنید که شهرت‌هائی برضد روس‌ها بدید. بعد هم سینما، تیاتر، قاشق چنگال، هواپیما، اتومبیل و گرامافون را تکفیر بکنید. دربن قسمت دیگر خودتان استادید. مثل دفعه دیگر که شهرت دادید رادیو همان خردجاله که یک چشم به پیشانی داره و از هر تار سیمی هزاران صدا میده و از این قبیل چیزها. بی‌دینی زمان رضاشاه را تقبیح بکنید، چادرنماز و چادر سیاه و عمامه را بین مردم تشویق و درصورت لزوم توزیع بکنید. از معجز سقاخانه غافل نباشید. ایندفعه باید توی دهات رخنه بکنید، چون تو شهرها بقدرکافی دست داریم. همین قدر سربسته بشما میگم که ما تنها نیستیم و دستگاه بزرگی ازما حمایت میکنه. علاوه براینکه دستگاه حاکمه و زور و قشون و قانون از خودمانه، پولدار هرجا باشه کورکورانه از ما پشتیبانی خواهد کرد. چون پولدار شامه‌ی تیز داره و خطر را حس میکنه. دراین صورت حرف آزادی‌خواه‌ها و انقلابی‌ها نقش برآب میشه.

بعد دست کرد چکی از جیب جلذقه‌اش درآورد بمبلغ هشت هزار و دویست تومان و بدست حجت‌الشریعه داد. او گرفت نگاه کرد و چشم‌هایش برق زد و بادست لرزان آن‌را درجیب خود گذاشت و گفت:

خدا سایه‌ی حضرتعالی را ازسربنده کم نکند!

- اشتباه نکنید، این پول را «انجمن» تصویب کرده و باید به مصرف تبلیغات برسه. از این قرار فردا صبح بطرف ارومیه حرکت می‌کنید. فهمیدید؟ البته تا ممکنه درمخارج باید امساک کرد و هروقت پول لازم شد... اوخ، اوخ...

هروقت احتیاج پیداکردید تلگراف رمز بزنید، فوراً بندگی میشه. اما ایندفعه صورت حساب را زودتر بفرستید، دیگر خودتان بهتر می‌دانید. از مأموریت سابق شما گزارش خوبی رسید و از بسکه من ازشما تعریف و تمجید کردم حالا طرف اطمینان شدید. هرچند خیال داشتند بکاءالذاکرین را بجای شما بفرستند، اما به اصرار و با مسئولیت من با فرستادن شما موافقت شد. ممکنه در آن‌جا با آخوندهای دیگری بر بخورید که از عراق و بین‌النهرین آمدند، حساب آن‌ها جداست و موضوع رقابت در میان نیست. باید با آن‌ها صمیمانه همکاری بکنید، چون مقامات صلاحیت‌دار این‌طور صلاح دیدند، البته خدمات شما بدون اجر نمیمانه. از وضع مردم و تجار بنویسید، پولدارها همه‌جا طرفدار ما هستند، سعی کنید ابتدا با آن‌ها آشنا بشید. (انگشتش را بطور تهدید آمیز تکان داد) موقع غفلت نیست، من دستور دادم به محض ورود همه‌ی تجار و اعیان شهر به پیشواز شما بیاند.

– حاجی‌آقا! بنده نمک‌پرورده هستم. اجازه بدید دستتان را ببوسم. (حجت‌الشریعه خم شد، دست کپلی پشم‌آلود حاجی را بوسید و ریش و سبیل زبرخود را بآن مالید). اجازه بدهید امروز عصر یک مرتبان مربای شقاقل به حضورتان تقدیم بکنم، برای حضرتعالی که زیر ناخوشی درمی‌آئید بسیار مقوی و مبهی و مشهی است.

– اختیار دارید! من باید ازشما تشکر بکنم. درحقیقت شما ثواب جهاد با کفار را می‌برید. می‌دانید نباید راحت نشست... اوخ، اوخ... خوب، فردا میرم مریضخونه، حالا هر بدی، هر خطائی از ما سر زده حلالمان بکنید... دیگر دنیاست!

– خدا سایه‌تان را از سرمان کم نکند، خدا چنین روزی را نیاورد. انشاءالله رفع خواهد شد. بنده دعای مجربی دارم، آن‌را هم امروز برایتان خواهم آورد. به بازوی چپتان به‌بندید، مقداری هم تربت اصل می‌آورم که بسیار مؤثر است.

حاجی سرش را تکان داد: - بی‌اندازه متشکرم!
بعد دست کرد ساعتش را درآورد نگاه کرد و گفت: - مراد!
مراد وارد شد و دو کارت ویزیت که یکی به اسم: علی‌قلی خیبرآبادی و دیگری از: صفدر رادیاتور بود بدست حاجی داد و گفت:
- قربان! این آقایان را جواب کردم.
حاجی لحظه‌ای به فکر فرو رفت و گفت: - خوب، بهتر حالا برو آن امانت را از کلب زلف علی بستان و بیار تو همین اتاق. همچین که بچه‌ها نبینن.
مراد بیرون رفت. حجت‌الشریعه گفت: - قربان! بنده را مرخص می‌فرمائید؟
- دست خدا بهمراهتان! التماس و دعا فردا حرکت می‌کنید، این‌طور نیست؟
- البته، البته... سایه‌ی مبارک مستدام!
- مرحمت سرکار زیاد!
حجت‌الشریعه رفت. حاجی به زحمت بلند شد، چند قدم راه رفت برگشت دستمالش را برداشت، دقت کرد دید که جای آباد ندارد. دور و برش را نگاه کرد و در دامن عبایش دماغ گرفت و با خودش گفت: «فردا میرم مریضخونه!» بعد رفت در یکی از گاوصندوق‌ها را باز کرد و کاغذی در آن گذاشت. در این وقت بند شلوار حاجی بزمین افتاد. حاجی اول ترسید و بعد آن را برداشت و روی گاو صندوق گذاشت. دوباره بلند شد و گوشه‌ی یکی از قالی‌ها را دستمالی کرد و زیر لب با خودش حرف زد، درین بین مراد با سینی نان و جگرک وارد شد. حاجی سر غذا نشست و درحالیکه روغن و خونابه از چک و چیلش می‌چکید و شقیقه هایش به حرکت درآمده بود بمراد گفت:
- برو از مش رمضون پنج سیر انگور خوب بگیر.

حاجی‌آقا لخت مادرزاد، به حالت قبض روح پاهای خود را توی دلش جمع کرده بود و پیشانی را روی دو دست خود گذاشته دمرو روی تخت عمل خوابیده بود. فقط لوله‌ی دعائی به بازوی چپ او دیده می‌شد. زیرلب «آیة الکرسی» می‌خواند و آب دماغش روی تخت عمل می‌چکید و از پشت، نورافکن قوی موضع ناخوش بدنش را روشن می‌کرد. عده‌ی زیادی از رجال و اعیان و بازاری‌ها با بی‌تابی در اطاق انتظار و دالان‌های مریضخونه چشم به راه نتیجه عمل بودند و تلفن پشت تلفن از حاجی احوال پرسی می‌شد. بوی الکل سوخته و دواهای ضد عفونی درهوا پراکنده بود. دکتر جالینوس‌الحکما که موهای خاکستری و قیافه‌ی سیه‌چرده اما مؤدبی داشت به طرف قفسه دوا رفت. حاجی دزدکی او را می‌پایید و دکتر به‌نظرش شمر ذی الجوشن می‌آمد و زندگی و مرگ خود را دردست او می‌دانست. بهمین مناسبت هربارکه دکتر نزدیک تخت می‌شد اگرچه نمی‌توانست قیافه‌ی او را به‌بیند اما حاجی زورکی لبخند تملق‌آمیزی می‌زد. حاجی ملتفت نشد که دکتر جلو قفسه چه کاری انجام داد، اما دید زن جوان خوشروئی که روپوش سفید به برداشت و تا آن وقت نزدیک تخت بود به طرف چراغ الکلی رفت که درحال سوختن بود. از آن‌جا که حاجی از وضع جدید خود جلو این زن خجالت می‌کشید برای تبرئه‌ی خودش شروع به آه و ناله کرد. دکتر نزدیک به تخت شد و سوزنی به لنبر حاجی‌آقا زد که ابتدا درد شدیدی حس کرد و داد و فریادش بلند شد.

دکتر با لحن مطمئنی گفت: - چیزی نیست، الان تمام میشه.
دنباله آن حاجی کرختی و راحتی گوارائی حس کرد که در تن او پخش می‌شد. دکتر دوباره‌ی پهلوی قفسه رفت و برگشت. حاجی فقط آبدزدک را در دست دکتر که دستکش لاستیکی داشت دید. زن جوان نزدیک به تخت شد و نبض حاجی را گرفت. دکتر سوزن دیگری به حاجی زد. ولیکن این بار علاوه بر این که حاجی هیچ دردی حس نکرد، بی حسی گوارا و خوشی به تمام تنش سرایت کرد و بعد از ماه‌ها زجر و بی‌خوابی برای اولین‌بار در عالم کیف و نشئه سیر می‌کرد. دیگر چیز زیادی ملتفت نشد، فقط کلمات تشویق‌آمیز دکتر را جسته گریخته می‌شنید. باز سایه‌ی دست دکتر را جلو پرتو نورافکن به دیوار مقابل دید که به سوی او آمد و حس کرد که مایع گرمی از موضع ناخوش بدنش سرازیر شد. اما این بار بی‌حسی او کامل بود و بعد چشم‌هایش از شدت کیف و لذت به هم رفت.
یک مرتبه حاجی به‌نظرش آمد که دراز به دراز توی کفن خوابیده، کسی بازوی او را گرفته بود و تکان می‌داد و به صدای رسائی می‌گفت:
- حاجی‌آقا!...
حاجی با خودش فکرکرد: «بله!» اما حس کرد که با فکرش گفت نه با لب‌هایش.
صدا گفت: - حاجی‌آقا، بفرما جایت اینجا نیست.
حاجی ابتدا یکه خورد، ناگهان بدون زحمت بلند شد و نشست. دید دو فرشته‌ی باوقار و جدی در مقابل او ایستاده‌اند و بال‌هائی مثل بال کبوتر به پشت آن‌ها بود. فرشته‌ی دست چپ شبیه گل و بلبل پسرعموی محترم بود و لبخند نمکینی می‌زد. حاجی اطمینان حاصل کرد و باز درفکرش گفت:

- من در زندگی با مردم خوش‌رفتاری کردم، همه‌اش کار راه‌اندازی کردم. مال کسی را نخوردم، قمارباز و عرق‌خور نبودم، کسی را نرنجاندم همه به من می‌گفتند: چه مرد حلیم سلیمی!

فرشته جواب داد: اختیار داری حاجی‌آقا!

- من مرتب خمس و ذکوتم را دادم.

- اختیار داری حاجی‌آقا!

من برای بنده‌های خدا کارگشائی می‌کردم. اگر قصوری در نماز و روزه‌ام شده وصیت کردم که پولش را به حجت‌الشریعه بدند تا جبران بشه.

- اختیار داری حاجی‌آقا!

- من با روولوسیون مخالف بودم و معتقد بودم که باید اوولوسیون کرد.

- اختیار داری حاجی‌آقا!

- همیشه همین تعارف را بمن کردند، اما بالاخره باید بدانم که شماها می‌خواهید منو به کجا ببرید!

- اختیار داری حاجی‌آقا!

- من درست یادم نیست، اما خیلی کارهای خوب از من سرزده. وجودم منشأ اثر بوده.

- درست فکر کن به‌بین چه کارخوبی کردی.

- آنقدر زیاده که نمی‌توانم بشمرم...

- بله، یک روز ظهر که آبدوغ خیار می‌خوردی، مگسی آمد توی آبدوغ خیارت افتاد. تو آن‌را درآوردی و از مرگ نجات دادی.

حاجی‌آقا که منتظر این جواب نبود فوراً به‌یاد مخترع امشی افتاد که دراین صورت گناهانش از تمام بندگان خدا بیشتر بود و با خودش گفت: «چه فرشته‌های شوخی!» اما دید که قیافه‌ی جدی آن‌ها تغییر نکرد، دوباره فکر کرد:

- بله، ازبسکه من درزندگی دل رحیم بودم، همیشه زیرپایم را نگاه می‌کردم تا مورچه‌ها را لگد نکنم... پس حالا؟...

- پس حالا بفرما حاجی‌آقا!

- من از شما یک خواهش دارم.

- بفرما حاجی‌آقا!

- پیش از اینکه به... بهشت بریم. می‌خواستم از خونه‌ام بازدید بکنم. فقط یک نگاه آخری بکنم و همین.

- اختیار داری حاجی‌آقا!

فرشته‌ها بال‌های ابلقشان را باز کردند و زیربغل حاجی‌آقا را گرفتند و مثل حکایت بط و لاک پشت کلیله و دمنه در هوا بلند شدند. به یک چشم بهم زدن حاجی جلو خانه‌اش بود. ملتفت شد دید که مراد جلو خیبرآبادی را گرفته، درحالی که خیبرآبادی با چشمی که سالک گوشه‌اش را پائین کشید بود فریاد می‌زد و می‌گفت:

- چه خاکی بسرم بریزم! این مرتیکه‌ی دزد شیاد همه اموالم را بالا کشید، اسنادم از بین رفت، یک دستگاه رادیو و دو اتومبیل باری که هنوز پولش را نداده از کی پس بگیرم؟ پدرم در آمد، ورشکست شدم! من همین الان باید وصیت‌نامه‌ی این مرتیکه بی‌شرف را به‌بینم. شاید چیزی نوشته باشه، چه خاکی به سرم بریزم؟ این ناحاجی منو بخاک سیاه نشاند!

مراد جواب داد: - کدام آقا؟ ترکید مارا راحت کرد. از صبح تا شام کارش دزدی و کلاه‌برداری بود. ما از وقتی که تنبان پایمان کردیم همچین آفتی ندیده بودیم... بدرک واصل شد، آتیش از گورش بباره! برو پیش ملک دوزخ از حاجی شکایت کن!

حاجی پرخاش کرد: - مرتیکه‌ی قرمساق! اگر دوره‌ی شاه شهید بود پدری ازت در می‌آوردم که یا قدوس بکشی... بمن... بمن!. (اما ملتفت شد که

مراد نه او را می‌دید و نه حرفش را می‌شنید.) بحالت شرمنده رو کرد به فرشته‌ها و فکرکرد: «بریم تو!»

در هشتی خانه‌اش دید که آقا کوچک و کیومرث با منادی‌الحق و خضوری حزقیل و دوام‌الوزاره جلو سفره‌ای نشسته و مشغول آس‌بازی هستند. پسرهایش که باخته بودند چک‌های کلانی می‌کشیدند و به آن‌ها می‌دادند. حاجی جلو چشمش سیاهی رفت و فریاد زد:

- تخم‌سگ‌ها! می‌دانید چه کار می‌کنید؟ پول‌هائی که من با کدیمین و عرق جبین اندوختم به این بیشرف‌ها می‌بازید؟ الان میدم...

پی برد که آن‌ها هم نه او را دیدند و نه حرفش را شنیدند. درحالی که فرشته‌ها بدنبالش بودند از دالان گذشت. دم پرده‌ی حیاط سینه‌اش را صاف کرد. همین که وارد شد دید دم و دستگاه غریبی برپاست: همه‌ی زن‌هایش وسمه کشیده و بزک کرده دور حوض نشسته بودند، انیس آغا و مه لقا با ته آب پاش رنگ گرفته بودند، محترم و اقدس دست می‌زدند و به قدری هیاهو می‌کردند که همسایه‌ها روی پشت بام به تماشا آمده بودند. آن وقت آن میان، منیر زن سوگلیش چادرنماز گل بهی را به کمرش گره زده بود، چوبی دردست داشت، گشاد گشاد راه می‌رفت، قر گردن می‌آمد و با چشم‌های خوش‌حالتش که دل حاجی را ربوده بود چشمک می‌زد و می‌خواند:

«شوورم تریاکـــــیه؛ مثال کرم خـــــاکیه؛
شب که میاد بخونه، ازمن میگیره بونـــــه:
بادتو هونگ نکوفتی، زیر سبیلم نروفـتی!»

آن‌های دیگر می‌خندیدند و بشکن می‌زدند. حاجی‌آقا ازجا دررفت:

- زنیکه‌ی بی‌حیای سوزمانی؟ خفه شو، لال شو! آبروم پیش در و همسایه‌ها بباد رفت! پدرسوخته‌ها، سلیطه‌ها! یاالله از خونه‌ی من برید، گورتان را گم کنید برید....

جوش و جلای او بیهوده بود. بعلاوه آبروش جلو فرشته‌ها ریخت! برگشت و به آن‌ها گفت: «بریم! ببخشید اگر بیخود بشما زحمت دادم.» فرشته‌ها با هم گفتند: «چه شخص حلیمی؟ چه آدم سلیمی!»
بعد او را برداشتند و اوج گرفتند. به یک چشم بهم زدن، حاجی را جلو قصر باشکوهی بزمین گذاشتند که درمیان یک باغ درندشت بنا شده بود و مرغان خوش الحان خوش خطوخال روی شاخسار آوازهای دلنواز می‌خواندند. حاجی‌آقا کمرش را راست کرد، اول دنبال عصا و دستمال و تسبیحش گشت، اما هیچ کدام را پیدا نکرد، چون یک کفن بیشتر به تنش نبود. ولکین تعجب داشت که نه اثری از ناخوشی بود و نه خستگی ونه گرسنگی و نه تشنگی حس می‌کرد وهیچ احتیاجی نداشت، چون با تمام تنش نفس می‌کشید و عطر و عبیر هوا در تمام تنش نفوذ می‌کرد و لذت می‌بخشید. نگاهی به قصر انداخت. دید از یک پارچه زبرجد درست شده و پله‌های باشکوهی با تزئینات و مقرنس‌کاری و کاشی‌کاری داشت. به فواره‌های آب و گل و گیاه شگفت‌آور آن‌جا که شبیه نقش روی قلابدوزی و قالی بود خیره نگاه می‌کرد. یک مرتبه ملتفت شد که فرشته‌ها را منتظر گذاشته، راه پله جلو خود را گرفت و به چالاکی و بدون زحمت بالا رفت و وارد دالان سرسرا شد. همین که خواست از پله‌های اشکوب اول بالا برود، ناگهان فرشته‌ها جلو او را گرفتند و به اطاق دربان راهنمائیش کردند که دم در بزرگ واقع شده بود. فرشته‌ی دست چپ گفت:
تو دربان این قصری، همین‌جا بنشین.

حاجی تولب رفت. اما نفس راحتی کشید و روی چهارپایه‌ای که آن‌جا بود نشست. یک مرتبه ملتفت شد که فرشته‌ها ناپدید شده و او را یکه و تنها گذاشته‌اند. نگاه کرد دید پله‌ها از مرمر شفاف بسیارگرانبها بود و نرده‌ی آن‌ها از طلا و چوب آبنوس و جواهرات گوناگون درست شده بود. از نزدیکی به این همه تجمل و ثروت اطمینان حاصل نمود. ناگهان دید ساعت بزرگی که به دیوار بود شروع به زنگ زدن کرد، ولی روی صفحه‌ی آن بقدری شلوغ بود، مثل این‌که برای زمان لایتناهی درست شده بود و ازاین قرار او نمی‌توانست زمان را تشخیص بدهد. یک مرتبه حاجی‌آقا دید که گروه انبوهی فرشته و حوری و غلمان با لباس‌های باشکوه و زیبا راه پله‌ها را گرفته می‌لغزند و بالا می‌روند. در میان آن‌ها فرشته‌ی دست چپ را شناخت، اشاره کرد جلو آمد و پرسید:

- این قصر کییه؟

- قصر مادموازل حلیمه خاتون.

حاجی با تعجب پرسید: - حلیمه خاتون؟

- بله، زن سابق حاجی ابوتراب. اگرچه گناهکار بود، اما بقدری در خانه‌ی این مرد زجر کشید که دق‌کش شد و حالا درین دنیا صاحب این قصر شده.

حاجی‌آقا لبش را گزید و پرسید: - خوب، این‌ها همه کنیزها و غلام‌هایش هستند؟

- نخیر. مادموازل حلیمه امشب پارتی پوکر و رقص داره، این‌ها مدعوین محترم هستند. چون زن بسیار متجدد و مفرنگی است همیشه ازین مهمانی‌های سواره میده.

بعد میان جمعیت ناپدید شد. حاجی‌آقا دوباره نشست و به فکر فرو رفت. صدای ساز و آواز بسیار لطیفی بلند شد، برق جواهرات و چراغ‌های راه پله چشم حاجی را می‌زد. مدتی به حال خود حیران بود و چیزی دستگیرش

نمی‌شد. هیچ دردی حس نمی‌کرد، هیچ احتیاجی نداشت، می‌ترسید اگر بلند بشود و گردش بکند مسئولیتی به وجود بیاید. چرتش گرفت، اما در همین موقع ساعت دیواری دوباره زنگ زد. چرت حاجی‌آقا پاره شد و دید سیل مهمانان شروع به پائین آمدن کردند.

حاجی‌آقا درمیان جمعیت، ناگهان حلیمه خاتون زن سابق خودش را شناخت که مثل ماه شب چهارده لباس سیاه مجللی به برداشت، با یک دست دسته‌ی عینک یک چشمی را گرفته بود که به چشمش می‌گذاشت و برمی‌داشت و دست دیگرش بادزنی از عاج و پر بلند سفید بود که با کرشمه و ناز خودش را باد می‌زد و با مهمانان می‌خندید و گرم صحبت و خداحافظی بود. حاجی‌آقا میان این همه شکوه و جلال و لباس‌های فاخر از کفن راسته‌ای که به تنش بود شرمنده شد. همین که حلیمه خاتون به پله‌ی آخر رسید، عینک را به طرف چشمش برد و متوجه حاجی‌آقا شد. صورتش را درهم کشید و به فرشته‌ی دست چپ که نزدیک او بود حاجی‌آقا را نشان داد و پرسید:

- این کیست؟

- دربان تازه است.

حاجی‌آقا تعظیم آبداری کرد و با لبخند گفت: - بنده‌ی کمترین درگاه، حاجی ابو تراب!

حلیمه با بی‌تابی به فرشته گفت: - این مردکه‌ی قرمساق را بینداز بیرون.

از شدت اضطراب، چشم‌های حاجی باز شد و دید روی تختخواب در یکی از اطاق‌های مریضخونه خوابیده. زبیده زنش پهلوی تخت نشسته و طرف دیگرش دختر سفیدپوش اطاق عمل نبضش را گرفته است. زبیده لبخند زد و گفت:

- الحمدالله که بخیر گذشت! حاجی‌آقا! چشم شیطان کور ازخطر جستید، دیگر تمام شد.

بعد رویش را کرد به طرف در و به کسی که آن‌جا بود گفت: برو مژده به آقایان بده که حاجی به هوش آمد.

حاج با صدای خفه‌ای گفت: - خودم می‌دانستم!

- آقایان وزراء وکلاء و سفرای مختار تو اطاق انتظارند. آقای دوام‌الوزاره هم این میوه‌خوری طلا را برای شما فرستادند.

- طلاست؟...

- بله، تا مغزش طلاست.

- بده دست بزنم... وزنش زیاده؟

- بدنیست. ای نیم من میشه.

لبخند محوی روی لب‌های داغمه بسته‌ی حاجی نقش بست. مثل این که می‌خواست از رفقای مهربانش اظهار قدردانی بکند و منتی به گردن آن‌ها بگذارد. گفت: - راحت شدم، دیگر هیچ دردی ندارم!

- چه بهتر ازین؟ ما جانمان به لبمان رسید! شما را بگو که آنقدر از عمل می‌ترسیدید!

- نمیدانی چه دیدم... آن دنیا را دیدم!

- چه حرف‌ها می‌زنید! (بعد کنجکاوانه پرسید): خوب چه دیدید؟

- من همه‌اش از آن دنیا می‌ترسیدم. با خودم می‌گفتم: نکنه که دوزخی باشم. اما حالا دلم آرام شد. میدانی چه کاره هستم؟

- نه.

- هیچ‌چی! این دنیا قاپچی درخونه‌ی شماها بودم، آن دنیا قاپچی قصر مادموازل حلیمه خاتون هستم.

تمت الکتاب بعون الملک الوهاب فی دارالخلافه‌ی

طهران صانها الله عن الحدثان فی عصر القنبل الاطومی

م م م م

م م م

م م

م

هر که خواند دعا طمع دارم چونکه من بنده‌ی گنه‌کارم

علویه خانم

میان جاده‌ی مشهد، کنار سقاخانه «ده نمک»، جمعیت انبوهی از مرد و زن جلو پرده‌ای که به دیوار بود، میان برف و گل، جمع شده بودند. روی پرده که از دو طرف لوله شده بود فقط تصویر «مجلس یزید» دیده می‌شد: تختی بالای مجلس زده بودند و یزید با لباس و عما مه سرخ روی آن جلوس کرده مشغول بازی نرد بود. پهلویش تنگ شراب و سیب و گلابی در سینی گذاشته شده بود، یک دسته از اسرای صحرای کربلا با عمامه‌های سبز، گردن کج و حالت افسرده، زنجیر به گردن، جلو یزید صف کشیده بودند. سه نفر سرباز با سبیل از بنا گوش در رفته هم پر سرخ به کلاهشان زده، شمشیر برهنه در دست گرفته، با شلوارهای چاقچور مانند پف کرده، که در چکمه فرو کرده بودند، به حالت نظامی کشیک می‌دادند.
جوان پرده‌دار شال و عمامه‌ی سبز، عبای شتری مندرس و نعلین گل آلودی داشت. به‌نظر می‌آمد که الگوی لباس خود را از لباس اسرای روی پرده برداشته بود. قوزک پایش سرخ کبود رنگ، مثل چغندر سرما زده، از پشت زیر شلواری بیرون آمده بود. صورت چاق و سرخ او مثل صورت قمربنی هاشم از جوش غرور جوانی پوشیده شده بود و گوشه‌ی لبش زخم بود. سرش را تکان می‌داد و از ته حلقومش فریاد می‌کشید:
«این‌ها مصایبی بود که به سر خاندان رسول آوردن. (به پیشانیش می‌زد و مردم هم از او تقلید می‌کردند) حالا از این به بعد مختار میاد و اجر اشقیا رو کف دستشون می‌ذاره - اگه شیعیونی که این جا واسادن بخوان باقیشو به

بینن نیاز صاحب پرده رو میندازن تو سفره - من چیزی نمی‌خوام - من چهار سر نونخور دارم، چهار جوونمرد میخوام که از چهار گوشیه مجلس چهار تا چراغ روشن بکنن، تا بعد بریم سر باقی پرده و به‌بینیم مختار چطور پدر این بد مروت صاحب‌ها رو در میباره.

« هر کی چراغ اولو روشن بکنه، به همون فرق شکافتیه علی اکبر، خدا صد در دنیا و هزار در آخرت عوضش بده، کی میخواد صنار با علی اکبر معامله بکنه؟

«ای زوار حضرت رضا!ای خانوم!ای بی بی!ای ننه! مگه تو نمی‌خوایی بری زیارت حضرت رضا؟ این صاحب پرده رو ببین دستت رو بگیر جلو صورتت، هر چی من میگم تو هم بگو - حرومزاده‌ها نمیگن - بگو: یا صاحب شمایل! بگو: یا خضر پیغمبر، یا ابوالفضل! فوت کن بدستت، بکش به صورتت. حالا هر چی بدلت برات شده بنداز تو میدون. دسی که با یه چراغ دستش بدسم بخوره. دس علی عوضش بده.»

از اطراف مقداری پول سیاه و سفید توی دستمال چرکی که جلو پرده به زمین افتاده بود پرتاب شد. جوان خم شد پولی را برداشت لای انگشتش گرفت:

« بروای جوون، تو که بقد یه بال مگز نقره فدای اسم حضرت رضا کردی، برو هر مطلبی داری اجرت با حضرت صاحب چراغ، هر مطلبی داری خدا همین امشب تو مشتت بذاره. برو ننه! برو بی بی! ننه‌ام البنی عوضت بده، حق به تیرغیب گرفتارت نکنه. بحق امام غریب در غربت بیمار نشی. هر مراد و مطلبی داری صاحب اسمت بهت بده. برو جوون! خدا بقد وسعت بتو بده. هر کی چراغ چهارم رو روشن بکنه بحق ضامن آهو خدا چهار سوتون بدنشو پنج سوتون نکنه، یعنی خدا عصای فقرو بیماری بدسش نده.»

زن چاقی که موهای وز کرده، پلک‌های متورم، صورت کک‌مک، پستان‌های درشت آویزان داشت پول‌ها را به دقت جمع می‌کرد. چادر سیاه شرنده‌ای مثل پرده زنبوری به سرش بند بود، روبنده خود را پشت سرش انداخته بود، ارخلق سنبوسه‌ی کهنه گل کاسنی به تنش، چارقد آغبا نو به سرش و شلوار دبیت حاجی علی اکبری به پایش بود. یک شلیته‌ی دندان‌موشی هم روی آن موج می‌زد و مچ پاهای کلفتش از توی ارسی جیر پیدا بود. ولی چادرش از عقب غرقاب گل شده و تا مغز سرش گل شتک زده بود.

در این بین سورچی از بالای گاری با لهجه ترکی فریاد زد: «آهای علویه! معرکه بسه‌ها، راه می‌افتیم.»

زن چاق برگشت نگاه زهرآلودی به گاریچی انداخت و بعد از آن‌که پول‌ها را تا دانه آخر ورچید و گوشه چارقدش گره زد، یک بچه دو ساله را بغل کرد و دست بچه‌ی کوچک دیگری را گرفته اشاره به صاحب پرده کرد. او هم پرده را لوله کرد و برداشت و با زن جوانی که روی خود را محکم گرفته بود به راه افتادند.

میان جمعیت همهمه افتاده بود. هر یک با آفتابه، لولهنگ و سماور حلبی خودشان به طرف چهارگاری که ردیف در میان جاده ایستاده بودند هجوم آوردند.

آخر از همه علویه‌خانم و همراهانش وارد گاری یوزباشی شدند و جای خودشان را پهلوی نشیمن سورچی گرفتند. بچه‌ها از شدت سرما پنجه‌های یخ زده خود را در دهنشان فرو کرده و ها می‌کردند که گرم بشود.

سقف گاری از چوب‌های هلالی تشکیل شده بود که رویش را با نمد پوشانیده بودند. میان گاری باربندی شده بود و مسافرین روی بارها یا اثاثیه خودشان که عبارت بود از رختخواب، بسته و سماور نشسته بودند. - آفتابه و ظروف مسی خود را اطراف گاری آویزان کرده بودند. در میان

گاری ناخوش رو به قبله، زن و مرد و بچه هر طوری می‌توانستند جای خودشان را باز می‌کردند.

علویه‌خانم میان صاحب پرده، زن جوان و دو بچه نشست - هیچ‌گونه شباهت صوری بین آن‌ها وجود نداشت، فقط زرد زخم گوشه‌ی لب وجه اشتراک این خانواده بود - پس از اندکی تأمل علویه رویش را به صاحب پرده کرد و گفت:

«امروز چیزی دشت نکردیم. انگاری خیر و برکت از همه چی رفته. دوریه آخر زمونه. اعتقاد مردم سست شده - همه‌اش سه زار و هفت شایی! با چهار سرنونخور چه خاکی به سرم بکنم؟»

مرد جوان با حرکت سر مطالب علویه را تصدیق کرد، مثل این که از او حساب می‌برد. بعد علویه یک بامبچه محکم بسر بچه‌ای که پهلویش نشسته بود زد - بچه که از سرما می‌لرزید مثل انار ترکید. شروع به گریه و زاری کرد - صدای او میان صداهای خارج و داخل گاری و داد و فریاد سورچی گم شده بود. علویه دست کرد از کنار رختخواب بسته‌ی خود سفره نانی درآورد. دو تکه نان پاره کرد به دست بچه‌ها داد و گفت: «الاهی آتیش بریشیه عمرتون بگیره، کوفتوماشرا کنین، زهر مار کنین، یه دقه منو راحت بگذارین.» بچه‌ها با اشتهای هرچه تمام‌تر تکه‌های نان را به نیش می‌کشیدند و با چشم‌های اشک آلود به مسافرین نگاه می‌کردند که مشغول جابجا شدن بودند.

در این گاری از کوچک و بزرگ ده دوازده نفر مسافر بود، ولی به‌نظر می‌آمد که همه‌ی آن‌ها از علویه ملاحظه می‌کردند - چون روابط نزدیکی بین علویه و یوزباشی وجود داشت و خود یوزباشی راحت‌ترین جاها را برای علویه تعیین کرده بود. فقط ننه‌حبیب، جیران خانم، مشهدی معصوم، ننه‌گلابتون، پنجه‌باشی و فضه‌باجی در اطراف خانواده علویه جا گرفته بودند.

باقی مسافرین خود را کنار کشیده شولا یا لحافی به خودشان پیچیده و کنار گاری لم داده بودند.
سورچی چند فحش آب نکشیده به زبان روسی و ترکی داد. صدای شلاقش بلند شد. گاری به لرزه افتاد: «یوب تو یودوشومات. سیکیم آروادین.» به اسب‌ها تکرار می‌کرد: «گحبه» باز صدای شلاق بلند شد و گاری و دعا خواندن مسافرین هیاهوی غیرمشخصی تولید کرده بود. صدای صلوات از همه‌ی گاری‌ها بلند شده بود. گاری‌های دیگر با جار و جنجال از جلو و عقب گاری یوزباشی حرکت می‌کردند.
علویه با صورت غضبناک برگشت به جوان صاحب پرده گفت: «آقا موچول! واسیه شوم بچه‌ها چی گرفتی؟»
«هیچی، پول پیش من نبود. نون تو سفره هس.»
«اونجا در دکون، شامی کباب درس کرده بودن. بوش به بچه‌ها خورده دلشون خواسه. مگه نگفتم شامی بخری؟»
« پول که پیش من نیس.»
«هوم! جیگرت واسیه پول لک زده. آرد تو دهنت بود بمن بگی؟ مگه «پاده» هفت شایی بهت ندادم. چکار کردی؟»
«خودت گفتی برای سینیه زینب پیه بزو نشاسه بگیرم، جیران خانوم هم تربت سید شهدا داد - سنار هم شیره خریدم، وانگهی از صبح تا شوم من جون می‌کنم، مجلس‌گرمی می‌کنم، آخرش هم هیچی عایدم نمیشه.»
«آوهوا! خوشم باشه! حالا با من یکی بدو میکنی، روبمن براق میشی؟ معلوم میشه زیر دمبت خار خسک درآورده... نگذار دهنمو واز کنم.»
آقا موچول پاهای سرما زده خودش را از توی گیوه خیس در آورد نشان داد: «آخه مگه به من وعده نکرده بودی برام یه جف جوراب پشمی بگیری. پس چطو شد؟»

علویه عوض جواب دستش را بلند کرد زد تو سر زینب که با رنگ برافروخته که و که سرفه‌ی خشک می‌کرد و مثل این‌که همه را مخاطب قرار داد گفت: «الاهی این ذلیل مرده‌ها بزمین گرم بخورن که جونمو به لبم رسوندن (ته گاری را نشان داد) ببین اون بچه نصف توه، از اون یاد بگیر. الاهی درد و بلاش بخوره تو کاسیه سرت.»

بچه‌ی ته گاری با صورت زرد، رنگ دمپختک برو بر به آن‌ها خیره نگاه می‌کرد. زینب سادات و خواهر کوچکش طلعت سادات که شکم باد کرده و پلک‌های سرخ داشتند به گریه افتادند.

ننه‌حبیب که صورت درازی مثل صورت اسب داشت و خال گوشتی که رویش مو درآورده بود روی شقیقه‌اش دیده می‌شد. همین‌طور که انگشتر عقیق را دور انگشتش می‌گردانید گفت: «خواهر! حالا عیبی نداره. من دو سه تا گل شامی کباب خریدم. با هم قاتق نونمون می‌کنیم. خدا روخوش نمییاد این بچه سیدا رو اینجور میچزونی.»

«الاهی اجرت با ابوالفضل باشه. حضرت رضا خودش مرادت رو بده. پارسال همین فصل بود با گاری نجف قلی خدا بیامرز مشد می‌رفتیم. یادش بخیر، کاروبارمون سکه بود. سال بسال دریغ از پارسال! هر دفعه که پرده‌داری می‌کردیم دس کم شیش، هفت قرون، خانوم گاهی پاش میفتاد یا ززه زار مک جمع می‌شد. زن نایب خدا بیامرز هم با ما همسفر بود، هوا همچی سرد بود که سنگ رو می‌ترکوند، از بالای گاری باد و طوفون می‌زد، من قولنج ایلاووس کردم. نمیدونی این زن چی بپای من کرد. مثله شبپره دور من می‌گشت. لاحاف خودش رو آورد انداخت رومن، یه آجرهم داغ کرد گذش رو کمرم. به من میگف: علویه تو زیارت جدت میری، زوار میباس بهم رسیدگی بکنن... خانوم این زن نبود یه پارچه جواهر بود - هر منزلی که پیاده می‌شدیم تا مرو جابجا نمی‌کرد، تر و خشک نمی‌کرد، دلش آروم و

قرار نمی‌گرفت. اگه اون با ما نبود من تا حالا هفتا کفن پوسونده بودم. خاک براش خبر نبره! - تابسون که برمی‌گشتیم تو نیشاپور زنبور زدش از همین زنبور سرخ‌ها، مثه توت سییاه شد. عمرش را داد بشما!»

جیران‌خانم که تا حالا از دهنش مثل دهنه‌ی خیک شیره دعا بیرون می‌آمد، روی زبانش را برای سفید بختی خال آبی بشکل خروس کوبیده بود، استغفار می‌فرستاد و تسبیح می‌انداخت خودش را داخل صحبت کرد - زن جوانی را که پهلوی صاحب پرده و علویه نشسته بود نشان داد و به علویه گفت:

«یادتون هس، پارسال منم توگاری شما بودم، ماشالا این همون عصمت‌ساداته؟ از پارسال تا حالا خوب رشد کرده، خدا بهت ببخشه!»

«امسال پاش رو گذشته تو دوازده.»

«ماشالا، ماشالا خدا بهت ببخشه!»

«خانوم، خودم هم سند و سالی ندارم. روزگار منو شیکسه، اگه می‌بینین موهام جو گندمی شده از باد نزلس، سال مشمشه‌ای یادتون هس؟ من تازه دسم به چفت در می‌رسید - آدم میباس پیشونی داشته باشه، دخترم هم مثه خودم پیشونی نداره. پارسال که آوردمش مشد. شما دیده بودیش یه دختری بود ترگل و ورگل، یه خرمن گیس تو پشتش خوابیده بود، از لپاش خون میچکید - اول صیغه عبدل‌الخالق دلال شد - یه مرتیکه تریاکی گنددماغی بود که نگو - مرغ هرچی چاق‌تره کونش تنگتره! با وجودیکه پولش با پارو بالا می‌رفت از اونا بود که از آب روغن میگرف. خوب تا همچین نباشه که پول جمع نمیشه - از کلیه سحر مثه سگ سوزن خورده دنبال پول می‌دوید. خانوم از هفتیه دووم دیدم یه صیغه دیگه هم آورده تو خونه ول کرده، با خودم شرط کردم پیسی بسرش بییارم که تو داستونا بنویسن - چه دردسرتون بدم، سه ماه آزگار ازین محضر به اون محضر کشوندمش. این جور آدما پول بجونشون بسه. اون یه خورده پول و پله هم

که پسنداز کرده بودم از بین رف، عبدالخالق هم پنج تمن مهریه‌اش رو هپرو کرد. عاقبت طلاقش رو گرفتم. اما دسم جایی بند نبود، یه زن لچک بسرچی میتونسم بکنم؟ هرچی کردم دیدم از پر دویدن پوزار پاره میشه. آخرش حاضر شد مهریه شو با یه تمن مصالحه بکنه - من هزار جور کلفت بارش کردم، گفتم: این پولوبرو ماس بخر بسرت بمال، مرتیکه بی‌حیا! همین میخواسی آب کمرت رو تو دل دختر من خالی بکنی؟»

«دیدم بسر و گوش من دس میکشه. یه روز نه گذاش نه ورداش گف: صیغه من میشی؟من بهش توپیدم گفتم: خوشم باشه، بمرده که رومیدن به کفنش میرینه. هنوز لکلکونت هم باقیس؟ تو با بچیه من خوب تا کردی حالا می‌خوایی منم تو چاله بندازی؟ الاهی پائین تنت رو تختیه مردشور خونه بیفته. اون میگف: قربون دهنت! بمن فحش بده. از آتیش خاکسر عمل میاد. پس چرا دخترت آنقد خاله‌خواب رفتس؟ - تو با زبونت مار رو از سولاخ بیرون میکشی، اگه هفتاد دختر کور داشته باشی شوورمیدی. من گفتم: اما با زبونم این چندرغاز مهرییه عصمت رو نمیتونم از تو بسونم. پدر سوختیه بی‌غیرت زد زیر خنده. مخلص کلوم، به هزار ماجرا یه نیماله صابون و چادر نیمداری که سر دخترم بود از چنگش در آوردم. با خودم گفتم: اینم با زیافتیس، از خرس مویی غنیمته! قربون هر چی سورچی و چارواداره، باز دس و دل اونها وازتره. پشت دسم رو داغ کردم که دیگه با حاجی جماعت وصلت نکنم.»

جیران خانم: «آدم پول داشته باشه، کوفت داشته باشه.»

پنجه‌باشی که کپنک پشمی بخودش پیچیده بود و روی مجری پینه‌دوزیش چرت می‌زد و کله مازوئی تراشیده‌اش را در شب‌کلاه سرخ فرو کرده بود - صورتش غرق آبله، دماغ دراز، ریش تنکی از لای آبله‌ها بیرون آمده بود و تا حالا مثل لوطیی که عنترش مرده باشد قندران می‌جوید و فکر می‌کرد،

یکمرتبه گوشش را تیز کرد. کنجکاو شد و گفت: «حیف نباشه برای مال دنیا آدم وصیله جونشو به آب و آتیش بندازه.»
بعد قندران را از گوشه‌ی لپش در آورد به مشهدی معصوم تعارف کرد. او هم گرفته در دهنش گذاشت و مشغول جویدن شد.
عصمت‌سادات با چشم‌های سیاه و زل نگاهی به مدافع خود پنجه‌باشی کرد و چادر را محکم‌تر بخودش پیچید. عصمت‌سادات نیم‌تنه‌ی روح‌الاطلس ماشی به تنش بود. فقط سر دماغش مثل دهنه‌ی تفنگ دولول پیدا بود.
علویه دنبال حرفش را گرفت: «خانوم چه درد سرتون بدم، سه مرتبه به صیغه‌اش دادم، سه مرتبه هم طلاقشو گرفتم. یه شیکم زایید و دیگه رو نیومد. خانوم با دعا آمدن سر زائو بچه دعایی شد مرد.»
فضه‌باجی که دده سیاه پیری بود و موهای سفید دور صورتش پوش زده بود چارقد سمنقر پاره‌ای بسرش بسته بود. آرواره‌های جلو آمده داشت و داغ مهر نماز به پیشانیش دیده می‌شد. سرش را تکان داد و گفت: «قسمت رو سیمرغ هم نمیتونه بهم بزنه.»
علویه: «ازون سرونه ببعد عصمت کزاز کرد. ده بیس تمن خرج دوا درمون رودسم گذش، همچی شده بود مثه تیغ ماهی، اگه دماغشو میگرفتی جونش در میرف. بعد همین که یه خورده جون گرفت با خودم آوردمش تهرون، توجهش کردم، گفتم: گاس باشه از ما بهترون اذیتش کرده باشن. دعا براش گرفتم حالش بهتر شد. گرچه هنوز سر خونیه اولش نرفته، اما چشم شیطون کور، گوش شیطون کر، حالا معقول یه پیرهن گوشت گرفته - الحمدلا چهارسوتون بدنش درسه. من نمی‌خواسم امسال بیام مشد، همه‌اش به اصرار یوزباشی شد، با خودم گفتم: حالا که حضرت منو طلبیده، خوب، اونم با خودم میبارم، جونه زنه، نباد خونه بمونه، دق میکنه، خیالاتی میشه، یه نفر بغل خواب میخواد؟ این شد که بنه کن راه افتادیم. این بچه سید رو با خودم

آوردم به هوای این که شووری براش دست و پا بکنم، سرش رو رو بالینی بذارم تا سر و سامون بگیره.»

جیران خانم همین‌طور که تسبیح می‌انداخت گفت: «خانوم این درسه، دختر نباد خونه بمونه، خودش خودشو می‌خوره، تب لا زمی میشه. دخترم ربابه همین که پاشو گذاش تو ده، برای این که بختش واز بشه نذرو نیازی نبود که نکردم، از زیر توپ مرواری ردش کردم، بردمش حموم جوهودها، چادرشو از تو روده گوسبند رد کردم، میون دو نماز پیرهن مراد براش دوختم، آخرش گفتم، هرچی باشه خویش و قوم وصلیه جون هس، اگه گوشت همو بخورن اسخون همو دور نمیریزن کوفتش کردم، شفتش کردم، کردمش تو حلق پسر عموش اوسا یوسف بنا. اما دخترم بخور و به خشد کمال نیس، غیرتی و کاریس هان، از کار رو برگردون نیس، ماشالا از پنج انگشتش هنر میریزه - من همچی بارش آوردم که نیان بمن بگن: جیران خانوم دخترت رو بگیر لاغ گیست. حالا سه تا بچه داره مثه دسه گل، یکی از یکی ملوس‌تر، شوورش هم بی‌ربابه آب از گلوش پائین نمیره.»

علویه، از روی بی‌میلی، شرح خوشبختی دختر جیران‌خانم را گوش کرد، و دنباله‌ی مطلبش را گرفت: «خانوم! عصمت هم عبدالخالق رو دوس داشت، من بزور طلاقشو گرفتم، دیدم میخواد هفته‌یی یه صیغه بیاره تو خونه ول بکنه، دخترم میشه سیابخت و سیاروز، دو ماه آزگار، بعد از اونکه طلاقشو گرفته بودم، هر شب عصمت بالای سفره جای عبدالخالق رو وا میذاشت، هر غذایی تو سفره بود بخیال خودش تعارف عبدالخالق می‌کرد. تو اطاق تنها با خودش حرف می‌زد. من از ترس این که مبادا دخترم از دس بره، دودفه دیگه به صیغه‌اش دادم. شوور آخری رو خودش هم دوس نداش، بچه‌اش هم که مرد، خودش بمن گفت که طلاقشو بگیرم. شوورش دس و

پای منو ماچ می‌کرد، میگف: «آخه چه خبط و خطایی، چه گناهی، از من سر زده؟ اشک می‌ریخت مثه ابر باهار، من دلم ریش می‌شد.»
در این وقت صدای داد و بیداد بلند شد. گاری جلو ایستاد، گاری یوزباشی هم ناچار بود بایستد. علویه و همه‌ی مسافران زیر لب مشغول دعا خواندن شدند. قنوت در هوا می‌چرخید و روی گرده‌ی اسب‌ها فرود می‌آمد. صداهای درهم و برهم شنیده می‌شد:
«افسار شو ببر! «یا علی بگو! زور بزن!» گاری رو عقب بکش، حالا جلوتر، یه خورده جلوتر، زود باش، بکش... بکش...»
آقا موچول و پنجه‌باشی و چند نفر دیگر از مسافرها پیاده شدند. یراق را بریدند، و اسبی که در برف زمین خورده بود به ضرب قنوت بلند کردند. حیوان از شدت درد بخود می‌لرزید - یال و دم اسب‌ها و جاهای ضرب خورشان را حنا بسته بودند، نظر قربانی و کجی آبی به گردن‌شان آویزان کرده بودند، برای این‌که از چشم بد محفوظ باشند، اسب‌های لاغر و مسلول که خاموت گردن آن‌ها را خم کرده بود و عرق و برف بهم آغشته شده از تن‌شان می‌چکید. شلاق سیاه زه‌یتر در هوا صدا می‌کرد و روی لنبر آن‌ها پائین می‌آمد. گوشت تن‌شان می‌پرید ولی به قدری پیر و ناتوان بودند که جرأت شورش و حرکت از آن‌ها رفته بود. به هر ضربت شلاق هم‌دیگر را گاز می‌گرفتند و به هم لگد می‌زدند. سرفه که می‌کردند کف خونین از دهن‌شان بیرون می‌آمد.
باد سوزانی می‌وزید و برف خشک براق را لوله کرده به سر و روی سورچی و مسافرین می‌زد. آن‌هائی‌که پیاده شده بودند دوباره سوار شدند - صدای زنگ گردن اسب‌ها بلند شد. گاری‌های نمدپیچ می‌لغزیدند و از روی جاده ناهموار می‌گذشتند. دو طرف جاده بیابان بی‌پایانی بود که از برف سفید شده بود. چند تپه و ماهور از دور دیده می‌شد، مه خفه و سرمای موذی

سیالی از آسمان پائین آمده بود که از روی لباس به تمام تن سرایت می‌کرد.

اسب‌ها سرشان را تکان می‌دادند مثل این که کمک می‌خواستند، شلاق روی کپل آن‌ها داغ انداخته بود.

یوزباشی با کلاه تخم‌مرغی و پوستین چرکی که به خودش پیچیده بود مهاری را در دست گرفته بود. فاصله به فاصله یک مشت کشمش لرکش تو دهنش می‌ریخت - یک ورقه برف روی کلاه، ابروها و سبیل او نشسته بود.

*

علویه باز یک بامبچه به سر زینت‌سادات زد و گفت: «بترکی هی! روده کوچیکه روده بزرگه رو خورد! بدین به خدر بخوره که خدر مرد خداس! بگیر، به لنبون.»

یک تکه نان داد دست بچه‌ها. زینت‌سادات با هفت لنگه گیس، که با قیطان سیاه بافته شده و پشت سرش ریخته بود، اشک می‌ریخت و سورمه‌هائی که به چشمش کشیده بودند، مخلوط با اشک شده تا روی گونه‌هایش دوانیده، ولی نان را به تعجیل به نیش می‌کشید.

مشدی‌معصوم با صورت پیسش، مثل این‌که لب به سرکه زده تمام اسباب صورتش به هم کشیده شده و به همان حالت مانده بود، در حالی که قندران می‌جوید، گفت:

«با این یابوهای مردنی اگه امشب به آبادی برسیم میباس تو سقاخونه شم روشن کنیم.»

جیران‌خانم دست‌های غاغاله خشکه‌ی خود را مثل چرم بلغار از زیر چادر درآورد، حرکتی از روی ناامیدی کرد: «خدا بخیر بگذرونه!»

ننه‌حبیب: «دیگه پرش رفته کمش مونده. همیشه، خانوم! من امتحون کردم، به سمنون که رسیدیم را سبک میشه.»

علویه: «خدا از دهنت بشنوه، هنوز سه روز مونده که به سمنون برسیم، آخه نه اینکه زمسونه؟ من تو این را بزرگ شدم!»

پنجه‌باشی، بدون مناسبت، با حرارت مخصوص شروع به صحبت کرد:

«یابوی کهری که زمین خورده بود خوب اسبی بوده - یادش بخیر! من لنگیه همین اسب رو داشتم. چهل تمن به دوس ممدخان فروختمش. یه چیزی میگم یه چیزی میشنوین. تخم عربی بود، وختیکه سوار می‌شدم، هرکی بمن نگاه می‌کرد دهنش واز میموند، همیشه یه تفنگ حسن موسا رو دوشم بود، یه موزر هم به قاچ زین می‌گذاشتم. دو قطار هم فشنگ حمایلم می‌کردم - نشون من ردخور نداشت. توساوچ بلاغ بنوم بودم. یادمه تازه تیغلافو آورده بودن، من سواره تیرهای تیغلافونشون می‌زدم. با اسب می‌تاختم، بر می‌گشتم سردو به تیر اولی، بعد به تیر دومی، نشون می‌زدم. میدونین چطور شد که از اینکار دس کشیدم؟ یه روز رفتم خونه برادرم، اون میخواس پر کردن و خالی کردن موزر رو از من یاد بگیره. دو سه بار بهش نشون دادم، یدفه حواسم پرت شد، ضامن رو ننداخته بودم لولیه موزر همین‌طور که طرف اون بود تیر خالی شد، خورد به بازوش شیکس. من از اون سر و نه توبه‌کار شدم که دس به اسلحه نزنم.»

فضه باشی سرش را با حالت پر معنی تکان داد: «لولیه تفنگ رو نباد هیچ وخت جلو کسی گرفت. چون شیطون پرش میکنه.»

عصمت‌سادات همین‌طور که لوله‌های دماغ خود را به طرف پنجه‌باشی گرفته بود، این حکایت ناشی از شجاعت و برازندگی را با لذت گوش داد، ولی علویه که زیر لب دعا می‌خواند هیچ اعتنائی نکرد.

پنجه‌باشی به عصمت‌سادات گفت: «به منزل که رسیدیم خودم نعلین‌های شما رو درس می‌کنم، همه‌اش خیس و پاره شده.»

علویه:«جدش عوضت بده. چه مرد دل رحیمی!»

عصمت‌سادات چادر سیاه خود را تا روی نعلین‌هایش کشید. در این وقت سرو صدای گاری که روی یک ورقه برف ضخیم حرکت می‌کرد خفه شده بود. صدای زوزه‌ی سگی از دور می‌آمد. ننه‌حبیب صلوات فرستاد و کفش‌هایش را در آورد دمرو کرد. جیران خانم و فضه‌باجی هم در حالت چرت از او تقلید کردند. مشدی‌معصوم چپقش را چاق کرد و با لحن خسته کننده‌ای که داشت، بریده بریده حکایتی نقل کرد که دو سال قبل در همین محل یک گله گرگ به قافله زده، یک بچه دو ساله را پاره کرده و یک گوساله را کشته. ولی ننه‌حبیب عقیده‌اش این بود که آتش پیه چشم گرگ را آب می‌کند.

*

جاده یک نواخت و خسته‌کننده بود، هوا هم کم کم تاریک می‌شد - سایه‌ی گاری‌ها روی برف کش می‌آمد و دراز می‌شد. یک آبادی کوچک با مسجد خرابه و سقاخانه‌اش از دور پیدا شد. دشت و هامون از برف پوشیده شده بود.

صحرا تیره، رنگ سایه‌های کبود و سیاه روی برف‌ها می‌خزیدند.

چند دقیقه قافله ایست کرد. فانوس بادی جلو گاری را روشن کردند. یک فانوس بادی هم در داخل گاری به سقف آویزان کردند. دوباره سر و صدا و ناله چوب بلند شد، سایه‌های دراز دنبالش کشیده می‌شدند.

ماه کنار آسمان تنها و گوشه‌نشین، بشکل داس نقره‌ای بود و به‌نظر می‌آمد که با لبخند سردش انتظار مرگ زمین را می‌کشید.

وقتی که کاروان ایست می‌کرد، صدای سوزناک چرخ گاری خفه می‌شد. بعد از دور مثل هزارپا چند گاری پی هم به زحمت در جاده می‌لغزیدند.

*

سقف گاری چکه می‌کرد، جای زنی را که تشخیص داده بودند غمباد دارد به زحمت عوض کردند، ولی ننه‌حبیب معتقد بود که استسقا دارد چون زیاد آب می‌خورد و سال قبل زن آبستنی را دیده بود که دو سطل آب خورد و تا آن ساعتی که جانش در رفت خیار ترشی می‌خواست. برای این‌که امه نکند و مشغول ذمه‌اش نباشند به او خیار ترشی دادند، همین‌که خورد چانه‌انداخت.

علویه که ظاهرا کسل شده بود دراز کشید و به عصمت‌سادات گفت: «بیا جونم! یه خورده پامو مشت و مال بده – از پارسال سر راه امامزاده داوود که زمین خوردم پام مئوف شده، هر وخت سرما می‌خورم، یا زیاد را میرم، باد تو پام میریزه.»

ننه‌حبیب: «سید خانوم زنجفیل بخور، عروسم کمر درد شد، هرچی دوا درمون کردیم فایده نکرد. عاقبت زنجفیل پرورده خوبش کرد.»

علویه به آقا موچول: «یادت باشه، این منزل که پیاده شدیم، برام زنجفیل بخر.»

نگاه شرر باری به آقا کوچول انداخت. عصمت‌سادات خیلی با احتیاط از زیر چادر دست کرد پای علویه را از روی بی‌میلی می‌مالید. جلو چراغ همین که چادرش پس رفت دو تا ابروی پاچه بزی وسمه کشیده و یک دهن گشاد که گوشه‌اش زرد زخم داشت به اسباب صورتش اضافه شد.

طلعت خوابیده بود، زینت‌سادات چرت می‌زد و فاصله به فاصله سرفه می‌کرد. با وجودی که دعای ضدسیاه‌سرفه که روی پوست کدو نوشته شده بود با ببین و بترک و نظر قربانی جلو سینه‌اش آویزان بود. از ته گاری زنی که پستان سیاه باد کرده خود را توی حلق بچه‌ی زردنبوئی چپانیده بود و بچه مثل زالو شیره‌ی تن او را از روی کیف بیرون می‌کشید، مانند اینکه با زینت قشه گذاشته باشد به سرفه او جواب می‌داد.

علویه: «یوزباشی اقلا بما انقد فرصت نداد که یه پیاله گل گابزبون به این طفلکی بدم!»

ننه‌حبیب انگشتر عقیق را دور انگشتش گردانید: «سد خانوم نشاسه براش خوبه، سینه رو میپزونه. امشب هم وخت خواب به خورند یه خشخاش تریاک بهش بده. حتما چشمش کردن، چطوره براش یه تخم بشکنی؟ چایمون کرده چیزی نیس.»

«بترکه! از بس اله اوله خورده. من کشتیارش شدم پای پرده بتمرگه، مگه حریفش شدم؟ خدا صد سال عمر تو یه روز بکنه بچه! الاهی به زمین گرم بخوری که منو بستوه آوردی! این همه بسردارم بسم نیس؟ الاهی زیر اسب اجل بری، سیاهتو خودم سر بکنم، یه دقه کپه مرگ بگذار. به اون بابای گوربگوریش رفته. پستونش آتیش بگیره که بتو شیر داد. به اون جنست لعنت! همه‌اش تو برفا دوید، بعد هم از پهلوی یوزباشی تکون نمی‌خورد. چون بهش کشمش لرکش و باسلوق می‌داد. بدتر از همه عزیزدردونیه یوزباشی هم شده. یوزباشی به من گف که خیال داره زینت رو برای ثواب وجه فرزندی ور داره.»

ننه‌حبیب: «اصلاً یوزباشی بچه‌ها رو خیلی دوس داره. مردا پا بسن که میذارن، مخصوصاً اگه بچه نداشته باشن، دلشون واسیه بچه پر میزنه.»

علویه (متفکر): «بیشتری مردا خودشون بچه هسن. (قدری آهسته‌تر) پارسال من صیغه نجف‌قلی خدا بیامرز شدم. خانوم! این مرد با یه تپه ریش و پشم هر شب سرش را میذاش تو دومنم گریه، آواز ترکی میخوند، میگف براش لالائی بگم، بهش بگم تو بچه منی. - نگو که وختی بچه بوده مادرش مرده، اصلن مادرش رو ندیده بود، منم گایی دلم براش می‌سوخت، گریم میگرف، با هم گریه می‌کردیم؛ بعد که دق دلی مون خالی می‌شد یه مرتبه با هم می‌خندیدیم. - چن دفه تو روش گفتم: مرتیکه نره‌خر جوزعلی! اگه

ریشتو سگ بخوره قاتمه میرینه، خجالت نمیکشی؟ بیشتر از همین اداهاش بود که من ذله شدم. - کاشکی می‌دیدی چطور قربون صدقم میرف. هر کار کردم که طلاق بگیرم قبول نکرد، رفتم دم مرده‌شورخونه، آب غسل مرده‌ی کنیز سیبارو گرفتم بخوردش دادم تا مهرش بمن سرد بشه. - استغفرلا، خاک براش خبر نبره، خانوم! دو ماه بعد تخته‌بند شد. عمرش رو داد بشما.»

ننه‌حبیب همین‌طور که با انگشتر عقیقش بازی می‌کرد به حالت پرمعنی سرش را تکان داد: «الاهی هرچی خاک او نه عمر شما باشه.»

قافله افتان و خیزان وارد عبداله‌آباد شده بود، صدای صلوات گوش فلک را کر می‌کرد؛ چند تپه گل شبیه آلونک‌های ما قبل تاریخ، یک کاروانسرای شاه عباسی، بالای سردر کاروانسرا که چراغی کورکورکی می‌سوخت دو تا جمجمه آدم را گچ گرفته بودند برای این که باعث عبرت دزدها بشود.

گاری‌ها از دالان کاروانسرا وارد محوطه‌ی چهارگوشی شدند که میانش یک سکوی بزرگ برای بارانداز شتر و قاطر درست شده بود. دور تا دور ایوان طاق‌نما و اطاق‌های تنگ و تاریک مثل هلفدونی برای مسافرین ساخته شده بود.

میان مسافرین ولوله افتاد، هر یک حمله به طرف لحاف و دشک و آفتابه و لولهنگ خودشان آوردند و جل و ژنده خود را برداشته به طرف اطاق‌های کاروانسرا روانه شدند. هر دسته مرکب از پنج یا شش نفر یک اطاق برای خودشان گرفتند.

خانواده‌ی علویه با پنجه‌باشی، فضه‌باجی و ننه‌حبیب، که به اصرار به آن‌ها ملحق شدند، یک اطاق برای خودشان گرفتند. چراغ نفتی را که روشن کردند، اطاق عبارت بود از سوراخ تاریکی که دیواره کاه‌گلی دودزده داشت، به سقف اطاق یک تاب زیر لانه‌ی چلچله بسته بودند که زیرش

فضله کود شده بود. به دیوار قی خشکیده چسبیده بود، یک اجاق کنج اطاق زده بودند، یک تکه مقوای چرب، یک بادبزن پاره و مقداری خاکروبه گوشه اطاق جمع شده بود.

عصمت‌سادات ساکت و مطیع، منقل را آتش کرد. فضه‌باجی دوتا قوری چرک ترک‌خورده را آب کرد، گذاشت کنار منقل. آقا موچول هم، برای جلوگیری از سرما و حفظ عورت و عصمت زنان از نظر نامحرم، یک تکه زیلوی پاره که همراهشان بود جلو در آویزان کرد.

از بیرون صداهای مخلوط و همهمه سورچی‌ها، دعوا، فحش،گریه و سوز باد از لای درز زیلوی پاره داخل اطاق می‌شد.

علویه با حال پریشان چادرش را پس زد، با موهای وز کرده، صورت برافروخته و چشم‌های رک زده، جلو چراغ شبیه مجسمه‌ها و بت‌های خون‌خوار و شهوتی سیاه‌های افریقا شده بود، که در عین حال مظهر شهوت هستند و جنبه‌ی الوهیت دارند، پاهایش را مثل متکا دراز کرده و مشغول آه و ناله شده بود.

فضه‌باجی کنار منقل کز کرده بود، تسبیح می‌انداخت و زیر لب ذکر می‌کرد. زینت و طلعت با صورت اخم‌آلود چرک و چشم‌های قی‌بسته سرخ دم گرفته بودند:

«دده سییا خونه مانیا   عروس داریم بدش میبا.»

مثل این که آواز خواندن را وظیفه خودشان می‌دانستند و یا قیافه‌ی فضه‌باجی آن‌ها را وادار به خواندن کرده بود.

علویه مشت خود را پر کرد توی تیره پشت زینت‌سادات کوبید: «الاهی لال بمیری، زبون پس قفا بشی، جفتتون ذلیل و زمین‌گیر بشین که منو کاس کردین، سرسام کردین. فضه‌باجی تو دونی و خدا این جونم مرگ شده‌ها رو ببین، چه بلایی گرفتار شدم. - در مسجده، نه کند نیه نه سوزوندنیه، حیف

جل، حیف کرباس، گدا رو جون بجونش بکنی گدا زادس، خدا خرو شناخت که شاخش نداد، الاهی رو تخته مرده‌شور خونه از تنت در بیارن، رخت نوهاش رو تماشا کنین! مثه کهنه تنبون به تنش وایساده...– سر کچل و عرقچین، کون کج و کمرچین!»

«عیب نداره خانوم. بچه هسن، ماشالا تقس هسن.»

بعد علویه با صورت متورم و چشم‌های رک زد، به حال غمناکی گفت: «انگار تو چشم تورک افتاده. عصمت بیا نگاه کن!»

عصمت‌سادات آمد نگاه کرد، ولی بی‌آن که عقیده خود را ابراز بکند دوباره رفت ساکت و بی‌طرف سرجایش پای منقل نشست.

ننه‌حبیب: «ایشالا بلا دوره. خانوم چیزی نیس، فردا من به برنج دعا میخونم، به آب روون می‌دم، خوب میشه.»

پنجه‌باشی کپنک سفید پشمی خود را که آستین‌های فوق‌العاده دراز داشت بخود پیچید و بعد از آن‌که در مجری خود را باز کرد کفش عصمت‌سادات را گرفت و با ذوق و شوق مشغول درست کردن آن شد، زیر لب با خود زمزمه می‌کرد:

«دیشب که بارون میومد، خیلی مزه کردی.

«زلف پریشون اومدی خیلی مزه کردی...»

در این بین پرده زیلو پس رفت، یوزباشی با چاروق و مچ پیچ پشمی که غرق گل و برف بود، کلاه بلند پوستی که دورش دستمال ابریشمی بسته بود، پوستین باد کرده چرم، ریش و سبیل حنا بسته، دماغ بزرگی که رویش را سالک خورده بود و چشم‌های ریزی که مثل میخ زیر ابروهای سرخ کم‌موی او می‌درخشید، وارد شد، مف یخ بسته روی سبیلش پائین آمده بود – صورتش جلو چراغ سرخ و قاچ قاچ به‌نظر می‌آمد، مثل این که با شلاق به سر و رویش زده بودند. دستکش پشمی پاره شبیه کیسه‌ی حمام به دستش

بود، شستش جدا ایستاده بود ولی ناخن‌ها از سوراخ سر پنجه بیرون آمده به هم دالی می‌کردند.

یوزباشی برف روی پوستینش را تکان داد، کج کج جلو منقل آمد، دستش را روی آتش گرفت. ‐ گویا از بس که روی نشیمن گاری نشسته بود زانوهایش به همان حالت خشک شده بود، بی‌اختیار فحش‌های مخلوط ترکی و روسی از زیر سبیلش درمی‌آمد و معلوم نبود به شخص معینی یا به اسب‌ها و یا به هوا فحش می‌داد.

یوزباشی دست کرد از جیب نیم‌تنه مرادبگی خودش یک مشت کشمش لرکش در آورد، ریخت تو مشت زینت و طلعت، که با چشم گریان پای منقل نشسته بودند.

علویه پروبال گرفت، گل از گلش شکفت: «یوزباشی! بیا اینجا، من برات تو اطاق خودمون جا گرفتم. میخوایی برم از کاروونسرا برات تخم مرغ بگیرم؟ آهای! آقا موچول! پاشو! بدو ببین اگه آبگوشت هم داره یه بادیه بگیر بیار. من استخونام همه درد میکنه.»

یوزباشی: «نمیخواد، سلمان بک ناخوش بود، من خودم امشب تو گاری روبار می‌خوابم.»

«شاگرد کرم‌علی رو بفرس.»

«شاگرد کرم‌علی از گاری افتاده، پاش در رفته، کرم‌علی تو گاری خودش می‌خوابه.»

«مگه صاحب سلطان اطاق علاحده واسش نگرفته؟»

«باصاب سلطان قهر کرده.»

«پس جوراباتو بده برات وصله بزنم.»

«نمیخواد، صبح زود حرکت می‌کنیم.»

«رجب علی سورچی پس کجا می‌خوابه؟»

«همسایتونه.»

«در هر صورت من سری بتو می‌زنم.»

یوزباشی با قدم‌های کج از اطاق بیرون رفت. علویه رویش را کرد به ننه‌حبیب: «پس شاممون رو بخوریم.»

«خدایی شد که من دو سه گل شامی خریدم، می‌ترسم از دهن افتاده باشه، وگرنه آبگوشتش که آب زیپوس.»

با حرکت تحقیرآمیزی انگشتش را زد به کاسه‌ی آبگوشتی که آقا موچول آورده بود. سفره را باز کردند. فضه‌باجی اول دو تا لقمه شامی برای بچه‌ها گرفت که مست خواب بودند. علویه از شامی چشید: «جزابیه نمکه.»

ننه‌حبیب: «خانوم کار آب و آتیشه!»

شامی را با تخم مرغ و کاسه‌ی آبگوشتی که آقا موچول آورده بود قاتق نانشان کردند پشتش هم نفری دو تا پیاله چائی خوردند. ننه‌حبیب از گوشه چارقدش دو حب کوچک تریاک در آورد به علویه داد: «بدین بچه‌ها بخورن.» فتیله‌ی چراغ را پائین کشیدند و حاضر خواب شدند. هر کدام لحافی بخود پیچیده به گوشه‌ای افتادند. - صدای خرخر آن‌ها مانند موسیقی مخصوصی بلند شد.

فقط پنجه‌باشی مشغول وصله زدن نعلین عصمت‌سادات بود و با خودش زمزمه می‌کرد. ولی مدتی که گذشت علویه بلند شد، چادر را به خودش پیچید و از اطاق بیرون رفت.

بوی گند و عرق انسانی و مواد تجزیه شده‌ی نا معلوم در هوا موج می‌زد.

*

از ایوان‌کی، قشلاق، ارادان و پاده موضوع صحبت زوار خانواده‌ی علویه بود. اولا طرز مخصوص گدائی آن‌ها جلب نظر مسافرین را کرده بود، ثانیا رابطه‌ی عجیب آن‌ها را کسی نمی‌توانست حدس بزند، حتماً زرین‌تاج خانم

که گیسش را در مسافرت سفید کرده بود، و سالی به دوازده ماه ازین امام‌زاده به آن امام‌زاده می‌رفت، صیغه می‌شد، و به قول خودش با چشم‌های کوچکش چیزهای بزرگ دیده و گرم و سرد روزگار را چشیده بود، از کار آن‌ها سر در نمی‌آورد، چون علاوه بر این‌که علویه، آقا موچول، و عصمت‌سادات و بچه‌ها هیچ کدام با هم شباهتی نداشتند، در طی راه علویه گاهی عصمت‌سادات را عروس خودش معرفی می‌کرد و گاهی از دهنش در می‌رفت می‌گفت: «می‌خواهم دخترم را ببرم مشهد شوور بدم.» هم‌چنین آقا موچول را گاهی پسر، گاهی داماد، و گاهی برادر او گه‌ای خودش معرفی کرده بود. بچه‌های کوچک را هم گاهی می‌گفت سر راهی برای ثواب برداشته. گاهی می‌گفت نوه و گاهی هم می‌گفت بچه خودش هستند.

معلوم نبود بچه‌ها مال خودش، یا مال دخترش و یا مال یک نفر سورچی بودند. از طرف دیگر، دلسوزی و توجه مخصوصی که نسبت به یوزباشی از خود ظاهر می‌کرد مورد سوء ظن واقع شده و موضوع قابل توجهی به دست خاله شلخته‌ها داده بود.

صفرا سلطان که ابتدا در گاری یوزباشی گفته بود که، در قشلاق، علویه شب را بغل یوزباشی خوابیده، این مطلب باعث کنجکاوی و تنفر و نقل زبان زن‌های نجیب‌نما و خاله‌خانم‌باجی‌ها شده بود، که با آب و تاب حاشیه می‌رفتند، و تف و لعنت می‌فرستادند. طرف دارهائی که علویه پیدا کرد فضه‌باجی و ننه‌حبیب بودند. فضه‌باجی جواب داده بود: «بی خود گناه زوار حضرت رضا رو نباد شس. کسی رو که تو قبر کس دیگه نمیذارن!»

و ننه‌حبیب افزوده بود: «دیگ به دیگ میگه روت سییا سپایه میگه صل علا! خوب! خوب! سر عمر، دس به دنبک هر کی بزنی صدا میده.من ازین خانوما و کربلایی‌های خدایی و نمازی که جا نماز آب میکشن و برا مردم از تو

لنگشون حرف در میارن، تا خودشونو نجیب قلم بدن، زیاد دیدم، خوداتون آب نمی‌بینین، وگرنه شنوگر قابلی هسین.»
- به همین جهت علویه جای آن‌ها را با صغرا سلطان عوض کرد، و هر دو آن‌ها را آورد پیش خودش، در گاری یوزباشی جا داد.
در هر منزلی که قافله لنگ می‌کرد، علویه، بعد از کسب اجازه یوزباشی، به آقا موچول اشاره می‌کرد، فوراً هر پنج نفر بلند می‌شدند، دم امامزاده یا سقاخانه و یا کاروانسرا محل مناسبی پیدا می‌کردند، و پرده‌ای که با خودشان داشتند باز می‌کردند. آقا موچول مأمور توضیحات مجالس روی پرده بود، و هرجا گیر می‌کرد علویه به او نهیب می‌زد و اشتباهاتش را درست می‌کرد. عصمت‌سادات برای سیاهی لشگر و دو بچه به عنوان کتک خورده و مخصوصاً برای مجلس‌گرم‌کنی بودند. بچه‌ها مثل دو طفلان مسلم گردنشان را کج می‌گرفتند، و علویه وقت بزنگا آن‌ها را نیشگان می‌گرفت و از صدای ناله و زاری آن‌ها تماشاچیان به گریه می‌افتادند.
همه‌ی اسرار این خانواده روی پرده‌ای که نمایش می‌دادند نقش شده بود و به‌نظر می‌آمد که این پرده مربوط به زندگی آن‌ها و باعث اهمیت و اعتبارشان شده بود، زیرا اگر پرده را از آن‌ها می‌گرفتند همه‌ی آن‌ها موجودات معمولی، مزخرف، گردیده و در توده‌ی بزرگ زوار حل و هضم می‌شدند.
پرده از مجلس عید غدیر خم شروع می‌شد. عید قربان و نزول گوسفند از آسمان، صحرای کربلا، جنگ علی اکبر، جنگ ابوالفضل، حرمله، نهر القمه، بازار شام، تخت یزید، ظهور مختار، خولی، سگ چهارچشم، پل صراط، جهنم، بهشت، غرفه‌ی مسلمین و غیره... همه‌ی این مجالس تأثیر مخصوصی در تماشاچیان می‌کرد، زیرا یک تکه از افکار و هستی خودشان را روی پرده

می‌دیدند، یک نوع احساس هم دردی و یگانگی فکری همه‌ی آن‌ها را به هم مربوط می‌ساخت.
روی این پرده سرتاسر عقاید ایده‌آل و محرک مردم نقش شده بود، و به تدریج که باز می‌شد به منزله‌ی آینه‌ای بود که نه تنها عقاید ماورای طبیعی خود را می‌دیدند که مطابق محیط و احتیاجات خودشان درست کرده بودند، بلکه یک جور انعکاس، یک آینه‌ای بود که تمام وجود معنوی آن‌ها رویش نقش بسته بود.

*

صبح هوا صاف بود، آفتاب روی برف‌های پوک و خشک مثل خرده‌شیشه می‌درخشید، مسافرها تک و توک به جنب و جوش افتاده بودند. مشدی‌رجب‌علی و یوزباشی کنار گاری خودشان ایستاده به ترکی و فارسی دستور می‌دادند، علویه با صورت باد کرده بی‌خوابی کشیده وارد اطاق شد، یک تیپا به آقا موچول زد و گفت:
«مرتیکه خرس گنده! خجالت نمی‌کشی تا این وخت روز خوابیدی؟ پاشو پرده را بردار بیار بیرون، زود باش! حالا را میفتیم ها! آهای عصمت! بچه‌هات رو وردار بیار، آنقد وخت نداریم. فضه‌باجی، ننه‌حبیب، پنجه‌باشی، شمام بی‌زحمت بیائین هرکس هم سر راهتون دیدین با خودتون بیارین.»
علویه شلان شلان از پله‌ها پائین رفت، نزدیک طاق‌نما دستمال کثیف خود را پهن کرد. آقا موچول هم، خواب آلود، پرده را آورد کنار دیوار گذاشت و با صدای دورگه شروع کرد:
«هر کی یه صلوات بلند بفرسه، رختخواب بیماری تو خونش نیفته.»
«الاهم صل علا محمد و آل محمد!»
«هر کی یه صلوات بلند بفرسه سرازیری قبر، علی به فریادش برسه، حرومزاده‌ها صلوات نمیفرسن.»

«الا هم صل علا محمد و آل محمد.»
«حق تیغ اسلام رو بررا بکنه، حق نون گدایی کف دستت نذاره - لال از دنیا نری یه صلوات بلند ترا!»
«الا هم صل علا محمد و آل محمد.»
مردم از اطراف دور مجلس جمع می‌شدند. آقا موچول صدایش را بلندتر کرد:
«هرکی این مجلس رو نشکنه علی دلشو نشکنه. آخر ما هم مستحقیم، این دوکون ماس. میباس نونمون از قبل شما برسه.»
همین‌طور که حرف می‌زد لای پرده را کمی باز کرد. - روی پرده محمد برفراز منبر ایستاده علی را سر دست گرفته بود و جمعیت انبوهی دورش جمع شده بودند.
بعد گفت: «بسم الاهه رحمان رحیم، حمد و صمد و واجب التعظیم.- هرکی ووضو نداره رد بشه. باجی پاشو، این که میبینی، این که سیاحت می‌کنی، این جا مجلس عید غدیر خمه. میدونی عید غدیر خم یعنی چی؟ بر مسلمین و مسلمات لازمه که...»
در این‌وقت زن سبیل‌داری که سی‌وپنج یا چهل‌ساله بود، مثل مادر وهب، چادر نماز پشت گلی بسرش و دستش را به کمرش زده، با صورت خشمناک، از اطاق مجاور در آمد. فریاد می‌کشید:
«آهای علویه، قباحت داره، خجالت نمی‌کشی؟ خجالتو خوردی آبرو رو قی کردی؟ دیشب تو گاری مراد علی چه کار داشتی؟ همین الان میباس روبرو کنم. - کلیه سحر هم پاشده، کاسیه گدایی دسش گرفته مردوم رو زاورا میکنه. خودت هف سر گردن کلفت بست نیس، مرد منم می‌خوایی از چنگم در بیباری؟ مسلمونی از دس رفته، دین از دس رفته، آهای مردوم شاهد

باشین، به بینین این زنیکه بی‌چشم و رو چی بروز من آورده. تو می‌خوایی بری زیارت؟ حضرت کمرتو بزنه...»

مردم از پای معرکه متفرق شدند. آقا موچول هولکی پرده را دوباره لوله کرد. از همه‌ی اطاق‌ها زوار دور علویه جمع شدند، حتی عباسقلی که جوان ناقص‌الخلقه‌ی کرولالی بود، کله‌ی بزرگ و پاهای افلیج داشت، از هیجان مسافران کنجکاو شده تا دم ایوان خودش را میان برف و گل کشانیده بود و صدای وحشتناکی، که نه شباهت به صدای آدمیزاد داشت و نه به صدای جانوران، از حنجره‌ی خود بیرون می‌آورد. مثل این که می‌خواست چیزی بگوید و خودش را داخل سایرین بکند. - او را به مشهد می‌بردند که حضرت رضا شفا بدهد. درین بین یوزباشی کج کج به طرف جمعیت رفت.

علویه چشم‌هایش گرد شده بود، فریاد می‌زد: «زنیکه چاچولباز آپاردی، چه خبره؟ کولی قرشمال‌بازی در آوردی؟ کی مردت رو از چنگت در آورده! سر عمر! اون گه به اون گاله ارزونی! این همون پیر زن سبیل‌دارییه که حضرت زمون رو میکشه. - میدونی چییه، من از تو خورده برده ندارم، کونت رو با شاخ گاب جنگ انداختی، جلو دهنتو بگیر وگرنه هر کی بمن بهتون ناحق بزنه، خشتکشو در میبارم. من بابای اون کسی که به من اسناد به بنده با گه سگ آتیش می‌زنم، همچی می‌کنم که دسش شق بمونه - پنجه‌باشی شاهده دیشب من از تو اطاق جم نخوردم.»

فضه‌باجی میانجگری کرده گفت: «علویه‌خانم! صلوات بفرستین! صاب سلطان! خوب نیس این جور داد و فریاد می‌کنی.»

صاحب سلطان نگاه پر کینه‌ای به فضه‌باجی انداخت:

«یه کلمه از مادر عروس گوش کنین، لنگه کفش کهنیه علویه هم به صدا در اومد. پدر سوختیه سیبا سگ! این دده برزنگی رو به بین که تا جوون بوده کنج مدبخ، تو ذغالدونی اعیون، کس داده، حالا جا کش شده حمایت از

علویه میکنه! هر کی میگه نون و پنیر، تو دیگه برو سر تو بذا کنج خلا بمیر! (بحالت تمسخرآمیز روی را به مردم کرد): همه‌رو مار میزنه، مارو خرچسونه.»

فضه‌باجی زیر لبی به قرقر افتاد:

«اوهو! اه! آنقده فیس نداره. انگاری نوه اترخان رشتییه، زنیکه حرف دهنشو نمی‌فهمه، تو خلام که بیفته دساش پر کمرشه - سنده رو با نیزیه هیو ده ذرعی نمیشه زیر دماغش گرف! همه مردوم ماه تابون نمیشن که، خودت آیینتو گم کردی. مرگ برات عروسییه! بخواب هیچ مسلمونی نیایی، ریختش از دنیا برگشته، هنوز دس وردار نیس، کودوم قرمساقه که بغل تو بخوابه؟...»

ولی صاحب سلطان بی‌آن‌که وقعی به گفته‌ی فضه‌باجی بگذارد به علویه می‌گفت:

«خوب، خوب واسیه من بیخود خط و نشون نکش، کسی از تو واهمه نداره، اونی که از خدای جون داده نترسه از بنده‌ی کون داده نمی‌ترسه. پنجه‌باشی شاهدته؟ به روبا گفتن شاهدت کییه گف: دمبم. این دیگه چیزی نیس که بشه حاشا کرد، عالم و آدم می‌دونن. - خودم به چشم خودم دیدم. من دندونم درد می‌کرد، رفتم اطاق زنخان یه پک وافور کشیدم، وخت برگشتن رفتم سری به گاری مرادعلی به زنم، دیدم عباسقلی جلو در گاری نشسه بود با ارسی‌های جیر تو بازی می‌کرد، به من اشاره کرد کسی نیس، اما من دیدمت. چون با مرادعلی میونمون شیکرآب بود نخواسم بلندش بکنم. بعد اومدم در اطاقت اونجام نبودی. آقا موچول بیدار بود - آقا موچول بوگو به بینم دیشب علویه تو اطاق شما بود؟»

آقا موچول تا لاله‌های گوشش سرخ شد، ساکت ماند. علویه رویش را کرد به آقا موچول:

«سخ لالبازی در آوردی. مگه آرد توی دهنته؟»

آقا موچول: «من نمیدونم. من ندیدم. خوابیده بودم.»

علویه کوس بست به طرف آقا موچول: «چشم‌هایت آلبالو گیلاس میچید؟ نمکم کورت کنه! خوشم باشه، حالا امامزاده‌ای که خودمون درس کردیم داره کمرمونو میزنه. پسریه جرت قوزعلقه مضغه، یادت هس ترو من از کجا جم و جور کردم؟ خواسم آدمت بکنم! اما خاک تو سرت! اصلن جوهر نداشتی. دیشب کودوم گور رفته بودی؟ من خبرشو دارم. پدری ازت در بییارم کهای ولا بگی. این دس مزدم بود؟ پنجه‌باشی بمن گف که دیشب رفته بودی بیرون، دم صبح اومدی. - کرم از خود درخته، پس خودت خارشتگ داشتی - اگر میل کون دادن نداری چرا گردبیغوله می‌گردی؟ - نکنه که رفته بودی بغل صاب‌سلطان! حتمن با اونم روهم ریختی، همیشه می‌دیدم، جلو پرده، صاب‌سلطان میخواس با چشماش تو رو بخوره! آقا شاشش کف کرده، هان! فهمیدم کاسه زیر نیمکاسس - ذلیل شده! تو رفتی واسه من انگش تو شیر زدی. کسی که بما نریده بود غلاغ کون دریده بود.»

قراولی که به کلاهش منگوله‌ی سرخ بود و خودش را مأمور انتظام می‌دانست برای نمایش مداخله کرد و به علویه گفت:

«باجی چه خبره؟ داد و بیداد را انداختی! مگه سقت رو با بوق حموم ورداشتن؟»

علویه: «برو برو! در کونت رو چف کن! مرتیکه الدنگ پف‌یوز. یه تیکه اخ و تف به کلاهش چسبونده مردوم رو میچاپه! گمون می‌کنه من ازش می‌ترسم، چس رفته گوز اومده، حاکم دهن دوز اومده - نکنه تو هم مزاجت شیر خشتی باشه که پشتی این ذلیل مرده رو می‌کنی؟»

صاحب سلطان: «بییا، اینم، بقولی خودت، دامادت یا پسرت؟ دیگه چی میگی؟ خوبه همه میدونن بغل یوزباشی می‌خوابی.»

۳۰۲

علویه به آقا موچول: «آهای! سید جد کمر زده تو مرو ندیدی؟ رفتی با این زنیکیه هزار کیره روهم ریختی، بمن نارو و بهتون می‌زنی، شهادت دروغ بمن می‌بندی؟ اگه زبونی گفتم که عصمت‌سادات رو بتو میدم واسیه سرت گشاده، تو هم باورت شد! برو سنگ بنداز بغلت واز بشه، تو حالا هنوز میباس بری پشت بون بازار قاپ بازی کنی. اگه مردی یه تار موش رو نمیدم هزار تا مثه تو رو بگیرم! یا این که گمون می‌کنی آج و داغ چشمای بادومیت هسم. از وقتی که به پنجه‌باشی مهربونی می‌کنم حسودیش میشه. - خاک بسرت! تو اصلن مرد نیسی. - کوربودی که من اونجا کنار اطاق خوابیده بودم؟ آهای ذلیل مرده! منو ندیدی؟»

«نه»

«نه و نگمه. کی میگه که مرده نمی‌گوزه! دسست سپرده، ذلیل شده زرده به کون نکشیده، حالا رو بمن براق میشی؟ آشی برات بپزم که روش یه وجب روغن باشه، میدونم به یوزباشی چی بگم. پنجه‌باشی! شما شاهدی. تموم شب پنجه‌باشی بیدار بود، کفش عصمت‌سادات رو وصله می‌زد.»

پنجه‌باشی: «به دو دس بریده ابوالفضل، من تا نزدیک صبح بیدار بودم، نعلینای عصمت‌سادات رو وصله پینه می‌کردم، علویه‌خانم تو اطاق ما خوابیده بود! چشماش مثه روغن سفید بشه اگه بخواد دروغ بگه.»

علویه از شهادت پنجه‌باشی جانی گرفته، شیرک شد و تو دل صاحب‌سلطان واسه رنگ رفت:

«زنیکه پتیاره چاله سیلابی! به من بهتون ناحق می‌زنی؟ گناه زوار امام رضا رو می‌شوری؟ جهوده هرچه تو توبره خودشه بخیالش تو توبر همه هس. خودت دلت میشنگه فاسق جفت و تاق می‌گیری. هر قلتشنی رو رو خودت می‌کشی. اونوقت، میایی آقا موچولم گول می‌زنی؟ پنجا فوج سیلا خوری هم ابنه‌ی تو رو نمی‌خوابونه، نصب شب تو اطاق ما چه کار داشتی؟ نگو که بود

بود می‌کرده به خیالت همه مثه تو هسن؟ من پسون به کونش می‌کنم، چاک دهنشو جر میدم که به من افترای ناحق بزنه. - تا حالا کسی نتونسه به من بگه بالای چشمت ابروس، تو خودت به ننه‌گلابتون گفته بودی: «نه صیغه میشم نه عقدی. جنده میشم به نقدی.» فاسق هر چا روا داری میشی. دوروغی میگی صیغه‌اش هسم. اونوخت من سید وامونده، که دیشب از زور پا درد نمیتونسم از جام جم بخورم، میگی تو گاری مراد علی بودم. حوالت رو میدم به حضرت رضا، همینطور که تو منو می‌لرزونی حضرت عباس تنتو به لرزونه.»

صاب سلطان: «خوب، خوب،کمتر جا نماز آب بکش، زنیکیه بی‌چشم و رو هنوز دو قرت و نیمشم باقیس! بخیالش خبر ندارم. حالا نذار بگم. خوبه که همه میدونن با این زنیکه عصمت‌سادات طبق می‌زنی، آقا موچولم بچه خوشگلته. اینا رو اسباب دست کردی تا مردارو بهوای اونا رو خودت بکشی، و گرنه دک و پزت رو الاغ به بینه رم می‌کنه. (اشاره کرد به زینت و طلعت) این دو تا بچه‌هام تخم مول هسن. بغل هر چا روا داری می‌خوابی، اونوقت می‌خوایی شوورم رو از دسم در بی یاری.   ننه‌گلابتون کجاس؟ آهای، ننه‌گلابتون! من بتوچی گفته بودم؟ می‌خوام رو به رو کنم.»

لنگه کفش خودش را در آورد، ولی دو نفر از تماشاچی‌ها جلو دستش را گرفتند. ننه‌گلابتون در ایوان کاروانسرا برای ننه‌حبیب قسم می‌خورد و هفت قدم رو به حضرت عباس می‌رفت که انگشتر عقیق او را ندزدیده. ولی در همین موقع یوزباشی که رگ‌های گردنش از شدت خشم بلند شده بود، سه گرهش درهم و برق ناخوشی در ته چشمش دیده می‌شد، مردم تماشاچی را شکافت و با صورت ترس‌ناکی مثل برج زهر مار وارد میدان شد. ورود او بقدری ناغافل بود که همه ساکت شدند، در حالی که زبان یوزباشی تپق می‌زد و آب دهنش می‌پرید، رویش را به علویه کرد:

«دیشب اومدم کوجا بودی‌ها. چرا تو اطاقت نبودی؟»
«بهمین قبله حاجات، رفته بودم بیرون دس به آب برسونم، رفته بودم زهر آب بریزم.»
«زبون‌بازی رو بذار کنار، صغراسلطان و سلمان‌بک هم شاهدن که دیشب تو، تو گاری کرم‌علی بودی.»
«از دهن سگ دریا نجس نمیشه! صغراسلطان دیگه درکونشو بذاره، من اونو خوب می‌شناسم، تو کوچیه قجرها خیرخونه واز کرده بود، حالا که کاسبیش کساد شده میره زییارت گناهاش رو پاک بکنه. خودت میدونی، از بس کی برا من خبرچینی کرد جاشو عوض کردن. اون میخواد خون منو شیشه بکنه، بخون من تشنس. سلمون بک ترک خر هم دیشب داش نفس از کون می‌کشید، نوبیه غش کرده بود، زمینو گاز گرفته بود اگه من بدادش نرسیده بودم راه کرباس محله رو گز کرده بود. بیبا ثواب کن کون بچیه یتیم بذار! حالا پاش رو خوردم. آخه من با این پا دردم چطو میتونسم از جام‌جم بخورم؟ به یه وزارییاتی خودم رو تا کنار آب کشوندم. همه اینا می‌بینن من سید زمین مونده سنارسه شایی از پرده داری در میارم داره چشماشون میترکه. خوب! من باچاهار سر نونخور ابابیل که نیسم باد بخورم کف برینم؟ همش پشت سر من دو بهم زنی می‌کنن، از فضه‌باجی، مشدی‌معصوم، از ننه‌حبیب بپرسین اگه توتموم راه ما یه کلمه از اونا حرف زده باشیم.»
یوزباشی: «خودم دو مرتبه آمدم نبودی! خود کرم‌علی میگف تو رفته بودی تو گاریش، تو تاریکی، تو رو جای صاب سلطان گرفته.»
علویه با رنگ پریده: «خدا بسر شاهده. به همون صدیقیه طاهره! اگه من با کرم‌علی ساخت و پاخت داشته باشم. - دیشب برات چایی دم کردم آوردم دم گاری، دیدم عوضی گرفتم، گاری مال کرم‌علییه. عباسقلی اونجا نشسه

بود، آه و ناله می‌کرد. خوب هرچی باشه دل آدم از سنگ که نیس، با خودم گفتم: آدم میباس فکر اون‌دنیاشم بکنه، سرازیری قبر، روز پنجاه هزار سال، خوب همیه زوار شامشون رو خورده بودن، سروسامونی داشتن، اما این عاجزی علیل زبون بسه رو انداخته بودن گوشیه گاری، تو سرما، (اشاره به عباس قلی کرد) هیشکی به فکرش نبود. کی میدونه؟ شاید هم پیش خدا از همیه بندهاش عزیزتر باشه. وانگهی زوار میباس به هم رسیدگی بکنن، خوب، دس بدس سپرده، همینطو که زن نایب پارسال به من رسیدگی می‌کرد، گفتم قسمتش بوده، دو تا چایی داغ ریختم، دادم به عباسقلی، بعد رفتم ته موندیه غذاهامون رو هم آوردم دادم بهش. حالا این همه حرف واسم در آوردن! صبح هم به مشدی رجب علی گفتم کولش کرد آوردش تو ایوون، یه پیاله چایی تازه دم هم صبحی بهش دادم. - اومدم ثواب کنم کباب شدم! اینم عباسقلی حیی و حاضر، همچی نیس عباسقلی؟»
به طرف عباسقلی اشاره کرد، همه‌ی نگاه‌ها بطرف ایوان برگشت، ولی عباسقلی که از ابتدای مجادله خودش را می‌لرزانید و صداهای نامفهوم از گلویش بیرون می‌آمد حرکت مخصوص با لب‌ها و ابرویش کرد و زوزه کشید، به‌طوری که نفی یا اثبات مطالب علویه را تأئید نکرد.
یوزباشی دست‌هایش را به کمرش زده، رنگ شاه‌توت شده بود:
«سیکین آروادین، پیه! راس راسی گیرتمان را که با نون نخوردیم ها! تقصیر من بود که خواسم ثواب بکنم تو رو با اون ریخت گرگیریفته‌ات با خودم آوردم.»
اشک تو چشم‌های علویه جمع شد و با صدای خراشیده‌ای گفت: «امروز این‌جا، فردا بازار قیومت! دروغ که نمیتونم بگم. فردا تو دو وجب زمین می‌خوابم. به همون جد مطهرم، زینت و طلعت جفتشون روبروم پرپر بزنن، سییاشونو سرم بکنم، اگه من با کرم‌علی را داشته باشم.»

صاحب سلطان: «اشگشم دم مشگشه! دروغکی آبغوره می‌گیره. دیگه این چیزی نیس که بشه حاشا کرد. عالم و آدم می‌دونن، خودم دیشب ارسی‌های جیر علویه رو دس عباسقلی دیدم. دروغگو اصلن کم حافظه میشه، پس چرا حرفت رو پس گرفتی؟ تا حالا می‌گفتی که از جات جم نخورده بودی، پس یه سوسه‌ای تو کارت هس. آقا موچولم مقر اومد.»

علویه: «آبکش به کفگیر میگه هفتا سولاخ داری! زنیکه لوند پتیاره پا ردم سابیده! نذار دهنم واز بشه، همین‌جا هتک و هوتکت رو جرمیدم. حالا واسیه من نجیب شده! غلاغه کونش پاره بود داد می‌زد من جراحم! مراد علی کجاس؟ چرا رفته قایم شده؟ می‌خوام همین الان روبرو بکنم. تو خودت دیشب با آقا موچول کجا بودی؟ آقا موچول الان حقش رو کف دسش میذارم. آهای پنجه‌باشی! پرده رو از آقا موچول بگیر. - حالا واسیه من دم در آورده! صاب‌سلطان بال ببالش داده، پیشترا روبرو من جیک نمیتونس بزنه - ای کورباطن، هرچی از مال من زیرو رو کردی از گوشت سگ حرومترت باشه! اروای اون بابای جا کشت، به خیالت میرسه من عاشق چشم‌های بادومیت هسم؟ یه اردنگ رو به قبله بهت می‌زنم، بری اونجا که عرب نی بندازه. حالا صاب مودی من شدی؟ زود باش پرده رو بده پنجه‌باشی.»

آقا موچول با رنگ پریده هولکی پرده را به پنجه‌باشی داد و خودش را کنار کشید. ولی مرادعلی در ایوان روبرو چنباتمه زده بود و عین خیالش نبود ودلاک سرش را می‌تراشید - علویه رویش را کرد به آقا موچول:

«هرری، گورت رو گم کن برو! به گربه گفتن گهت درمونه روش خاک ریخت! برو گم شو، دیگه رویت رو نمی‌خوام به‌بینم، یه دیزییه از کار در اومده هم پشت سرت زمین می‌زنم، جنده خایه‌دار! تو لایق اینی که بری بغل صاب‌سلطان بخوابی. گه پنجه‌باشی بقبر پدرت! کاشکی یه مو از تن اون بتن تو بود.»

اخ و تف غلیظی روی برف‌ها انداخت، مثل این که می‌خواست سرتاسر زندگی خودش را توی این اخ و تف غرق بکند. صاحب‌سلطان برای این که موضوع از بین نرود گفت:

«من شیله پیله تو کارم نیس، راس حسینی هسم، مشدی کرم‌علی به قانون خدایی و شرعی منو صیغه کرده که تا مشد همراهش باشم، تروخشکش بکنم، این رو همه میدونن، هیشوخت هم خییال ندارم که مرد کسیرو از دسش در بییارم. اما تو معلوم نیس چه بامبول‌هایی می‌زنی و کلاه قرمساقی سر مردت می‌گذاری.»

علویه: «خوشم باشه! بمرده که رو میدن به کفنش میرینه، داخل آدم! تا جون از کونت در ره، زنیکه هزار کیره، میخواسم بدونم فوضول و قابضم کییه. تو رو سننه؟ گاس من خواسه باشم برم مشد اونجا دختر یتیم رو شوور بدم.»

یوزباشی حرف علویه را برید: «کپی اوقلی! ددوین گورین سیکیم، خفخون بیگیر، اگه سرت بره‌ها زبونت نمیره‌ها، رو که نیس سنگ پای گزوین بگردش نمیرسه! پدری ازت در بیارم که حظ بکنی. میری بغل مردم می‌خوابی اونوقت دو ذرع هم زبان داری؟ من میرم تو رو همین جا می‌گذارم.»

علویه: «به همون قبلیه حاجات! اگه من بتو نمک به حرومی کرده باشم همیه این حرفارو صاب سلطان از تو لنگش در آورده، اونه که موشک میدوونه! همیه این آتیشک گرفته‌ها با هم ساختن واسیه این که من سید زمین مونده رو از چشمت بندازن.»

یوزباشی تهدید آمیز: «خفخون بگیر، لال شو.»

علویه: «الاهی آتیش به ریشیه عمرتون بگیره، پس حالا معلوم میشه تو نمی‌خواسی من سید زمین مونده رو برا ثواب بییاری زییارت، میخواسی آب کمرت رو تو دل زوار امام رضا خالی بکنی!»
یوزباشی رو کرد به مشدی‌معصوم: «چون من در زندگیم زیاد عرق خورده بودم‌ها، میخواسم محض ثواب یه زن سید بی بضاعت بگیرم، بچه سید پیدا بکنم تا گناهام آمرزیده بشه.»
علویه خودش را داخل کرد:
«قربون دهنت! هر شب مییومدی راسیه ما سر تخت بربرییا، از من میپرسیدی که زن سیده رو پیدا کردی یا نه؟ یه شب از دهنت در رف، گفتی: خودت که هسی، من گفتم: دهنت بو شاش ارمنی میده، عقلت سرجایش نیس، برو فردا بییا.»
«من رو گیرم شد، یه شب با تو خوابیدم، دیگه ول کن معامله نبودی. من از تو زن خواسه بودم نه عفریت. (رویش را کرد به مشدی‌معصوم) - شب‌ها خرخر می‌کنه، رنگش میپره، دندوناش کلید میشه، آب از دهنش راه میفته، موهای زبرش میخوره به صورتم، خوابای بد می‌بینم. (با قیافه جدی برگشت بطرف علویه) - بعد گفتم دخترت رو برای من صیغه بکن، گفتی: آقا موچول دامادمه.»
علویه: «خدا پدرت رو بییامرزه، گفتم: مرد مثه سیل میمونه زن میباس اونو ظفت و رفتش بکنه، من خودم هسم، جواربت رو وصله می‌زنم.»
«اما جوراب خیلی‌های دیگه رم وصله می‌زنی!»
«خدا ذلیلت بکنه! پس معلوم میشه تو همین میخواسی آب کمرتو تو دل من و عصمت خالی بکنی، نه اینکه من سید زمین مونده رو برا ثواب زیارت ببری. من اگه یکی از این بته‌های صحرا رو از زمین می‌کندم بهش می‌گفتم که من سیدم، زوار امام رضا هسم، می‌غلتید، مروبا خودش می‌برد. اگه روی

سنگایی که زیبارت میرن میشسم، می‌غلتید منم با خودش می‌برد (یک سقلمه به پهلوی زینت‌سادات زد.) اگه این بلاخورده‌ها، برق زده‌ها، کوفت گرفته‌ها، نبودن، خودم مثه این سنگا می‌غلتیدم می‌رفتم زیبارت! اون پدر آتیش بجون گرفتشونم میخواس آب کمرشو تو دل من و دخترم خالی بکنه! هرچی که گند و منده مال من دردمنده!»

پنجه‌باشی آهسته گفت: «خدا رو خوش نمییاد با زوار امام رضا اینجور رفتار بکنن.»

یوزباشی به علویه گفت: «بیخود خودت را بشاغال مرگی نزن، برو پیش سفت زنت، هشدرت رو پاره می‌کنم، اگه طرف گاری من اومدی نیومدی، رسست رو در میبارم! تو گاری من دیگه جا برای تو و دارو دسه‌ات نیس. من مسافر گرفتم. یالا. صلاط ظهر حریکت می‌کنیم هان!»

«خدا ذلیلت بکنه که من زن لچک بسر رو با سه تا بچیه قدو نیم قد سر صحرا گذاشتی! تره گرفتم قاتق نونم بشه، قاتل جونم شد! روزی مادر کون خر حواله شده بود! برا من فرق نمی‌کنه، به آدم گدا چه سنار بدی چه سنار ازش بسونی، من از شرق دسم شده یه لقمه نون خود مودر میبارم، اما خدا جا حق نشسه، ما هم یه خدایی، یه ابوالفضل لباسی داریم. از هر دسی بدی از همون دس پس میگیری. اجرت با حضرت باشه، اون دنیا که دروغ نمیشه. الاهی مرد، نونت همیشه سواره باشه خودت پیاده. من قلتشن آقا، آقا بالا سر لازم نداشتم، اون صاب سلطان جنده سوزمونی روهم حواله‌اش رومیدم به همین امام غریب... رفتی؟ خبرت رو بیبارن! جیره‌ام رو به یخ بنویس بذار جلو آفتاب!»

یوزباشی از میان کاروانسرا فریاد زد: «آهای گاربیا راه میفته.» بعد رفت. مثل گل سر سبد، بالای نشیمن پف کرد نشست. فحش‌های مخلوط روسی و ترکی از کنار لوچه‌اش بیرون می‌ریخت.

ننه‌حبیب آمد صورت علویه را بوسید و گفت: «هر که رو نگا کنی، یه بدبختی داره، خانوم از دیشب تا حالا انگشتر عقیقم که شما دیده بودین گم شده. قابلی نداشت، اما یادگاری مادربزرگم بود. شما اونو ندیدین؟»

علویه با سر اشاره منفی کرد، ننه‌حبیب به طرف گاری دوید.

قنوت محکم‌تر از معمول در هوا چرخید و روی گرده‌ی اسب‌هائی که از شدت درد و سرما پوست تنشان می‌پرید فرود آمد - مثل این که یوزباشی می‌خواست دق دلی خودش را سر آن‌ها خالی بکند. اسب‌ها از زور پیسی و بیچارگی هم دیگر را گاز می‌گرفتند و به هم لگد می‌زدند.

گاری‌ها با تکان و لغزش برف‌های گل‌آلود را شکافتند و خارج شدند.

علویه مشت خودش را پر کرد و روی تیره‌ی پشت زینت‌سادات کوبید و گفت:

«امان از دس شما ورپریده‌ها، که مثه هند جیگرخور میمونین، از بسکی جوش و جلا زدم صورتم شده قد مهر نماز. الاهی به زمین گرم بخورین. اون بابای قرمساقتونم که زرتش قمسور شد، اونم میخواس آب کمرشو تو دل عصمت خالی بکنه!»

*

ازین واقعه پیش از یک ماه گذشت، یوزباشی روز قبل از حرکتش به طرف تهران، برای آخرین بار رفت که ضریح امام رضا را زیارت بکند. همین که وارد صحن شد، دید گوشه‌ی حیاط، جلو آفتاب پرده‌ای باز کرده‌اند و جمعیت زیادی دورآن هجوم آورده است. نگاهش به پرده‌چی افتاد و پنجه‌باشی مسافر خودش را شناخت که از روی ناشیگری پرده را تند تند می‌چرخانید و بلند بلند می‌گفت:

«بهشت شدداد رو تماشا کن، شداد همون حرام‌زاده‌ای است که ادعای خدایی کرد و به غضب الاهی گرفتار شد.

این تصویر زنیس که زنای محسنه کرده و تو دهن اژدها افتاده.
ای باجی،ای بی بی،ای ننه، پل صراط رو تماشا کن که از مونازک تره، از شمشیر تیز تره.
اینکه بینی سوار حیوانی   کرده در روز عید قربانی.
ملک طاطائیل رو در لطف خلقت تماشا کن، نصب تنش از آتیشه و نصب تنش از برفه و تو جهنم میگرده ...»
علویه با سر اشاره‌ای به او کرد، مفهومش این بود که مختصرش کن - پنجه‌باشی شروع به گدائی کرد: «لال از دنیا نری یه صلوات بفرس.»
بعد رو به تماشاچیان کرده گفت: «کف دسست رو جلو صورتت بگیر تا من یه دعا بکنم - بوگو به اسم تو، به نذر تو، بدوسی تو، یا علی، یا علی، یا علی! بکش به صورتت تا اگه بلا بدومنت باشه بریزه.
حالا یکی ازین کنج مجلس یه چراغ تو دس ما بگذاره. دسی که مارو نا امید نکنه، دس علی نا امیدش نکنه.
اگه دس علی دس خدا نیس   چرا دس دیگه مشگل‌گشا نیس؟
نیاز پرده چی رو بنداز تو میدون. از جوونیت خیر به بینی هیچ وخت محتاج خلق خدا نشی»
از اطراف پول سیاه ریختند. پنجه‌باشی برای تشویق می‌گفت: «برو نون گدایی علی بدو منت نگذاره، حق سرماییه کاسبی بدومنت بگذاره! صاحب چراغ برو امشب جمال علی رو در خواب زییارت بکنی.»
نگاهی در سفره‌انداخت و گفت:
«کرم سیصد نفر شد سه قرون. چاهار نفر میخوام که ازین چهارگوشیه مجلس دامن از علی بگیرن، چاهار قرون قربون چشم پر نور علی بکنن!
دسی که یه قرون علم کرد، نیمیه امشب علی رو زیارت کنه و سرماییه کاسبی و وسعت رو از دس علی بگیره.»

مردم متفرق شدند. یوزباشی معرکه را شکافت جلو رفت.
علویه به پنجه‌باشی گفت: «همه‌اش نه هزار روسه شایی؟ خیر و بریکت از مردم رفته، عقیده مردوم سس شده. پارسال معقول پونزه زار، شونزه زار، مک در اومد داشتیم، با چاهار سر نونخور چه خاکی بسرم بکنم؟»
یوزباشی جلو آمد گفت: «اقر بخیر! میدونی؟ آه تو منو گرفت. دو تا از اسبام نفله شدن!»
علویه برگشت نگاه زهرآلودی به صورت او انداخت بعد خنده‌ی ساختگی کرد:
«یوزباشی! حال و احوالت چطوره؟ چه عجب! پارسال دوس امسال آشنا! سبز باشی! دماغت چاقه؟ چن وخته که مشد هسی؟»
یوزباشی:« یه هفته میشه. شما کی اومدین؟»
علویه:«ای! چاهار پنج روز هس، شما رو که دیدم انگاری دنیا رو بمن دادن، دور از جون شما باشه! من ازون زنیکه گود زنبورکخونه، ازون جنده سربازی، لجم گرفته بود که روبرو...»
یوزباشی حرفش را برید: «خوب برو بچه‌ها سالمن؟ آقا موچول کجاس؟»
علویه عاروق زد:
«ذلیل شده رو ولش کردم. اونم میخواس آب کمرشو تو دل منو عصمت‌سادات خالی بکنه. پنجه‌باشی خوب مردیس، کاردونه میدونی، مجری پینه دوزیشو سه زار فوروخت،حالا پرده گردون شده. پدر عاشقی بسوزه! گلویش پیش عصمت‌سادات گیر کرده اما هنوز فوت و فند کاسه‌گری رو بلد نیس، میباس من کلمه به کلمه حقنش بکنم. اگه آقا موچول بود بیشتر مشتری مییومد. چون خودش برورویی داشت. حالام نون آب و گلشو می‌خوره، میدونی رفته بچه بیریش تو حموم شده، لایقش هم

همین بود، من اونو دیگه پسر خودم نمی‌دونم. خاک بسرش، آدم میباس جوهر داشته باشه.»

«مگه آقا موچول دامادت نبود؟»

«خاک تو سرش! اون عرضه نداش که. تا اون بییاد مردبشه دم شتر بزمین میرسه. هنوز مززه پای عرقه. خوب، حالا کی حریکت می‌کنی؟»

«فردا حریکت می‌کنم ، تو هم میبایی؟ ما رو که غال نمی‌گذاری؟»

«خودم جورابت رو وصله می‌زنم. دیگه مثه این دفعه ما رو مییون را نگذاری؟»

یوزباشی با صورت قاچ‌خورده‌اش زد زیر خنده به‌طوری که لثه‌های کبود، دندان‌های گراز کرم خورده‌اش همه بیرون افتاد.

علویه یک بامبچه محکم تو کله‌ی زینت‌سادات زد:

«الاهی آکله شتری به بالا و پائینت بریزه که جونم رو به لبم رسوندین. از دس شما جونم مرگ شده هاس که من باین روز افتادم! اون بابای جاکشتونم خواس آب کمرشو تو دل منو عصمت‌سادات خالی بکنه.»

مجموعه‌ی

ولنگاری

قضیه مرغ روح

به: م. فرزاد.

یک موجود وحشتناکی بود که تمام ادبیات خاج‌پرستی مثل موم تو چنگولش بود - بدتر از همه خودش هم شاعر بود و به طرز شعرای آن‌ها شعر می‌سرود و تو مجلس ادبا و فضلا خودش را به زور می‌چپانید - چون در ایام جهالت زبان گنجشک خورده بود، از این جهت زبان در اختیارش نبود. لذا مثل قاشق نشسته از هر در سخن می‌راند و در اطراف داوید کپرفیلد و شکسپایر و پیش‌گویی‌های ولز راجع به چند هزار سال بعد، و میلتن و بایرن اظهار لحیه می‌کرد و در ضمن اشعار خودش را با نام این فصحا قالب می‌زد:

ولی از آن جا که محققین و ادبا و شعرای بی‌قدر و مقدار ما چندین شلیته بیشتر از او پاره کرده بودند، مثل شتری که به نعل‌بندش نگاه می‌کند به او نگاه می‌کردند، بعد سری تکان می‌دادند و به التهابات و هیجانات ناهنجار این موجود ریغوی عاری از صلاحیت اجتماعی و تملق اغراض پست مادی، و اظهار فضل و سینه صاف کردن و صورت حق به جانب گرفتن (در صورتی که یک ستاره تو هفت گنبد آسمان نداشت) پوزخند تمسخرآمیز زده در جواباش این شعر را نقل قول می‌آوردند:

«برو فکر نان کن که خربزه آب است،

فرمایشات شما چون خشت بر آب است!»

«این حرف‌ها نه خانه سه‌طبقه می‌شود، نـه اتومبیـل، نـه اضـافه‌حقوق نـه اهمیت اجتماعی و آل و آجیل. حافظ و سعدی هرچه گفتنی و شـنفتنی بـود گفته و شنفته و حتی یک کلمه حرف حسابی برای دیگران باقی نگذاشته‌اند.» ولی این ادیب سرتغ به خرجش نمی‌رفت و فحش‌های چاله‌میدانی بـه نـاف دو خاتم الادبیات می‌بست.

دست بر قضا روزی ازروزها، ثقل و سرما بر شاعر ما اصابت نمود و بستری گردید. از اتفاقات روزگار دیوانی از حافظ به خط سعدی و کلیاتی از سـعدی به خط حافظ در کنار بستر خود افتاده دید. آن جنگل‌ها را هـولکی قاپیـد و فوراً از لحاظ خود گذرانید. از فرط تعجب انگشت سبابه خـود را مکیـد. بـه فرمایشات ادبای معاصر میهن اذعان نمود. سپس دست تضرع بـه درگـاه الهی بلند کرد تا خدا جسارت‌های بـی‌مـورد و بـی‌سـابقه و نـاعادلانـه او را ببخشد و او از این به بعد در سلک فداییان سعدی و حافظ درآید. اما بسیار تأسف خورد از این‌که نص صریح اشعار این دو خاتم الادبیات مغلوط در طی جریانات معمولی دنیای دون آلوده به اشکالات و اشتباهات و اغتشاشـات طبیعی گردیده است.

پس اول کاری که این موجود خطرناک کرد، این بود که رفت دم پاشوره‌ی خشک حوضخانه‌شان، تمام کلکسیون دیوان اشعار خود را به آب شست. بعد کنج عزلت اختیار کرد و در فضای خانه مشغول به کار شد. صد و پنجاه بند کاغذ دو رطلی، و دویست شیشه مرکب تبریز و چهار بسـته قلـم نیریـز از بازار حلبی‌سازها ابتیاع فرمود بی‌درنگ شروع به کپی و حلاجی دیوان حـافظ نمود (چون سعدی دریای بی‌کرانی بود و عمر او بـرای کپیـه کـردن کلیـات سعدی کفایت نمی‌نمود.) دسته دسته کاغذها را سیاه می‌کرد و در آرشیو و

دولابچه صندوق خانه ضبط می‌کرد. از این به بعد هر کس برمی‌گشت به او می‌گفت: «فلانی خرت به چند است؟» او به قدری از کشفیات دقیق و عمیق خود راجع به کوره‌ی دور شبکلاه حافظ، و جام چهل کلید زنش، و شپش‌های خرقه پدرش، و میخچه پای پسر عمویش، و تشک و لولهنگ زن بابایش و ملکی‌های کارآباده‌ی شاخه نباتش سخنرانی می‌کرد، که شخص صله‌ی ارحام کرده، خیلی زود جفت گیوه‌های خود را در آورده زیر بغل استوار و گریز به دشت و صحرا اختیار می‌نمود.

تحقیقاتش که تمام شد برای چاپ آن قیام نمود. با تمام گردنه‌گیرها و قاچاق‌چی‌هایی که اسم خودشان را کتاب‌فروش گذاشته بودند، از گبر و ارمنی و یهودی و موجودات میهنی مشغول کنسولتاسیون شد. آن‌ها ظاهراً اظهار همدردی می‌کردند، ولی هیچ‌کدام حاضر نمی‌شدند برای چاپ از کیسه فتوت خود حتی یک شاهی مایه بروند. این شد که شاعر ما دلش سرد شد، و قلم خود را شکسته به گوشه‌ای انداخت. فضلا و ادبا به تاخت دور او گرد آمدند و اظهار تاسف از عدم قدردانی ابناء بشر نمودند. دستمال دستمال برایش اشک خونین ریختند و در ضمن، از کشفیات او راجع به حافظ دزدیدند و مستغلا در مجلات به نام نامی خود زینت‌افزای مطبوعات گردانیدند، و صاحب‌خانه سه طبقه و اتومبیل و اضافه‌حقوق و اهمیت اجتماعی و آل و آجیل شدند. ولی متخصص حافظ از آن‌جایی که دلشکسته شده و روی کپی معلوماتش یک وجب خاک نشسته بود از کمک هم‌نوعان دنیوی مایوس و با یک دنیا افسوس به وسیله طاعت و عبادت دست به دامن خدا و قوای ماوراء طبیعی و عوالم اخروی شد – سال‌ها بدین منوال گذشت.

یک شب نشسته بود از همه جا بی‌خبر که فرشته نکره‌ای آمد دم در، گفت: «عوض زهد و عبادتت، مرا فرستاده به کمکت، تا از تو قـدردانی بکـنم، برایت جانفشانی بکنم، حالا زودباش بگو از جان ما چه می‌خواستی، تا بهت بدهم بی‌کم و کاستی.» شاعره سرش را خاراند و گفت: «حـافظم را چـاپ کنید برای دنیا خاصیت داره.» فرشته معذرت خواست که: «خـدا مطبعـه و حروف‌چین نداره.» شاعره گفت: «پس پول هنگفتی بـرام بفرسـتین، خـودم کمر همت می‌بندم و چاپش رو به عهده می‌گیرم.»

فرشته گفت: «اجازه ندارم الانه می‌پرسم و برمی‌گردم.» یک چشم به هـم زدن نکشید برگشت گفت: «کلید خزانه‌داری ما گم شده. اما در اثر ناله‌های شما به درگاه خدا یک تخت جواهرنشان عظیمی در غرفه بهشت بـرای تـو مهیا شده. اگر مایلی یک پایه از آن تخت را بکنم و دزدکی برایت بیـاورم.» این دفعه شاعره از فرشته وقت خواسـت و برخاسـت تـا بـا متعلقـه خـود کنسولتاسیون بکند. متعلقه تو دلش واسه رنگ رفت و گفت: «بی‌رودرواسی! من می‌خواهم هرگز سیاه حافظت چاپ نشود تا این‌که تو بهشـت روبـروی سر و همسر، ما روی تخت سه پایه بنشینیم!» فرشـته از جـوانمردی آن زن متاثر شد و گفت: «بیخود لگد به بخت خودتان زدید!» همین‌که خواسـت از در بیرون برود شاعره جلوش را گرفت و گفت: «حالا که همچین شد، پـس به خدا بگو که یک عمر درازی به من عطا فرماید.» این دفعه فرشـته قبـول کرد و از طرف خدا پای عهدنامه‌ی عمر او را پاراف کرد و رفت.

(این‌ها را اینجا داشته باشیم.)

از اونجا بشنو که سال‌ها آمد، سال‌ها رفت، زمین با میکروباتی کـه رویـش چسبیده بودند موس‌موس‌کنان، لبخند لوس بـه خورشـید مـی‌زد و دنبـال خورشید خودش را می‌کشانید. ماه هم بادمجان زمین را دور قاب می‌چیـد،

مخلص کلام جنگ‌ها شد زلزله‌ها شد، آفت‌ها از آسمان نازل شد. خردجال ظهور کرد و عده بی‌شماری را از راه در کرد.

یک دسته از مردم مردند و دسته‌ای مردار شدند و دسته‌ای هم به غضب خدا گرفتار شدند. اما همچنان چندتایی که می‌ماندند مثل ریگ تولید مثل می‌کردند و ابناء بشر از سر نو روی زمین را پر می‌کردند. زبان‌ها، عقاید، مذاهب و رسوم پی در پی عوض شد. عناصر ضد صلح عمومی، سوسیالیست‌ها، دمکرات‌ها و جهودها، همه قلع و قمع شدند. و صلح عمومی دنیا برقرار شد. کنار کوچه‌ها یک دسته میش دراز به دراز خوابیده بودند و بچه گرگ‌ها از پستان آن‌ها هلق هلق شیر می‌نوشیدند. مردم همه از نژاد آرین، با کله‌های بریانتین زده، آراسته به کلیه فضایل و خصایل بی‌آلایش، مثل کبک دری می‌خرامیدند. جوانان گردن گلابی نازک نارنجی به تفریح مشغول بودند. نه بیمی در میان بود نه امیدی، نه آرزویی نه احتیاجی. فقط پدران آن‌ها هوس کرده بودند به ماه و ستاره‌ها مسافرت بکنند. اما همین که به ماه رفتند دیدند نه آی است و نه آبادانی و نه گلبانگ مسلمانی. همه‌اش شن متحرک بود که اگر یک دقیقه توقف می‌کردند آن‌ها را تغذیه می‌نمود. از ستاره‌های دیگر هم آمدند به چاق سلامتی زمین، ولی هواپیمای آن‌ها میان زمین و آسمان آتش گرفت. از طرف دیگر آسمان پیمای زمینی‌ها که رفت به ستاره‌ها با موجوداتش منجمد شد. از این جهت مردمان روی زمین به کلی از مسافرت میان سیارات چشم پوشیدند و قهر کردند.

حالا ببینیم چطور آن‌ها احتیاج نداشتند. همه کار مردم حتی طهارت‌شان را هم ماشین انجام می‌داد. صبح هنوز چشم از خواب ناز باز نکرده بودند که ماشین‌های خودکار بالای سر هر کسی یک دوری من و سلوا گذاشته بود،

که عبارت بود از یک بلدرچین بریان شده که در شیربرنج خوابیده بود و یک نان دو الکه هم بغلش چسبیده بود. ظهر و شب هم ماشین‌ها وظیفه اداری خود را انجام می‌دادند. باقی روز را مردم به عیش و عشرت می‌گذرانیدند. مغازه‌های دنگال انباشته از هرگونه متاع، بی‌فروشنده و صندوق‌دار، در تحت اختیار مشتریان محترم گذاشته شده بود و جوانان با پول نداری‌شان اجناس خیلی گران‌بها می‌خریدند و به معشوقه‌های‌شان تقدیم می‌کردند. مردم بدون پول به زندگی ادامه داده و خیلی راضی بودند. سر راه و نیمه راه طوطی‌های بزرگی از بتون‌آرمه، مانند آدمک خودکار خیرمقدم می‌گفتند که: «خوش آمدید صفا آوردید! قدم شما روی چشم!» آدمیزادها هم در جواب می‌گفتند: «سایه سرکار مستدام.» هر وقت دو نفر به هم تنه می‌زدند می‌گفتند: «قربان محبت سرکار، مخلص بندگان عالی.» و با واژه‌های اویژه سخن‌رانی می‌نمودند نه مخالفی بود و نه موافقی. هرکس تا می‌آمد حرف بزند هنوز حرف توی دهنش بود که فریاد: «البته، صد البته.» بلند می‌شد. گوش‌های الکتریکی هر چه مردم می‌گفتند به سمع قبول می‌شنیدند و چشم‌های الکتریکی مردم را می‌پاییدند که از جاده صلح عمومی منحرف نشده و راه گمراهی و جنگ خصوصی را نپیمایند. مردم همه این چشم‌ها و گوش‌ها را می‌پرستیدند. در این زمان از شما چه پنهان خط و سواد به کلی ورافتاده بود و بی‌سوادی خیلی مد شده بود. زیرا عصاره همه معلومات بشر را همه مفتا مفت در تلویزیون می‌دیدند و می‌شنیدند. از طرف دیگر همه آثار علما و شعرا و حکما را توی غربیل ریختند و بیختند، فقط حافظ و سعدی ته سرند ماندند... و مردم هر روز صبح عوض نماز کلمات قصار این دو نابغه را می‌شنیدند.

یک دسته از مردم به قدری فکرشان ترقی کرده بود و روشن‌فکر شده بودند که احتیاجات مادی آن‌ها بسیار محدود شده بود و چون غذای آن‌ها منحصر به قرص ویتامین و فسفر بود که در دهن‌شان جذب می‌شد و احتیاجی به سایر اعضای بدن نداشتند، از این رو سایر اعضای بدن آن‌ها حذف شده بود و به شکل کله‌های گنده‌ای درآمده بودند مثل کدو تنبل. و از شدت روشنایی فکر، شب‌ها مثل کرم شب‌تاب می‌درخشیدند. روزها هم با اشعه نامریی تبادل افکار می‌کردند. به محافظت آن‌ها یک دسته تاریک‌فکر گماشته بودند که سر ساعت به آن‌ها ویتامین و ویتاکولا می‌دادند. از آن‌جا که این تاریک فکرها قدر روشن فکرها را نمی‌دانستند و به مادیات علاقه‌مند بودند. یک روز که با هم مسابقه فوتبال داشتند کله روشن‌فکرها را به جای توپ فوتبال استعمال کردند و کله روشن‌فکرها را درب و داغون نمودند. از این رو ضربه شدیدی بر پیکر اجتماعات آن زمان وارد نمودند. و بورس معلومات را به طرز فاحشی پائین بردند. ولی برای روز مبادا، گروهی از علمای کلدانی و سریانی را نگاهداشته بودند اگرچه از وجود آن‌ها چندان استفاده‌ای نکرده بودند. با وجود ترقیات روزافزون مردم از شدت تمدن عمرشان مثل آفتاب لب بام کوتاه شده بود، هنوز پشت لب‌شان عرق نکرده بود که لبیک حق را اجابت کرده قالب تهی می‌کردند.

یک روز صفحه تلویزیون‌ها پر شد از خبر تازه‌ای، که موجودی کشف شده که از زمان‌های باستانی تا حالا ادامه به زندگی داده و ریشش تا پر شالش آمده و سه رج دندان صدسالگی توی آرواره‌هایش خوابیده است. فورا علمای کلدانی و سریانی با دسته‌ای از مخبرین جراید به طرف غاری که این موجود منزل داشت حمله کردند. از در که وارد شدند، شرط احترام را به

جا آورده گفتند: «قربان محبت سرکار. مخلص بندگان عالی. ما آمده‌ایم تا از اسرار زندگی دراز شما استفسار نماییم. در اثر این خدمت شایان شما، ما نام نامی شما را اول تلویزیون‌ها ثبت خواهیم کرد تا باعث تشویق سایر موجودات گردد.» آن پیرمرد باستانی، ریش نورانی خود را خارانده گفت: «اسرار من خیلی ساده است. من حافظ را کپیه کردم این قدر عمر کردم. شما آن را چاپ کنید دو برابر من عمر می‌کنید.» یک مرتبه فریاد: «البته، صد البته.» از علما و مخبرین جراید در صحن غار طنین‌انداز شد. مرغ روح متخصص حافظ از شادی در بدنش نمی‌گنجید، او بلند شد خیلی با احترام نسخه خطی خود را از توی دولابچه درآورده به مخبرین جراید و علمای کلدانی و آشوری تقدیم نمود. آن‌ها تعظیم نموده گفتند: «سایه عالی مستدام!»

آن‌ها از یک در بیرون رفتند و از در دیگر یک فرشته نکره‌ای وارد شد که یک دستش یک قفس خالی بود و دست دیگرش کپی تندنویسی شده حافظ. فرشته گفت: «زود باش قبض روحت را که پاراف کردم بده باطل کنم. مرغ روحت را هم بچپان توی قفس.» متخصص حافظ گفت: «این نسخه خطی چیست؟ بده من از رویش کپی کنم.» فرشته جواب داد: «این یک نسخه رونوشت حافظ خودت است. چون گفتی طلسم اعظم عمر دراز کنی است، همه مردم از رویش کپی کردند. من هم یک نسخه از رویش تند نویسی کردم تا عمرم تند تند درازتر شود.» متخصص حافظ با وجود این‌که سه رج دندان صدسالگی توی دهنش بود هنوز نمی‌دانست که مردم صبح زود من وسلوا می‌خورند، چاپ ور افتاده، شعرهای حافظ به کلی عوض شده و به صورت کلمات قصار درآمده، هیچ کس نمی‌داند آب رکناباد در کجای دنیا واقع بوده. تو لب رفت ولی در جواب فرشته گفت: «البته، صد البته.»

بعد مرغ روح خود را دو دستی توی قفس کرد و قالبش تهی گردید. فرشته رفت به درگاه سگ چهارچشم در دوزخ. دید سگ چهارچشم در دوزخ جورابش را وصله می‌زند، گفت: «آقای سگ چهارچشم در دوزخ!» سگ چهارچشم در دوزخ همین‌طور که سرش پائین بود گفت: «جان سگ چهارچشم در دوزخ!» فرشته گفت: «این هم مرغ روح متخصص حافظ!» سگ چهارچشم در دوزخ با دستش اشاره به دالان تاریکی نمود و اصلاً رویش را برنگردانید. فرشته قفس را برد میان قفس‌های کهنه خاک نشسته دیگر آویزان کرد. مرغ روح متخصص حافظ، یک مرغ شپشک‌زده گر گرفته بود. همه مرغ‌ها با نگاه کنجکاو به او می‌نگریستند. مرغه خیلی با تانی دور خودش چرخ می‌زد و با صدای دورگه می‌خواند:

«حافظ این خرقه پشمینه بینداز و برو!»

همه مرغ‌ها ساکت شدند و انگشت حیرت به منقار گزیدند. و به زبان حال با هم می‌گفتند: «چه مرغ ادیبی! حیف که این رباعی در دیوانش چاپ نشده تا ما بتوانیم آن را از حفظ کنیم!»

اما سگ چهارچشم در دوزخ که جورابش را وصله می‌زد، چون گوشش سنگین بود هیچ حرف آن‌ها را نشنید.

قضیه زیر بته

یکی بود یکی نبود، غیر از خدا هیشکی نبود! یک زمینی بود توی منظومه شمسی خودمان درندشت و بیابان، که رویش نه آب بود نه آبادانی و نه گلبانگ مسلمانی. دست بر قضا، یک روز خدا از بالای آسمان سرش را دولا کرد و روی زمین را نگاه کرد دید زمین سوت و کور پیل پیلی خوران دور خورشید برای خودش می‌چرخد، خوب هرچه باشد دل خدا از سکوت و گوشه نشینی زمین سوخت. آه کشید، فوری ابری تولید شد و آن ابر آمد روی زمین باریدن گرفت و به یک چشم‌به‌هم‌زدن خدا که ملیون‌ها قرن طول کشید به طور لایشعری روی زمین پر شد از موجودات کور و کچل و مفینه. در اثنای کار نمی‌دانم چطور شد از دست طبیعت در رفت و شاهکار خلقت و گل سرسبد جانوران ما آدم خودمان به طور غلط‌انداز پا به عرصه وجود گذاشت و فوراً زیر بغل همسر خود را گرفت و رفت. بعد از نه ماه و نه روز و نه دقیقه و نه ثانیه دو پسر کاکل‌زری با یک دختر دندان‌مرواری پیدا کرد.

نه از راه بیچارگی و اضطرار و لذت و عیش و عشرت و محکومیت طبیعت، بلکه برای خدمت به نوع بشر و استقرار صلح و استحکام ملیت، آن بچه‌های نرینه و مادینه بر خلاف آن‌چه که پاستور ثابت کرد، مطابق قانون ژنراسیون اسپونتانه، در هر ثانیه ملیون‌ها بشر از خودشان تولید مثل کردند.

به‌طوری‌که چوب سر سگ می‌زدند آدمی‌زاد می‌ریخت. در اثر این حرکـت خدا پشیمان شده و قانون ژنراسیون اسپانتونه را لغو کرد. و رؤسـای قلـدر قبیله پیدا شدند که آن‌ها را به راه راست راهنمایی می‌کردند و در ضمـن از حماقت ابناء بشر واز نتیجه کار آن‌ها استفاده‌های نامشـروع و جاه‌طلبـی وخودنمایی می‌نمودند.

آدم که دید Lebensraum شکم و زیر شکم‌اش به مخاطره افتاده، با خودش گفت: «خدایا، خداوندگارا! چه دوز و کلکی جور بکنم، چه بهانه‌ای بگیرم که از شر این نره غول‌ها آسوده بشوم؟» یک روز صبح آفتـاب‌نـزده رفـت زیـر درخت عرعری نشست و جارچی انداخت و همه زاد و رودش را احضار کرد. پسر اولش که در خانه او را باز کرده بود و اجاقش را روشن کرده بـود، بـا وجودی که خانه نداشت تا اجاق داشته باشد، بـا تمـام ایـل و تبـارش آمـد طرف دست راست آدم قرار گرفت و پسر دومش هم با اهل بیت و تخم و ترکه‌ای که پس انداخته بود، رفت طرف دست چپ آدم وایساد.

آدم سینه‌اش را صاف کرد و نه از راه بدجنسی فطری و پدرسوختگی جبلی و طمع و ولع و غرض و مرض، بلکه به منظور پـرورش افکار خطابـه‌ای چنـین ایراد کرد: «راستش را می‌خواهید، حالا دیگر شـماهـا ناسـلامتی عقـل رس شده‌اید، آیا می‌دانید که ما موجودات برگزیده روی زمین و چشـم و چـراغ عالم هستیم؟ چنان که شاعری بعدها خواهد فرمود:

«افلاک و عناصر و نبات و حیوان،

عکسی ز وجود روشن کامل ماست!»

«اما شماها همه هوش و حواس‌تان توی لنگ و پاچه همدیگر است این طـور پیش برود نه تنها آبروی چندین کرور ساله من جلو سایر جـک و جـانورهـا می‌ریزد و دندان هایم را می‌شمرند، بلکه ممکن است خنجری از پشت به ما

بزنند و نژاد برگزیده ما غزل خداحافظی را بخواند و این پیشامد فاجعه جبران‌ناپذیری برای زمین و آسمان و عرش و فرش خواهد بود. این است که امروز خوب چشم و گوش‌تان را باز کنید. من تصمیم گرفته‌ام صفحات تاریخ را که وجود ندارد عوض بکنم و شما باید افتخار بکنید که در چنین روز تاریخی به فرمایشات من گوش می‌دهید. امروز من عزمم را جزم کرده‌ام که ولو به نابود کردن شما منجر بشود، از عدل و داد و آزادی و تمدن خودمان سایر نقاط زمین را برخوردار بکنم. گرچه از من چنین خواهشی را نکرده‌اند، ولی وظیفه اخلاقی و اجتماعی من است که به عنف و پس‌گردنی تمدن خودمان را بر آن‌ها حقنه بکنم و برتری عقل و علم خودمان را به سایر آفریدگان ثابت بنمایم تا جلو ما لنگ بیندازند. هر چند هنوز گالیله و نیوتن و کپرنیک و فلاماریون به دنیا نیامده‌اند که عقیده‌ی خودشان را راجع به مدور و یا مسطح بودن زمین ابراز بکنند، اما من با ذوق سلیم و رای مستقیم خودم یک بویی به کرویت زمین برده ام.

«زیرا هیچ تعجبی ندارد که عقل و هوش ما بر آیندگان بچربد و احتمال قوی می‌رود که آن‌ها احمق‌تر و خوش‌باورتر از ما بشوند. به هر حال می‌خواهم امروز وظیفه مهمی را به عهده شما بگذارم و آن ازاین قراراست که مایلیم حدود و ثغور دنیایی که برای خاطر ما آفریده شده و به ما سپرده شده، نقطه‌ی متقاطره Antipode این جایی که رویش نشسته‌ام کشف بکنم. از این‌رو شما را مامور می‌کنم که همین الان بدون فوت وقت، یکی از طرف راستم و دیگری از طرف چپم راه بیفتد و سر راه خودتان از پراکندن عدل و انصاف و آزادی و تمدن هیچ کوتاهی نکنید و مقدمه نظام جدیدی را فراهم کنید و هر کجا به هم رسیدید آن جا نقطه مقابل نشیمن‌گاه من خواهد بود و این افتخار را شما خواهید داشت که در آن محل علامتی بگذارید و جشن

مفصلی بر پا سازید و زود برگردید و گزارش مسافرت خودتان را از لحاظ ما بگذرانید.»

این نطق با کف زدن ممتد حضار خاتمه یافت، و پسرها با پدر و مادر روبوسی و خدانگهداری کردند و از توی حلقه یاسین رد شدند و هفتا کفش آهنی و هفتا کلاه آهنی و هفتا عصای آهنی با خودشان برداشتند و پای پیاده روانه شدند. – چون در آن زمان نه بالون بود و نه گراف‌زیپلون و نه راه‌آهن و نه فونیکولر و نه اسب و الاغ و قاطر. زیرا این موجودات اخیر الذکر هنوز به توسط خدا اختراع نشده و پا به عرصه وجود نگذاشته بودند و آخرین تیر در ترکش آفرینش به‌شمار می‌رفتند، لذا اولاد آدمی به جز دو پای نحیف و دو دست عنیف خود وسیله حمل و نقل دیگری نداشت.

پسر بزرگه که در خانه باباش را واز کرده بود و اجاقش را روشن کرده بود، با دار و دسته‌اش از طرف راست راه افتاد و پسر دومی از طرف دست چپ: بابا و ننه هم فارغ البال مشغول عیش و عشرت شدند و نفس راحتی کشیدند.

حالا آدم را اینجا داشته باشیم ببینیم چه به سر پسرهایش آمد.

چه درد سرتان بدهم، پسر بزرگه تشکیل قبیله دست راست را داد و پسر کوچیکه هم رییس الوزرای قبیله دست چپ شد. سال‌ها آمد و سال‌ها رفت‌اش پشت پای آن‌ها را هم سر هفته ننه‌حواهه و باباآدمه خورده بودند و دم دهن‌شان را هم پاک کرده بودند. این دو قبیله سیخکی به طرف مقصد نا معلوم خودشان روانه بودند و مثل ساعت کرونومتر طی طریق می‌نمودند و خم به ابروی‌شان نمی‌آمد. (پسر معلوم می‌شود که دور زمین خیلی وسیع بود و آدم با ذوق سلیم و رأی مستقیم خود به این مطلب پی

نبرده بود که به پسرهایش گفت زودتر برگردید و خبرش را برای من بیاورید و یا حقه زده بود و آن‌ها را دنبال نخود سیاه فرستاده بود).

باری در میان این دو قبیله شعرا و فضلا و دانشمندان گردن‌کلفت زبردستی پیدا شدند که همه وقت خود را صرف مدح و ثنای رئیس قبیله خودشان می‌کردند و دمش را توی بشقاب می‌گذاشتند و دورش اسفند دود می‌کردند. اگرچه در آن زمان هنوز عادت به ضبط و ربط وقایع تاریخی نداشتند و قلم روی کاغذ نمی‌گذاشتند، ولی از غرایب روزگار هر یک از این دو قبیله مورخ شهیری پیدا کردند که با آن سواد نداری‌شان اتفاقات و پیش‌آمدهای تعریفی روزانه رئیس قلدر خود را با مدح و ثنا و آب و تاب به رشته تحریر در می‌آوردند و طرف توجهات مخصوص همایونی رئیس قبیله واقع می‌شدند. – البته این اقدام نه از راه خوش‌آمد و تملق و کاسه‌لیسی و چاپلوسی و خبث جبلت و شر طبیعت بود، بلکه فقط از لحاظ ضبط وقایع تاریخی و تحول علمی و ترقی صنعتی و اقتصادی و سیر تکامل قبایل بود که شرح زندگی رئیس قلدر خود را به طرز اغراق‌آمیز و مطابق منافع او یادداشت می‌کردند. اما اشکالی که در بین بود در آن زمان نه کاغذ وجود داشت و نه آب‌خشک‌کن و نه قلم خودنویس و نه مرکب پلیکان و نه مدادپاک‌کن لذا اسناد و مدارک تاریخی خودشان را با خط جلی ماقبل‌تاریخی روی پوست درختان بی‌گناه حک می‌کردند و دورش نخ قند می‌بستند و در گاو صندوق‌های بسیار محکم می‌گذاشتند تا از دست برف و باران گزندی به آن گنجینه نرسد و در موقع کوچ کردن آن‌ها را کول حمال‌های گردن‌کلفت می‌گذاشتند که دنبال‌شان بیاورند.

در اثر ترقیات روزافزون، شعرای عالی مقداری پیدا شدند که اگر مثلاً رئیس قبیله بیچاره ده تا چشم درآورده بود از لحاظ اخلاقی و اجتماعی به

طور اغراق‌آمیزی صدهزار چشم قلم می‌دادند و شهامت و شجاعت و غضب و عدالت او را می‌ستاییدند تا سرمشقی برای آینده‌گان بشود. اگر رییس قبیله بیچاره یک بره درسته را می‌خورد، شاعر با وجودی که هنوز قصیده اختراع نشده بود، غزل غرایی در مدح اشتهای او می‌ساخت که از مرغان هوا تا ماهی دریا را در معده خود غرق کرده و قر، توی نسل همه چرنده‌گان و خزنده‌گان انداخته و هرگاه یک پهن‌آباد را با آن پول نداریشان به کسی مرحمت می‌کرد، شعرا بخشش او را به بخشش حاتم طایی تشبیه می‌کردند که هنوز دنیا نیامده بود.

جونم برای‌تان بگوید: کرورها سال آمد و ملیان‌ها سال رفت عده‌ای از آن‌ها می‌ترکیدند و عده‌ای دیگر فوراً جانشین آن‌ها می‌شدند و به این طریق چندین نسل بین آن‌ها عوض و دگش شد و آن‌ها هم با جدیت خستگی ناپذیر طبق نقشه پیش بینی شده به کمک قادر متعال سر راه خودشان تمدن پراکنی می‌کردند و بی‌دریغ عدل و داد و تمدن پخش می‌نمودند، به این معنی که هرچه می‌یافتند قلع و قمع می‌کردند و می‌پیچاندند و جنبنده‌گان را به اسارت می‌بردند و خاک سر راه‌شان را توبره می‌کردند.

آشپزباشی‌ها، قاچاقچی‌ها، تاجر باشی‌ها، رمال‌ها، سیاستمداران، اخلاق‌نویسان، دزدها، دلقک‌ها، شاعرها، رقاص‌ها، جن‌گیرها، دعانویس‌ها و روسای قبیله هی می‌آمدند و می‌رفتند پی کارشان و دسته دیگر جانشین آن‌ها می‌شدند، بی‌آن که تزلزلی در تصمیم تزلزل‌ناپذیر پیدا کردن نقطه متقاطره نشیمنگاه آدم در آن‌ها رسوخ کند. ولی از عجایب این بود که در میان این تغییرات و تحولات فقط دو نفر مورخ که در میان هر یک از این قبایل پیدا شده بود با وجود کبر سن و چشم آبچکو و دست رعشه گرفته و پیزی گشاد به اضافه صدوپنجاه کیلومتر ریش و سبیل سفید که به زمین

کشیده می‌شد و شش رج دندان صدسالگی که توی سق‌شان درآمده بود، پیوسته پیش‌آمدهای روزانه را روی پوست درخت یادداشت مـی‌کردنـد و ادامه به زندگی می‌دادند.

دست برقضا، قبیله سمت چپ که آمد از روی رودخانه رد بشـود، ناگهـان همه اسناد تاریخی و صندوق‌هایی که این صفحات در آن بود در آب افتاد و رفت آن‌جا که عرب نی بیندازد. اما از حسن اتفاق مورخ جـان سـالم بـه در برد و چون زحمات چندین هزارساله را آب برده بود از این بـه بعـد دیگـر آن‌ها نمی‌توانستند قدمت تاریخی خود را ثابت بکنند و مورخ شهیر بی‌تاریخ هنوز، فراغت پیدا نکرده بود که تاریخی از خود جعل کند.

چند روزی که از این واقعـه نـاگوار گذشـت، اتفاقـاً سـر چهـار راه یکـی از جنگل‌های نواحی گرمسـیر، سـران سـپاه قبیلـه دسـت‌راسـت بـه قبیلـه دست‌چپ برخوردند. رئیس قبیله و مورخین و ریش سفیدان بعد از «بنجول موسیو» و چاق‌سلامتی قرار شد که اسناد و مدارک تاریخی خودشـان را بـه رخ یکدیگر بکشند و جشن باشکوهی بـه مناسـبت کشـف نقطـه متقـاطره نشیمنگاه بابا آدم بر پا بکنند.

قبیله دست‌راست، فوراً صندوق‌های اسناد تاریخی خود را میان میدان حمل کرد و از قبیله دست چپ تقاضای ارائه اسناد تـاریخی نمـود. مـورخ قبیلـه دست‌چپ هرچه عز و جز و ناله و زاری کرد و قسم خورد و هفت قدم رو به حضرت عباس رفت که اسنادش در رودخانه غرق شـده، بـه خـرج قبیلـه دست‌راست نرفت. مورخ قبیله دست‌راست به خودش می‌بالید و فرمـان داد در یکی از صندوق‌ها را باز کردند و یـک تکـه پوسـت درخـت فسـیل (محجر) شده را برداشت و در مدح یکی از رؤسای خود با آب و تاب خوانـد که آن قائد عظیم الشان جنت مکان خلد آشیان، یک روز دیگ غضـبش بـه

جوش آمده و حکم کرده که دو هزار گوش و بینی ببرند و شاعر بذله‌گویی شب در مجلس انس او قصیده ای به این مضمون گفته که: کاشکی هر یک از اتباع تو دو هزار گوش و بینی داشتند تا هر کدام به تنهایی می‌توانستند رضایت خاطر تو را فراهم بیاورند. رییس قبیله اظهار شادی نموده و به خزانه‌دار خود امر می‌کند دهن شاعر را پر از آلبالو خشکه و زالزالک بکند – (چون در آن زمان احجار قدیمی و طلا و نقره وجود نداشته از قرار معلوم قیمت این فواکه خیلی گران بوده است.)

مورخ دست‌چپ اگرچه معنی این قصیده را نفهمید که چه ربطی بین دوهزار گوش و بینی یک نفر از اتباع رئیس قبیله وجود داشته، او نیز مطالبی از خود جعل کرد که یکی از روسای قلدر آن‌ها در یک روز پنج من و سه چارک چشم درآورده با وجودی که ترازو نداشته و دو گاو زنده را قورت داده با وجودی که لثه دندان‌های‌اش پیوره داشته است. ولی چون سند کتبی نداشت، به حرف او کسی وقعی نگذاشت و به ریشش خندیدند و فوراً دیوان داوری تشکیل دادند و محکمه رای داد که این قبیله بویی از آدمیت به مشامش نرسیده و شعر سعدی: بنی آدم اعضای یکدیگرند در مورد آن‌ها صدق نمی‌کند و مال آن‌ها حلال زن به خانه‌شان حرام و خون‌شان مباح است. و برای جبران جنایت وجودشان باید آن‌ها نسل بعد از نسل از کد یسار و عرق زهار کار بکنند و بدهند به قبیله تاریخ دار که نتیجه دسترنج آن‌ها را بخورد و به ریش‌شان بخندد. سپس مورخ قبیله دست راست این طور نتیجه گرفت که: «پس معلوم می‌شود شما از اولاد ابوالبشر حضرت ختمی مرتبت نیستید و از این قرار از نژاد پست مول هستید و از زیر بته درآمده‌اید، در صورتی که ما از نژاد اصیل و نجیب و برگزیده هستیم. مردهای شما حق زناشویی با زن‌های ما را ندارند جهاز هاضمه ما بهتر و

قوی‌تر است. ما مثل ریگ بچه پس می‌اندازیم و چــون شما از نــژاد پســت هستید و از زیر بته درآمده‌اید، از کوری چشم و از کــری گــوش و از کچلــی سر و از چلاقی پای‌تان باید زجر بکشید و غلام ما باشید. و هر چه ما می‌گوییم باور بکنید و مثل خر کار بکنید بدهید ما برای‌تان نوش‌جان بکنیـم! اینســت نظام نوین. زیرا به موجب اسناد تاریخی که ما دردست داریم همه رؤسـای قبیله ما قلچماق بوده‌اند، معده آن‌ها غذا را خوب هضم مـی‌کــرده، گــردن ستبر و سبیل چخماقی داشته‌اند. لذا شما حــق حیـات نداریــد و فقــط بــرای اسارت ما آفریده شده‌اید!»

قبیله دست‌چپ از این فرمایشات تو لب رفت و خودش را مقصر دانست. مورخ آن‌ها که زحمات چندین هزار سال‌هاش به آب افتاده بود، نمایندگان قبیله دست راست را مخاطب قرار داد: «پس حالا که همچین شد، فقط سه روز به ما مهلت بدهید و روز سوم در همین محــل اســناد و مـدارک مـا را تحویل بگیرید.»

نمایندگان قبیله دست‌راست پذیرفتند.

تمام این سه روز را افراد قبیله دست‌چــپ از مــرد هفتادساله تــا بچــه هفت‌ساله، مخصوص جمع‌آوری گون و خار و خس بیابان‌هـا شــدند، اگرچه توی جنگل انبوهی بودند و آن‌ها را گوشه میدان روی هم می‌انباشتند.

روز سوم در محل معهود که میدان مشق جنگل بود، یک طرف آن بتــه‌های انبوهی روی هم کپه شده بود، طــرف دیگــر آب پاشــی وتــر و تمیــز و بــه پــرچم‌هــای طــرفین مــزین گردیــده بــود. مــورخ و نماینــدگان محتــرم و ریش‌سفیدان و رئیس قبیله‌ی دست‌چپ بودند.

همین که موزیک تام تام مترنم شد، یک مرتبه از زیر بته‌های کنـار میـدان، مورخ و رئیس قبیله دست‌چپ با ریش سفیدان و سـران سـپاه درآمدنـد. بعـد از دمـاغ‌چـاقی و احوالپرسـی، مـورخ قبیلـه دسـت‌چـپ بـر فـراز گاب‌صندوق‌های اسناد تاریخی قبیله دست‌راست صعود کـرد و ایـن‌طـور سخنرانی نمود: «یا حق! اجازه بدهید، من با این چشم‌های کوچکم چیـزهـای بزرگ دیده‌ام، و سرد و گرم روزگار را چشیده‌ام و ریشـم را تـوی آسـیاب سفید نکرده‌ام. میخوام امروز جانی کلامش را بگویم. خدمتتان عـرض بکـنم: حالا که شما قبول ندارید اسناد تاریخی ما مفقود شده و یا اصـلا ایـن تفـنن تاریخ نویسی را نکرده‌ایم و یک روزی ما هم افتخار آدمیت را داشته‌ایم، بـه صدای بلند از جانب تمام اهالی قبیله اقرار می‌کنم که اصـلاً مـا از اولاد آدم نیستیم و این افتخار را دربست به شما واگذار می‌کنیم. ما یک بابایی هستیم، آمده‌ایم چهار صبا تو این دنیای دون زندگی بکنیم و بعد بتـرکیم بـرویم پـی کارمان. هیچ تاریخ و سندی را هم قبول نداریم و به رسمیت نمی‌شناسـیم و هیچ افتخاری هم به پیدا کردن نقطه متقاطره نشیمنگاه آدم در این طـرف کره نداریم، یا این‌که صفحات تاریخ را عوض بکنیم یا نظام نوین بیاوریم یا به برتری دل و اندرون و ستبری گردن و کلفتی سـبیل و قلـدری‌هـای ریـیس قبیله خودمان بنازیم. چون هر الاغ و خرچسونه همین ادعا را دارد و خـودش را افضل موجودات تصور می‌کند. جانم برایتان بگوید: از شما چه پنهان اصلاً ما آدمی‌زاد نیستیم، تمدن و آزادی و عدل و داد و اخلاق شما هم که بـه قـول خودتان از نژاد برگزیده هستید به درد ما نمی‌خورد و حمالی شما را هم بـه گردن نمی‌گیریم. این دون بازی‌ها و بیشرف بازی‌ها را کنار بگذارید وگرنـه اگر فضولی زیادی بکنید، تمام افراد قبیله مـا بـا تیـر و تبـر پشـت بتـه‌هـا ایستاده‌اند و پدرتان را درمی‌آوریم، شما سی خودتان ما سی خودمان مـا از زیر بته درآمده ایم!»

در این وقت تمام قبیله دست‌چپ با تیر و تبر هوراکشان از زیر بته‌ها درآمدند. همین که افراد قبیله دست‌راست دیدند هوا پس است، دمشان را روی کول‌شان گذاشتند، عدالت و آزادی و تمدن‌شان را برداشتند و سیخکی پی کارشان رفتند. ولی قبیله دست‌چپ مورخ شهیر خود را اول شمع‌آجین کردند و بعد با بنزین هواپیمایی بسیار اعلا او را آتش زدند تا دیگر کسی به خیال نیفتد که برایشان تاریخ بنویسد. بعد هم در نقطه متقاطره نشیمن‌گاه بابا آدم اقامت گزیدند و مشغول ادامه به زندگی شدند.

همان طوری که آن‌ها به مرادشان رسیدند، شما هم به مرادتان برسید!

فرهنگ فرهنگستان

هفتمین مجموعه لغات «فرهنگستان ایران» شامل تمام لغاتی که از بدو پیداش تا پایان ۱۳۱۹ در فرهنگستان پذیرفته شده، بنا به عادت دیرینه در سر موقع زینت‌افزای عالم مطبوعات گردید.

در مقدمه نام سی تن کارمندان فرهنگستان که از سر چشمه حیوان آب زندگی نوش‌جان فرموده‌اند، به تقلید چهل تن «بی‌مرگان» اعضای آکادمی فرانسه دیده می‌شود.

این کارمندان برجسته و پیوسته عبارتند از علما، فضلاء، فلاسفه، متصوفین، دانشمندان، نویسندگان و شعرای نامدار و طوطیان شکر شکن شیرین گفتار پرورش افکار، اعاظم رجال، محققین عالی مقدار و متخصصین زبان‌های زنده و مرده و نیمه‌جان. سپس کمسیون‌های فرهنگستان و کارمندان وابسته آن که هر یک به نوبه خود از نوادر دوران و نوابغ زمان هستند معرفی می‌کردند.

فرهنگ فرهنگستان که به جنگ دیکسیونر آکادمی فرانسه رفته، روی هم رفته دارای ۱۳۰ صفحه می‌باشد، که کمابیش در ۸۹ صفحه واژه‌های نو در مقابل لغات فرانسه توضیح داده شده، هشت صفحه مخصوص مرادف‌های ترکیب عربی است و در بقیه آن همان لغات به ترتیب واژه‌های قدیم نقل و تکرار گردیده است.

سپاسگذاری از علما و فضلای عالی‌مقام فرهنگستان که از نظر لطف و مرحمت وقت گرانبهای خود را صرف چنین اصلاح اساسی نموده و کمر همت و مجاهدت بر میان بسته‌اند تا روح تازه‌ای به کالبد ناتوان علوم و ادبیات و فرهنگ فارسی بدمند بر کافه فارسی‌زبانان لازم و واجب است:

از دست و زبان که برآید،

کز عهده شکرش بدر آید!

حقیر فقیر که در فنون زبان‌شناسی شوق وافری دارد، این کتاب مستطاب را با ولع و ذوق سرشار از لحاظ خود گذرانید و از این دریای بیکران علم و معرفت غنائم بسیار برگرفت و هرچند دخالت در این امور را برای خود فضولی می‌داند. در این باب قطعا کارمندان برجسته فرهنگستان هم در دل خود با من هم عقیده می‌باشند، اما فقط برای آن که هم‌میهنان گرامی را به ارزش این گنجینه قلیل‌الکمیت کثیرالکیفیت متوجه نماید، مشتی از آن خرمن دانش برگرفته و با چند نکته کوچک که به‌نظر آورد در این صفحات به معرض استفاده عموم می‌گذارد:

زیر عنوان کتاب با خط درشت: «واژه‌های نو» قید شده است، اگرچه لغت «واژه» ظاهرا جدید به‌نظر می‌آید، لکن در لغات این مجموعه یافت نمی‌شود. احتمال می‌رود که چون این لغت اتفاقا از لحاظ ریشه‌شناسی کاملا درست بوده آن را شایسته ذکر در این مجموعه ندانسته و از میان لغات نوین تبعید کرده باشند.

«آب باز = غواص». گرچه عموما به غلط این لغت را شناگر می‌نامیدند و در زبان عوام فقط بچه آب‌بازی می‌کند، لکن از لحاظ تشویق خردسالان به فن شناگری، اتخاذ آن بسیار مفید می‌باشد.

«آبرفت = ته‌نشست آب رودخانه» هرگز نباید تصور کنند که کوسه و ریش‌پهن است، هرچند ظاهرا آبرفت ته‌نشست از خودش باقی نمی‌گذارد.

«آبریز = سرازیری‌هایی که آب آن‌ها به رود می‌رسد» در برهان به معنی W.C. و ابریق آمده است و البته مناسبت آن آشکار است: زیرا مکان اول دارای سرازیری است و لوله ابریق را هم در همان مکان سرازیر می‌گیرند.

«آبفشان: این حقیر به غلط تصور نمود که در مقابل «آتشفشان» مثلا باید مقصود چاه آرتزین باشد. ولی در معنی آن نوشته: «سوراخ‌هایی که آب گرم از آن رانده می‌شود». در این صورت باید مقصود آب‌کش باشد. اما معلوم شد لغت اخیر در گیاه‌شناسی معنی تازه‌ای به خود گرفته! بنابراین سر آب‌کش مطبخ بی‌کلاه می‌ماند. لذا این حقیر لغت رشتی کرتی خاله یا اصفهانی سماق پالان و یا شیرازی ترش پالا را برای آب‌کش مطبخ پیشنهاد می‌کند!

«آبیار = میراب» البته فضلای محترم فرهنگستان متوجه بوده‌اند که میراب فارسی سره است، چنان که واژه «میرابی» را نیز از قلم نینداخته‌اند. ولی مقصود کومکی به شعرا بوده تا بتوانند آبیار و دانشیار را قافیه بیاورند.

«آسه = محور» در برهان به معنی کشت و زراعت و دارویی هم آمده که آن را اصل السوس خوانند. بدیهی است علمای عالی‌مقدار از معنی دوم این لغت استفاده کرده‌اند.

«آشکوب = هر طبقه از ساختمان – هر طبقه اززمین» در زبان پهلوی لغت اشکوپ به معنی سقف – طاق و بالکن (ایوانچه) آمده است. لکن از لحاظ توسعه زبان سزاوار است که معنی طبقات آسمان خراش‌های زیر زمینی را به خود بگیرد!

«آلگون = آلگو» مانند: شتر و شتر گلو.

«آلودگی = آلودن و آلوده» بی‌آن‌که وجه تسمیه و یا لغت اجنبی سابق آن را توضیح بدهند، مرادف فرانسه آن برای استفاده نوآموزان این زبان افزوده می‌شود.

«آورتا = Aorte» گویا ریشه این لغت از زبان بین‌المللی: Volapûk گرفته شده است.

«آویزه = آپاندیس» در لغت به معنی گوشواره آمده است و بهتر بود آپاندیس که گوشواره شکم است شکمواره نامیده شود.

«اتلس = استخوان اطلس» در این صورت مخمل که به معنی استخوان مخمل است از قلم انداخته‌اند.

«استخوان شب پره‌ای» کلمه فرانسه مرکب از لغات: کنج و مانند است شاید به مناسبت این‌که خفاش گوشه‌نشین است به این اسم ملقب گردیده.

«استخوان لامی» Hyoïde چون فارسی سره نعل را نیافته‌اند ناچار به این اسم نامیده‌اند اگرچه نون به نعل شبیه‌تر است. اما گویا ترسیده‌اند که مبادا با نان استخوان‌دار اشتباه بشود.

«انگل = طفیلی» در برهان لغت انگلیون به معنی انجیل آمده احتمال می‌رود این کتاب را طفیلی تورات فرض کرده باشند. بنابراین انگلوساکسن هم یعنی کسانی که انگل ساکسون‌ها شده‌اند.

«باد سنج = میزان الریاح» چنان‌که سعدی درباره حاتم فرموده:

که چند از مقالات آن باد سنج،

که نه ملک دارد نه فرمان نه گنج.

«باشگاه = کلوب» در هیچ‌جا این لغت پیدا نشده، الا در جنگ بسیار قدیمی که این شعر را به مرجمکی نهروانی نسبت داده بود:

شد کلوب و کافه و جایی و قبرستان کنون،
باشگاه و داشگاه و شاشگاه و لاشگاه

«بالارو = آسانسور» در صورتی‌که پله و نردبان همین خاصیت را دارند. گویا در زمانی که این لغت وضع شده هنوز آسانسورها پائین نمی‌رفته‌اند، به‌علاوه این لغت فارسی و مرکب از آسان و سراست یعنی به آسانی سر می‌خورند.

«برهیختن = استخراج مواد مختلف از زمین». در زبان پهلوی خندیدن و یا هونیدن به این معنی آمده است. در برهان برهیختن به معنی برکشیدن و ادب کردن آمده. تصور نشود که اشتباه لپی است، زیرا فرهنگ‌ها آن را دو لغت فرض کرده‌اند:

یکی هیختن و هنجیدن و آختن و آهیختن و آهنجیدن که بیرون کشیدن است و دیگری: فرهختن و فرهاختن و فرهنجیدن و پرهیختن که به معنی ادب کردن و فرهنگ می‌باشد. البته قایم شدن مرادی در زیرزمین یک نوع بی‌ادبی شمرده می‌شود و آن را بیرون می‌آورند تا ادب شوند.

«بسامد = فرکانس» با مشتقات کم بسامد و میان بسامد و پر بسامد. گویا این لغت مرکب از بس و آمد است. چنان که لغت «پس‌رو» نیز برای حرکت قهقرایی وضع شده است. واضح است که این لغات را توی قوطی عطار نمی‌توان پیدا کرد و امیدواریم که علمای جلیل القدر را به زور تیر و کمان وادار نکرده باشند که چنین لغاتی اختراع بکنند و خودشان ذوق ابتکاری به

خرج داده باشند. در هر صورت به این وسیله دست نویسنده کتاب دساتیر را از لحاظ جعل لغت از پشت بسته‌اند.

«بس شماری = عمل ضرب» کلمه زدن نیز به معنی ضرب انتخاب شده، لکن معلوم نیست کدام یک از آن‌ها به معنی دنبک زدن است.

«بسیج = آماده شدن» در اصل پسیچ است! البته اوقات دانشمندان محترم نه چنان گران‌بها است که بتوانند به غیر از برهان قاطع به کتاب دیگری نیز مراجعه کنند.

«بن‌بست = کوچه‌هایی که راه دررو ندارد». حیف که لغات آتش چرخان و آب دوات کن را برای مزید فایده توضیح نداده‌اند.

«بیگانه‌خوار = Phagocyte» در صورتی که واژه یاخته برای سلول انتخاب شده است. لذا فرانسه این لغت باید Xénovore باشد.

«پایان‌نامه = تز» بر وزن شاهنامه. کتاب معتبری است درباره پایان و او یکی از پهلوانان ناکام خانواده شکم پاییان است که با قوم پا برسران دست و پنجه نرم کرده است (به این دو لغت مراجعه شود).

«پت = کرک‌های ریز در هم تافته.» در لغت اسدی بتفوز به معنی پک و پوز آمده (ص ۱۸۲) و به زبان لری پت به معنی دماغ است و شخصی به نام اصغر پت پاره (بینی شکافته) مشهور بوده چنان که از توضیح فرهنگستان برمیاید معلوم می‌شود دماغ او پشمالود بوده است.

«پرچم = اتامین» پس باید پپستیل را درفش کاویانی نامید.

«پرز = برجستگی» هرچند به اصطلاح عوام به غلط به معنی ذرات پشم است.

«پزشک = طبیب» در اصل پزشک - بجشک و بچشگ آمده و به ارمنی نیز بزشک است. البته علمای فقه اللغه فرهنگستان متوجه این اشتباه بوده‌اند. لکن نخواسته‌اند که برخلاف رای نویسنده برهان لغتی وضع کرده باشند.

«پلیدی = Selle-Feces» در تعریف این لغت مبالغه شاعرانه به کار رفته است. به مصداق لاف از سخن چو در توان زد. اغلب در تعریف لغات طریق امساک مراعات گردیده و به معنی فرانسه آن اکتفا شده است. گویا فضلای فرهنگستان از هم میهنان خود مایوس بوده لغات را برای بیگانگان شرح می‌دهند!

«پیشین = ثنایا» از این قرار پسین طواحن خواهد بود.

«توفان = طوفان» البته توپان فارسی غلیظتری می‌شد. گرچه بعضی از زبان‌شناسان به غلط این لغت را از طوف عربی مشتق دانسته‌اند.

«جر = تراک‌های زمین». این لغت از افعال جر زدن و جر دادن گرفته شده چنان‌که تاجر به معنای کسی است که پارچه را تا می‌کند و جر می‌دهد.

«جنس = در اصطلاح علمی Genre» مرادف پهلوی این لغت سرده به معنی جنس و سردگان به معنی انواع مکرر آمده است. لکن از آن جایی که به پای سلاست لغات دیگر فرهنگستان نمی‌رسیده از انتخاب آن صرف نظر فرموده‌اند.

«چرخه = Rotation» چنان‌که نظامی می‌گوید:

از آن چرخه که گرداند زن پیر،
قیاس چرخ گردون را همی گیر!

شاید تصور کنند که لغت چرخش مناسب‌تر باشد ولی لغت مصوبه اصلاح مهمی در لغت فرانسه دوچرخه به عمل آورده زیرا از این به بعد Birotation باید نامیده شود.

«چرک = ریم» معلوم نیست کلمه ریم چه گناهی به درگاه فرهنگستان کرده که باید از میان لغات فارسی تبعید شود.

«چین = به جای Pli پذیرفته شده است». بی‌مناسب نبود که دیگر لغات از قبیل: پدر = Pére و قهوه = Café نیز شرح داده می‌شد تا چشم و گوش مردم باز بشود.

«چینه = طبقه زمین». در این صورت چینه‌دان محل طبقه زمین خواهد بود.

«خرد استخوان پا = Tarse». پس Humérus را هم «کلان استخوان دست» باید نامید.

«خون چکان = جراحاتی که آلوده به خون باشد.» از این قرار قطره‌چکان آلتی است که آلوده به قطره باشد.

«دج = جامد» در برهان به معنی هرچیز آمده که در آن دوشاب و شیر و عسل مالیده باشند و بر دست و پا بچسبد. پس به معنی نوچ است، بنابراین تعریف صحیحی از کلمه «جامد» به دست آمده است!

«دربند = کوچه‌های پهن و کوتاه». از این قرار تجریش = کوچه‌های دراز و باریک.

«درماندگی = توقف در تجارت». پس معلوم می‌شود کسانی که درمانده و عاجز هستند در معاملات تجاری اجتماع ورشکست شده‌اند.

«درودگر = کسی که اسباب و آلاتی از چوب می‌سازد و بـه عربـی (نجـار) گویند». پس پالانگر هم یعنی کسی که اسباب و آلاتی از کاه و چوب و گونی و چرم تعبیه می‌کند و به عربی (سراج) گویند. چنان که نظامی گفته:

پالانگری به غایت خود،

بهتر ز کلاه‌دوزی بد.

این کلمه در فرهنگ فرهنگستان از قلم افتاده است.

«دورو روزگار» هر دو به معنی عصر در زمین‌شناسی انتخاب شده اسـت چون این موضوع در زمین‌شناسی خیلی مهم است، دو لغت بـرای آن وضـع شده است و ما استدعای عاجزانه داریم که یک لغت دیگر هم هرچه زودتر برای آن اختراع کنند وگرنه اوضاع زمین به هم خواهد خورد.

«دوراه = چراغ برقی که دارای دو سر مثبت و منفی است». در این صورت چهار راه چراغ برقی است که دارای چهار سر مثبت و منفی می‌باشد.

«رخساره = وضع عمومی آشکوب‌های زمین.» چنان که حافظ راجع به طبقات زمین می‌فرماید:

یارب به که بتوان گفت این نکته که در عالم
رخساره به کس ننمود آن شاهد هرجایی»

«زایا = Générateur» پس Génateur را باید آفرینا نامید.

«زفره = Mandibule» در صورتی که در لفظ عوام سابقا شاخک می‌گفته‌انـد وزفر در پهلـوی بـه معنـای پـوزه و دهـن جـانوران اسـت. البتـه مقصـود فرهنگستان حشرات دهن‌گشاد بوده است و برای ایـن حشـرات مـا لغـت دهن بر پایان یا دهن‌دریدگان را پیشنهاد می‌کنیم.

«زناشویی = نکاح» و در مقابل اصلاحی در لغات فرانسه نیــز نبـوده و لغـت Prîson را که به معنی زندان است در جلـو آن اضـافه کـرده‌انـد. معلـوم می‌شود کسی که این لغت را جلو کلمه زناشویی گذاشته، شب قبل با زنش نزاع کرده بوده و خواسته است علی‌رغم کسی که جوانـان را بـه زناشـویی تشویق می‌کنند ایشان را به این حقیقت متوجه نماید.

«زینه = درجه» به همین مناسبت زن‌های مدرج را زینت می‌نامند.

«ساز = آلت» البته افزار صدادار باید باشد،

«سگساران = جانورانی که سر آن‌ها مانند سگ است». جل الخالق! لابد تـن این جانوران هم شــبیه گربــه اسـت. معلـوم مــی‌شــود کارمنـدان محتــرم فرهنگستان علاوه بر لغات من‌درآری جانورران خیالی هم می‌آفرینند. جـزو برنامه شهر فرنگ سگساران را نمــایش مــی‌دادنـد. لکــن در زبـان پهلـوی سگسران به معنی Cynocéphales آمده است.

«سوسن گرد = نام شهر خفاجیه در خوزستان.» از کتاب حـدود العـالم نقـل می‌شود که این شهر در قدیم به واسطه پارچه‌های سوزن‌زده خود مشهور بوده. ولی در کتاب شهرستان‌های ایران شهر تالیف مـارکوارت (فقـره ٤٧) می‌نویسد: «شهرستان شوش و شوشتر را شوشنـدخت زن یزدگـرد پسـر شاپور، ساخت، چه او دختر ریش گلوته پادشاه یهودیان و مـادر بهـرام گــور بود.» از این مطلب چنین بـه دسـت مـی‌آیـد کـه زن یزدگـرد شاپوران سیاه‌بخت بوده و به وسیله سوزن زدن امرار معاش می‌کرده است و لغات سوسن و شوشتن و Suzanne از سوزن مشتق شده است.

«سویه = میکروبی که میکروب‌های دیگر از آن پدید آمده باشد.» از ایـن قرارام المکروبات اسـت. و از علمــای عــالی مقـدار فرهنگستان اسـتدعای

۳٤٦

عاجزانه داریم کنون که به کشف چنین میکروب خطرناکی موفق شده‌انـد و شب شش گرفته اسم فارسی بکری رویش گذاشته‌انـد از راه خـدمت بـه بشریت هم شده هرچه زودتر در قلع و قمع این میکروب اقدام مجدانه به عمل آورند.

«سیاه پایه = قره غایه» گویا به ترکی سیاه‌سنگ معنی می‌دهد ولی از لحـاظ مراعات قافیه برای کسانی که نصاب فرهنگستان را خواهند سرود غایه پایه ترجمه شده است.

«سـینه = صـدر Siliceux» محتمـل اسـت قبـل از پیـدایش امـراض سـینه فرانسویان این عضو بدن را با احجار سیلیسی اشتباه می‌کرده‌اند.

«شکست = در معنی دوم انکسارف» نوشته شده، گویا اسـم خـاص باشـد و بهتر بود انکسار زاده ترجمه می‌شد.

«فروخته = خریده (بر حسب آن که چگونه به کار رود).» برای استعمال ایـن لغت از این به بعد باید قبلاً از علمای فرهنگستان مشورت کننـد و پروانـه‌ی ویژه به‌دست بیاورند.

«قرنطین = قرانطینه» البته در ترجمه نکردن این لغت به چله حکمتی اسـت که عقل قاصر ما پی‌نمی‌برد.

«کاو = Concave» لذا وکس Convexe می‌باشد.

«کرانه = ساحل دریـا و کنـاره = سـاحل بـه طـور کلـی». تشـخیص بسـیار زیرکانه‌ای است! زیرا لغت‌شناسان تا کنون به غلط گمان می‌کردند که کنـار و کرانه مانند ژفروژرف - پهریز و پرهیز -. مرگ و مغز مقلوب یکدیگرند و به فارسی ساحل دریا بار می‌باشد خوشبختانه این اشتباه مرتفع گردید.

«کلید = مفتاح» جای آن را داشت که در این صورت لغات: خر = حمار و درخت = شجر را نیز توضیح می‌دادند.

«کوه زا» طبق تعریف لغت: «بچه‌زا» معلوم می‌شود کوه‌های عیاشی هستند که تولید مثل می‌کنند.

«کوی = کوچه‌هایی که پهنای آن‌ها از شش تا ۱۲ متر است». معلوم می‌شود که چون در عصر جدید کوچه به حد بلوغ رسیده علامت تصغیر را دیگر از جلو آن برداشته‌اند.

«گردنا = استخوان مکعبی سر زانو». در این صورت باید مکعب نا نامیده شود.

«گویا = منطق» پس لال = اصم.

«لگن = خاصره» ولی ضمن تعریف لغت میانین این هر دو کلمه را با هم آورده‌اند. برای رفع اشتباه بهتر بود آفتابه را هم به معنی ستون فقرات انتخاب می‌فرمودند.

«مادگی = Pistil» این لغت در زبان پهلوی دارای معانی بسیار دقیق می‌باشد و ماده به معنی پایه - بن - سرچشمه و بنیاد آمده است که هیچ کدام با این معنی مناسب نیست. شاید از آن‌جایی که پیستیل شبیه مادگی لباس بوده به این اسم مفتخر گردیده است.

«مازیار = حاج علینقی» پس از این به بعد هر کس حاجی علینقی نامیده می‌شده بنا به فرمان جهان مطاع فرهنگستان خود به خود اسمش مازیار خواهد شد.

«مغاکی = منسوب به قسمت‌های بسیار عمیق دریا» مغ به فتح اول در لغت اوستایی به معنی چاله‌ای بوده که برای تطهیر می‌کنده‌اند. فردوسی نیز به معنی چاه آورده.

مغی ژرف پهناش کوتاه بود،
بر او بر گذشتن دژ آگاه بود.

البته مقصود فردوسی چاله‌های زیردریایی بسیار عمیق بوده است.

«مین = دستگاهی که زیر کشتی‌ها برای شکستن آن‌ها گذاشته می‌شود». افشای این حقیقت به ضرر کمپانی‌های کشتی‌رانی مسافری تمام خواهد شد. زیرا از این به بعد کسی جرات نمی‌کند که به کشتی سوار شود. البته این کار را از آن لحاظ می‌کنند که کشتی‌ها زیاد عمر نکنند وگرنه کشتی حضرت نوح صحیح و سالم هنوز وجود داشت.

«ناشکوفا = میوه خشک باز نشونده». پس تا کنون کسی مزه آن را نچشیده است.

«ناو = کشتی جنگی» و ۱۳ کلمه از آن مشتق شده است. برای رفع نحوست خوب بود کلمه ناودان را که به معنی قوطی مخصوص پیچیدن کشتی‌های جنگی است می‌افزودند.

«نای = قصبة الریه» مسعود سعد می‌گوید:

نالم ز دل چو نای من اندر حصار نای،
پستی گرفت همت من زین بلند جای!

معلوم می‌شود آن مرحوم ملتفت نبوده که در حصار قصبة الریه محبوس است.

۳٤۹

«نرماده = ذوجنبتین» لغت Hermaphrodite به معنی خنثی است و در زبان پهلوی و زوخته گفته شده. یعنی نه نرنر و نه ماده ماده. البته فضلای مودب برای آن‌که به این جنس توهین نکرده باشند اختصار تلگرافی در وضع این لغت به کار برده‌اند که هم به معنی نرنر و هم به معنی ماده‌ماده باشد.

«نیش = دندان‌های انیاب» چنان که سعدی درباره دندان‌های انیاب عقرب می‌گوید:

نیش عقرب نه از ره کین است،
اقتضای طبیعتش این است.

«هسر = یخ لغزان Verglas» در لغت بژ همین معنی با همین لغت فرانسه تکرار شده. در لغت فرس اسدی (ص ١٣٤) هسر به معنی یخ آمده و بژ در برهان به معنی برف و دمه و برف خوره است. خوشبختانه امروز کسانی هستند که با استعداد خداداد معنی حقیقی لغات را به فراست درمی یابند!

«یاخته = سلول» با مشتقات پر یاخته - تک یاخته و غیره... در برهان به معنی بیرون کشیده (آخته؟) و حجره و خم کوچک و شبه و نظیر آمده است. مناسب این لغت تخمی با سلول معلوم نشد. گویا مخترع آن از شیر سماور به شیر صحرای کربلا زده یا شاید چون سلول در فرانسه به معنی کلبه رهبانان و اتاق زندان آمده و یکی از معانی این لغت جعلی باب دندان فرهنگستان حجره و خمره بوده به این اسم مفتخر گردیده است.

این بود خلاصه‌ای از نظریات این حقیر. ولی نباید فراموش کرد که علاوه بر واژه‌های جدید، علمای فرهنگستان بسیاری از لغات مهجور و فراموش شده فارسی را دوباره زنده نموده‌اند و خوشبختانه برای مزید فایده جلو اغلب آن‌ها مرادف فرانسه آن را هم افزوده‌اند تا فرانسویان گمراه نشوند. بعضی از آن لغات فرس قدیم از این قرار است:

استخوان - اندازه - اندام - بیابان - تهران - جفت - جنین - جویدن - خوشه - دریافت - دریایی - دستگیری - دغلی - دفتر - دکتر - دندان - ریگ - زندگی - زنده - ساختگی - سرمایه - سنگ - سیخ - شن - صندوق - فروشنده - کار - کمر - لجن - ماسه - مدال - مرجان - مرده - مرگ - مفاصا - مو - میان - نانوا - نژاد و غیره:

در خاتمه باید تشکرات عاجزانه خود را تقدیم کارمندان محترم فرهنگستان بنماییم که به وسیله اختراع لغات من درآری «ساخت فرهنگستان» زبان فارسی را از پرتگاه مرگ نجات داده و به سوی شاهراه ترقی و تعالی سوق داده‌اند. و ضمناً صاحب برهان قاطع و لاروس کوچک را نیز باید به دعای خیر یاد کنیم که گویا از هر کتابی بیشتر مورد استفاده کارمندان محترم فرهنگستان قرار گرفته. امید است که کارمندان فرهنگستان از طریق امساک منحرف نشوند و هر سال عده معدودی از لغات برهان را مسخ نموده و به فارسی زبانان مرحمت فرمایند تا چنته به زودی خالی نشود، و در ضمن لغات و معانی ادبیات فارسی به تدریج رونق و اعتبار مخصوص به خود بگیرد.

از درگاه پروردگار موفقیت روزافزون کارمندان محترم فرهنگستان را خواستاریم و امیدواریم که همواره نگاه تمسخرآمیز آن‌ها به ریش مردم دوخته و کیسه‌شان از زر آن‌ها اندوخته باشد.

باش تا صبح دولتش بدمد،
کاین هنوز از نتایج سحر است!

قضیه دست‌برقضا

دس بر قضا، در یکی از روزهای گرم تابسون،
که از زور گرما لیچ می‌افتاد زیر پسون؛
سه تا مکش مرگ مای قرتی قشمشم،
بطور کلی از گرما کلافه شده بودن.
با هم گفتن: «خوبه بریم چن تا قلپ آب خنک بخوریم، نفس راحت بکشیم، لنگامونو سینه دیفال بزنیم.»
قرار شد سر ساعت هفت بیرون دروازه شمرون برن،
اوتول سوار بشن، رو به فشم و اوشون برن.
دس بر قضا، دو نفرشون که اول رسیدن،
چشم انتظار سومی بودن که اوتول از کور و کچل پر شده بود،
یه شاعر گر بو گندو هم جای رفیق سومیشون نشسه بود.
یه روزنومیه مچالیه «ایرون» هم تو چنگولش گرفته بود،
با غلاغ تک‌زده‌های کورمکوریش سرشو دولا می‌کرد،
با سواد نداریش روی خط‌هایی که نمی‌تونس بخونه هی نگا می‌کرد.
که رفیق سومی با آل و ابزار و خیمه و خرگاه وارد شد،
نیش رفیقاش از خوشحالی بی‌اختیار وا شد،

الخلاصه، اونم بار و بندیلش زور چپون جا شد.

*

اوتولو آبگیری کردن و راه افتادن،

که یه دفه زادورود لگورییا که لابلای نشیمنا تمرگیده بودن،

یه مرتبه مثه انار ترکیدن.

زغ و زوغ کنسرت اونا تو اوتول پیچیده بود،

اوتول از میون صحراهای خشکیده و تپه‌های وغ زده جاده را قبراق می‌ربود،

همینطور رفتن و رفتن و رفتن،

جاده‌ها بطور کلی عوض می‌شدن.

یه جایه شاش موش آب بود، یه جایه درخت تو سری خورده،

یه جا الاغ زخمو، یه جا یه بچه‌ی مادر مرده[۱۰]

از چن تا دهکوره‌ی کنار کوه که رد شدن،

دس بر قضا اوتول یه پیچ خورد و تو میدون پلاس[۱۱] دولا کنکورد فشم پیاده شدن،

جلو قهوه‌خونه سیدمرتضا، همونجا که اوتول سر خرشو برگردونده بود، اسباباشونو از شاگرد شوفر چاق و چله تحویل گرفتن،

و با وزیر الوزرا باشی قهوه خونیه سید مرتضا برای روزنومه‌ای که تو اوتول دس یارو چشمشون دیده بود و دلشون خواسه بود رو هم ریختن.

که اگه از زیر سنگ هم شده روزی یه روزنومه،

از تهرون برسونن به فشم تو قهوه‌خونه،

تا هر جا که اونا اطراق کردن و خیمه و خرگاه زدن،

---

[۱۰] صنعت انتقاد سرخود.

[۱۱] صنعت تکرار المترادفین.

به توسط چاپار مخصوص،

اون روزنومه رو برسونه به اون ناحیه بخصوص.

به سید مرتضا گفتن: «آقا مرتضا!

گفت: «جان سید مرتضا؟

گفتن: «جون سبیلات، یه جای‌تر و تمیزی به ما نشون بده که این آخر عمری، چار صبایی اونجا آب خنک از تو گلومون پائین بره، لنگمونو سینه دیفال بکوبیم و تو سبزه‌ها غلت بزنیم.

گفت: «یالا زود باشین، همینجا خراب بشین و آب به آب بشین. خودم همچنین کوزه نونو لب سقاخونه میگذارم و خودم همچین مثه پروونه دورتون میگردم که آب تو دلتون تکون نخوره.

گفتن: «بابا مگه چشت رفته بالای کاسه سرت، یا بیل خورده به کمرت که این کثافت و خاکه ذغال و پهنو نمی‌بینی دور و ورت؟

«این فشم با چن تا درخت کوفتی و یه رودخونه یه شاش موش آب، این همه نداره آب و تاب!»

سه نفری عقلاشونو رو هم ریختن که برن امامه،

که اونجا بخورن ماس و سرشیر و کره و خامه.

الخلاصه، هرچی موس موس دنبال قاطر کردن، قاطر پیدا نکردن،

دس بر قضا، یه خرکچی دندون‌گرد ختنه نکرده بی‌حیا با سه تا خر پیدا کردن،

از اونجا که قاطر نادر بود، اونا با خرکچیه گاب‌بندی کردن،

اسبابشونو روی قاطرا بار کردن[۱۲].

هن و هن زنون، عرق ریزون، خودشونو از تپه‌ها بالا میکشیدن،

---

[۱۲] صنعت تعویض المواشی

تا چش کار می‌کرد، اینطرف و اونطرف تپه‌های خاردار و کوه‌های وحشتناک میدیدن.

دس بر قضا، یه راهی داشت که اگه پاشون در می‌رفت،

هفت جدشون از جلو چشمشون در می‌رفت.

الخلاصه، با وجودی که موش ازشون بلغور می‌کشید، اگه دماغشونو می‌گرفتی جونشون در می‌رفت.

همینطور از روی جاده‌های هفت خط آل پلنگی خودشونو میکشیدن،

تا دم دروازیه محترم امامه رسیدن،

نه کسی براشون گاب کشت، نه گوسبند،

نه جلوشون اومدن و نه براشون دود کردن اسفند.

اگه تو راه دو سه تا چشمه کوفتی پیدا نمی‌شد که آب به سر و روشون بزنن،

همون میونا ریغ رحمت رو بی‌زحمت سر میکشیدن.

دس بر قضا، همینکه به امامه رسیدن، نمیدونین چی دیدن،[۱۳]

یه جوغ آب بود با درخت‌های کل وول،

به اضافیه بوی پشگل و بچه‌های کور و کچل،

چن تیکه یونجه‌زار و چن تا درخت سیب کرمو،

چن تا درخت شتک‌زده سگک آلو.

همچنین یه قبرسون مفلوک پیزری،

که منتظر بود اهل ده رو پذیرایی کنه بی‌سماور و قوری.

الخلاصه، بکوب بکوب توی سنگها و جاده‌های آب افتاده،

رسیدیم[۱۴] اسرآب بالاده یه جای دورافتاده.

---

[۱۳] ذو قافیتین

دس بر قضا، اون بالا بالاها از تویه آسیاب لکنتو،

پیدا شد سر و کله‌یه آسیابون ریشو.

چاق سلومتی کردیم و گفتیم: «دیگه چه می‌شود کرد؟ ما مهمونیم،

«به شما وارد شدیم و می‌خواهیم اینجا بمونیم.

«زود باشین جلو مارو آب و جارو بکنین،

هرچی خوراکیهای خوب دارین، بدین واستون بلنبونیم.»

مرتیکه ریشو! با وجودیکه ما ریشمونو تراشیده بودیم، هری به ریشمون خندید و گفت: «راهتونو بکشین و برین،

«دس از سر کچلمون وردارین؛

«اینجا که شماها آمدین نه آبه نه آبادانی و نه گلبانگ مسلمونی،

«اگه میخواهین از گشنگی نترکین،

«همین الان سر خرتونو برگردونین

«و برین.»

هر سه‌تایی رواشونو سفت کردن و پاهاشونو تو یه کفش کردن،

که اونجا بمونن و آذوقه‌ی نداری اون ده رو تغذیه کنن!

و پاهاشونو به سینه‌ی دیفال نداری ده بزنن.

گاس باشه یه خورده آب زیر پوستشون بره،

لگوریهای تهرون خاکسر نشینشون بشه واسه‌شون سر و دس بشکنه و آبرشون پیش بچه محلشون نره.

این شد که از شما چه پنهون! معلوماتی که با خودشون آورده بودن،

زمین زدن و بند تنبون چادرشونو وا کردن.

---

[۱۴] صنعت تغییرالافعال به علت ضرورت شغل

و کنار رودخونه، یه جای مخلا بطبع لابلای سنگها و میون جک و جونورها خیمه و خرگاهشونو به پا کردن.

روش خوابیدن و غلت زدن و خرلنگاشونو هوا کردن

بعد ریش تراشیده آسیابون[15] رو گرفتن و تو چادرشون کشیدن و گفتن:

«بی‌رودرواسی ما آمده‌ایم تو امامه،

«تا بخوریم ماس و سرشیر و کره و خامه.

زودباش! هرچی داری بیار بمیدون،

«ما اینکاره‌ایم، همه رو واستون میخوریمون.»

القصه، سه روز آزگار، نون کپک زده و ماس ترشیده رو به نیش کشیدن،

تا یه خورده خستگیشون در رفت و تمدد اعصاب دادن،

نشونی به اون نشونی که هرچی قاصد برای روزنومه به فشم پیش سید مرتضا فرسادن،

اگه پشت گوششونو دیدن، روزنومه محترم «ایرونو» دیدن.

دس بر قضا، ناسلومتی یه روز هوس کردن،

رفتن امامه بالا و امامه پائین رو وارسی کنن،

دور از جون شما، چیزای خطرناکی دیدن،

چن تا خونیه گلی خراب شده دیدن:

که ترسیده بودن و خودشونو بغل هم فشار میدادن.

یه بوی خیلی بدی از آغل گوسبندها و موال‌های رو واز و پشگل گوسبند و یونجه خشکیده و تپاله گاو و لجن دلمه بسته میون کوچه و پس کوچه‌ها پیچیده بود و دود غلیظ پهن از خونه‌ها به هوا بلند می‌شد و دو سه تا ضعیفه چادر نمازی و چن تا بچیه لختی هم دنبال ما افتاده بودن،

---

[15] صنعت کوسه و ریش پهن

بهمدیگه سقلمه میزدن و مارو نشون میدادن و میگفتن.

«مث اینکه اینا بوی نون تازه و ماس شیرین میدن!»

دس بر قضا یه روز از همه جا بی‌خبر،

یه موجود نتراشیده‌ی بچه به بغلی دیدن که وارد شد از چادر در.

اما بچه‌اش برعکس سیبی که از میون نصب میکنن،

گویا مثه همه‌ی بچه مچهای خودمون حرومزاده تشریف داشتن.

چون هیچ شباهتی به پدر محترمشون نداشتن.

اونا پا شدن و چادرشونو آب و جارو کردن.

مهمون ناخونده رو بردن تو شاه‌نشین چادرشون نشوندن.

مهمونه آب دهنشو قورت داد و ابتدا بساکن گفت:

«از شما چه پنهون، به عقیده‌ی من حقیقتو نباید نهفت. -

«آورده بودند که پنج سال پیش امامه را سه ده بودی که آن‌ها را بالا ده و میان ده و پائین ده نام نهادندی. بالاده چشم چراغ این خطه بودی، چنان که عقل از سر فغفور چین و فراعنه مصر و قیصر مغفور اروس می‌ربودی. آب چشم‌هاش، دهن چشمه حیوان را میگاییدی و در مقابل نسیم عنبر آسایش، دهن نسیم بهشتی میچاییدی. مرتع و یونجه‌زارش از انواع درختان گردن کلفت پیراسته و مرغزارش به کود و پشگل گوسفندان مرینوس آراسته عنکبوتش چون با ماموت سیبری دست و پنجه نرم نمودی، چهار ستون بدنش را خورد و خاکشیر فرمودی و بزغاله ناکامش گرگ لامسب آلاسکا را کف لمه نمودی. دم جنبونکانش پر سیمرغ را به تن کچل کرکس کوه قاف سیخ کردندی و ساکنان جلبش کلاه فلاسفه هندویان را به طاق آسمان هفتم میخ کردندی و دزدان قهارش بی‌خود و بی‌جهت سورمه را از چشم مردمان می‌ربودندی و مرگ را با مردمان کهنسال این دیار کاری نبود و پیک اجل را با شیشکی و پس گردنی رد کردندی. باری آنقدر نمودندی و گفتندی و کردندی که حضرت باری را از این جریان صد در صد پیسی میست نمودندی.

«دس بر قضا یکی از روزها تنگ غروب، یک تکه ابر کبود که بیش از ۵۰×۵۰ متر مکعب نبود، چنان بر سر آسمان امامه بارید که طومار زندگی موجوداتش را از هم درید. ناگهان چنان غریو تندر و کریو برق و غرش رعد و خروش سنگ در کوه و دره طنین انداخت که شیر شرزه در خرس کلیمه[۱۶] زهره خود را پاک باخت و جابجا چانه‌انداخت. یک سیل ارنعوتی از سینه کشی کوه تنوره کشید که بالا ده و میان ده و پائین ده امامه را با آب بیشرفش نوره کشید. چنان غلتید و پیچید و زمین و زمان را زیر و زبر کرد، که با ضرب و زور قلدریش مجرای رودخانه را یه ور کرد...»

همینکه چرت و پرت فلانی به اینجا رسید،

پا شد با کمال احترام خداحافظی کرد و شیخی رو دید.

❊

دس بر قضا، همینکه قرتی قشمشمها از شر این موجود وحشتناک فارغ شدن،

همون روز دسشونو پر شالشون زدن و برای سیر آفاق وانفس رفتن که دم رودخونه هواخوری بکنن.

دیدن یه مرتیکه قوزولو، لاغر و با چشم آبچکو و دک و پوز اخمو،

به کائنات فحش میده و غرولند میکنه و با دستهای زیگیلو و سنگهای گنده گنده رو میکنه زیر و رو.

با تعجب رفتن جلو و پرسیدن: «– ای عمو!

«با کار خونیه خدا چه کار داری، چه دردته بگو،

گفت: «حواستون کجاس، مگه شما آمدین از پشت کوه،

«به‌نظرم میاد که شما با مردم این ده نشدین روبرو،

«اون بهشت موعود با اون همه کر و فرش،

«پیش این امامیه ما نمی‌ارزید به انگشت کوچیکه سم خرش

---

[۱۶] به معنی لانه خرس به اصطلاح اهالی امامه

«خدا که دید در دکونش تخته شده و تو سر بهشتش خورده،
«یه سیل ارنعوتی فرستاد که چن سال پیش اینجاها رو پاک برده،
«حالا منم پاهامو تو یه گیوه کرده‌ام،
«همه کار و بار زندگیمو ول کرده‌ام،
«میخوام با خدا لج بکنم،
«مجرای رودخونه رو کج بکنم.
«تا اینجارو برگردونم به صورت اولش،
«تا عالم و آدم مث مور و ملخ بگردن دور و ورش.»
دس بر قضا، دو سه روزی از این صحبتا نگذشت،
که امامیه خودمون به حال اولش برگشت:
چوب درختهای عرعرش آبنوس شد،
بزغاله‌هاش همه مبدل به گوسبند مرینوس شد.
سنگ و کلوخ توی رودخونه لوء لوء و مرجان شدند،
خارخسک‌های سر تپه‌ها کدو تنبل و بادمجان شدند،
خرس کلیمه‌های کمرکش کوه، همه آسمان خراش شد.
نون خشکیده‌های لترمیه اونجا نون لواش شد.
خرمگس‌ها و خرچسونه‌ها قرقاول و طاووس شدند،
عجوزه‌های هفهفوش تازه عروس شدند،
و پشه خاکیها و ککهاش همه مرغ و خروس شدند.
تو عطاریهاش تا چشم کار می‌کرد، پر از سیگارتهای چسترفیل و عبدالله و کامل بود،
یکی از قلم‌های مهم صادراتش کنسرو تاپاله و پشگل بود.

عنکبوتهای نره‌خرش بالای کوه به حال غمناک کراوغلی میخوندن،

با خودشون میگفتن: «پس این ماموتهای بیشرف کجان که بیان با ما دس و پنجه نرم بکنن؟»

خرس و زرافه و یوزپلنگش لباسهای متحد الشکل پوشیده بودن، سر کوه‌ها متفکر قدم میزدن.

تمام نواحی استراتژیک امامه، از: گزندک و اوریا و پهرک و تازه باد و نسائیتی و تنه نو،

تا پی دیو دمبره و دارکیا و گورگ و باغتینگه و دیلمو،

اونا کشیک میدادن، به زبان حال میگفتن و دم گرفته بودن:

«کو بمب‌های بالدار آتشزا و توپهای برتا تا رویش نمک بپاچیم و کف لمه کنیم؟

«کو تانکهای سنگین و اشتوکاهای عمود رو و گاز خفه کننده و مکروبات اونا تا دیشلمه کنیم؟»

دس بر قضا هرچی بی‌ریخت و مافنگی و پیزری تو تین ده بودن

مثه طاووس مس میخرامیدن و مثه ماه شب چهارده میدرخشیدن،

مردمونش که مثه جوجه تیغی از صبح تا شوم خار میکشیدن،

سبیلهای چخماقی خودشونو میتابیدن،

خودشونو بی‌جهت غلغلک میدادن و میخندیدن.

همه متحدالصورت و متحد اللباس بودن،

متصل توی سالنهای مد اونجا پلاس بودن.

همه‌ی مردم از بیکاری از صبح تا شوم تو هم وول میزدن،

دس بر قضا، کار به جایی کشیده بود که دخترها پسرها را گول میزدن،

همه‌ی مبانی اخلاقی و اجتماعی را گذاشته بودن زیر پا،

ایرادهای بنی اسرائیلی میگرفتن به کار خونیه خدا،

باری آنقدر به کار خونیه خدا ایراد گرفتندی،

که این سفر حضرت باری را از این جریان دویست در صد پیسی‌میست کردندی.

دس بر قضا، این سه تا جوون قرتی قشمشم،

که ازاین اوضاع انگشتاشونو با تعجب میگزیدن،

یه روز از همه جا بی‌خبر دور هم نشسته بودن،

یه مرتبه گرد شد و غبار شد،

آسمون تیره و تار شد.

یه تیکه ابر از اون ابرای ۵۰×۵۰ متر مکعب از پشت کوه‌ها پدیدار شد.

همینکه اون ابره شروع کرد به باریدن،

غضب سابق حضرت باری را به یاد آوردن.

جل و پلاسشونو هل هولکی جمع کردن و پاشنه گیوه هارو ور کشیدن،

امامه رو پشت سرشون گذاشتن و راه تهرونو گز کردن.

قضیه‌ی خر دجال

تبصره - قبل از شروع، از خوانندگان عزیز و محترم معذرت می‌خواهیم که این عنوان به هیچ وجه با موضوع این قضیه ربطی ندارد. گرچه می‌تونستیم عناوین دیگر از قبیل: قضیه گورکن، یا خر در چمن، یا گوهر شب‌چراغ، یا صبح دم حجره، یا چپ اندرقیچی یا هزار جور عنوان بی‌تناسب دیگر انتخاب بکنیم اما از لحاظ ابتکار ادبی مخصوصا این عنوان را مستبدا به طور قلم‌انداز اختیار کردیم، تا باعث حیرت عالمیان بشود و ضمنا بدانند که ما مستبد هم هستیم. و حالا به هیچ قیمتی حاضر نیستیم آن را تغییر بدهیم. امید است که خوانندگان با ذوق و خوش قریحه، عنوان مناسب‌تری برای این قضیه توی دلشان خیال بکنند و به مصداق کلمه قصار پیران ما که از قدیم فرموده‌اند: «انسان محل نسیان است». این گونه سهل‌انگاری‌های مبتکرانه و بی‌سابقه را به‌نظر عفو و اغماض بنگرند. حالا از شما گوش گرفتن و از ما نقالی کردن. یا حق:

یکی بود یکی نبود؛ غیر از خدا هیشکی نبود! یک گله گوسفند بود که از وقتی تنبان پایش کرده بود، و خودش را شناخته بود - البته همه می‌دانند که گوسبند تنبان ندارد، اما این گوسبندها چون تحصیل کرده و تربیت شده بودند و تعاریج عند ماغیه‌ی آن‌ها ترقی کرده بود، نه تنها تنبان می‌پوشیدند بلکه نفری یک لولهنگ هم که از اختراعات باستانی این سرزمین بود، به رسم

یادگار به دست می‌گرفتند و گاهی هم از کوری چشم حسود استمناء فکری می‌کردند. به علاوه عنعنات آن‌ها خیلی تعریفی بود. به طوری که کسی جرات نمی‌کرد به آن‌ها بگوید که: «بالای چشمتان ابروست!»

باری دردسرتان بدهم، این گله گوسبند در دامنه کوهی که معلوم نیست به چه مناسبت کشور «خر در چمن» می‌نامیدند، زندگی کج دار و مریز می‌کردند و می‌چریدند و خدا را شکر می‌کردند که آخر عمری از چریدن علف نافتاده‌اند.

گوسبندهای ممالک همجوار که گاهی با معشوقه‌های خودشان برای ماه عسل به این سرزمین می‌آمدند، لوچه‌پیچک می‌کردند و به این گوسبندها سرکوفت می‌زدند که. «آخر ای بنده‌های خدا! چشم و گوش‌تان را باز کنید. از شما حریکت از خدا بریکت! اگر به همین بخور و نمیر بسازید، کلاه‌تان پس معرکه می‌ماند و عاقبت شکار گرگ می‌شوید.»

اما گوسبندهای خر در چمن پوزخندی می‌زدند و فیلسوف مآبانه در جواب می‌گفتند: «زمین گرد است مانند گلوله، ما خر در چمنی هستیم و پدران ما خر در چمنی بوده‌اند. سام پس نریمان، فرمانروای سیستان و بعضی ولایات دیگر بوده است! بالاخره هر چه باشد ما یک بابایی هستیم که آمده‌ایم چهار صبا تو این مملکت زندگی بکنیم و سری که درد نمی‌کند بی‌خود دستمال نمی‌بندند و هر که خر است ما پالانیم و هر که در است ما دالانیم. شماها از راه غرض و مرض آمده‌اید ما را انگولک کنید و از چریدن علف بیندازید اما حسود به مقصود نمی‌رسد. البته ما اذعان داریم که در کشور پهناور ما باید اصلاحاتی بشود، اما این اصلاحات باید به دست بزاخفش انجام بگیرد و کوزه ما را لب سقاخانه بگذارد. عجالتاً خدا کند که ما از چریدن علف نیفتیم!» گوسبندهای کشورهای آنور دریاها وصحراها از این همه اشعار و معلومات

فلسفه آلود تو لب می‌رفتند و به عقل و فراست آن‌ها غبطه می‌خوردند. گوسبندهای خر در چمن چریدن علف را جزو برنامه‌های مقدس آفرینش گمان می‌کردند و پاهای‌شان را توی یک سم کرده بودند و بیخود و بی‌جهت به دل‌شان برات شده بود که بزاخفش نجات‌دهنده آن‌ها است.

میان خودمان باشد نباید پا روی حق گذاشت. چون گوسبندهای خر در چمن آن قدرها هم ناشی نبودند و منافع خود را می‌پاییدند، و از لحاظ مال‌اندیشی باج به شغال می‌دادند تا اگر خدای نخواسته گرگ‌های همسایه به گله بزنند، شغال‌ها زوزه بکشند و گرگ‌ها را فرار بدهند. اما بیشتر این شغال‌ها پیزی افندی و پزوایی از آب درآمدند و از بس که زوزه می‌کشیدند خواب و خوراک را به گوسبندها حرام کرده بودند. و گاهی هم که عشق‌شان می‌کشید با گرگ‌ها ساخت و پاخت می‌کردند و با آن‌ها دنبه می‌خوردند و با گوسبندها شیون و شین راه می‌انداختند. گوسبندها هم دندان روی جگر می‌گذاشتند و تک سم خودشان را گاز می‌گرفتند و می‌گفتند: «آمده‌ایم تره گرفتیم که قاتق نان‌مان بشود قاتل جان‌مان شد!»

الخلاصه، دری به تخته خورد و روزی از روزها روباه دم بریده‌ای که سودای آفاق و انفس به کله‌اش زده بود، از کشورهای دور دست با دوربین عکاسی و شیشه ترموس و پالتو بارانی و عینک دور شاخی، گذارش به سرزمین خر در چمن افتاد. این ور بو کشید و آن ور بو کشید و آن ور پوز زد و به فراست دریافت که زیر کشور خر در چمن پر از گوهر شب‌چراغ است این مسئله خیلی عجیب است، زیرا از قراری که در کتب قدما آمده گوهر شب‌چراغ رنگ و بو و طعم ندارد. - مخلص کلام روباه با خودش گفت: «اگر کلکی سوار بکنم که تا هنوز کسی بو نبرده این‌ها را از دست گوسبندها در بیاورم، نانم توی روغن است!» دم بریده‌اش را روی کولش گذاشت و

سیخکی تا مسقط الرأس خودش دوید و با مقامات نیمه‌صلاحیت دار انترویو کرد و به پاداش خدمتش به طور استثناء یک پالان برای روباه درست کردند و مقداری پیزر لایش چپاندند و چند مرغ آبریت کرده لاری و خروس اخته هم عوض نان و روغن به او دادند.

روباه سبیل‌های چربش را تاب داد - متأسفانه سابقاً اشاره نشده که روباه سبیل هم دارد - و به کشور خر در چمن برگشت. خوب که وارسی کرد توی سر طویله شغال‌هایی که باج می‌گرفتند، یک دوالپای لندهور پیدا کرد که او را مهتر در آخور گذاشته بود و کثافت از سر و ریش بالا می‌رفت و دائما فریاد می‌زد: «من گشنمه!» او را برد توی پاشوره حوض، سر و صورتش را طهارت گرفت وتر و تمیز و نو نوارش کرد برای این که او را به جان گوسبندها بیندازد. اما از آن‌جا که گوسبندها به کنسرت سمفونیک شغال‌ها عادت داشتند، یک مرتبه نمی‌شد او را جا زد چون ممکن بود رم بکنند. جارچی انداخت و تو هر سوراخ و سنبه را گشتند از توی قبرستان کهنه‌ای یک کفتار بر ما مگوزید پیدا کردند که می‌خواست سری توی سرها بیاورد و داخل گوسبند حساب بشود. از این رو شب‌های مهتاب با شغال‌ها دم می‌گرفت و زوزه می‌کشید. روباه رفت جلو، هری تو رویش خندید و گفت: «آقای کفتار! غلام حلقه به گوش من میشی؟» کفتار جواب داد: «جان دل کفتار! من اصلا تو حلقه بزرگ شده ام، ما نوکریم، خانه زادیم، به روی چشم!»

کفتار را هفت قلم آرایش کردند و دو تا شاخ گاومیش روی سرش چسباندند و یک ریش کوسه هم زیر چانه‌اش گذاشت و شلیته قرمز هم به پاش کرد و آمد در چراگاه گوسبندها جلو میکروفون فریاد: «ای ملت نجیب ستمدیده گوسفند خر در چمن! من سال‌ها است تو قبرستان در تبعید و

انزوا به سر برده‌ام، تمام عمر به حال شما بی‌خود و بی‌جهت خون گریه کرده‌ام و جگرم دنبلان کباب شده است. اکنون کاسه صبرم لبریز شده و قفل سکوت را از پوزه‌ام گشودم و کمر همت را بستم تا سرزمین خر در چمن را بهشت عنبر سرشت بکنم. چه نشسته‌اید که من همان بز اخفشم که خاکسترنشینش هستید، یا هو! بیفتید دنبال من و هی سینه بزنید!» گوسبندها نگاه مشکوکی به هم کردند و زیر لبی گفتند: «هر غلطی می‌کنی بکن. اما جفت سبیل‌های ما را تو خون‌تر کردی ما را از علف چریدن نینداز!»

یک شب که گوسبندها از همه جا بی‌خبر خوابیده بودند و نشخوار می‌کردند؛ کفتاره محلل دوالپا شد و رفت دست او را گرفت و از سوراخ راه آب توی آغل گوسبندها ول کرد. فردا صبح که سر از خواب ناز برداشتند، دوالپا ملقب به فاتح خر درچمن با کفتار جنگ زرگری کرد و یک دوجین فحش آب نکشیده به ناف او بست و بعد هم به اسم این که من متخصص منحصر به فرد غم خوارگی ملت گوسبندم و تصمیم گرفته‌ام کشور خر در چمن را گلستان بکنم و زوزه شغال حواسم را پرت می‌کند عذر هر دو آن‌ها را با کمال احترام خواست.

کفتار که مطابق نقشه پیش‌بینی شده کارش را صورت داده بود، عاقبت به خیر شد. بار و بندیلش را برداشت و چپری به قبرستان‌های پر خیر و برکتی رهسپار شد و مشغول لفت و لیس گردید.

دوالپا برای این که پیازش کونه بکند اول در سر طویله‌ها را باز کرد و هر چه قاطر چموش و الاغ لگدپران چشم و دل گرسنه بود به جان گوسبندها انداخت. در توبره‌های یونجه باز شد و عر و تیز و خوش رقصی و ادا و اصول را شروع کردند. یک دسته از گوسبندهای گر گرفته هم دور آن‌ها جمع شدند و قشقرق بر پا شد و بزن و بکوب و قر و قربیله راه افتاد. هر روز

دوالپا فاتح خر در چمن، بـه گـردن یکی از گوسبندهـا سـوار مـی‌شـد و شلاق‌کش می‌تازاند و همه‌اش تکرار می‌کرد: «کار بکنید بدهید من بخورم!» به این ترتیب سوقونشان را می‌کشید. آخورها و آغل‌های خصوصی از بتـون مسلح ساخت اما خاکروبه و زبیل‌ها را برای روز مبادا گذاشـت. فقط یـک قشر روغن جلا رویش مالید تا برق بزند و چشم گوسبندهـا را خیـره بکنـد. بعد هم کم کم خودش را باخت، به همسایه‌های کوچک و بزرگ فحش بـه رایگان می‌داد. گوسبندها مـات و متحیـر جلـوی ایـن نمـایش محیرالعقول دهن‌شان باز مانده بود، دنبه ورچروکیده‌شان را می‌جنبانیدنـد و بـه خـود می‌بالیدند. اگر کسی اظهار شادی نمی‌کرد او را اشکلک می‌کردند و بعد هم جلو گرگ‌ها می‌انداختند.

هو چیان و همکاران دوالپا که شکم‌شان گوشت نو بالا آورده بود و به نـوایی رسیده بودنـد، با چشم‌هـای وردریـده و یـال و دم فـر شـش‌ماهـه زده و سم‌های واکس زده و لب‌های ماتیک مالیده، مثل طاووس مست در کوچه‌ها قدم می‌زدند و به گوسفندهایی که اگر دماغ‌شـان را مـی‌گرفتـی جـان بـه جان‌آفرین تسلیم می‌کردند فیس و تکبر می‌فروختند.

اما از آن جا بشنو که همسایگان کشور خر در چمن ترقیات روزافزون کردند. آغل‌هایی به شکل آسمان‌خراش با سمنت ساختند. گوسبندها کـه بـه هـم برمی خوردند بنجول موسیو مـی‌گفتنـد. سـقزهـای نعنـای اعـلاء نشخوار می‌کردند، همدیگر را غلغلک می‌دادند و از خنده روده‌بر می‌شدند، زرورق روی دنبه‌های‌شان چسبانیده بودند و به سم‌های‌شان واکـس روغنـی زده بودند. به اضافه آمپرمتر اختراع کرده بودنـد گرچـه مـورد استعمالش را نمی‌دانستند، نمایشگاه سبزیجات، بـاغ نباتـات و سینما و دانسـینگ و میدان‌های بازی المپیک درست کرده بودند.

۳۶۸

شب‌ها توی آغل‌شان گوهر شب‌چراغ روشن می‌شد و کنسرو چمن‌های ترد بسیار گوارا از آنور کشورهای آن سوی دریاها وارد می‌کردند و با کارد و چنگال تغذیه می‌نمودند. و توی خیابان‌های باشکوه شهرستان‌ها و استانداری‌های‌شان خیک خیک روغن خالی می‌کردند و بادیه عسل جمع می‌کردند از این جهت مگس در شهرهای‌شان زیاد شده بود، اما با امشی مگس‌ها را قتل عام می‌کردند.

در صورتی که گوسبندهای کشور خر در چمن گر گرفته بودند، اگر چه مورکروج و وازلین و مردولین به مقدار زیاد احتکار کرده بودند. گشنگی می‌خوردند، با وجود این که محتکرین محترم آن‌ها انبار انبار یونجه و خاکه‌اره‌اندوخته بودند. آفت انسانی به آن‌ها می‌زد، در صورتی که بنگاه‌های دفع آفات انسانی بسیاری داشتند، میش‌ها سر زا می‌رفتند هر چند بنگاه حمایت میش‌های باردار مرتب از آن‌ها جزیه می‌گرفت. زبان‌شان تپق می‌زد در حالی که فرهنگستان لغات گوسبندی سره برای آن‌ها اختراع کرده بود. پیاده راه می‌رفتند و به باشگاه محترم هواپیمایی باج می‌دادند. ناقص الخلقه بودند، در صورتی که بنگاه‌های تربیت بدنی به بدن‌های تربیت کرده خود می‌نازید. زلزله خانه‌های‌شان را خراب می‌کرد، برای گوسبندها آیه صادر می‌کردند و بعد هم عکس بختکی را به رخشان می‌کشیدند و هر مشت شبدری که جلو آن‌ها می‌ریختند، گوسبندها را مجبور می‌کردند که جلو عکس بختک کرنش بکنند.

الخلاصه، همه آن‌ها تریاکی مافنگی و بواسیری و شاخ حسینی و سفلیسی و تراخمی و آلبومینی و اسهالی در هم می‌لولیدند. بچه‌های آن‌ها هم غلام حلقه به گوش و تو سری خور بار آمدند. فقط افتخار به ذات مقدس دوالپا می‌کردند که از علف چریدن نیفتاده‌اند!

سالیان آزگار بدین منوال گذشت و دوالپا که خوب رمق گوسبندها را کشید و مطابق برنامه پیش‌بینی شده وظیفه خود را انجام داد، یک روز شیرمست شد و روی زمین نقش بست. روباه دم بریده که دید هـوا پـس اسـت، بـا احتیاط دوالپا را با انبر گرفت و فاتح کشور خر در چمن را کـه کسـی جـرات نمی‌کرد به اسب اسکندر تشبیهش بکند، از سـوراخ راه آب بیـرون کـرد. اموال منقول را برداشت و دک شد و اژدهایی روی اموال غیر منقـول خـود گذاشت تا سنت او را دنبال کند و خون گوسبندها را بمکد.

گوسبندهای خر در چمن که دیدند همه این خـوش رقصـی‌هـا و معجـزات ماست مالی بود و نقش بر آب شد و عروس تعریفی بدجور از آب درآمـد، یکه خوردند و برای این‌که پشت گوسبندها باد نخورد، پرده دوم تقلیدچـی خانه بالا رفت. دست پرورده‌های دوالپا بعد از این کـه اسـم و رسـم ولـی نعمت خود را به خاک و خون کشـیدند، همـان روش او را دنبـال کردنـد و بچاپ بچاپ شروع شد.

دسته‌ای از آن‌ها که خوب چاق و چله شده بودند و آذوقه گوسبندها را بـه کشور آنور دریاها و صحراها فرستاده بودند، بـه طـرز معجـزه‌آسـایی بـال درآوردند و پریدند، و این بهشت عنبر سرشت را برای هم‌میهنان عزیزشان گذاشتند و خودشان رفتند جاهای دیگر را آبـاد بکننـد. آن‌هـای دیگر کـه اشتهایشان بیشتر بود، روزی یک مرتبه جلوی آفتاب شاه‌پر خودشـان را می‌لیسیدند و صیقل می‌دادند و این شعر پیسی‌میست را بـه زبـان حـال می‌خواندند:

بس است ما را هوای بوستان،
شبدر به گلستان.
گوسبندستان،

نامردستان،

گندستان،

الدنگستان!

از یک طرف الخناس‌های دست پرورده دوالپا و از طرف دیگر گوسبندهـای ناراضی که از زیر کند و زنجیر آزاد شده بودنـد، شـاخ بـه شـاخ شـدند و کنسرت ناهنجاری راه‌انداختند. روباه دم بریده که مشغول بیرون کشـیدن گوهر شب چراغ بود، سرش را بلند کرد و دید بدجوری شده، فوراً پاشـنه گیوه‌هایش را ورکشید و به سراغ کفتار رفت و بهش گفت: «یـالا زودبـاش! پالانت را عوض کن و صورتت را ماکیاژ بکن، اگرچه دمب خـروس از تـوی جیبت پیداست، اما این گوسبندها فرامـوش کارنـد و گـول خـوره تعریفـی دارند. یک نره غول دیگر به سرشان سوار می‌کنیم.»

کفتار که مبتلا به مرض مگالومانی بود گفت: «بدین مژده گـر جـان فشـانم رواست! من اصلا این کاره هستم و پدران من هم این کاره بوده‌انـد. زمـین گرد است مانند گلوله، سام پسر نریمـان و فرمـانروای سیسـتان و بعضـی ولایات دیگر بوده.» روباه زیر ابروی کفتار را برداشت، کلاه‌گیس به سـرش چسبانید، یک کلاه بوقی هم به سرش گذاشت و زنگوله به دمـش آویـزان کرد و شلیته سرخ هم پایش کرد و دو تا شاخ هم روی سرش چسبانید و بـا داریه و دمبک وارد کشور خر در چمن شد.

از دور فریاد زد: «ای گوسفندان عزیزم! من همان بز اخفشـم کـه در قلیـه انتظارم بودید. من برای خدمت به کشور خر در چمن جگرم لک زده بوده و سال‌ها در تبعید و انزوا شب‌ها به یاد شما پشت چشمم واز می‌ماند، از غصه شماست که گیس‌هایم را ول کرده‌ام و ریشم را تراشـیده‌ام. حـالا هـر چـه دارید بریزید روی داریه. زود باشید دور من سینه بزنید تا برای‌تان آواز خر

در چمن بخوانم. مایم تحصیل کرده و ذوالکفل دیده ایم، بیایید دم مرا در بشقاب بگذارید تا برای‌تان رول تاریخی و اجتماعی بازی بکنم!»

گوسبندها هاج و واج ماندند و قد و بالایش را برانداز کردند، یک دسته از گوسبندهای شکمو دریده که در دوره دوالپا به نوایی رسیده بودند، دور او را گرفتند و پشگل ماچه الاغ و سنگنک گوسفند دور سرش دود کردند و های و هوی راه‌انداختند. با خودشان گفتند: «از این قاصد بوی معشوق میاید. اگر این خردجال از حسن انتخاب روباه است که دجال از عقبش خواهد آمد و بهتر است از حالا باهاش لاس بزنیم تا از علف چریدن نیفتیم!»

اما گوسبندهایی که در این چند سال پدرشان درآمده بود و جان به لب‌شان رسیده بود، مثل آدم مارگزیده که از ریسمان سیاه و سفید می‌ترسد، جار و جنجال راه‌انداختند و جفتک‌پرانی کردند. کفتار به شیوه ذوالکفل نطق‌های قلنبه و سلنبه تو خالی می‌کرد و بادمجان دور قاب چین‌های او این ترّهات را حاشیه می‌رفتند و تعبیر و تفسیر می‌کردند، یکی می‌گفتند و هزار تا از دهن‌شان می‌ریخت. کفتار هم بدون فوت وقت خاکروبه‌ها و زبیل‌هایی را که دوالپا رویش را روغن جلا زده بود، با چوب جارو می‌شکافت و روی سر گوسبندها نثار می‌کرد.

کفتار دو سه ماه غیبت کبرا کرد و عصاره معلوماتش را شیره کشید و جزوه‌ای به عنوان: «شرور ملی» صادر کرد که شاهکارش بود و در آن راجع به مناقب چارقد قالبی و لولهنگ و کلاه خیکی و جام شاش و پیه سوز واش اماج و وسمه جوش و دبیت حاجی علی اکبری، داد سخن داد و از روی علوم بی‌سابقه ذوالکفلی فحش کشید به اصل و نسب گوسفند و ثابت کرد ایده‌آل گوسبند این باید باشد که خوراک گرگ بشود و هیکل و لباس خودش را به عنوان عالی‌ترین اسطوره مد خر در چمن توصیه کرد. در نتیجه

موجودات وازده شومی به کمک او قد علم کردند و بـا چشـم گریـان و دل بریان گوسبندان خر در چمن آب غـوره گرفتنـد و سـوز و بریـز کردنـد و زنجموره نمودند.

هر دسته از گوسبندان خر در چمن به ریختی درآمده بودند، بعضی با کفتار مخالفت می‌کردند و دسته‌ای با او لاس می‌زدند و جمعی هم مهر سکوت به لب زده و منتظر فرصت بودند تا از هر طرف باد بیاید بادش بدهنـد. امـا همه آن‌ها خودشان را طرفدار منافع کشـور خـر در چمـن مـی‌دانسـتند و احساسات خر در چمن پرستی آن‌ها غلیان کرده بـود. همـه حـامی و نـاجی گوسبندان بودند و مرتب پستان به تنور می‌چسبانیدند.

این اوضاع زیاد طول کشید و کفتار آن قدر رقص شـتری کـرد کـه شـلیته قرمزش جر خورد و صورتکش ورآمد و کلاه گیسش کنده شد. گوسبندهـا همه او را شناختند اما با ترس و لرز با هم گفتند: «در صـورتی کـه از علـف چریدن نیفتیم!»

دوالپای تازه نفسی که پشت پرده منتظر رول خود بود، بـی‌تـابی مـی‌کـرد، خمیازه می‌کشید و پاهایش را مثل تسمه در هوا تکان می‌داد و پیغام و پسغام برای کفتار می‌فرستاد که: «بی‌شرف فلان فلان شده زود باش!»

او جواب می‌داد: «قبله عالم سلامت باشد! چنان‌که مسـبوقید خـودمم هـم همه‌اش خواب یونجه‌زارهای آنور صحراها و دریاها را می‌بینم و مـی‌خـواهم هر چه زودتر مرخص بشوم چنان که ملاحظه می‌فرمایید مو به مـو مطـابق برنامه عمل کرده‌ام. فقط تقصیر این گوسبندهای سرتغ است که با یونجه و شبدر هم رام نمی‌شوند!»

دوالپا خرناس می‌کشید و می‌گفت: «به شکم مقدسم قسم، این سفر پدری از این گوسبندها دربیاورم که توی داستان‌ها بنویسند!»

گوسبندها به هم نگاه می‌کردند و توی دل‌شان می‌گفتند: «ما خر در چمنی هستیم و پدران ما خر در چمنی بوده‌اند، زمین گرد است مانند گلوله، سام پسر نریمان فرمانروای سیستان و بعضی ولایات دیگر بوده. هر که خر است ما پالانیم! و هر که در است ما دالانیم! خدا کند که میان این خر تو خر ما از چریدن علف نیفتیم!»

قضیه‌ی نمک ترکی

در زمان‌های تاریک بربریت و سبعیت و جاهلیت کـه اثـری از اصـطلاحات: تمدن و آزادی و برادری و برابری و میهن‌پرستی و جنـگ و صـلح و بچـاپ و چاپیده و شاه و گدا و سواره و پیاده وجود نداشت، قبیله‌هـای آدم میمـون بی‌ریا در جنگل‌های نواحی گرمسیر روی شاخه درخت‌ها و یا در شکاف غارها زندگی می‌کردند. روزی از روزها یکی از آدم میمون‌ها موسوم بـه نسـناس که حالا مشهور به حلقه گمشده داروین است مسخرگیش گل کـرد، یـاحق گفت و پا شد کمرش را شق کرد و از حالت چهار دسـت و پـایی بـه حالـت متمدن دو پایی خودمان درآمد و عصا زنان زیر درخت‌ها سـلانه سـلانه راه افتاد.

میمون‌های حلقه‌ی گمشده که عادت به اینجور آتراکسیون‌ها نداشـتند، اول ذوق زده شدند و تبارک الله احسن الخالقین گفتنـد و بـرایش اسـفند دود کردند و بعد از خنده روده بر شدند.

این شوخی صورت اپیدمی به خود گرفت و گروهی از آدم میمون‌هـا از روی حس کنجکاوی مقلد مرشد خود نسناس گردیدند و به این حرکـت عنیـف ادامه دادند. آدم میمون‌های امل و کهنـه‌پرسـت و ارتـودکس همـین کـه دیدند کار از کار گذشته و صورت جدی به خود گرفته، اوقات‌شان تلخ شد و آن‌ها را عاق والدین کردنـد و از ارث چهـار دسـت و پـایی محـروم‌شـان

نمودند و حلقه‌های گم شده دو پای داروین هم با چشم گریان و دل بریان از نیاکان بزرگوارشان خدانگهداری کردند و راه‌شان را گرفتند و رفتند. - این حرکت اولین خیزش و پرش آدم میمون‌های زبان‌بسته به سوی دنیای آدمی بود و تشکیل نخستین حلقه‌های گمشده داروین را می‌داد. باری به هر جهت، در آن زمان آداب و رسوم با حالا از زمین تا آسمان فرق داشت. به این معنی که سر قبیله و سر دوده و همه کاره و کیا پیا زن بود. (به اصطلاح فکلی‌ها الحاکمیة الامیه یا Matriarchal بود). شوهرها داخل آدم حساب نمی‌شدند و جرات نتق کشیدن نداشتند و هر وقت زن‌شان را می‌دیدند، مثل بید می‌لرزیدند. به طوری که حتی اسم زن را روی بچه‌های بی‌گناه خود می‌گذاشتند - شاید هم از جلبی شوهرها بود، چون به زن‌های خودشان اعتماد نداشتند، از این جهت بچه‌های مشکوک را به ریش نمی‌گرفتند باری به هر جهت، سر قبیله آدم میمون‌های دو پا یکی از این دمامه‌های بخو بریده ظالم بلای پا رو دم سابیده کار کشته شد و چون از توتم گرگ‌ها بود اسمش را عمه گرگه گذاشته بودند و این همان کسی بود که برای آدم میمون‌های نر پوشیدن چادر و چاقچور را پیشنهاد کرده بود.

عمه گرگه دستش را پر کمرش زد و جلو افتاد و قبیله جدید الآدمیزاد هم به دنبالش. رفتند و رفتند و رفتند تا به مرغزاری رسیدند که به انواع ریاحین آراسته و مرغان خوش الحان روی شاخه درختان چهچه آوازهای پر سوز و گداز عشق‌آلود می‌خواندند و در چشمه‌ها و در جویبارها بیضه ماهی استورژون را از فراز می‌دیدند. در آن جا رحل اقامت افکندند و چون خیمه و خرگاه نداشتند زیر شکاف سنگ‌ها و در غارها اطراق کردند. روزها به گشت و گذار و شب‌ها را به عیش و نوش ورگذار می‌کردند و سالیان دراز بدین منوال گذشت.

نیاکان آدم میمون‌های دو پا که با چهار دست و پای‌شان روی درختان معلق می‌زدند، گاهی دل‌شان برای زاد و رود گمراه‌شان تنگ می‌شد. خوب چه می‌شود کرد؟ در مسجد نه کندنی است و نه سوزاندنی! از این رو هر چند صبا یک نفر قاصد با تحف و هدایا به سراغ تخم و ترکه گمراه‌شان می‌فرستادند تا به وسیله پند و اندرز حکیمانه آن‌ها را توبه و نصوح بدهد و دوباره به راه چهار دست و پایی دلالت بکند. ولی آدم میمون‌های دو پا که بچه‌های سرتغ و بی‌عاطفه و بد اخلاق و بی‌معنی بودند به ریش آن‌ها می‌خندیدند و شیشکی می‌بستند و آن قدر متلک بارشان می‌کردند که این پیر و پاتل‌های دیو ارتجاع با افکار پوسیده دمق برمی گشتند.

اما از آن جا بشنو که وضعیت قائم در زندگی آدم میمون‌های دو پا تغییرات و تحولات قابل توجهی داد: اولن آدم میمون که یاحق گفت و سر دو پا وایستاد، دست‌هایش آزاد شد و چون شست دستش بلندتر از شست میمون‌های سگ سر و دمدار دون نژاد بود، به آسانی توانست اشیاء را بگیرد و افزارها را استعمال بکند. میوه‌ها را با دستش می‌چید و یا با آرواره‌هایش می‌کند. در غارها و یا زیر تخته سنگ‌هایی که لانه کرده بود، سنگ را بر می‌داشت و به دشمنانش پرتاب می‌کرد و در موقع بیکاری کیک‌ها و شپش‌های خود را شکار می‌نمود و از دستمالی به اشیاء و حس کنجکاوی که داشت، هوش او ترقی کرد و وادار شد مطالب مختلفی را در نظر بگیرد و به مطالعه آن بپردازد. سرش را که از حال خمیدگی بلند گرفت، ناچار منظره وسیع‌تری جلو چشم او نمایان گردید. مشاهداتش به مراتب متنوع‌تر و آسان‌تر شد. مسئله مهم‌تر این‌که آلت تناسل که از ایستادن قائم میان تن قرار گرفت، آنچه که پنهان بود نمودار شد و در نتیجه حس شرم و تغزل و فحش و ادبیات پورنوگرافیک به وجود آمد و

احساسات عشق آلود او تندتر شد. از این رو کم کم آدم میمون نر بـه آدم میمون ماده ماتریپارکال مسلط گردید.

از لحاظ تشریح تغییرات مهم‌تری در اندرون بدن رخ داد: مثلا پرده صفاق Péritoine از وضع قائم به وضع موازی درآمد. در صورتی که اگر برای وضع موازی آفریده شده بود، می‌بایستی این عضلات از روی شانه آویزان شده باشد. به همین علت است که اغلب اعضای درونی شکم افت می‌کند کـه بـه اصطلاح طبی Ptoses می‌گویند. و روی هم رفته روی عصب‌هـا و عضلات و استخوان‌ها و در نتیجه در تمام دستگاه ساختمان درونـی بـدن فشار غیـر طبیعی منعکس گردید.

در عوض آدم میمون ماده رول مهمی در پیشرفت زبان بازی کرد - از آن‌جا که تمایل وراجی و پرچانگی زن بیش از مرد است، آدم میمون‌هـای اولیـه ساکت و اخمو بودند و صبح که پی میوه و ریشه درخت مـی‌رفتنـد، اهـل و عیال آن‌ها کنار غارها، با در و همسایه مشغول وراجی و چانـه زدن راجـع بـه مرد خود و گیر و دارهای احمقانه زندگی می‌شدند. از این راه کمک شـایانی به پیشرفت زبان کردند. این شد که هـر وقـت قاصـدی از جانـب نیاکـان محترم چهار دست و پای‌شان مـی‌آمـد، او را دور مـی‌کردنـد و آن قـدر فحش‌های آب نکشیده به نافش می‌بستند که از رو می‌رفت.

باری به جهت، از این هـم بگـذریم، پیشـامد قابـل ذکـری کـه در زنـدگی مهاجرتی آدم میمون‌ها رخ داد کشـف آتـش بـود. روزی یکـی از ایـن آدم میمون‌ها که از سرما عاجز بود و به همین مناسبت اسمش را پیرزا گذاشـته بودند، در اثر کشف آتش از ادیسون پیش آدم میمون‌ها مشـهورتـر شـد. پیرزا کنده درختی را گیر آورد که برق به آن زده بود و بـا شـاخه درخـت ذغال آن را در می‌آورد به صورت دخترش می‌مالید تا او را چشم نزنند. بعد دنگش گرفت و شاخه را در سوراخ کنده گذاشت و بـا دو دسـتش هـی

چرخانید. از سایش چوب ناگهان برق تولید شد و جرقه زد و شاخه آتش گرفت و آتش به جنگل افتاد. و با وجود این که مامورین محترم آتش نشانی زل زل نگاه می‌کردند قسمت عمده جنگل کاونتریزه شد. آدم میمون‌ها ابتدا دستپاچه گشتند و از جهل مرکبی که داشتند این پیش آمد را در اثر نفرین اجدادشان فرض کردند. بعد به خواص آتش پی بردند و این عمل را تکرار کردند و شب‌هایی که سرد بود آتش را نگه می‌داشتند و میوه‌های ثقیل یا مغز ریشه گیاه‌ها را زیر خلواره می‌گذاشتند تا خوشمزه‌تر بشود. زمستان هم خودشان را با آتش گرم می‌کردند و از روشنایی آن جانوران درنده می‌گریختند. این شد که کم کم برای آتش احترام قائل گردیدند و بعد هم صاف و ساده آتش پرست شدند.

یک روز که آدم میمون‌ها از همه جا بی‌خبر دور آتش حلقه زده بودند و دست‌های‌شان را گرم می‌کردند، دیدند ننه نسناس با دسته ای از آدم میمون‌های چهار پا به سراغ‌شان آمدند. ننه نسناس نگاه زهرآلودی به جگرگوشه خود انداخت و به چالاکی از درخت کوتاهی بالا رفت و بی‌مقدمه گفت: «راستش را می‌خواهید شماها موجودات احمق جدی شده‌اید، دیگر شوخی باردی و لودگی سرتان نمی‌شود و لوسبازی را از شور در کرده‌اید! آزادی، بازیگوشی، شادی، عشق طبیعی و بی‌تکلیفی را می‌بینیم که از همین الان از دست داده‌اید و ملولی‌های[17] ترسو، کثیف، خوشباور و گنده دماغ و مردنی شده‌اید.

[17] ابتدا اسم میمون ها کپی به فتح کاف بوده که به ارمنی کاپیک می گویند و ترک ها که میمون ندیده بودند، به سک کپک به ضم کاف لقب دادند. بعد اسمش راشادی گذاشتند که هنوز هم به مازندرانی و شیرازی به این اسم معروف است. اما از وقتی که میمون ها ادای آدمیزاد را درآوردند و موجود غمناکی شدند اسم ملولی رویشان گذاشتند.

شپشه به جانتان بریزد و گزنک به دستتان بخورد و گند مرداب‌ها خفه‌تان بکند که آبروی هرچه آدم میمون بود میان جک و جانورهای جنگل ریختید! ولی ما با طبیعت هماهنگیم و با تمام طبیعت زندگی می‌کنیم. ما با ماه و ستاره و جانوران و درخت‌ها راز و نیاز داریم. اغلب ساکت هستیم و به خودمان می‌پردازیم و در خودمان فرو می‌رویم. ما چهارتا چشم داریم، با دو چشم این طرف زندگی را می‌بینیم و با دو چشم دیگر آن طرف زندگی را. ما در تنهایی و انزوا به سر می‌بریم و فرشته‌های تاریکی با ما حرف می‌زنند. شماها از صبح تا شام مثل گنجشک ورحق و ناحق می‌زنید. شما پرپر زده‌ها زیبایی طبیعی، فرزی و چالاکی را از دست داده‌اید. چقدر توی ذوق می‌زند که بچه‌های دو پای شما نمی‌توانند از درخت بالا بروند، - اگر جانوران درنده به شما حمله کنند چه می‌کنید؟ آیا تا حالا شده که ما قارچ سمی بخوریم؟ تا حالا تو شماها چندین نفر از قارچ سمی مرده‌اند و هر گند و کثافتی را به زور آتش می‌پزید و می‌خورید! همین مانده که دو روز دیگر تنبان آهاری و چادر و چاقچور هم بپوشید! مگر چشم‌تان رفته کاسه سرتان و نمی‌بینید که آدم میمون چهار دست و پا همین که موقع زایمان‌اش می‌رسد به غار یا بیغوله پناه می‌برد و بچه که به دنیا آمد بغل می‌گیرد و می‌آورد شماها از وقتی که دو پا شده‌اید زاییدن‌تان این همه مشکل شده، احتیاج به ماما پیدا کرده‌اید و با آن شکم ورقلمبیده مضحک روی دو پا راه می‌روید و این همه الم شنگه و جنغولک بازی در می‌آورید! چرا اغلب تخم و ترکه شما پا نمی‌گیرد و نمی‌تواند تا دنیا آمد روی دو پا راه برود، در صورتی که بچه گاو و خرس و شغال همین که دنیا آمدند راه می‌افتند و غذای‌شان را می‌جورند؟ چرا آن قدر مرگ و میر میان شما زیاد شده؟ چون که زندگی شما طبیعی نیست.

«تمام حواس شما توی شکم و شهوت است، آدم میمون ماده در جامعه گندیده حشری شماها خیلی ماده‌تر از ماده جانوران آزاد است. تمام وقتش صرف بزک و دوزک می‌شود تا از نره خرها دلربایی بکند و موجود پرچانه وراج و احمق از آب درآمده و دیگر فرصت فکر کردن ندارد. به ظفت و رفت امور خانه رسیدگی نمی‌کند. (در اینجا یک جمله که ناخوانا بود از قلم افتاده است.) اگر این طور پیش برود، نژاد فاسد و بد ریخت شما به طرز ننگینی از میان خواهد رفت. آن وقت شماها آن قدر پر رو شده‌اید که آدم میمون‌های چهار دست و پا را از راه در می‌کنید و تو جرگه خودتان می‌کشانید! همه این آتش‌ها از گور پسر ورپریده آتش به جان گرفته من نسناس بلند می‌شود که این تخم لق را توی دهن‌تان شکست! کاشکی بزمچه زاییده بودم. - لابد من را که دید گذاشت در رفت! آن بد جنس تخم مول را من خوب می‌شناسم همه‌تان را دست انداخته. شماها گمان می‌کنید که متمدن شده‌اید و با ما فرق دارید؟ اما اسباب دست نسناس شده اید. خوشم باشه! حالا بدتر از همه آتش‌بازی را هم مد کرده‌اید و جنگل‌ها را می‌سوزانید! گلی به جمال‌تان! از دست شما جونم مرگ شده‌ها ما باید دو روز دیگر سفیل و سرگردان سر به بیابان‌ها بگذاریم! (بازوی خودش را نشان داد.) شما گرگرفته‌ها و مردنی‌ها و بو گندوها با غلاغ تک زده‌هایتان بازوهای مرا ببینید. (با دو دست روی سینه‌اش مشت زد و از درخت پائین آمد و سر پا ایستاد.) چشم‌های کورتان را واز کنید، من هم بلدم روی دو پا راه بروم. حالا دیدید که شماها معجزی نکرده‌اید؟ برای آخرین بار بهتان می‌گویم: تا هنوز دیر نشده از خر شیطان پائین بیایید. اگر می‌خواهید غریب گور نشوید مثل آدم میمون‌های چهار دست و پا به جنگل و زاد و بوم خودتان برگردید، وگرنه گورتان را گم کنید و شرتان را بکنید شماها «تابو» هستید فقط دو روز به شما فرجه می‌دهیم تا از اینجا بنه کن

کوچ کنید وگرنه آنقدر نارگیل توی سر و کله‌تان می‌زنیم که ریغ رحمت را سر بکشید!...»

این نطق تهدیدآمیز تاثیر عمیقی در ملولی‌های دو پا بخشید و میان‌شان ولوله افتاد. گروه بی‌شماری دوباره چهار دست و پا شدند و به ننه نسناس پیوستند. ملولی‌های دو پا که ننه نسناس اسم «تابو» رویشان گذاشته بود و آن‌ها با وجود ترقیات روزافزون زبان شناسی هنوز معنی آن را نمی‌دانستند، برای تقویت روحیه پشت جبهه خودشان، از آن‌جا که رئیس قبیله: عمه گرگه لک دیده بود و پشه لگدش زده بود، شوهرش دبوری خر گـردن را بـالای درخت کردند. او سینه‌اش را صاف کرد و گفت:

«به کوری چشم‌تان، که حسود به مقصود نمی‌رسد! بـه کـوری چشم‌تـان، شماها جز خور و خواب و خشم و شهوت و شغب و جهل و ظلمت چیز دیگری سرتان نمی‌شود. به کوری چشم‌تان، ما کشفیات کرده‌ایم، ما آتـش را پیـدا کرده‌ایم، ما نمک ترکی را پیدا کرده‌ایم، قلاب سنگ اختراع کردیم. به کوری چشم‌تان، زبان مان ترقیات روزافزون کـرده، بـا دست‌مـان همـه چیـز را می‌توانیم بگیریم و به کار ببریم. اصلا ما از تیـره Homiens هستیم و شـما از تیره Simiens، ما از نژاد برگزیده Pithecanthropus هستیم و شما از نـژاد لچر Sinanthropus، ما Brachycéphale هسـتیم و شـما Dolichocéphale، مـا Anthropophage هستیم و شما Sarcophage، مـا Bimanus هسـتیم و شـما Quadrimanus، ما Misanthrope هسـتیم و شـما Philanthrope هسـتید، مـا عقایـد Panthéiste داریــم و شــما Matérialiste هســتید. مــا افکــار Anthropomorphe داریــم و شـما Simiomorphe بـه کـوری چشـم‌تـان! مـا تحصیل‌کرده و تربیت‌شده و متمدن هستیم و شما بربر و وحشی هسـتید و دست راست و چپ‌تان را از هم نمی‌شناسید. برای ما دیگر غیر مقدور است که به آن حالت توحش و بربریت و محرومیت برگردیم. اگرچه هنوز دیگ

اختراع نشده، ما آشپزباشی داریم و هرچند Forceps را به رسمیت نمی‌شناسیم لکن ماما داریم. شماها هزار زمستان دیگر هم روی شاخه درخت‌ها معلق وارو بزنید؛ یکی از این تجربیات گران‌بها را به دست نمی‌آورید. ما خلاصه مقصود آفرینش هستیم و از کوری چشم‌تان، دنیا برای خاطر ما درست شده و هر کاری را برای خودمان جایز می‌دانیم. ما از نسبت با شما بیزاریم و از همسایگی با شما ننگ داریم. از کوری چشم‌تان وظیفه سنگینی به عهده ما است و به زودی مشعل تمدن را افروخته و در سایه عدالت و آزادی در اقصی بلاد زمین تمدن پراکنی خواهیم کرد!»

دیگر چیزی به عقل ناقصش نرسید، در این وقت ننه نسناس با آدم میمون‌هایی که دوباره چهار دست و پا شده بودند مسافت دوری را پیموده بودند و همین که به قبیله خودشان پیوستند، جشن مفصلی بر پا کردند و سوگند یاد نمودند و توبه نصوح کردند که از این به بعد دیگر حرف نزنند!

*

بعد از این پیشامد، دبوری خر گردن پیشوای محترم و کیا بیای آدم میمون‌ها شد و آن‌ها هم دار و ندارشان را جمع و جور کردند و به سوی نواحی دوردست روانه شدند. رفتند و رفتند تا از سرزمین‌های بی‌آب و علف سردرآوردند که نه مرغزار داشت و نه مرغان خوش الحان و نه بیضه ماهی استورژون را در جویبارها از فراز می‌شد دید - شب‌ها که سرد می‌شد، آتش می‌افروختند و صبح آفتاب نزده این ملولی‌ها که از توتم گرگ و از نسل عمه گرگه بودند، دسته جمعی این ترانه شیوا را با آواز رسا دم می‌گرفتند:

خورشید خانوم آفتو کن، یه مش برنج تو او کن؛
ما بچه‌های گرگیم، از سرماگی بمردیم!

به زعم اکثر Ontologistes این اولین تظاهر ادبی ملولی‌های تربیت شده است که گمان می‌کردند ماه مرد و خورشید زن است. چون هنوز تلسکوپ به ماه نینداخته بودند که بدانند علی‌آباد هم شهری نیست. اما از آن‌جا که این حلقه‌های گم شده داروین، هنوز به فراخور محیط در نیامده بودند و در عنفوان شباب لبیک حق را اجابت می‌کردند، از بدجنسی و مخصوصاً کینه شتری که به نیاکان محترم‌شان داشتند، اسکلت‌های خودشان را به دقت نابود می‌کردند تا بعدها گزک به دست پیروان داروین ندهند که بتوانند رابطه بین انسان متمدن و میمون وحشی را برقرار بکنند.

باری به هر جهت در مناطق گوناگونی که این آدم میمون‌ها پراکنده شدند، عامل مهمی که بروز کرد اختلاف محیط و آب و هوا بود، اما چون آتش را کشف کرده بودند، آن را برای پخت و پز خوراک‌هایی که عادت نداشتند بخورند به کار می‌بردند مثل: ماهی و گوشت شکار. به تقلید پوست کدو دیزی اختراع کردند و این غذاها را پخته نپخته به زور نمک ترکی به یک چشم به هم زدن سگ‌خور می‌کردند. حتی کار به جایی کشید در بعضی تیره‌ها که گوشت شکار به هم نمی‌رسید، آدم میمون خواری مد شده بود. اما بیشتر با کشت و کار زمین زیست می‌کردند و چندی که گذشت به تقلید جانوران آلونک‌ها و خانه‌های چوبی بدون اشکوب و آسانسور و Confort moderne برای خودشان ساختند، و در ضمن تربیت جانوران اهلی را هم مد کردند.

قفس اختراع شد و ملولی‌ها به یاد مرغان خوش الحان جنگل، بلبل و سهره و بدبده را در آن حبس کردند. مرغ برای‌شان تخم می‌گذاشت و پشتش کولی قرشمال‌بازی در می‌آورد و گربه پشت دست بچه‌های‌شان را خنج می‌کشید.

پای بته‌های ذرت که کاشته بودند چرت می‌زدند و بـلال‌هـای کـال را روی آتش بریان می‌کردند و آن قدر می‌خوردند که دل درد می‌شـدند و چـون پزشک نداشتند که امتین و لیسترین و پنی‌سـیلین و فناسـتین و آتـروپین و آنتی فلوژستین به آن‌ها بدهد، به وسیله تعویذ و یا علف‌های خودرو هـرزه خودشان را چاق می‌کردنـد. امـا هنـوز موفـق بـه کشـف سـیب‌زمینـی و گوجه‌فرنگی نشده بودند. بومرانگ درست کرده بودند و به جان اسب‌های وحشی پرتاب می‌کردند گاو وحشی را رام کردند و جلو گوسـاله گشـنه‌اش که بی‌تابی می‌کرد شیر او را در پوست کدو می‌دوشیدند و قـورت قـورت می‌نوشیدند، از شدت سادیسم و ماسوخیسم خروس‌ها و قوچ‌های جنگـی را با هم دعوا می‌انداختند و چون سیگار برگی نداشتند چمباتمه می‌نشسـتند و سبیل‌های‌شان را می‌تابیدند و به جای سینما و تاتر این نمایش محیرالعقول را تماشا می‌کردند. و نیز تصنیف تازه درآمد: «خورشید خانوم آفتو کن.» را به سرت می‌زدند.

ناگفته نماند که در آن زمان زمین‌هـا بـه هـم چسـبیده بودنـد و خیلـی از قسمت‌های زمین از ترس ملولی‌ها زیـر آب قـایم شـده بـود. بـه همـین مناسبت، جانورها هم از هم چشمی ملولی‌ها شـروع بـه مهـاجرت کردنـد. مورچه، کرگدن، شتر لاما، عقرب جراره و غیره هم به اطراف و اکناف عـالم پراکنده شدند. تخم کمبوزه و خربوزه ابوجهل و گرمک را هم یا باد برد و یـا توی جیب ملولی‌ها بود که کوچ می‌کردند و چون هنوز مـاهی تـاوه اختـراع نشده بود که آن‌ها را بو بدهند، هر جا ملولی‌هـا مـی‌رفتنـد از جیـب‌شـان می‌افتاد و بته آن‌ها بی‌درنگ سبز می‌شد - پس از این قرار معلوم می‌شـود که جیب سوراخ‌دار از اختراعات ماقبل تاریخی ملولی‌های دو پا بوده است.

باری به هر جهت، این موجودات که خوب پراکنده و جا به جا شـدند، زمـین هم کلاه سر آن‌ها گذاشت و بعضی از قسمت‌هایش از هم جدا شد، تشکیل

خمس مسکون را داد. فقط قاره آسیا و اروپا از علاقه‌ای که داشتند دوباره به هم چسبیدند و از این قرار ربع مسکون را تشکیل دادند. مدتی که گذشت، به مناسبت آب و هواهای گوناگون نژادهای رنگ وارنگ پیدا شد: نژاد سرخ از خجالت رنگش قرمز شد و نژاد سیاه آفتاب تو کله‌اش تابید و رنگش تاسیده شد و نژاد زرد مبتلا به مالاریا و زردی یرقان گردید و نژاد سفید هم از ترس این پیش‌آمد رنگ خود را باخت.

چون دیگر ما اسناد و مدارک معتبری از اوضاع داخلی و سازمان اجتماعی و طرز حکومت و جزییات زندگی فردی این تیره‌ها و نژادها در دست نداریم این است که فقط به شرح حال دو تا از این قبیله‌ها می‌پردازیم که در سرزمین لخت بایر و مزخرفی اقامت گزیدند. ولی به همان علت نامبرده فوق، چون درباره آن‌ها هم کمیت اطلاعات ما می‌لنگد، این است که در نهایت فراغت خاطر مطابق معمول احادیث و اخباری راجع به آن‌ها از خودمان صادر می‌کنیم تا خوانندگان انگشت به دهان حیران بمانند.

باری به هر جهت، این دو قبیله که یکی به ریاست خیک تیر خورده که فی المجلس بادش در رفته بود و دیگری به ریاست نیست در جهان خانم بود، بعد از کشمکش‌ها و کش و قوس‌ها، تعیین مرز نمودند و بغل دست همدیگر هر کدام تکه زمینی را از یخه خودشان پائین انداختند و مستقر گردیدند و تشکیل عائله و خانوار دادند تا بعدها نسلشان به رسم یادگار بماند، در قبیله نیست در جهان خانم که هنوز تا حدی ماتریارکال مانده و کیابیا زن بود، برعکس قبیله خیک تیر خورده که فی المجلس بادش در رفته بود و تقریبا صدی پنجاه Patriarchal شده بود. انقلاباتی رخ داد و یکی از آدم میمون‌های نر موسوم به: غول بی‌شاخ و دم کم کم اختیارات را از دست زن‌ها درآورد و برای سرگرمی و دلخوشکنک آن‌ها فالگیر و جامزن و درخت مراد و از این جور چیزها برایشان علم کرد و کنفرانس‌هایی راجع به فشار

قبر و روز پنجاه هزار سال و عذاب دوزخ برایشان ترتیـب داد، و همچنین برای استفاده عموم جلسات پرورش افکار بر پا کرد و چون هنـوز رادیـو و میکروفون و آمپلیفیکاتور پا به عرصه وجود نگذاشته بود، مامورین قلچماقی که سر نترس داشتند، هر روز صبح سحر به جای نماز، مردم را بـا شـلاق و پس گردنی در میدان‌های عمومی جمع می‌کردند و متخصص اخلاق جمـلات حکیمانه زیر را می‌خواند و همه مجبور بودند بـه صـدای بلنـد آن را تکـرار بکنند:

«ما دیگر ملولی نیستیم و آدم هستیم - ما پیر روزگار را کـه در آسمان‌هـا است می‌پرستیم - ما ریش سفیدان قبیله را محترم می‌شماریم - مـا حـرف پیر و پاتال‌ها را آویزه گوش مان می‌کنیم - ما مرده‌ها را نیایش می‌کنیم - ما گوساله سامری را ستایش می‌کنیم - ما پیشوا و قائد محترم خودمـان غـول بی‌شاخ و دم که نماینده پیر روزگار است می‌پرستیم - ما از دولت سر قائد عظیم الشان‌مان ترقیات روزافـزون کـردیم - اگـر مـا راه مـی‌رویم، چیـز می‌خوریم و تولید مثل می‌کنیم از اراده اوست - مـا غـول بـی‌شاخ و دم را می‌پرستیم - اگر گنبد آسمان روی سر ما پائین نمی‌آید، اگر باران می‌بـارد، اگر گندم می‌روید برای خـاطر اوسـت - مـا از خشـم غـول بـی‌شاخ و دم می‌هراسیم - ما از عذاب دوزخ می‌ترسیم - ما جـادوگر و جـامزن قبیلـه را محترم می‌شماریم - ما نگاه بد به زن بابای‌مان نمی‌کنیم - ما تو سری خور و فرمان بردار هستیم - به طور کلی ما Robot هستیم. جوان‌ها باید کار بکنـند و بدهند پیرها بخورند - پاداش ما را پیر روزگار کـه در آسمان‌هـا اسـت خواهد داد - این دنیا دمدمی و گذرنده است - آن دنیا همیشگی اسـت - توی پیشانی ما نوشته که باید دست رنج خودمان را به حضرت غول بی‌شاخ و دم تقدیم کنیم - تا او بخورد و بنوشـد و خوشگذرانی بکنـد - او عـادل و کریم است - او ستون دنیا و عقبی است - مـا بایـد رضایت خاطر گـردن

کلفت‌ها و قلدران خودمان را فراهم بیاوریم - ما مطیع و منقاد هستیم - اراده آن‌ها اراده آسمان است - ما جان و مال و عرض و ناموس خودمان را کورکورانه در طبق اخلاص می‌گذاریم و فدای منافع غول بی‌شاخ و دم می‌کنیم - ما گوسفندان غول بی‌شاخ و دم هستیم که هم در عروسی و هم در عزای او باید کشته بشویم - این را توی پیشانی ما نوشته‌اند! - مقدر است که آن‌ها از سیری بترکند و ما از گشنگی. زنده باد مرده‌های قوم ما! - ما برای خاطر مرده‌ها زنده هستیم - ما خوش‌گریه هستیم و گریه بر هر درد بی‌درمان دوا است! - ما از غضب مرده‌ها می‌ترسیم - ما مردار پرستیم - اجی مجی لاترجی!»

نکره‌هایی با گرز و چماق کشیک می‌دادند و هر کس این کلمات قصار را با تجوید و علامات سجا وندی تکرار نمی‌کرد، به ضرب دگنک حدش می‌زدند. به این طریق مرده‌پرستی رواج گرفت و هر کس از کله‌گنده‌ها می‌مرد عزیز بی‌جهت می‌شد. عده انگشت شماری مرده خور بودند و باقی همه مرده‌پرست جوان‌ها هنوز سر از تخم درنیاورده بودند که کلمات قصار پیر و پاتال‌ها را آویزه گوش‌شان می‌ساختند، گرچه به کار نمی‌بستند. بالاخره کار به جایی کشید که آن‌ها را مثل گوسفند و گاو خرید و فروش می‌کردند و به علت عدم پول، با لوبیا چشم بلبلی و کشمش لرکش و آجیل مشکل‌گشا آن‌ها را تاخت می‌زدند. شوهرها هم دم درآوردند و امر و نهی می‌کردند و جامعه پاتریارکال شده بود، اگرچه ظاهرا برای زن‌ها پستان به تنور می‌چسباندند ولی اسم آن‌ها را عورت و ضعیفه و ناقص عقل گذاشته بودند. طرف غروب که شوهرها ساکت و اخمو به خانه برمی‌گشتند، کولباره خودشان را زمین می‌زدند و یک مشت میوه کالک و زردآلو انک و گاهی یک کلاغ مرده از توی توبره خودشان درمی‌آوردند (چون هنوز خورجین اختراع نشده بود.) و آن‌ها را جلو زن و بچه‌های خودشان می‌ریختند

و می‌گفتند: «بلنبونین! زهر مار و کوفت و ماشرا کنین!» (پس معلوم می‌شود در آن زمان هم با وجودی که هنوز ختنه مد نشده بود، این امـراض سـاریه وجود داشته است!) بعد زن و فرزنـد بـی‌گنـاه بـه ایـن اغذیـه‌هـا هجـوم می‌آوردند و شکمی از عزا درمی آوردند. شب‌هایی که سد سیر می‌شـدند نی‌لبک می‌زدند و چوپی می‌رقصیدند، برعکس شب‌هایی کـه روده کوچکـه روده بزرگه را می‌خورد اگر کاردشان می‌زدند خون‌شان درنمی‌آمد و بعـد هم کتک و کتک‌کاری راه می‌افتاد. مرتیکه هم تولید مثل‌هـایش را ورانـداز می‌کرد و گاهی هم برای خالی نبودن عریضه عوض تـازی پسـر بـزرگش را همراه خود به شکار می‌برد تا فوت و فن کاسه گری را یاد بگیرد[۱۸]. زن‌ها هم از لجشان که اختیارات را از آن‌ها گرفته بودند، هر گند و کثافتی را به عنوان اغذیه توی دیزی می‌جوشانیدند و به خورد شوهرهای‌شان می‌دادند تـا بـه این وسیله انتقام خودشان را از ذائقه آن‌ها بگیرند.

باری به هر جهت، در این دوره پیش‌آمد قابل توجه اختراع لباس بود. چون تا آن زمان با برگ درختان ستر عورت می‌کردند و یا مثـل ژوزفـین بیکرمـوز هندی به کمرشان می‌آویختند. در آن زمان الیـاف نباتـات الاسـتیک را بـه تقلید عنکبوت به هم بافتند و پوشیدند و در نتیجه منیجه خـانم کـه همـان شـپش خودمـان باشـد بـه وجـود آمـد و بـر خـلاف نظـر دانشـمندان évolutionnistes که معتقدند بچه ته تغاری طبیعـت و کامـل‌تـرین موجـود آدمیزاد است شپش تـن Pediculis corpis کـه خـواص آن بـا شـپش سـر Pediculis capitis و شپشک Phtirius Pupis کاملاً متمایز می‌باشد و متخصص تیفوس است، بعد از آن‌که آدمیزاد عادت به لباس پوشیدن کرد به وجـود

---

[۱۸] چنانکه پسر ناخلفی در ذم شبیه به مدح پدرخود چنین سروده است:

پدر آمدم به پیشت به شکار رفته بودی　　　تو که سگ نبرده بودی به چه کار رفته بودی؟

آمد. و درجه تکامل و شرایط زندگی او به مراتب مناسب‌تر و کامل‌تر از انسان می‌باشد، زیرا بدون کد یمین و عرق جبین در لا به لای لیفه تنبان می‌چسبد و بدون دوندگی در جای گرم و نرم از خون انسان که در اثر این همه مرارت و مشقت به دست آمده تغذیه می‌کند و رشک‌های بی‌گناه خود را با هزار امید و آرزو می‌پروراند. شپش که به وجود آمد، ملولی‌ها لقب منیژه خانم به او دادند و به خون بهایش گوسبند قربانی کردند. اما بعد از اختراع واجبی ملولی‌ها از بس خودپسند بودند برای این که تن‌شان مثل ملولی‌ها پشم آلود نباشد چنگه چنگه موهای خودشان را کندند و به باد فنا دادند.

الخلاصه، چه درد سرتان بدهم؟ در اثر اختراع لباس قر و غمزه و عور و اطوار ملولی‌ها زیاد شد. پیرزن‌های بد یائسه و بدریخت به وسیله لباس‌های فاخر معایب جسمانی خود را پوشاندند و به ضرب سرخاب و سفیداب و پیرایه‌هایی که به خود می‌بستند هی از مردهای گردن کلفت دلبری می‌کردند. آن‌هایی که نمی‌توانستند لباس‌های تله‌ی خر بگیری بپوشند تاسف زندگی سابق آدم میمون را می‌خوردند و مرثیه‌های جگر خراش برای دوره بربریت که به‌نظرشان بهشت گمشده جلوه می‌کرد می‌سرودند. گرچه هنوز خط اختراع نشده بود با خودشان زمزمه می‌کردند:

«به یادگار نوشتم خط ز دلتنگی، به روزگار ندیدم رفیق یکرنگی!»

بالاخره از نا امیدی دست به دامان پیر و مرشد و رمال و مارگیر شدند و خواستند به وسیله طاعت و عبادت زندگی لوس مجللی در آن دنیا به چنگ بیاورند و شماتت دشمن بدهند؛ و مثل این که در زندگی مرتکب یک رشته جرم و جنایت شده بودند، کم کم استعمال الکل و تریاک و تنباکو و افیون و افسنطین و مورفین و کوکائین و شیره و نگاری و چایی و قهوه و حشیش و هرویین و ناس و استرکنین و انفیه باب شد. اشعار بند تنبانی: «آی دلم آی

جگرم از دست مادر شورم» را توی داریه می‌زدند و بغض می‌کردند. بـرای گردن‌نازک‌های جامعه به نفع گردن‌کلفت‌ها بنگاه‌های عام المنفعه از قبیل: عدلیه و صلحیه و نظمیه و امنیه و دوستاقخانه و جیزگر خانـه و خیـر خانـه و میخانه و دارالمجانین و دارالمساکین و بنگـاه حمایـت لگوری‌هـای بـاردار ساختند و چوبه دار را به پا کردند. و با وجود این همه پند و مـواعظ اخلاقـی چاقوکشی و دزدی و خیانت و احتکار و قاچاقچی گری و فحشا و جرم و جنایت مثل آب خوردن شده بود.

باز هم ناگفته نماند که یکی از عوامل بزرگ موفقیـت غـول بـی‌شـاخ و دم، پیشرفت زبان و توسعه لغات جدید بود که ملولی‌ها را کـاملا جلـب کـرد. ملولی‌ها به خود می‌بالیدند چون ظاهراً نیاکان چهار دست و پا و طـوطی و جانوران باهوش دیگر از این تفریح محروم بودند. آن‌ها گمان می‌کردند این یگانه وجه امتیاز ایشان نسبت به سایر جانوران است و خرده خرده یک جور منطق قراردادی بین ملولی‌های دو پا برقرار شد؛ از طرف دیگر مانع تفکر و تعمق آن‌ها گردید. اما تجربیاتی که‌اندوخته بودند سینه بـه سـینه انتقـال می‌دادند. گرچه مرتاضینی میان آن‌ها قد علم کردند کـه سـکوت را جـزو صفات حمیده دانسته و مانند آزمایش دشـواری بـه پیـروان خـود توصـیه می‌کردند، لکن بیشتر ملولی‌ها شهوت کلام را بخش الهی دانسته و ابتدا به خودشان حیوان ناطق و بعد Homo sapiens لقب دادند و هر کس حرافتر و پشت هم اندازتر بود در جامعه قدر و منزلتش بیشتر می‌شـد. بـه وسـیله الفاظ و اصطلاحات منافع غول بی‌شاخ و دم به ملولی‌ها بهتـر تحمیـل شـد و سرشان کلاه رفت. آن‌ها از سـر و صـدای خودشـان مثـل شـتر از زنگولـه گردنش کیف می‌کردند و تمام معلومـات قضـا و قـدری را بـا نالـه و بـاد انداختن زیر صدایشان می‌خواندند و آدم میمونی که به فکر خـوراک و پوشاک و انحصار و احتکار نبـود، تمـام تـوجهش صـرف شـکم و زیـر شـکم

وبهبودی زندگی‌اش می‌شد و حریص و طماع از آب درمی آمد. این موجود میوه‌خوار بی‌آزار کمر قتل جمله جنبندگان را بست و از میگوی هوا تا حلزون دریا را در شکم و لنگ و واز خودش غوطه‌ور ساخت و این را نیز دلیل برتری خود دانست! این موجود حشری علاوه بر سادیسم و مازوخیسم Zoophilie و Nécrophilie را هم اختراع کرد. لودگی و بامزگی دیرین خود را فراموش کرد و اخمو و شکمو و لوس و ننر و پر مدعا بار آمد و خودش را موجود برگزیده و مرکز ثقل ثوابت و سیارات دانست و مقام الوهیت برای خودش قائل شد و گمان کرد که غول بی‌شاخ دم نماینده و سایه پیر روزگار روی زمین است و هیئت وزرایش به منزله ملائکه مقرب هستند. - یعنی افکار پست آدم ملولی خود را به آسمان منعکس کرد و فرمانی به قید دوفوریت از صحه همایونی گذرانید که از این به بعد ملولی را از قاموس حذف کنند و از ترس مرگ و نیستی و سستی‌ها و حرص و طمعی که داشت زندگی جاودان در ماورای جو برای خودش تصور کرد و فلسفه ترانساندانتال و متافیزیک به وجود آمد. مجادله و مناظره و مباحثه و جیغ و داد راه افتاد و به وسیله زنجموره و گدایی از قلدرهای زمینی و آسمانی از خود دفاع نمود. در ضمن موجودات لجن شپشو و عاجزی مبادی آداب شتر مآب از لای کتاب منشآت بیرون جستند و فورمول‌هایی برای چاق سلامتی ابداع کردند: «قربان خاک پای جواهر آسای انورت گردم، - ظل عالی مستدام - بشرف عرض عالی می‌رساند، - به آستان بوسی شرفیاب شدم تشریف نداشتید - از تصدق فرق مبارک در قید حیاتم! - امر امر مبارک است.» این‌ها را وسیله تقرب و نان‌دانی خود قرار دادند و موجودات آب زیر کاه فاسدالاخلاقی هم اخلاق نویسش شدند و به آداب مبال رفتن حاشیه رفتند.

باری به هر جهت، برای دفاع از منافع سرقبیله و سردمدار و سرگردنه‌گیر، ملولی‌های یغور ساده‌لوح را که سینه فراخ و بازوی ستبر و گردن کلفت

داشتند و معجزشان این بود که یک نان سنگک را با نیم من روغن نواله می‌کردند و عاروق می‌زدند، اسم‌شان را پهلوان گذاشتند و سلاح‌های ناراحتی مثل تیر و کمان و سپر و زوبین و کلاه خود و خفتان و از این جور چیزها به جان آن‌ها بستند و زور و عضلات آن‌ها را تشویق کردند. در زمان صلح آن‌ها را دنبال توپ فوتبال دوانیدند و جام پیروزی زیر بغل‌شان گذاشتند و یا در زورخانه‌های بد هوا به ضرب دنبک کباده گرفتند و عرق ریختند و شب‌ها که آزاد می‌شدند بد مستی و عربده راه می‌انداختند و داش مشتی بازی در می‌آوردند. هر وقت که مصالح عالیه قلچماق‌های کشورشان به خطر می‌افتاد، به عنوان فداکاری و مذهب و میهن این شوالیه‌های یغور را بعد از آن که Ceinture de Chasteté به پائین‌تنه زن‌های‌شان می‌بستند، با ۳۷ درجه حرارت بزک‌شان می‌کردند و «ها ماشاالله» می‌گفتند و به جنگ‌شان می‌فرستادند تا خوب شل و پل بشوند و پدرشان درآید. در قبیله غول بی‌شاخ و دم قهرمانان سرشناسی مانند: هالو شش انگشتی، هالو لب شکری، هالو پهلوان کچل، هالو باتمان قداره، هالو شکم سفره کن و هالو گردن شکسته که هنر نمایی‌های محیرالعقولی از آن‌ها به ظهور رسیده بود پیدا شدند. ولی چون مورخ حسابی نداشتند که اسم آن‌ها را ثبت بکند، رشادت‌های این جهانگیران تا ابد گمنام ماند. اما این پیشامد به نفع شاگردان مدارس تمام شد، وگرنه آن بیچاره‌ها مجبور می‌شدند شرح حال این نکره‌ها را از بر بکنند و اگر سر امتحان اشتباه می‌کردند صفر می‌گرفتند.

گرچه در آن زمان هنوز مدال و حمایل مد نشده بود که به این قهرمانان ناکام سر و دست شکسته و دک و پوز زخمی که از جنگ برمی گشتند بدهند، یا برای‌شان حماسه سرایی بکنند، اما در هر محلی که جنگ یا واقعه به اصطلاح تاریخی رخ می‌داد، سنگ‌های عظیم الجثه ای به نام Dolmen

و Menhir بر پا می‌کردند تا باعث عبرت گردن کشان آینده بشود. (مع التاسف فرهنگستان فقط از اختراع لغت من درآری جدید برای این سنگ‌ها غفلت ورزیده و باز هم مع التاسف ما با نهایت اکراه ناگزیریم که این دو لغت اجنبی را در این قضیه میهنی بگنجانیم!) بعدها این سنگ‌ها را اگرچه علامت قدمگاه نداشت امامزاده کردند و به آن‌ها دخیل بستند.

القصه، بعد هم خط به توسط دکتر زبان پس قفا اختراع شد و در نتیجه مورخ و شاعر متملق میدان تازه‌ای برای جولان مقاصد شوم خود پیدا کردند. موجودات میرزا قلمدان خوش تعارف که به منظور جلب منافع مادی چاق سلامتی‌های کذاب شفاهی از هم می‌نمودند چون از هم مفارقت حاصل می‌کردند همان تعارفات و لوس بازی‌ها را با خطوطی که در آفتاب به حرکت در می‌آمد به وسیله چاپار و قاصد برای همدیگر می‌فرستادند. اما در اثر کونه ترازو زمین زدن قاصدین، تمبر بازان نوین قهاری به وجود آمدند که تمبرهای مضحکی برای یادگارهای شوم اسفند ۱۳ چاپ کردند و فیلاتلیست‌های ناکام را به خاک سیاه نشاندند[۱۹]. موجودات احمق جاه طلبی هم که تمام شب را دور میز قمار خمیازه می‌کشیدند و روز می‌خوابیدند و کلاه سر حریف‌شان می‌گذاشتند، شاه و بی‌بی و سرباز و ملکه روی ورق بازی کشیدن و یا به شکل مهره شطرنج تراشیدند و به این وسیله شاه بی‌گناه را مات می‌کردند. بعد به خیال افتادند که اظهار لحیه بکنند و رول سیاسی و اجتماعی و تاریخی برای ملولی‌های سابق و آدمیزادهای لاحق بازی بکنند تا نام وامانده آن‌ها در جریده روزگار ثبت بشود، آن هم باز به منظور بهره برداری از حافظه شاگردان مدارس که این اسم‌ها را به زحمت یاد

---

[۱۹] برای قارئین محترم باعث تأسف است که این قضیه جلد دوم ندارد و گرنه ما درباره تمبر ومنافع اجتماعی و خدمات روز افزون شب کاسته که به جامعه‌ی فیلاتلیستها نموده بحث مفصل‌تری می‌نمودیم.

بگیرند و به آسانی فراموش بکنند. این شد که یک دسته ترسوی رشید نما که کار حسابی از دست‌شان برنمی‌آمد و ناخوشی گنده‌گوزی هم به سرشان زده بود شیطان زیر جلدشان رفت و گله گله از این پهلوانان زبان بسته را با زبان بازی و پشت هم اندازی به اسم جهاد و شاه و میهن و نژاد و جنگ‌های صلیبی از توی حلقه یاسین در کردند و به جان یکدیگر انداختند و به کشتن دادند.

بالاخره پول اختراع شد و همانا ازاله بکارت کشف پول را به ملا یزقل نسبت دهندی چنان که مارکنی گرچه مشهور بودی وی را کاشف قطب شمال ندانندی[۲۰]. باری به هر جهت، با قیام پول بنیان مقام قلدرها کاملاً روی زمین استوار و با فورمول‌های اخلاقی و اجتماعی تطبیق داده شد[۲۱]. و به اسم ترقی و تمدن در جامعه، دسته دسته مردم را در اتاق‌های دم کرده خفه که اگر دو تا موش دعوا می‌کرد سر یکی از آن‌ها به دیوار می‌خورد حبس کردند و از گرده آن‌ها کار می‌کشیدند و آن‌ها هم محکوم بودند که خاک اتومبیل‌های ارباب‌های‌شان را توتیای چشم بکنند و آب بو گندو را بنوشند و هر قدمی که لنگ لنگان برمی‌دارند دانه شکری بکارند موجودات دزد گدایی را که متخصص مصالح عالیه کشور بودند بر سر آن‌ها نشاندند. این کرم کاغذهای عالی رتبه که بر اثر کاسه لیسی و جاسوسی پست‌های عالی را در میهن خودشان اشغال کرده بودند با قیافه‌های جدی و احمقانه اقدامات

---

[۲۰] احتمال می‌رود که غلط مطبعه رخ داده باشد.

[۲۱] متأسفانه درآن زمان آماس اسکناس هنوز ازعالم عدم پا به دنیای وجود نگذاشته بودی و اگر هم می‌گذاشت علمای جلیل القدر اقتصاد آن عصر آب طلائی منکر وجود آن می‌شدندی و به امریکا که هنوز کاملاً کشف نشده بود پرواز می کردندی و پس از جابه جا کردن وجوهات متورم خویش به ریش هم میهنان پریش خویش می‌خندیدندی و اعلامیه‌ای صادر نمودندی و با کمال وقاحت زیر اماس اسکناس زدندی که. «ما با کنسولتاسیون و اسکولتاسیون و دییاگنوستیزاسیون بنیاد آن آماس‌های جلاد را به وسیله ضمادهای قواد بر باد دادیم!»

مجدانه در رتق و فتق امور می‌کردند یعنی کاغذ پاره‌های بدخط را به وسیله امضاء به جریان می‌انداختند و فورمول‌هایی را دائما در حدود مقررات اداری تکرار می‌کردند و لبخند لوس می‌زدند و چایی و قهوه و آبجوهای معدنی می‌نوشیدند و به کارمندان دون رتبه فیس و افاده می‌فروشیدند - از این قرار ملیون‌ها آدمیزاد از سکوت، هوای آزاد و زیبایی چشم‌انداز طبیعت و آرامش محروم شدند و در محیط پر جار و جنجال و ابلهانه زندگی بخور و نمیر می‌کردند و نتیجه دست‌رنج آن‌ها را یک دسته احمق ناخوش که دم خودشان را به قدرت‌های زمینی و آسمانی بسته بودند نوش جان می‌کردند و بریز عرض‌اندام می‌نمودند و متوقع بودند که مجسمه آن‌ها را سر راه و نیمه راه بگذارند و بپرستند. ناخوشی‌های تراخم و سل سواره و سرطان چهار اسبه و زرد زخم و سیاه زخم و تیفوس و خنازیر و قلنج و جزام و گریپ و آکله شتری و آتشک و خارشتک و سرخک و محرقه و وبا و مالاریای پنج و شش اسبه هم به جان آن‌ها افتاد و درویش و معرکه گیر و پادشاه و گدا و جاکش و صوفی و فیلسوف و پیغمبر کذاب و نویسنده و آخوند و ملانطربوق و مرده‌شور و مورخ و اخلاق نویس و قلندر و شاعر و دلقک و مداح و محتکر و قاچاق‌چی و خائن و دزد و جاسوس و میهن پرست و کاسب و کاتب وحی و معلم و سرباز و ایلچی و اداره چی و ایشک آغاسی و وکیل و وزیر و باشماقچی و ایاقچی و یک مشت جلت و خرمقدس و رجاله هم سر بار آن‌ها شدند و به آن‌ها فرصت سر خاراندند نمی‌دادند. رادیو هم شب و روز برنامه خود را از قبیل: «جشن مولود مسعود - وظیفه ملت نسبت به دولت - حس وظیفه شناسی در اجتماع - اخلاق و میهن پرستی - مراسم سوگواری - نزول اجلال ملوکانه - جمع‌آوری اعانه برای حمایت از دوشیزگان باردار - گاومیری و موسیقی شرقی» را با صدای نخراشیده پرمدعا و ساختگی و گاهی هم

احساساتی لوس به پرده سماخ مردم مـی‌فرسـتاد و روزنامـه هـم همـین ترهات را حاشیه می‌رفتند و تفسیر می‌کردند.

این شد که عده زیادی گیج و منگ در هم می‌لولیدند و مرتب جلو مقامـات عالیه دولا و راست می‌شدند و آن‌هایی که فنر اعصاب‌شان در می‌رفت بـه آب و آتش می‌زدند و علم طغیان برمـی افراشـتند و مثـل آدم سـگ هـار گزیده بی‌خود و بی‌جهت مخل آسایش ارباب‌های محترم‌شان می‌شدند بـه طوری که گاهی کشمکش و جنگ و جدال هم تولید می‌کردند. ولـی در اثـر خفت و نکبت و مشقت و مرارت اغلب مـردم از زنـدگی بیـزار شـده و از ترقیات روزافزون که هی به چشم آن‌ها می‌کشیدند سرخورده بودند.

اما نسبت به حلقه‌های گم شده داروین کـه موجـودات سـاده لـوح شـاعر منشی بودند و زود نفله می‌شدند ودر سایه تمدن و ترقی و نیز به علت این که آدم‌ها به فراخور محیط و آب و هوا درآمده بودند عمر درازتـر شـده بود، چه موش مرده‌های اجتماع و دریده‌ها و آب زیـر کـاه‌هـای متخصـص تولید مثل که مثل کنسرو خیار شور چین و چروک می‌خوردند و ایرادی‌تـر و بداخلاق‌تر و حریص‌تر می‌شدند در این دنیای دون بریز ادامه بـه زنـدگی می‌دادند و جای دیگران را تنگ می‌کردند. اما خطـری کـه همـه را تهدیـد می‌کرد این بود که با وجود مزایای تمدن چشم‌ها کم سو شده بود و مـردم از ترس کوری چشم به حقیقت اندرزهای حکیمانه ننه نسناس پـی بردنـد و تصمیم گرفتند دوباره چهار دست و پا شده و فرار به جنگل‌های گرمسیر را بر قرار اختیار کنند.

❋

باری به هر جهت، کسی که توانست تمدن بشریت را از این پرتگاه بربریت نجات بدهد و تمام شورش‌هـا و طغیـان‌هـا و ایرادهـای بنـی اسـرائیلی را بخواباند، چشم باباقوری بود که در قبیله خیک تیر خورده که فـی المجلـس

بادش در رفته بود قیام کرد و عینکی از نمک ترکی اختراع نمود که دفع فساد را به افسد می‌کرد و خواص مهمی داشت. یعنی هر کس آن را به چشم می‌زد مثل کلنگی که به سر فیل می‌کوبند تا یاد هندوستان را نکند، و با یوغ و پوزه بند که به چهار پایان می‌زنند، مطیع و منقاد سرقبیله و ارباب‌های خودش می‌شد، و چون دنیای خارجی را وارونه می‌دید از کلافگی عصب چشمش به زودی از دل و دماغ می‌افتاد و زندگی‌اش را به دست قضا و قدر می‌سپرد و امید شورش را برای همیشه به گور می‌برد.

این اختراع معجزآسا پس از آن که به محک امتحان درآمد و نتیجه رضایت بخش داد، طرف توجه استثمارچیان و استعمارچیان و قاچاقچیان واقع گردید و فرمان ملوکانه به قید سه فوریت صادر شد که: «از لحاظ استقرار صلح و امن و امان و مصالح عالیه کشور و آزادی و عدالت که همواره مطمح نظر قدر قدرت ماست، و همچنین صرفه جویی از اعصاب رعایای ستمدیده فلک زده که دستخوش هوا و هوس ماجراجویان و مفسده‌طلبان و گرگانی که به لباس میش درمی آیند واقع می‌شوند. لذا مشیت ما بدان قرار گرفت که استعمال خارجی عینک نمک ترکی را به کلیه افراد صلح جو و رعایای کشور پهناور خودمان اکیداً توصیه کنیم تا کما فی السابق افتخار زرخری ما را داشته و مطیع و فرمانبردار شوند.

همچنین از لحاظ خیر اندیشی و صلح عمومی طلبی که پیوسته طرف توجهات مخصوص ذات مقدس ماست، صدور عینک نامبرده را به کشورهای دوست و همجوار توصیه می‌کنیم تا از این فرمان اتخاذ سند نموده و از مزایای دول کاملة الوداد استفاده‌های نامشروع کنند و عمری در صلح و آشتی بگذرانند و دعا گوی ذات مقدس ما باشند.»

باری به هر جهت، موجودات سینه چاک ور دریده‌ی هوچی آن قدر دور چشم بابا قوری رقصیدند و سینه زدند و ابرو انداختند و هو کشیدند که

۳۹۸

استعمال خارجی عینک نمک ترکی به سرعت برق رایج شد و هر کس از استعمال آن امتناع می‌ورزید یا به وسیله باج و خراج مصونیت خود را به دست می‌آورد و یا به وسیله تیغ نیم آخته، شعر «یک دست جام باده و یک دست زلف یار» را الخ می‌خواند و بی‌رودر واسی به دیار عدم رهسپار می‌گردید. بالاخره بازار رجاله‌بازی و تعصب کارش چنان بالا گرفت و از طرف مقامات عالیه تشویق شد که تصمیم گرفتند به ضرب قنوت و بومرانگ این تحفه نطنز در سرتاسر ربع مسکون تبلیغ کنند همسایه مملکت خیک تیر خورده که فی المجلس بادش در رفته بود، یعنی کشور محروسه غول بی‌شاخ و دم که چشم اهالی آن در اثر Stabisme و Iritis و Trachome و Cataracte و Glaucome یک سری امراض دیگر ناسور شده بود با آغوش باز عینک نمک ترکی را بر چشم خود استوار کردند و از این به بعد تمام انرژی آن‌ها صرف سینه زدن دنبال عینک نمک ترکی شد، گردن کلفت‌ها و جلت‌ها و رجاله‌ها که دیدند مردم به جان هم افتاده‌اند و سر به گریبان خود شده‌اند نفس راحتی کشیدند و تمدد اعصاب کردند. چشم باباقوری مخترع عینک هم غرق در عیش و نوش و افتخارات گردید و روی سبیل شاه نقاره می‌زد و در دشک پر قو دنده به دنده می‌شد. فورا مدال و حمایل و زنگوله اختراع کردند و به بدن مخترع عینک نمک ترکی آویختند و نامش را در Annales تاریخ طبیعی ضبط کردند که آیندگان عبرت بگیرند - اگرچه اسم مخترع قیچی راجز و دبیت حاجی علی اکبری و دیزی اشتهاردی و بند تنبان اصفهانی و صابون آشتیانی و عرقچین یزدی و وسمه جوش کاشانی و چیکلت آمریکایی و نمک ترکی و دوغ عرب و چرم بلغار و گل ارمنی و گوجه فرنگی و سنگ پای قزوینی که نسل‌ها پی در پی بشر از آن‌ها استفاده کرده و می‌کند کسی نمی‌داند و به دعای خیر یادشان نمی‌کند، اما مخترع عینک نمک ترکی و توپ هفتاد و پنج سانتی‌متری و گاز خفه کننده و بمب پرنده و

تانگ خزنده و قشون چرنده و اشغال‌گر سر زبان‌ها مـی‌مانـد و در جریـده روزگار ثبت می‌شود! هرچند تا سه نسل بعد اسم مخترع عینک نمک ترکـی هم فراموش شد، آن هم به علتی که بعد ذکـر خواهـد شـد و بعـد گمـان کردند که چشم بابا قوری مار گیر و یا قلندری بوده که کشف و کرامـات از او صادر می‌شده و حکایاتی در باره‌اش قالب زدند که گیوه‌هـای سـینجونی جلو پاهایش جفت می‌شده و ابروی زنش خود به خود به میل سرمه کشیده می‌شده[۲۲] و کچل را مودار و مودار را کچل می‌کرده است. سال‌ها گذشت و این عینک فقط در کشور محروسه غول بی‌شاخ و دم مشـتری پیـدا کـرد و سرقبیله و سردمدار و سرراهزن‌ها با خیال راحت مردم را مرتب سرکیسه می‌نمودند و دعا به جان مخترع عینک نمک ترکی نثار می‌کردند. نیز اختراع جهنمی ساعت که از روی تپش قلب میزان گشته بود و از کوچکترین دقـایق زندگی چاپیده‌ها به نفع بچاپ‌ها بهره برداری می‌کرد قوز بالا قوز شده بود. باری به هر جهت، از آن جا بشنو که در ممالک دوست همجوار که از مزایای دول کاملة الوداد استفاده‌های نامشروع می‌نمودند چون از استعمال خـارجی عینک نمک ترکی پرهیز کردند و به همین مناسبت قضا قـدری و مفینـه و گریه‌رو نشده بودند و مرده‌ها را نمی‌پرستیدند، ترقیات روزافزون علمی و صـنعتی و هنـری و کشـفیات و اختراعـات محیرالعقـول کردنـد. دودکـش کارخانه‌ها یک سر گردن بلندتر از آسمان خراش‌ها، دود و دمـه بـه ریـش آسمان می‌فرستاد، کشتی بخار خرناس‌کشان اقیانوس‌ها را می‌شکافت و به کشورهای دوردستی که عینک نمک ترکی می‌زدند جوراب کیزر و ماتیک و سرمه‌دان و سمنقر و عطر کتی و سفیدآب تبریز و خشـتک روئـه اطلـس و

[۲۲] از قارئین محترم و قارئات محترمه تقاضا می‌شود چنان که دارای اطلاعات علمی بعدی نباشند، احوط است که از سوءِ قصد خواندن این قضیه خودداری فرمایند والا ممکن است که عدم سوءِ تفاهمی دست دهد.

پستان‌بند وارد می‌کرد و انقوزه و پنبه کوهی و به دانه و بـا دیـان و زنیـان و شیر خشت و فلوس به جایش صادر می‌نمود. راه آهـن نفس‌زنـان از ریـه مجـروحش دود سـیاه بیـرون مـی‌داد و غیـه کشـان امـوال و کـالاهـای قاچاقچی‌های محترم و گردنه گیرهای معظم را جا به جا می‌کرد. استراتوسفر سیر و سیاحت در چگونی سازمان اجتماعی ساکنان ماوراء جوی می‌نمود و در لابراتوارها علما که بی‌کار می‌شدند آتم‌های بیچاره را بمباردمان می‌کردند. اتومبیل‌ها خاک و خول و غبار و اخ و تف را توی حلق پیاده روها می‌چپاندند و برای خالی نبودن عریضه گاهی چند تن از آن‌ها را به رسم یادگار حسابی زیر می‌گرفتند. دوچرخه‌های سریع السیر درست کرده بودند و توی کوچـه‌هـا سوار می‌شدند و تنه به مردم می‌زدند، سر گذرها انگشت پـیچ و معجـون افلاطون گذاشته بودند، مشتریان محترم قاشـق قاشـق بـه انگشتـان‌شـان می‌پیچیدند و هی زغنبوت می‌کردند - از گرامافون آهنگ‌هـای قـرانگیـز و شهوت‌آمیز بیرون می‌زد و قر را توی کمرها می‌خشکانید - در صـورتی کـه مومنین و متقیان چشم واسوخته که عینـک نمک ترکـی می‌زدنـد، در گنـد و کثافت غوطه ور بودند به خود می‌بالیدند و تـوی دل‌شـان داریـه و دنبـک می‌زدند که خدا به قوم موسی دستغاله داد و به آن‌ها عینـک نمـک ترکـی اعطا کرد و اگر دنیا را آب می‌برد آن‌ها را خواب می‌برد و هی باج به شغال می‌دادند. موش مرده‌های سیاستمدار و آب زیر کـاه‌هـای متخصـص علـم اقتصاد که این وضع را می‌دیدند انگشت عبرت به دندان می‌گزیدند و بـا خودشان می‌گفتند: «تا چشم‌شان کور شـود! حـالا کـه آن قـدر ببـو و هـالو هستند مفت ما! باید تا می‌توانیم کـلاه سرشـان بگـذاریم و خـون‌شـان را بمکیم!» با پنبه سرشان را مـی‌بریدنـد و بـا شـاخ حجامـت خون‌شـان را می‌مکیدند و اگر صدا از دیوار درمی‌آمد از آن‌ها درنمی‌آمد. امـا بـا وجـود همه این‌ها شهرهای خودشان هم هی شلوغ و پلوغ می‌شد و حالش بـه هـم

می‌خورد، انقلابات و حتی جنگ‌های خونین به پا می‌شد. چون مردمان آن‌جا هم که چشم‌شان به چشم انداز جنگل‌های انبوه عادت داشت با شرایط جدید زندگی چشم‌شان غبار آورده بود و تورک افتاده بود و آن‌ها هم از ترس کوری انگشت به دندان گزیدند و یاد اندرزهای حکیمانه ننه نسناس افتادند و تصمیم گرفتند که دسته جمعی چهار دست و پا شده و به جنگل‌های نواحی گرمسیر بگریزند. اگرچه علما و دانشمندان چشم آبچکو به آن‌ها گوشزد می‌کردند که انسان از نژاد برگزیده است ومقام الوهیت دارد و دست از لوطی بازی بکشید،آن‌ها هم قول علمای خود را به رخ ایشان می‌کشیدند که لطمات شدید به مقام انسان وارد کرده بودند - زیرا منجمی بین آن‌ها پیدا شده بود که از مرکزیت زمین و اعتقاد به این که همه ستاره‌ها و سیاره‌ها دورش می‌گردند سرگیجه گرفته و ثابت کرده بود که زمین مرکز ثقل افلاک و انجم نیست بلکه سیاره بی‌سر و پایی است که بدمستی کرده و دور خورشید پیل پیلی می‌خورد. و طبیعی‌دان بد دک و پوزی هم که به قیافه‌اش توهین کرده بودند برای این که انتقام بگیرد دلایلی اقامه کرد که انسان گل سر سبد آفرینش نیست و گلش را ملایک نسرشته‌اند بلکه از نژاد ملولی است، گیرم حلقه‌اش را گم کرده است. و بالاخره دانشمند حشری دیگر که وحشت قلب و شهوت کلب داشت منکر مقام الوهیت و افکار متافیزیک انسان شد و ادعا کرد که شهوت سلسله جنبان و مهمترین عامل زندگی بشر است.

باری به هر جهت، از همه این‌ها مهمتر، در کشور نیست در جهان خانم شخصی موسوم به مرده از گور گریخته که هیچ سر رشته از Ophtalmologie نداشت و Oculariste هم نبود از آن‌جا که به معایب عینک نمک ترکی پی‌برد و از طرف دیگر هم دلش به کم سویی چشم ابناء بشر سوخت، ذره بینی را که در روزهای آفتابی سیگارت خودش را با آن آتش می‌زد در اجاق

خانه‌اش ذوب کرد و از خاصه ململ گذرانید و عینک ذره‌بینی ساخت که خاصیت‌اش درست برعکس عینک نمک ترکی بود و هر کس آن را به چشم‌اش می‌زد دیگر زیر بار زور نمی‌رفت و از قلدرهای محترمش مجیز نمی‌گفت. این اختراع در جامعه چشم واسوخته‌ها مثل توپ صدا کرد، اما چشم باباقوری‌ها و گریه ئوها و روضه خوان‌ها که دیدند در دکان‌شان تخته می‌شود و لجن‌ها و چاپلوس‌ها و گداها که دیدند از نان خوردن می‌افتند، فوراً بر ضد عینک ذره بینی علم طغیان برافراشتند و کشمکش میان طرفداران دو عینک در گرفت؛ به طوری که جدال و قتال رخ داد و قشقرقی به پا شد که آن سرش ناپیدا! چشم باباقوری‌ها اسم مخترع عینک ذره‌بینی را لولو خورخوره گذاشتند و هر روز بعد از نماز و دعا به او لعنت می‌فرستادند و عید عینک ذره‌بینی شکنان را بدعت نهادند. باری چشم واسوخته‌ها و چشم آبچکوها و چشم باباقوری‌ها آن قدر پاپی عینک ذره‌بینی‌ها شدند و انگولک‌شان کردند و دهن کجی نمودند که آن‌ها مجبور شدند بروند و شهری مطابق سلیقه خود بنا کنند و اختلافاتی که در جامعه عینک نمک ترکی وجود داشت برطرف نمایند.

اوضاع سماوی و فلکی و جوی از این ملولی بازی‌های قی آلود لاپ دلخور شد و حالش دگرگون گردید. منظومه هرکول Hercule که وزیرالوزرای منظومه شمسی بود و زمین از کارمندان دون اشل او به‌شمار می‌رفت، اوقات‌اش تلخ شد و سه گرهش را در هم کشید و به خورشید اشاره کرد ستاره مریخ را که متخصص مرگ و میر و تولید جنگ و جدال بود به هوار زمین بفرستد تا دخل ملولی‌های بی‌تربیت را بیاورد و سبیل‌شان را دود بدهد.

ستاره مریخ فرمان مطاع سیارات را به جان و دل‌پذیرفت و با زمین مقاربت به عمل آورد و زهرش را آن چنان که باید ریخت و زمین از میکروب جنگ بارور شد و نائره قتال و جدال مشتعل گردید، به طوری که زمین شد شش

و آسمان گشت هشت. ملولی‌ها هم هرچه مواد منفجره روی زمین پیدا می‌شد به دقت جمع کردند و توی بمب و توپ و تفنگ نمودند و روی سر هم خالی کردند در اثر این پیشامد، اوضاع جوی که نسبت به این جریانات بدبین بود اعتراض شدید کرد و فصول اربعه حالش به هم خورد، به طوری که در چله تابستان مردم تیک و تیک می‌لرزیدند و در چله زمستان از گرما کلافه می‌شدند، با وجودی که دوش آب سرد هنوز برای خیلی‌ها اختراع نشده بود در حوض خانه‌هایشان آب تنی می‌کردند.

یک روز آخر پاییز که چشم باباقوری‌ها از همه جا بی‌خبر دور هم نشسته بودند، یک مرتبه آسمان غرنبه شد و رگبار شدیدی از H_2O خالص مثل دمب اسب روی سر طرفداران عینک نمک ترکی باریدن گرفت، به طوری که همه عینک‌های نمک ترکی آب شد و از چشم‌شان به زمین فروچکید. چشم باباقوری‌های بیچاره به حال زاری درآمدند و دسته‌ای از آن‌ها ناچار عینک ذره‌بینی زدند و داخل آدم حساب شدند.

٭

اما چشم باباقوری‌ها و چشم آبچکوها و ارتودکس‌ها و مفینه‌های چشم قی‌بسته دور هم چندک زدند و به حال زار خود مشغول ناله و نوحه گردیدند. یکی از پیرمردهای مجرب دنیا دیده کشور غول بی‌شاخ و دم که عمرش به درازی بول جعفر طیار بود میان آن‌ها چمباتمه زد و نشست و از افسانه‌های دست و پا شکسته دوره آدم میمونی که سینه به سینه به او رسیده بود قصه شیر و فضه نقل می‌کرد و آهسته گیتار هاوایی می‌زد:

«آورده‌اند که اقلیم هفتم را شهری بود که آن را شهر پریان خواندندی. طرق و شوارع مصفایش به انواع گل و گیاه آراسته و جلگه‌های دلگشایش از خس و خاشاک پیراسته، درختان نارگیل و ازگیلش سر به ثریا کشیده و انار و امرودش در حلاوت گوی سبقت از لیموی عمان و زیره کرمان ربوده،

مرغان خوش خط و خالش حمد و ثنای ابوالهول گفتندی و تسبیح اندازان سر به خاک پایش سودندی. چشمه حیوان به چشمه‌های زلالش رشگ بـردی و سپوران زمردنشان برای رفت و روب کوی و برزنش از آن آب بـه مشـگ بردندی. در آن دیار آزاری نبود و کسی را بـا کسـی کـاری نـه. جـانوران و آدمیان ایام ولیالی را در صلح و صفا بـه سـر بردنـدی و مـدلول قـوانین و مقررات انتظامی را از جان و دل به سمع طاعت و قبول شـنیدندی و پـای از گلیم انضباط و فرمانبرداری برون ننهادندی. - باری به هر جهت، روز و شب در کنار یکدیگر به شادکامی می‌چریدند چنان که عرب فرموده: «و تحـرّک یلّی تحت التوب.» و به نحوی از انحاء ممکنه زبان حال یکدیگر را می‌فهمیدند و سپاس بی‌قیاس ابوالهول می‌گذرانیدنـد. تـا بـدان جـا کـه سـر بـه زیـر می‌چریدند و کسی را یارای نظاره جلال و جبروت و کوکبه و هیمنه او نبود.

«آورده‌اند که روزی نسناس نمک نشناس کـه از مقربـان درگـاه جـم جـاه ابوالهول بود، قفل انتظام و انضباط شکستی و علم نافرمـانی برافراشـتی و از رسم و آیین چارپایی دوری گزیدی هر آینه کمـر راسـت فرمـود و جـلال و جبروت ابوالهول را نظاره نمود. چون این خبر بـه ابوالهـول بردنـد، نـائره‌ی خشمش مشتعل گردید، کف بـر دهـان آورد و بنـدگان درگـاه را اشـارت فرمود تا به صد تازیانه‌اش نوازش دهند و به هجرت از شهر پریان محکـوم سازند، و یاسائی بدین مضمون صادر کنند:

«همانا اهالی شهر پریان بدانند و آگاه باشند و بخصـوص بابـا پیـروک سـر دوره آدمیان این دستور آویزه گوش هوش قرار دهد که این باغستان را با چنین خصب نعمت عطا فرمودیم تا بندگان آستان چارپایانـه روز بـه شـب آرند و شکر درگاه معدلت فرسای ما به جای آرند و لب بـه نکتـه جـویی و خرده‌گیری نگشایند. هر آینه یکی از افراد ناس پرچم طغیان برافـرازد و بـر

دو پا بایستد و به جلال و جبروت ما نظر افکند، پس به تحقیق و درستی که همگی را از این مکان خواهیم راند.»

«باری به هر جهت، نسناس که خرده حسابی با ابوالهول داشت، گذارش به باغستان افتاد. طاووسی بر آستانه آن بدید. چون او را به ذکر محمد و مکارم ابوالهول مشغول یافت، کنارش بنشست و زبان به هرزه درایی گشود و گفت: «ای طاووس مرا در باغستان راه ده تا تو را وردی بیاموزم که مثل خودم حیات جاودانه یابی و هیچ‌گاه روی مرگ نبینی.» طاووس این مراتب به سرپاسبان آن جا که ماری عفریت‌آسا بود گزارش کرد. مار گفت: «تو کیستی و از کجا می‌آیی؟» نسناس گفت: «نسناسم و در دو جهان سرشناس!» مار گفت: «این تعویذ بر من بیاموز.» نسناس گفت: «آموزم، لیک باید تو نخست پوست اندازی تا من در آن حلول توانم و با حله تو خویشتن بپوشانم و نزد بابا پیروک شوم.» مار نیز چنان کرد.

«چون نسناس به خدمت بابا پیروک رسید گریستن آغاز نمود بابا پیروک مار را پرسید: «تو را چه رسیده؟»

مار زمین ادب بوسه داد و گفت: «هر که به جلال و جبروت ابوالهول بنگرد جاودانه در باغستان پاید و محرم اسرار گردد و هرکه ننگرد پس پروانه اقامتش عاطل و باطل گردد و با خفت و مذلت از این مکان رانده شود.» بابا پیروک و دودمانش چون این بشنیدند به ضلالت اندر شدند و قد برافراشتند و از هیمنه و کوکبه ابوالهول در حال از چارپایی به دو پایی درآمدند.

جماعت چشم باباقوریان لب ورچیدند و بغض کردند.

«باری به هر جهت، آنگاه منشوری شرف صدور ارزانی یافت که: «ای بابا پیروک مفلوک! به عزت و قدرتم سوگند که از این پس او و تخمهات همانا نفرین کرده باشید و تا ابد راست کمر بمانید تا موجب عبرت دیگران

گردید. آرامش بر شما حرام و زایشتان به درد و رنج باشد و همواره تلخ کام گردید، و با کد یمین و عرق جبین قوت لا یموت به چنگ آرید و به خواری و زاری میرید.»

«در حال جمله حله‌ها از تن آن‌ها فروریخت و لخت و عریان ماندند. چون عورتشان ظاهر شد، از یکدیگر شرم کردند و هر یک برگی از درختان باغستان بر بدن خویش استوار ساختند و هرزگی بدان بپوشانیدند. پس به فرمان ابوالهول آنان را از باغستان براندند و بدین جهان فرستادند. این بود عاقبت تسویلات نسناس رجیم!

جماعت چشم باباقوریان با هم این بیت بسرودند:

رحمت بر ابوالهول کریم،

لعنت بر نسناس رجیم!

آن گاه زبان گرفتند و گریه سر دادند.

«باری به هر جهت، بابا پیروک و متعلقه‌اش ویلان و سرگردان سیر بیابان‌ها همی کردند و در آرزوی شهر پریان دمی آرمیدند. چون علف بیابان دلشان را به درد آورد، تاب گرمای تابستان و سرمای زمستان نیاوردند. سرانجام از گناه خویش پوزش خواستند و در بیغوله‌ای از جزایر سراندیب اعتکاف گزیدند.

سالیانی چند بر این برآمد و بزرگانی چون لندهوربن دیلاق و عوج بن بدعنق آنان را جانشین گردیدند و سخنان حکمت آمیز و دروغان مصلحت آمیز بسیاری بدیشان نسبت دهند و در کتب تواریخ چون شاهد و مثال به کار برند. چون ابوالهول طاعت و عبادت ایشان بدید، از راه بنده‌نوازی آنان را مشمول عنایت بی‌منتهای خود ساخت و رجعت آدمیان را به شهر پریان اجازت فرمود. لکن نسناس ملعون چون چنین بدید دیگ حسدش بجوشید و به اغوای آدمی‌زادگان خودپسند و ساده‌لوح بکوشید و طرز افروختن آتش

بدیشان بیاموخت و خرمن هستی ایشان بسوخت. اینان نیز چون کودکان به دیدن آتش شادمان شدند، بر خود ببالیدند و آن را پرستش آغازیدند و از صراط مستقیم منحرف و از رجعت به شهر پریان منصرف گشتند. هرچند قلدران و بزرگان و پیران بی‌شماری بر آن‌ها ظهور کرد که پیوسته عوام کالانعام را به راه راست دعوت می‌فرمودند، لکن نسناس رجیم همواره به وسوسه می‌پرداخت و تخم نفاق و دانه افتراق در شوره‌زار عقول ناقص آنان می‌کاشت.

بار دگر ابوالهول به خشم‌اندر شد. یکی از خادمان را اشارت فرمود تا بلایی بر مردمان طاغی و بندگان یاقی نازل سازد و حلیت بصیرت از دیدگان‌شان زایل...

جماعت باباقوریان از وحشت نابینایی چون انار آب لنبو ترکیدند.

«باری به هر جهت، از لابه و مویه مردمان دل سنگ ابوالهول به نرمی گرایید و رهایی آنان را از ورطه ضلالت و ملالت مقرر فرمود. در حال چشم باباقوری ظهور نمود و عینکی از نمک ترکی خام آماده ساخت و مردمان را به مکارم طاعت و انصراف از عصیان و طغیان وقوف بخشید. لکن نسناس نمک ترکی نشناس که این ماجرا بشناخت، به گمراهی و تباهی خلق کمر همت بار دیگر بر میان بست و از بامدادان تا شامگاهان از وسوسه نیارست و منافقان و منکران که شکر نعمت رایگان نمی‌گذارند، سخنان متین و نصایح دلنشین چشم باباقوری را ناشنیده انگاشتند و فی الجمله ملعبه نسناس لعیم گشتند. سپس بازار کفر و زندقه رواجی یافت، و چون نسناس احوالات و امورات بر وفق مرام بدید به قالب مخترع عینک ذره‌بینی حلول نمود و مردمان بی‌شماری را به طی صراط غیر مستقیم اغوا فرمود.

آن گاه ضلالت و ملالت عالمگیر شد و بلیات ارضی از آسمان نازل گشت و طوفانی عظیم حادث گردید که نیمی از ربع مسکون را بگرفت و عینک نمک ترکی در آب انحلال و انزوال پذیرفت و نکبت و فلاکت...

چون جماعت چشم باباقوریان داستان تا بدین مقام شنیدندی صبر و قرار از کف رها ساختندی و زانوی غم در بغل فشردندی و تو گویی چون ابر خزان گریستندی و با سر آستین سرشک از دیدگان همی زدودندی...

پایان

Lightning Source UK Ltd.
Milton Keynes UK
13 November 2009

146198UK00001B/109/P

9 789186 131333